KB252931

時調·歌辭 漢譯資料叢書 6

# 時調·歌辭 漢譯原典資料全書 ❶

## [편저자 소개]

김문기 金文基

경북대학교 사범대학 국어교육과 교수, 문학박사
경북대학교도서관장, 한국어문학회장 역임
경북대학교 퇴계연구소장
저서 : 『서민가사 연구』
　　　『문경의 구곡원림과 구곡시가』
　　　『조선조 시가한역의 양상과 기법』(공저)
　　　『경북의 구곡문화』, 『주해 동학가사1, 2』 외 다수
논문 : 「〈三句六名〉의 의미」 외 다수

김명순 金明淳

경북대학교 대학원 석사박사 과정 수료, 문학박사
현 대구한의대학교 교수
저서 : 『조선조 시가한역의 양상과 기법』(공저)
　　　『조선후기 한시의 민풍 수용 연구』
논문 : 「조선후기 기속시 연구」 외 다수


**時調·歌辭 漢譯資料叢書 6**

**時調·歌辭 漢譯原典資料全書 [1]**

1판 1쇄 인쇄일 | 2012년 05월 10일
1판 1쇄 발행일 | 2012년 05월 15일

편저자 | 김문기 김명순
펴낸이 | 지현구
펴낸곳 | 태학사
주 소 | 경기도 파주시 광인사길 223
전 화 | (031)955-7580~2(마케팅부) · 955-7585~90(편집부)
전 송 | (031)955-0910
전자우편 | thaehak4@chol.com
홈페이지 | www.thaehaksa.com
등 록 | 제 406-2006-00008호
저작권자 © 김문기 김명순, 2012
이 책의 저작권은 저자에게 있습니다.
저자와 출판사의 허락 없이 내용의 일부를 인용하거나
발췌하는 것을 금합니다.

값은 뒤표지에 있습니다.

ISBN 978-89-5966-257-9 94810
ISBN 978-89-5966-251-7 (set)

時調·歌辭 漢譯資料叢書 6

# 時調·歌辭 漢譯原典資料全書

## 1

김문기·김명순 편저

태학사

　본 〈時調·歌辭 漢譯資料叢書〉는 시조와 가사를 한시 형태로 번역한 작품과 관련 자료를 수집하고 정리하여 총서 형태로 묶은 것이다. 총서는 3가지 체재로 구성되고 모두 9권으로 이루어졌다. 먼저 『時調·歌辭 漢譯歌全書』1, 2, 3은 어떤 작품들이 주로 한역되었는지, 시조와 가사가 어떻게 한시 형태로 번역되었는지를 살펴볼 수 있도록 시조 및 가사와 한역 작품을 대조하여 정리하였다. 두 번째로 『時調·歌辭 漢譯資料集成』1, 2는 한역가 및 관련 자료의 원문을 한역자별로 정리하여 제시하였다. 앞에 제시한 『시조·가사 한역가전서』는 국문시가별로 관련된 한역 자료를 모았기 때문에 동일한 인물의 한역 자료가 한역대상작품의 갈래에 따라 흩어진다. 또 한역 자료의 원전 문헌에는 한 인물의 시조한역가와 가사한역가가 같이 실려 있기도 하고, 여러 인물들의 작품들이 한 데 섞여 있는 경우도 흔하다. 그래서 이를 한역자별로 확인할 수 있도록 정리한 것이다.

　금번에 출간되는 『時調·歌辭 漢譯原典資料全書』1, 2, 3, 4는 시조와 가사의 한역가가 수록된 원전자료를 묶은 것이다. 앞에서 설명한 자료집들은 원전에 나오는 기록을 일정한 기준에 따라 재구성한 것이기 때문에 자료의 문헌적 성격이 드러나지 않는다. 또 기존의 한역 관련 논저에는 한역가의 원문이 원전과 다르게 잘못 표기된 경우나 한역자나 문헌 표기에 착오가 생긴 것, 그리고 시구의 순서가 바뀌어 제시된 자료 등이 있고, 특히 이들이 거듭해서 인용된 사례도 있다. 그러므로 원전을 확인할 수 있도록 한역가 및 한역가와 관련된 기록들이 들어 있는 문헌 자료를 가급적 자세하게 제시하기 위해 노력하였다.

　이와 같이 구성된 본 총서는 시조와 가사 작품의 분석 및 창작과 수용 과정 등의 배경 연구는 물론이고 시조와 가사 한역의 전체적 성격, 국문시가와 한시 및 국문문학과 한문학의 교섭 양상 연구를 위한 기초 자료로 활용될 수 있을 것이다.

저자들은 오래전부터 시가 한역 자료 정리의 필요성을 인식하고 자료를 수집하고 정리하기 시작했으나, 자료의 성격과 문헌의 형태가 복잡해서 많은 시일이 흐르도록 완성하지 못했다. 시가 한역 자료는 대부분 자료의 분량이 적고 한두 편씩 산재한 경우가 많기 때문에 자료를 찾고 수집하는 일이 쉽지 않다. 각급 도서관에서부터 개인 소장본에 이르기까지 도처에 산재한 단편적인 자료를 탐문하여 확인하고 원가를 찾아내어 정리하는 일에는 많은 시간과 노력이 필요하고 결과는 뚜렷하지 않은 경우가 대부분이다. 도중에 다른 일에 밀려서 작업을 집중적으로 진행하지 못하고 자료 더미를 쌓아두었다가 다시 꺼내어 처음부터 정리하는 일이 반복되면서 시간이 많이 흘렀다. 그러던 차에 학술진흥재단으로부터 연구비를 지원받게 되어 본격적으로 작업을 진행할 수 있었다.

본 총서를 통하여 상당한 분량의 자료가 수집, 정리되었지만 아직 확인되지 않은 자료가 많을 것이다. 또 자료의 일부가 소개되었으나 아직 원전을 확인하지 못한 것도 있다. 본의 아니게 정리 과정에서 일어난 착오도 있을 것이다. 앞으로 지속적으로 자료를 발굴 수집하면서 미비한 점들은 수정 보완할 것을 약속한다.

이 작업은 이병기, 조윤제 등 선학들의 선구적 업적과 정병욱, 김동욱, 심재완, 박노춘, 박을수 교수 등이 이루어 놓은 자료 발굴 및 정리와 연구 성과를 바탕으로 출발하였다. 특히 유재영, 하성래, 강전섭, 심재완, 이상보, 박을수 교수 등은 흔쾌히 소장 자료를 제공해 주셨고, 김윤조 교수는 해외에서 필사한 자료의 원문을 재구성해서 보내 주셨다. 의령 남씨 종손 남찬우 선생은 선조의 문헌을 열람하고 복사하도록 허락해주셨다. 이밖에도 많은 관계자 여러분의 도움을 받았고, 수많은 관련 논저를 통하여 한역 관련 정보와 자료 원문 및 출처를 확인할 수 있었다. 많은 시간이 흘렀지만 그동안 자료 수집 과정에서 도움을 주신 모든 분들과 참고한 논저의 저자 여러분께 깊이 감사드린다.

바쁜 가운데 급한 일을 미뤄두고 오랫동안 원고 정리를 위해 애쓴 장재호 선생에게 특별히 고마운 마음을 전하며, 촉박한 기일에 복잡한 자료를 출판해주신 태학사 지현구 사장님과 편집부 여러분의 노고에도 감사의 뜻을 표한다.

2012년 5월<br>편저자 씀

○시조와 가사 한역원전자료를 망라하여 실었다.

○국문시가를 한시 양식으로 번역하는 데 중점을 둔 자료를 싣는 것을 원칙으로 하되, 국문시가와 한시 창작의 선후관계 및 한역 여부가 분명하지 않은 작품, 국문시가의 가사와 의경을 중점적으로 수용한 악부시 및 잡가 한역시도 참고자료로 함께 실었다.

　예) 安昌厚「閒說二十五幷詩歌」, 宋時烈 등의 「高山九曲歌詩」

○한역시에 붙인 서발류와 한역시와 병기되어 있는 기록을 함께 제시하고, 한역시가 포함되어 있는 기록은 자료 전체를 함께 실었다.

　예)「小樂府序」,「高山九曲潭記」,『西歸遺稿』宋慶澐傳 (「江湖期約歌」)

○후대 문헌에 전사되거나 인용된 기록들도 시가한역의 전개와 전승 양상을 보이기 위해 모두 수록하였다.

　예)『於于野談』,『芝峯類說』,『西浦漫筆』,『旬五志』,『見輒錄』의 「昔日若如此」

○1차적 문헌자료 원전을 영인하되, 부득이한 경우는 현대 활자본 자료를 활용하였다.

　예)『頤齋亂藁』탈초본,「古歌新飜」, 金台俊『朝鮮歌謠集成』,「紫霞小樂府」

○이본이 있는 경우 선본을 택하고, 의미가 있는 경우는 이본을 모두 실었다.

　예)「靑丘短曲」,「紫霞小樂府」

○원전의 문헌 상태를 충실히 보이는 데 주안점을 두었다. 따라서 해당 부분만 적출하지 않고 자료의 지면 형태를 가급적 원전대로 유지하였다.

○원전의 형태와 크기가 다양하므로 전체적 균형을 고려하여 원본의 크기를 임의로 조절하였다.

○동일 문헌에 수록된 자료는 역자, 갈래 등에 따라 분할하지 않았다.

　예)『俛仰集』의 「俛仰亭短歌」 「俛仰亭長歌」 등

　　『松江別集追錄』의 「關東別曲」 「思美人曲」 「訓民歌」 등

○한역자의 생몰 연대를 기준으로 하고 역자미상 자료는 뒷부분에 배열하였다.

○동일한 시가 작품의 한역 자료는 연결하여 배열하였다.

　　예)「何如歌」「丹心歌」,「高山九曲歌詩」

○ 한역시의 작품명은 원전자료에 있는 대로 쓰고, 없는 경우는 통칭하는 명칭을 쓰거나 임

　의로 붙였다.

　　예)「何如歌」,「丹心歌」,「閑山島歌」 등

　우리말 시가 한역의 역사는 한문학의 역사와 같이 시작되었다고 할 수 있을 것이나 고려시대 이전의 한역 자료는 극히 일부가 전해질 뿐이다. 고조선의 시가로 다루어지고 있는 「箜篌引」은 중국의 문헌을 인용한 조선후기 자료가 있을 뿐이고, 삼국시대의 시가인 「黃鳥歌」「龜旨歌」「海歌」「兜率歌」가 삼국사기와 삼국유사에 한역되어 있는 정도이다. 고려시대의 본격적인 시가한역 사례는 崔行歸의 「普賢十願歌」한역이다. 최행귀는 우리말 노래와 한시의 언어·문학체계의 차이에 대한 인식을 바탕으로 예술적 가치가 높은 향가를 중국의 문인들이 이해할 수 있도록 하기 위한 목적으로 향가를 대표적 한시 양식인 칠언율시체로 옮겼다. 그러나 이처럼 전문적으로 시도된 작업이 최행귀 이후 확산되거나 지속되지 못했다. 고려 말에 나온 李齊賢과 閔思平의 「小樂府」는 우리 문자가 없는 상황에서 비록 한역된 형태이나 우리말 노래를 기록 보존한 소중한 자료이며, 조선시대 소악부 창작의 전범을 마련한 의미가 있다. 고려말 승려 冲止, 惠勤 등의 口誦歌辭도 본래의 모습은 잃었지만 한역되어 전한다.

　시가한역 자료의 대부분은 조선시대에 나온 것이다. 훈민정음 창제 이후 최초의 국문시가 작품인 「龍飛御天歌」는 우리말 가사와 같은 내용의 한시로 이루어져 있는데 우리말 노래를 짓고이를 한시로 풀이한 것으로서 시가한역의 범주에 넣을 수 있다. 조선후기로 내려가면서 시가 한역은 더욱 왕성하게 이루어져서 연작형 작품이 대량으로 출현하고, 시조뿐 아니라 가사, 잡가, 판소리 등 다양한 갈래로 확대되었으며 한문학이 종말을 고한 20세기에 들어와서도 한역 사례가 지속되었다. 이렇게 시가 한역이 우리 문학사의 중요한 현상으로 지속되는 과정에서 시가한역과 관련된 방대한 규모의 문헌 자료가 산출되었다. 이 책에는 시가 한역자료 200여 종을 수록했다.

　이렇게 시가한역자료가 방대하고 한역 대상 시가의 갈래도 다양하지만 역시 시조한역이 거의 대부분을 차지하고 있다. 시조한역은 한역 작품 수가 한두 수에서 몇 수에 그친 단편적 자료들도 많이 있지만 10여 수에서 수십 수, 심지어 백여 수에 이르는 연작시 형태도 많다. 이들 연작시들은 申緯의 「小樂府」와 같이 항간에 유행하는 작품을 임의로 골라서 한역한 경우가 있고, 李珥의 「高山九曲歌」, 鄭澈의 「訓民歌」와 같은 특정 작품을 한역한 것도 있다. 먼저 항간에 유행하는 작품들을 임의로 채집하여 다양한 양식으로 한역한 작품들은 18세기 이후에 집중적으로 출현하는데, 대체로 민간의 가요를 채집하여 민풍을 살피며 우리말 노래를 보존한다는 전통적 시가관과 악부시 창작 전통에 따라 이루어진 작품들이다. 이들은 한역시의 양식에 따라 장단구체 한역시와 7언절구체 한역시로 크게 대별되는데, 19세기 이후에는 7언절구형이 주류를 이룬다. 다음에는 특정인의 작품을 한역한 경우인데, 원가가 대부분 연작시조이기 때문에 한역시도 연작시가 된 경우들이다. 이 경우에는 타인의 작품을 한역하기도 하고 자기의 작품을 직접 한역한 예도 흔하다. 타인의 작품을 한역한 경우에는 시조의 작품세계에 대한 공감, 시조 작가에 대한 흠모, 그리고 시조 작가나 시조 작가 후손의 부탁 등이 한역의 동기나 배경이 된 경우가 많다.

　이제 방대한 한역시조·가사자료 중, 일부 주요 작품에 대해 간단히 살펴보기로 한다.


● 金正國(1485~1541), 「鄕村十一歌」(『思齋集』卷1)

　이 작품은 김정국이 경기도 高陽의 芒洞里에 은거하고 있을 때 지은 것으로 매우 긴 詩題가 붙어있다. 이에 따르면 같은 마을에 사는 座首 朴世矩라는 사람이 「향촌십일가」를 지어서 김정국에게 한시로 만들어달라고 하여, 전적으로 시조의 노랫말을 쓰고 압운만 해서 한시 형태를 이루었다고 하고, 비록 말이 속되고 거칠지만 요점은 그 뜻을 살피고 음미하는 데 있을 따름이라고 하였다. 또 처음에는 어버이를 그리워하고, 죽은 자식을 슬퍼함으로써 애상의 뜻을 기탁한 내용이며, 중간에는 한가하게 지내며 유유히 생활하는 멋을 그려내고 임금을 송축하며 스스로 즐기는 것이며, 마지막에는 포부를 미처 펼치지 못함을 탄식하는 것이라 하였다. 시제를 통하여 알 수 있듯이 이 작품은 향촌사족에 속하는 인물이 지은 시조를 사대부 문인이 한시로 번역한 것이다. 그리고 "전적으로 시조의 노랫말을 쓰고 압운만 해서 한시 형태를 이루었다."고 한 바와 같이, 원작의 노랫말과 내용을 충실히 재현했다는 것을 알 수 있다. 또「향촌십일가」가 일정한 구조를 지닌 연시조임을 알 수 있다. 시제에는 작품수가 '十一歌'로 나와 있으나 실제 작품은 12수인데, 10수가 넘는 연작시 한역으로서는 연대가 가장 앞선 작품이다. 한역시 형식은 12수 모두 5언6구로, 이는 시조의 형식과 내용을 충실히 옮길 경우에 사용된 가장 일반적인 형태이다. 비록 노랫말은 확인되지 않았지만 김정국의 한역시를 통해 16세기 전반 향촌사족이 지은 10수가 넘는 연작시조의 모습을 짐작할 수 있다.


● 林億齡(1496~1568),「飜李後白瀟湘夜雨之曲」(『石川集』2)

　임억령이 李後白(1520~1578)의 시조「瀟湘夜雨曲」(「蒼梧山 聖帝魂이」)을 오언절구체로 한역한 작품이다. 그런데「瀟湘八景歌」8수를 모두 한역하지 않고 제1수를 오언절구로 한역한 다음 다시 한역시에 차운하여 8수를 지어서 시조의 내용을 부연하였다. 이는 徐鳳翎, 申命圭등이「檃栝懈菴金處士聞明朝昇遐悲歌一闋」에서 제1수는「삼동에 베옷 닙고」를 재현하고 나머지는 차운 또는 화작한 것이나, 宋時烈이「高山九曲歌」를 5언6구체로 한역하고 다시 7언설구체로 시화한 경우와 같다고 할 수 있다.


● 申欽(1566~1628),「放翁詩餘」(『靑丘永言』珍本)

　신흠의 한역시는『청구영언』진본에 시조 30수와 함께 병기되어 있다. 신흠의 시조는 다른 가집에도 들어 있으나, 한역시는『청구영언』진본에만 실려 있다. 신흠은「방옹시여서」에서 "중국의 노래는 풍아를 갖추어 전적에 올라 있으나 우리 나라의 이른바 노래라는 것은 다만 잔치 자리의 오락용으로써 족할 뿐, 풍아로써 전적에 기록되지는 않으니 대개 말소리가 달라서이다. 중국의 소리는 말이 곧 글이 되지만 우리 나라의 소리는 번역을 거쳐야만 글이 된다. 그러므로 우리 나라에 재주 있는 선비가 모자란 것이 아니지만 악부신성 같은 것이 전하지 아니하니 애석하고 또 조야하다고 할 만하다."라고 하여 중국과 우리 나라의 언어적 차이와 문학양식의 관계에 대해 지적하였다. 우리 나라의 노래는 한시형태로 번역되어야 문학 양식으로서 기록 정착된다고 생각한 것이다. 다음에는 "사물을 만나 읊조리게 되면 그냥 지나치지 못하는 병이 있어, 마음에 맞는 것이 있으면 문득 시편을 이루고, 남음이 있으면 방언으로 이어서 장단을 맞추고 언문으로 기록하니 이는 시골의 노래일뿐 소단의 한 자리를 얻지는 못할 일이다. 그러나 유회에서 나온 것이기는 하지만 혹 볼 만한 것이 없지는 않을 것이다."라 하였다. 흥이 일면 한시로 시편을 이루어 내고, 그래도 남은 흥취가 있으면 계속해서 우리말 노래로 장단을 맞추어 노래하고 이를 우리글로 기록한다는 것이다. 자기의 시조를 '放翁詩餘'라고 명명한 이유도 여기에 있는 것이다.

그런데 시조와 함께 병기되어 있는 한역시를 누가 번역했는지는 분명치 않다. 「방옹시여서」에도 신흠이 자기의 시조를 한역했다는 사실은 나타나 있지 않다. 시구와 시편 구성과 압운 등 한시로서의 양식적 고려는 거의 없고, 시조를 한자로 기록하는 데에 치중하였다.


● 李民宬(1570~1629),「聞人唱俚歌韻而詩之」(『敬亭集』卷4)

詩題에 나타나 있는 바와, 같이 사람들이 부르는 우리말 노래를 듣고 이를 한시 양식으로 옮긴 것인데, 한역시를 통해 우리말 노래가 시조임을 알 수 있다. 전체 12수 중에서 원가는 7수가 확인되었는데,「닉 언지 無信ᄒ여」「뉘라셔 나 자는 窓 밧긔」「思郎이 거즛말이」 등을 비롯하여 원가미상인 제3·7·9·12수 등 모두 7수가 애정시조이다. 한역시 양식은 5언4구 古詩體를 채택하였다. 시제에서 '운을 달아 한시로 만들었다'고 밝히고 있듯이 시조의 노랫말과 의경을 수용하여 전형적인 한시형태로 재창작한 것이다. 이민성의 시조 한역은 자기의 시조를 한역하거나 특정 작품을 한역한 것이 아니라, 당시에 유행하는 시조를 듣고 수집하여 한시화한 점에서 시조한역의 흐름에서 매우 중요한 의미를 갖는다. 이 작품은 항간에 유행하는 시조 10수 이상을 임의로 수집하여 한역한 첫 번째 사례이며, 애정시조가 큰 비중을 차지하고, 한역시 양식으로 5언4구 고시체를 택한 점도 큰 특징이다.

● 李起渤(1602~1662), 「憂國歌二十八章飜辭」(『漆室遺稿』卷1)

　李德一(1561~1622)의 문집인 『칠실유고』에 시조 「憂國歌二十八章」이 실려 있고 각 장에 이기발의 한역시가 부기되어 있다. 「우국가이십팔장」은 漆室 이덕일(1561-1622)이 나라를 걱정하여 지은 시조로 李廷煥(1604-1673)이 「悲歌十首」에서 "이거사 어린 거사 잡말 마라스라. 漆室의 悲歌를 뉘라서 슬퍼ᄒ리. 어듸서 濁酒 흔 잔 얻어 이 실람 풀가 ᄒ노라."(제10수)라 노래한 바와 같이 식자간에 널리 애송되었던 작품이다.

　한역자 이기발은 서문에서 그 노래가 鬱悒慷慨하여 屈原의 傷時耿介한 지성이 있으며, 저도 모르게 감발하고 탄식하게 하는지라 楚辭體를 본따 '些'자를 붙여서 번역한다고 하였다. 한역시는 서문에서 밝힌 대로 초사의 형식을 이용하여 시조의 각행 구절을 옮기면서 각 행마다 끝에 초사에서 사용된 '些'자를 배치하고 있다. 또 종장 초구에 해당하는 곳에는 '吁嗟乎', '哀哀呼' 등의 감탄구를 넣어서 전체적으로 '鬱悒慷慨'하고 '傷時耿介'한 원가의 정조를 옮기려 노력하였다.


● 南九萬(1629~1711), 「飜方曲」(『藥泉集』卷27)

　'飜方曲'은 우리말 노래를 번역한 것이라는 뜻이다. 崔慶昌이 洪娘의 시조를 번역하여 '飜方曲'이라 하였고, 任埅 역시 시조를 번역한 작품을 묶어놓고 '飜方曲'이라 하였다. 〈번방곡〉의 작품내용은 크게 유교적 이념과 윤리관을 나타낸 작품과 애정문제를 노래한 작품으로 나누어지는데, 이들에 해당하는 작품으로는 「이몸이 죽어 죽어」 「鐵嶺 노픈 峯에」 「靑石嶺 지나거냐」 「朝天路 보믜단 말가」 등 충절, 연군, 모화사상을 노래한 작품과 「ᄆᆞ음이 어린 後ㅣ니」 「ᄂᆡ 언지 無信ᄒ여」 「믈은 가쟈 울고」 등과 원가미상 작품 2수 같이 상사연정, 이별의 고통을 노래한 작품이 있다.

　남구만은 다른 글에서 이항복의 시조 「"鐵嶺歌"(「鐵嶺 노푼 峯에」)가 楚辭보다도 뜻이 더욱 간절하며 격식을 갖추어 임금께 올리는 글보다 못하지 않다고 하면서, 방언으로 되어 있는 시조는 한문으로 기록된 글들처럼 오래 전해질 수 없기 때문에 이를 한시로 옮겼다고 밝히고, 「번방곡」에 들어 있는 「鐵嶺 노푼 峯에」 한역시를 인용하고 있다 (藥泉集 卷27 〈白沙獻議手草跋〉). 우리말 노래가 중국의 어떤 작품보다도 감동을 불러일

으킨다는 사실을 강조하고, 그렇기 때문에 기록하여 전하지 않을 수 없다고 주장하고 있는데, 이것이 바로 시조를 번역한 동기이며 〈번방곡〉의 창작 목적이라 할 수 있다.

〈번방곡〉의 한역시는 대개 6구 형식을 유지하고 있으며 대체로 5·7언 시구를 섞어서 자유로운 형태를 취하고 있다. 전통적 한시 형태를 고집하지 않고 시조의 모습을 충실히 옮기려 한 것이다. 그리고 대부분 시조의 내용과 노랫말을 비교적 충실히 옮겼으나 부분적으로 노랫말과 의미의 개변이 보이고, 한시적인 표현으로 다듬어진 시구도 있다. 남구만은 이민성보다 1세기 뒤에 본격적 시조한역의 길을 열었는데, 애정시조를 많이 선택한 점이 특징이며, 형식적 제약에서 상대적으로 자유로운 장단구 6구체 한역시의 전례를 마련했다.


● 金起泓(1634~ ?) 「寬谷八景歌」(『寬谷集』『寬谷先生實記』)

김기홍은 관북지방에서 태어나 그곳에서 평생을 마쳤던 인물로, 그의 문집인 『관곡집』과 『관곡선생실기』『寬谷野乘』 등이 전한다. 이 중 『관곡집』에 「관곡팔경가」의 한역시가 들어 있고, 『관곡선생실기』에 시조 「관곡팔경가」와 그 한역시, 그리고 가사 「採薇歌」「農夫詞」 등이 실려 있다. 한역시는 대체로 5구로 구성된 장단구체로, 압운하지 않고 시조의 가사를 기록하는 데에 치중하였다. 한시 양식으로서의 형상화를 추구하기보다는 문집에 시조의 가사를 한문으로 기록하기 위한 목적으로 한역하였다고 할 수 있다. 『관곡집』권3에 "行路難磨天嶺松林三歌諺書故闕"이라 한 바와 같이, 편집자들이 문집에는 국문시가를 싣지 않았기 때문에 「관곡팔경가」도 문집 편찬 당시 누군가에 의해 한역된 것으로 생각된다.


● 李基休(1650~1710), 「短歌十九章」(『不世堂集』)

李基休는 과거에 뜻을 두지 않고 문을 닫고 자취를 감추어 詩酒로 즐기면서, 출세의 뜻을 버리고 不世堂主人이라 자호하고 평생을 鷄龍山 기슭에서 살았던 인물이다. 〈短歌十九章〉은 李基休의 시문집 《不世堂集》의 歌詞條에 실려 있는데, 〈短歌十九章〉으로 제목을 붙이고 '歌詞'라는 항목으로 분류한 것으로 보아 時調를 수집하여 기록한다는 생각으로 한역한 것이라 할 수 있다. 〈短歌十九章〉에는 비교적 다양한 내용의 작품이 들어 있으며, 한역시 양식은 전체적으로 6구체를 기본으로 하면서 시구 구성은 주로 5·7언구를 유지하였다. 대개 운을 달지 않았고 직역하되 부분적으로 변이를 보인 것, 동일한 시상으로 재구성한 것, 사설시조 사설의 축약한 것 등 다양한 한역방식을 모색하였다. 비교적 많은 시조를 채집하여 번역한 〈短歌十九章〉은 사설시조를 포함하여 다양한 내용의 시조 작품을 기록, 보존한 의의가 있다.

● 李衡祥(1653~1733), 「今俗行用歌曲」(『芝嶺錄』6), 「浩皤謳」(『瓶窩集』卷4, 『更永錄』6)

이형상은 〈今俗行用歌曲〉 55수, 〈長歌〉 4수, 〈皓皤謳〉 16수, 〈圃隱歌〉와 〈冶隱歌〉 2수 등 모두 77수의 시조를 한역하였다. 〈今俗行用歌曲〉은 『芝嶺錄』第6(『瓶窩全書』8)에 실려 있는데, 충의, 도학, 교훈 등 유교적 이념을 직접 나타낸 작품이 전체의 절반을 차지하고 있다. 특히 〈大學遺〉〈明德綱〉〈新民推〉〈至善總〉〈心性判〉〈格致圾〉〈誠意關〉〈止心鑰〉〈修身訣〉〈靈臺澈〉〈學工博〉 등 11수 는 대학장구를 차례로 노래한 연작시조를 한역한 것으로 보인다. 이처럼 유교적 이념을 노래한 작품이 가장 많고, 강호한정류의 작품이 그 다음을 차지하며, 인생무상의 노래와 인정세태를 풍자한 노래도 상대적으로 많은 편이다. 반면에 애정시조는 한 수도 없다. 한편 〈長歌〉 4수는 〈將進酒〉(「혼 盞 먹새근여」), 〈雍門周〉(「千秋前 尊貴키야」), 〈歎息喝〉(「한숨아 셰한숨아」), 〈狗馬戀〉(원가 미상) 등 사설시조를 한역한 것으로, 인생무상과 취락 및 애정문제를 다룬 작품인데 이형상의 한역시 가운데 애정문제를 내용으로 한 작품은 이들뿐이다. 〈浩皤謳〉는 『更永錄』第六(瓶窩全書八)과 『瓶窩集』卷四(瓶窩全書一)에 실려 있는데, 도학과 윤리 교훈을 다룬 작품이 거의 없다는 점이 〈今俗行用歌曲〉과 대조적이다. 그 대신 강호은일과 탄로의 노래가 주류를 이루고 있으며, 역시 애정시조는 한 수도 선택하지 않았다. 〈浩皤謳〉는 제목 그대로 만년에 이른 이형상의 생활과 의식의 단면을 보여주고 있다.

한역시의 양식을 살펴보면 〈금속행용가곡〉은 거의 모두 6구체로 되어 있고, 〈호파구〉

는 16수 모두 압운한 5언6구체로 되어 있다. 이형상은 〈今俗行用歌曲〉에 붙은 小序와 곡조별 배열 방식을 통하여, 단순히 노랫말을 옮기는 데 그치지 않고 곡조를 전하려는 데에 지대한 관심을 내비치고 있다. '시조의 한시화'에 치중하기보다는 민가·속악인 시조를 채록한다는 입장에서 한역이 이루어진 경우라 할 수 있다. 반면에 〈호파구〉는 전통적 한시양식인 악부시 창작의 일환으로 제작되었다고 할 수 있다. 시조의 형식구조와 율격적 특징을 살리면서 동시에 한시양식으로서의 형식미도 유지하는 방향에서 시조와 한시를 접목시킨 것이다.

● 李槃(1682~1750), 「飜訓民歌十八章」(『茅山亭遺稿』)

이 작품은 이경이 정철의 연작시조 「訓民歌」를 한역한 것인데, 『秣川世稿』에 들어 있는 이경의 문집 『모산정유고』에 실려 있다. 「茅山亭墓誌銘」에 "晚年作茅山亭, 而一時善士 … 時月往來, 盃酒以叙懷, 歌詠以論志."라 하였으니 이경의 만년기 작으로 추정되며, 훈민가의 교화적 가치에 대한 인식을 바탕으로 한시를 통하여 작품 세계에 동참하고, 아울러 사대부들에게 읽히게 하기 위하여 번역하였다고 할 수 있다. 한 세기 뒤에 宋達洙도 정철의 훈민가를 번역하였는데, 송달수는 16수본 훈민가를 대상으로 한 반면 이경은 18수본을 보고 한역하였다. 한역시 양식으로 칠언절구체를 택했는데 직역보다 시편의 대의를 바탕으로 재구성한 방식이 많다. 시조 사설을 충실히 재현하기보다는 사설과 의미를 바탕으로 한시적 표현미를 갖춘 작품을 이루는 데 중점을 두었다고 할 수 있다.

● 南夏正(1687~1751), 「少郞輩編里巷雜曲累數十章」(『桐巢遺稿』)

이 작품에는 서문과 같은 성격의 긴 제목이 붙어 있어 한역동기 및 시조에 대한 인식태도를 확인할 수 있다. 곧 병중에 적막하여 가집을 열람하였는데, 태반이 男女相悅之詞로 음란하고 외설스러워 내버려야 마땅한 것이었다고 하고, 雅正하여 詩經 詩人의 뜻을 저버리지 않은 작품 9장을 겨우 골라 한시를 만들었다고 하였다(少郞輩編里巷雜曲

累數十章. 余理病愁寂, 輒取而閱之, 太半是男女相悅之辭, 率淫哇鄙媟, 宜在見放. 其中稍采得比興雅正, 有不背詩人之旨者凡九章, 演成韻語, 竊附於古樂府遺意. 九首.). 이를 보면 남하정이 시조에 대하여 상당히 경직된 인식태도를 가졌으며, 특히 애정시조에 대해 매우 부정적으로 이해하고 있었던 것을 알 수 있다. 한역시조 전체 9수 중 제8수는 원가가 확인되지 않았다. 이들은 「古人도 날 몯보고」 「山前에 有臺ᄒ고」 「눈마ᄌ 휘여진 ᄃᆡ를」 「가마귀 ᄲᅡ호ᄂᆞᆫ 골에」 「日中 三足鳥ㅣ야」 「三冬에 뵈옷 닙고」 등과 같이 절의, 지조, 충의, 효도, 수양 등의 유교적 이념을 노래한 작품이 대부분이다. 남하정은 이와 같은 작품을 雅正하여 詩經 詩人의 뜻에 합치된다고 평가한 것이다. 한역시 양식은 대부분 5언6구체로 이루어져 있다.


● 安昌後(1687~1771), 「閒說二十五幷詩歌」(『閒說堂遺稿』)

안창후는 전라도 보성에서 평생을 보낸 인물로, 61세 무렵 '한설당'이라는 당호를 걸고 시문과 시조 및 가사를 지었는데, 「한설이십오병시가」에는 시조 24수와 이를 한역한 칠언절구체 한역시, 그리고 가사 「名分說歌」와 이를 한역한 「名分說詩」가 들어 있다.

『한설당유고』는 이상보 교수가 전남 長城의 한학자 邊時淵으로부디 입수한 것으로, 초고본과 목판본을 복사하여 1책으로 묶은 영인본 형태의 책이다. 필사본에는 「한설이십오문」 24편, 「한설이십오시」 24수, 「명분설」 1편, 「명분설시」 1수 등 한문 기록이 이어져 있고, 시조 24수, 가사(명분설가) 1수 등 국문시가가 따로 실려 있다. 목판본에는 「한설이십오병시가」라는 항목으로 「人道」 「人心道心」 등의 제목 아래 文, 詩(칠언절구), 歌(시조)가 병기되고, 「명분설가」에도 文, 詩가 병기되어 있다.

시조 24수는 '人道', '人心道心', '心意志氣' 등 제목에서 보듯이, 모두 유교적 도덕을 바탕으로 사람의 도리와 삶의 이치를 밝혀 놓은 것이다. 형식은 대체로 평시조의 틀을 유지하고 있으나 정형성을 간직하면서도 구애 받지 않고 비교적 자유롭게 운율을 넘나들고 있다. 병기된 한시는 칠언절구체인데, 시조의 노랫말과 한시의 내용이 거의 일치된다. 가사 「명분설가」도 제목과 같이 상하 귀천의 명분론에 입각한 윤리질서를 노래한 것이며, 한시 「명분설시」는 가사와 같은 내용과 주제의식으로 되어 있지만 축차적으로 직역한 것은 아니다.


● 南肅寬(1704~1781), 「短謠」(『八灘公遺稿』)

「短謠」는 李秉淵이 엮은 南肅寬의 문집 『八灘公遺稿』(『宜山世稿』卷之九 下)에 실려 있다. ‘短謠’는 宋純의 〈俛仰亭短歌〉, 李基休의 〈短歌十九章〉, 馬聖麟의 〈短歌解〉, 洪良浩의 〈靑丘短曲〉 등의 ‘短歌’, ‘短曲’ 과 같이 시조를 가리키는 명칭으로 사용한 것이다. 「短謠」는 당시 유행하던 시조를 임의로 수집하여 한역하여 기록한 작품인데, “短謠四十首選十四”라고 부기한 것으로 보아 〈단요〉는 원래 40수였는데 문집에는 14수만 실었다는 사실을 알 수 있다. 〈단요〉 14수는 작품마다 노래의 내용과 특징에 따라 적절한 제목을 붙였다. 곧 〈瀟湘夜雨歌〉〈楚伯王歌〉〈蘆洲辭〉〈莫烹魚歌〉〈感君恩曲〉〈行路難歌〉〈歎老詞〉〈調花詞〉〈種種曲〉〈送春詞〉〈惜別行〉〈采石風月歌〉〈淇澳綠竹歌〉〈夢曾子歌〉 등과 같다. 그리고 ～歌, ～詞, ～曲, ～行 등 악부체 시제와 유사한 명칭을 사용함으로써 시조한역시를 악부시와 관련시키고 있다.

「短謠」의 내용은 二妃, 項羽, 屈原, 李白, 曾子 등 역사와 고사에 나오는 인물과 관련된 작품이 많으며, 이들은 유교 윤리와 양반의 풍류와 관련된 내용을 다루고 있다. 그런가 하면 늙음을 탄식하고, 인생고를 노래하며, 권세가를 풍자하는 등 민요적 색채, 서민적 체취가 느껴지는 작품도 있다. 그러나 애정시조는 거의 없다. 시구 구성은 자유로운 6구체 중심의 장단구체로 이루어져 있다.


● 洪良浩(1724~1802), 「靑丘短曲」(『耳溪集』筆寫本 卷1, 『耳溪集』活字本 卷2, 『靑丘短曲』)

「청구단곡」은 3종이 있는데 국립중앙도서관 소장본 『청구단곡』에는 「청구단곡」40수와 「北塞雜徭」65수가 수록되어 있고, 필사본 『이계집』권1, ‘歌謠’에 「청구단곡」39수, 「북새잡요」62수가 들어 있으며, 고활자본 『이계집』권2, ‘가요’에는 「청구단곡」26수, 「북새잡요」48수가 실려 있다. 이 중 국립도서관본은 「청구단곡」과 「북새잡요」만 수록한 별책본으로, 유려한 필체로 淨書된 책이다. 모든 작품에 批點이 찍혀 있고 "古雅", "可入詞曲" 등의 評語가 여백이나 附箋紙에 기록되어 있으며, 책 뒤에는 '小瀛'(洪秉喆)과 '震澤'(申光河)의 글이 붙어 있다.

「청구단곡」은 수록 작품이 비교적 많기 때문에 내용이 다양한 편이나 강호자연의 흥취를 노래한 전원시조가 주류를 이루며 사설시조를 비교적 많이 선택한 점이 특징이다. 한역시 형식은 장단구체인데, 5언구와 7언구가 많은 편이나 3언에서 6언, 8언, 9언, 10언 등 다양하고, 시편 구성도 시조의 구조에 대응되는 6구체가 많은 편이나 4구, 5구에서 8구, 10구, 15구에 이르기까지 매우 다양하다. 형상화 방식은 시조의 노랫말을 충실히 옮긴 경우도 있지만 시조의 의경을 자기화하여 재구성한 작품이 많다. 홍양호는 장단구체 양식을 선택하여 시조의 형식과 내용을 다양한 형태로 자유롭게 옮겨 담는 한편, 단순히 시조의 노랫말만 옮기는 데에 그치지 않고 시조의 가락과 내용을 잘 살려내면서 동시에 한시로서의 높은 예술성을 성취하였다고 할 수 있다.


● 馬聖麟(1727~1798), 「短歌解」 「戲贈美妓」(『安和堂私集』)

마성린은 墨客, 歌客, 琴客 등 여항예술인과 폭넓은 교류를 가졌던 京衙前 출신의 閭巷詩人이다. 그는 고유의 세시풍속을 시화한 연작시 〈弄提俗談〉을 짓기도 했는데, 〈농제속담〉와 〈단가해〉를 포함한 '雜詩'의 발문에서 겨울에 濕瘇으로 오십일 동안 자리에 누워 잠을 이루지 못하고 간간이 운을 뽑아 戲題로 잡시 팔구십 수를 지어서 병중의 근심을 풀었다고 하였다.

〈단가해〉는 〈古詩十七首〉〈長短詞十五首〉〈喜贈美妓古詩九首〉 등으로 이루어져 있는데, 〈희증미기고시구수〉는 8수만 실려 있어 실제 작품 수는 40수이다. 〈단가해〉에 수용된 시조는 유교적 미의식과 풍류적 생활감정을 노래한 것이 많은 편이나 보편적 정서를 다룬 작품에도 관심을 기울였다. 특히 〈희증미기〉는 매우 이채로운 작품으로 8수가 모두 애정시로서 그 중에서도 한결같이 심각하고 절박한 이별의 정한과 상사연모의 감정을 노래한 것들이다.

한역시 형식은 7언4구체 고체시와 長短句 詞體의 두 가지 양식이 선택되었다. 일반적으로 7언4구체 한역시는 대개 근체시인 데 반해 〈단가해〉는 격식에서 비교적 자유로운 고시체로 만든 점이 큰 특징이다. 특히 〈長短詞十五首〉는 詞體로 이루어져 있어서 특이하다. 초장을 7언구와 6언구의 두 두로, 중장은 7言句 하나로 옮기고 종장은 5언구 두 개의 시구로 재현하여 7·6·7·5·5의 詞體로 만들었다. 의도적으로 시조 형식에 대응하는 장단구의 사체를 선택하였으며, 작품 모두 동일한 구법으로 일관되게 재현한 것이다. 시조한역가 중에 단형의 초사체 장단구를 이루거나 신위의 〈소악부〉와 같이 칠언절구형에 다만 제목을 詞牌名으로 붙인 경우는 있으나, 마성린과 같이 "長短詞"라고 분명히 명시하고 전 작품을 동일한 구법으로 한역한 경우는 없다.


● 黃胤錫(1729~1791), 「古歌新飜二十九章」 「古歌新翻續十四章」(『頤齋亂稿』卷1)

두 작품은 황윤석의 『이재난고』에 실려 있다. 이 작품들은 『頤齋集單』이라는 이름의 별책에도 실려 있는데, 『이재난고』와 『이재집단』의 기록에는 부분적인 차이가 있다. 작품은 樂章으로 분류되는 「感君恩」을 번역한 것을 제외하면, 시조를 한역한 것은 모두 42수이다. 대상시조들은 대부분 평시조이지만, 「잘새는 플플 挹淸樓로 희도라 들고」 「白鷗는 片片大同江上飛오」 「靑天에 써셔 울고 가는 져 기러기」 등과 같은 사설시조가 포함된 점이 특징이다. 한역 대상이 된 작품들은 대체로 당시에 유행하던 시조로서 주로 역자의 주변에서 수집된 것들인데, 지방 향촌사회에 구전되던 노래를 번역하였기 때문에 지금 전하지 않는 이본을 한역한 경우가 더러 있다.

한편 대상 시조의 내용을 보면 강호한정과 전원풍치를 노래한 작품이 많은 비중을 차지하고 유교적 이념과 미의식을 노래한 작품이 절반이 넘는다. 나머지는 대개 계층과 신분을 초월한 보편적인 정서를 노래한 작품들이다. 여기에는 행락을 추구하며, 인생무상과 늙음을 한탄하는 취락의 노래와, 사랑과 그리움, 이별의 고통을 노래한 것, 人情 세태와, 인간사의 무상함 등 인생의 다양한 경험과 보편적 정서를 노래한 것들이 포함된다.

황윤석은 한역시의 서문에서 우리 고유 시가인 시조의 본질과 가치를 강조하고 이를 길이 전하기 위하여 한역하였음을 밝혔다. 그리고 실제 한역에서 시조의 작자, 내용, 형식, 창작 배경, 일화 등 시조문학의 다양한 측면에 대한 적극적이고 심도 있는 이해를 주석을 통해 기록해 놓았다. 한역시 형식은 시조의 구조를 살리면서 사설을 충실히 재현하기 위하여 대체로 6구체를 유지하되 시구는 대부분 잡언체 장단구로 한역하였는데, 구법과 시편의 구성이 자유로워서 시구의 구분이 모호한 경우가 많으며 압운도 크게 고려하지 않았다. 한시로서의 형식미를 추구하기보다는 전체적으로 원가를 충실히 재현하는 방향으로 한역하였다.

● 金養根(1734~1799), 「東調」(『東埜集 卷4』)

김양근은 영조 39년(1763)에 급제하여 형조참의에 올랐던 인물로, 그의 문집『동야집』은 14권 6책으로 되어 있는데, 제4권에 시조 한역시를 모아놓은 〈동조〉가 들어 있다.

서문에서 "한가한 날 우리 노래를 펼쳐서 잠을 쫓고 감회를 푸는 자료로 삼았다"라고 하고, "권장하고 징계하는 데에 도움이 될 만한 것"들인지라 "일창삼탄하고 부족하여", 하나하나 번역해서 180수를 지었다고 하였다. 시조의 본질적 가치를 정확히 이해하고, 전통적 유가의 시가관과 악부시 창삭 전통에 바탕을 두고, 시조한역의 선례에 따라 시조를 대량으로 한역한 것이다.

서문에는 180수를 지었다고 하였으나 〈동조〉에는 64수가 15개 항목으로 분류되어 있다. 곧 五倫(12수), 友愛(2), 道學(4), 喜慶(3), 際遇(1), 棲逸(7), 閒適(13), 豪爽(3), 感傷(5), 懷相(1), 離別(2), 行役(1), 景致(7), 諷諭(2), 故意(1) 등으로 나누어 놓은 것이다. 이들 분류에서 드러나듯이 〈동조〉의 내용은 크게 즉 윤리, 도학, 송축 등 유교적 이념을 직접적으로 나타낸 것과 강호한정과 풍류취락 등 사대부적 정서와 풍류를 노래한 것, 그리고 인생무상과 이별의 문제, 세상살이의 고달픔 등 인생살이와 보편적 정서를 다룬 것 등으로 나누어 볼 수 있다. 한역시 양식은 64수 모두 6구 형식으로 이루어져 있는데, 시조의 형식구조와 내용을 큰 변개 없이 재현하는 한편, 모든 작품에 압운을 하고 한시 시구의 전형적 형태인 5·7언 시구로 만들어서 한시로서의 일정한 형식미를 갖추도록 세심한 주의를 기울였다.

● 南極曄(1736~1804), 「愛景堂十二月歌」(『愛景堂遺稿』)

　남극엽의 문집『애경당유고』권5에 시조 「애경당십이월가」와 가사 「鄕飮酒禮歌」「忠孝歌」가 있고 권8에 「애경당십이월가」12수와 이를 楚辭體로 한역한 辭 12수 및 칠언절구 한역시 12수가 병기되어 있다. 이 자료는 이상보 교수가 소개하였고, 전라남도에서『향토문화연구자료』22집에 영인 간행하였다. 시조 「애경당십이월가」는 '正月載山望月章', '二月江郊曉霧章', '三月東崗花卉章', '四月山亭鶯聲章', '五月古棧農歌章' 등 제목에 나타나는 바와 같이 1년 동안 다달이 시절의 변화와 농사일, 자연경관과 유상 등을 노래한 일종의 달거리체 연작시이다. 이를 초사체로 옮기고 다시 칠언절구체로 한역한 점이 독특한데, 초사체는 구법과 재현 방식이 李起渤의 「憂國歌飜辭」와 동일한 점이 주목된다. 각 행 끝에는 '些'자를 배치하고 '噫吁乎'와 같이 종장 초구에 해당하는 탄사를 넣은 점도 동일하다. 칠언절구체 한역시는 대체로 시조의 대의를 살리면서 한시적 표현을 이루고 있다.


● 申緯(1769~1845), 「小樂府四十首」(가람본『小樂府四十首』)

　신위의 「소악부」는 사대부문인으로부터 기방에 이르기까지 광범위하게 유포되었으며, 그 결과 다양한 이본자료가 전한다. 「소악부사십수」는 신위의 시전집인『警修堂全藁』49, '北禪院續藁第三'에 들어 있는데 경수당전고는 奎章閣本, 藏書閣本, 趙秉儀 筆寫本, 一簑文庫本, 高麗大本, 延世大本 등이 전한다. 다음에는 警修堂藁略本, 국립중앙도서관 紫霞詩選本, 申紫霞詩集本, 警修堂詩選本(1)·(2), 高麗大 紫霞詩本 등 신위 시의 초록본과 시선집에 들어 있는 것들이 있다. 그리고 가람문고본, 延世大本 別冊本, 三家樂府本, 海東歌謠本, 歲時風謠本, 成均館大本 등은 소악부만 들어있는 별책본이다. 여기서 가람문고본, 성균관대본은 자하소악부만으로 되어 있고, 해동소악부본은 신위 시의 초본과 합본되어 있으며, 연세대본 별책과 세시풍요본은 宋晩載의 「觀優戲」와 柳晩恭의 「歲時風謠」 등 다른 樂府詩 자료와 합본되어 있다. 그리고『三家樂府』는 신위의 「小樂府」가 李裕承의 「續小樂府」, 元世洵의 「續樂府」 등과 함께 樂府詩集 형태를 이루고 있다.

이들 신위 소악부의 이본 계통은 내용과 변개정도에 따라 ①가람문고본 계열(가람문고본, 경수당고략본, 해동소악부) ②장서각소장 경수당전고본 계열(규장각본·장서각본·고려대본·연세대본 경수당전고, 국립도서관본 자하시선, 연세대 별책본, 삼가악부, 신자하시집, 세시풍요) ③일사문고 경수당전고본 계열(조병의초본 경수당전고, 일사문고본 경수당전고) ④기타(경수당시선(1)·경수당시선(2)·고려대본 자하시, 성균관대본 소악부사십수) 등으로 나누어진다. 이 가운데서 가람문고본(경수당고략본), 장서각 소장 경수당전고본, 일사문고 경수당전고본을 자하소악부의 대표적 이본 자료라 할 수 있다. 특히 가람문고본(경수당고략본)은 그 문헌적 성격이 자하소악부의 이본 가운데서 신위 친필본 원본에 가장 가깝고 내용을 잘 보존하고 있으므로 자하소악부의 표준자료로 삼을 수 있다.


● 申孝善(1783~1821), 「飜蓬萊樂府」(『郎巖遺稿』)

신효선이 부친 申獻朝(1752~1807)의 시조집 『봉래악부』에 들어 있는 시조를 골라 한역한 작품으로, 신헌조의 『봉래악부』에 수록된 시조 25수 가운데 10수를 뽑아내서 번역한 것이다. 그는 "「봉래악부」의 가곡 수십 수를 열람하니, 절창이 아닌 것이 없어 일창삼탄하고도 오히려 여운이 있었다."라고 하고, "난가 십수를 뽑아서 번역하여 시를 지으니 사족의 기롱을 면치 못할 것이나 항상 가까이 열람하고자하는 정성에 부친다."라고 하였다(披覽先府君蓬萊樂府數十首歌曲, 無非絶調, 一唱三歎猶有餘韻. 謹撮短歌十首, 翻而作詩, 未免添足之譏, 而庶寓常目之忱云.). 한역시 양식은 7언절구체를 사용하였고 대체로 원가의 대의를 충실하게 재현한 편이다.


● 宋達洙(1808~1853), 「訓民歌飜辭」 「星山別曲翻辭」(『守宗齋集』卷1, 『松江別集追錄』卷2)

송달수는 이조참의에 이른 인물로, 宋時烈의 8세손이며 어머니가 鄭澈의 후손이니 정철의 외손이 된다. 그는 정철의 가사 「星山別曲」과 시조 「酒問答」3수 및 「訓民歌」16수를 번역하였는데, 그 서문에 의하면 송달수가 명문의 후예이고 또 정철의 외손이 되

는 인연으로, 정철의 후손 鄭雲之의 요청을 받아서 번역하였다고 했다(余少友環碧主人
雲之甫, 相與邂逅於淳北之山中, 而請以文字飜之. 非謂余嫺於詞工於律, 特以余爲故家之後, 而又
爲先生彌甥, 故請之再三而至於送紙, 則固知見笑於有眼者, 而義不可辭, 玆敢草呈.). 또 김상헌
의「관동별곡번사」와 가사「관동별곡」을 비교하여 살펴보니 노랫말에 수정, 윤색된 것
이 있다고 하였다(淸陰先生嘗飜關東別曲, 而今以諺曲較觀, 則遣辭之際, 不無修潤矣. 今姑依本
詞飜出, 而素不解歌詞, 故不免以辭害義. 且本是俗諺, 則傳已久而訛亦多.). 국문시가를 한시양
식으로 옮기자면 윤색이 따르게 마련인데 특히 김상헌의 한역시는 의역이기 때문에 노
랫말의 변이가 더욱 많았던 것이다. 송달수는 선조의 작품을 충실히 재현하는 방향으
로 번역하였다. 그래서 시조의 경우 시조의 형식과 의미구조에 가장 가까운 5언6구체
를 사용하였다. 가사「성산별곡」은 5·7언고시체 96구로 이루어져 있으며, 가사와 의미
를 충실히 재현하는 방향으로 번역하였다 .


● 權用正(1801~? ),「東謳」(『東謳』)

　〈東謳〉의 작자 權用正은 자는 宜卿이고 호는 少游이며 安東人으로 純祖 원년(1801-
?)에 출생하여 벼슬이 府使에 올랐던 인물로, 특히 시문에 뛰어나 申緯, 金正喜, 李晩
雨 등과 함께 後四家의 한 사람으로 지칭되고 있다. 그의 작품으로 〈동구〉와 함께 서
울의 세시풍속을 소재로 지은 〈歲時雜詠〉26수와 〈漢陽歲時記〉 등이 전한다. 〈東謳〉
는 시조와 잡가 등 국문시가 30수를 칠언절구체로 재현한 작품으로, 신위 등의 소악부
창작과 맥락을 같이 한다.
　〈동구〉는 辭說時調를 많이 선택하고 있다는 점이 다른 작품과 크게 구별되는 특징
이며, 특히 당시에 유행한 歌詞와 雜歌類가 포함되어 있어 매우 이채롭다. 제2, 8, 9, 10,
13, 23, 26, 27수는 각각 사설시조를 선택한 작품이고, 제4, 16, 18, 28수는 각각 〈상사별
곡〉〈매화타령〉〈상사별곡〉〈황계사〉 등에서 특정 부분을 발췌하여 한시로 옮긴 것이
다. 〈東謳〉의 내용은 이별의 슬픔, 규방의 외로움과 그리움 등 남녀간의 애정문제를 노
래한 것이 18수로 가장 많다. 특히 사설시조와 잡가 등은 애정을 다룬 것이 대부분이
다. 다음으로는 덧없는 세월을 안타까워하고 인생의 무상함을 탄식하며 짧은 인생을

즐기고자 하는 내용의 작품들이 많다. 이처럼 〈동구〉는 동일 계열의 작품 중 가장 많은 사설시조를 포함하고 있으며, 애정문제를 소재로 한 작품의 비중이 가장 현저한 작품이다. 특히 유일하게 잡가를 포함하고 있다는 점이 〈동구〉의 큰 특징이라 할 수 있다. 한편 시조를 칠언절구로 재현하면서 재구성하는 방식을 많이 사용한 점에서 동일 계열의 다른 작품들과 구별된다. 한시적 형식미를 갖추는 방향으로 한역이 이루어졌기 때문이다. 〈동구〉는 국문시가의 사설과 의경을 수용하되 한시로서의 예술적 형상성을 높이는 쪽에 비중을 두었다.


● 李裕元(1814~1888), 「小樂府四十五首」(『嘉梧藁略』)

　「小樂府四十五首」는 『嘉梧藁略』 '樂府' 篇에 해동악부 100수를 비롯한 다양한 악부체 작품과 함께 들어 있다. 이유원은 「소악부사십오수」에 붙인 후서에서 익재소악부 작법에 따라서 해동악부 백수를 짓고, 신위소악부를 모방하여 소악부를 지었다고 하였다 (余昨夏作海東樂府百首, 原於益齋先生小樂府法. 今秋雨裏, 見養硏山房俗樂府, 倣以製之.). 익재소악부에서 신위 소악부와 이유원 소악부로 이어지는 소악부 전통의 지속성을 살필 수 있나. 그러나 신위가 익재소악부의 전례에 따라 시조를 취하여 소악부를 지은 데 비해, 이유원은 익재소악부를 근본으로 삼아서 해동악부를 짓고, 별도로 신위 소악부를 본따서 소악부를 지은 데에서 익재소악부를 보는 관점이 신위와 다름을 알 수 있다. 이유원의 소악부는 작품 수가 45수로 비교적 많은 편이지만, 애정시조가 자하소악부에 비하여 상대적으로 적고, 역사인물의 회고, 인생무상과 취락, 강호한정 등 사대부 시조의 일반적 미의식을 다룬 것이 많은 점이 신위 소악부와 가장 다른 특징이다. 또 신위에 비하여 매우 다양한 한역방식을 사용하면서, 반드시 시조에 맞추려 하지 않고, 한시적 표현으로 재구성한 점이 다르다.

● 鄭顯奭(1817~1899),「敎坊歌謠」(『敎坊歌謠』)

『敎坊歌謠』는 국립중앙도서관소장본, 通文館소장본, 고려대도서관소장본 등 3종의 이본이 보고되었는데 편차나 내용의 차이는 없다. 鄭顯奭은 「天君本紀」를 지은 鄭琦和의 아들로 진주목사, 김해부사, 덕원부사, 황해도관찰사 등을 비롯해서 내외직을 두루 역임하고 다수의 저술을 남긴 인물인데, 진주목사를 지낸 시절부터 『敎坊歌謠』 편찬에 손을 대서 김해부사로 있던 1872년에 완성하였다.

『敎坊歌謠』의 편찬 목적은 교방에서 익히는 가무의 내용을 기록하고, 가요를 채록하여 기록하는 데에 있었으며, 특히 우리말 가사의 기록보다 악부체로 한역하여 채록하는 데에 비중을 두었다. 서문에서 우리 나라 음악과 시가의 성격 및 언어문자체계 등에 대한 식견을 피력하고, 시가 한역의 구체적 방법과 그 어려움을 토로하며, 本旨를 잃지 않도록 유의하되 성정의 바른 것을 취하고 방탕하고 음란한 말은 깎아내서, 필산지법에 따라 권징하는 뜻을 부친다고 하였는데, 이는 곧 採詩觀風의 전통적 가요 채집 태도인 것이다.

한역시는 歌曲을 기록한 부분에는 모두 97수의 시조가 한역되어 있고, 한역시 뒤에 해당 작품의 노랫말이 병기되어 있다. 이 중 제3수와 68수는 완전이 동일하고, 역시 같은 작품을 한역한 제16수와 59수는 몇 글자만 다를 뿐이며, 제81수는 「何如歌」의 중장과 「丹心歌」 중장, 종장을 복합하여 번역하였다. 그리고 교방의 呈才들에 관한 기록 중 「獻蟠桃」조와 「船樂」조에 시조를 장단구체로 번역한 작품 2수가 포함되어 있으므로, 『교방가요』에서 한역된 시조는 97수이고 한역시는 98수이다. 또 「권주가」는 부분별로 시조집에도 실려 있는 것이 있으므로 결국 『교방가요』에는 100여수의 시조가 한역되어 있는 셈이다. 한편 〈勸酒歌〉〈春眠曲〉〈處士歌〉〈相思別曲〉〈梅花打令〉〈行軍樂〉 등 歌唱歌詞의 漢譯가사를 기록해 놓았는데, 원문은 싣지 않고 또 노래 전체를 옮기지 않은 것이 대부분이며, 短歌라는 항목에는 〈還山別曲〉이 칠언고시 형태로 한역되어 있다.

● 李裕承(1835~),「續小樂府」(『三家樂府』)

　이유승은 서문에서 소싯적에 신위의 소악부를 애호했으나 사십여 년 동안 관심을 갖지 못하다가, 소악부를 다시 보니 절대가작이었다고 감탄하면서, 익재소악부 이래 오륙백 년 동안 적막하였는데 신위가 祖述하여 騷壇의 旗幟가 되었다고 하였다. 그리하여 마침내 신위 소악부를 본떠서 절구 열 수를 짓고 '속소악부'라고 이름 붙였지만, 신위가 살아나 이를 본다면 뭐라 할지 두렵다고 하였다. 신위 소악부가 이유승에게 끼친 영향이 얼마나 절대적이었는지 알 수 있다. 이유승이 태어났을 때 신위는 66세였고 신위가 타계했을 때 이유승은 10세에 불과했다.

　「속소악부」10수는 늙음을 한탄하는 노래 3수, 애정시조 4수 등 보편적 감정을 노래한 작품이 대부분이다. 한시화 방식은 대부분 시조 초장을 한시 1, 2구에 옮기고 중장과 종장을 각각 3, 4구에 옮기는 방식을 사용하였는데, 이는 보통 초장과 중장을 각각 1, 2구에 옮기고 종장을 3, 4구에 옮기는 것이 일반적인 데 비해 매우 특이한 경우라 할 수 있다.


● 趙榥(19세기),「箕裘謠」등(『三竹詞流』奎章閣本,『三竹四流異本』慕山本)

　『삼죽사류』와 『삼죽사류이본』은 조황이 짓고 편찬한 시조집으로, 삼죽사류이본은 삼죽사류의 초고본이며, 저자가 만년에 초고본의 내용을 보완 개작하고 서발을 안배하여 재편성한 것이 삼죽사류이다. 삼죽사류와 삼죽사류이본에는 각각 시조와 함께 해당 시조의 한역시가 병기되어 있는데, 삼죽사류에는 「人道行」(5언6구 10수), 「箕裘謠」(칠언절구 40수), 「酒老園擊壤歌」(칠언율시 30수), 「秉彛吟」(오언율시 20수) 등 100수가 실려 있고, 삼죽사류이본에는 「주로원격양가」(칠언율시 30수), 「병이음」(5언6구 19수), 「기구요」(칠언절구 40수) 등 89수가 순서대로 들어 있다. 두 자료를 비교하면 초고본에는 「인도행」이 없고 작품 배열순서가 다르며, 「병이음」의 한역시가 三竹詞流는 오언율시체인데 비해 초고본에는 5언6구체로 되어 있다. 그리고 「인도행」을 제외한 삼죽사류와 삼죽사류이본의 시조 89수를 대비해 보면 가사가 같은 것, 부분적으로 다른 것, 전혀 상이한 것 등이 있고, 한역시도 동일한 것, 유사한 것, 완전히 다른 것 등이 있는데, 작품의 주제와 내용은 거의 동일하다. 또 「기구요」에는 삼죽사류와 삼죽사류이본의 한역가가 동일한 작품이 4수 있다(제5수, 24수, 34수 36수). 결국 조황의 한역시는 삼죽사류에 100수, 삼죽사류이본에 85수 등 모두 185수가 된다.

한역시는 5언6구, 7언절구, 5언율시, 7언율시 등 다양한 양식을 사용한 점이 큰 특징인데 형식에 따라 시조의 가사를 충실히 재현하거나, 대의를 한시적 구성과 표현으로 전환하거나, 시조에서 미진한 내용을 대폭 첨가하는 등 다양한 방식을 시도하였다. 이 자료는 한 인물이 100수에 달하는 방대한 시조를 짓고, 이를 매우 공들여 한역하였으며, 초고를 전면적으로 보완 수정하고, 한역시 양식을 다각도로 모색하는 등 국문시가와 한시의 접목을 다양하게 시도한 점에서 큰 의미가 있다고 할 수 있다. 본서에서는 삼죽사류는 규장각소장 가람본을, 삼죽사류이본은 박노춘소장본을 심재완교수가 복사한 자료를 활용하였다.


● 鄭熙鎭(19세기), 「寄友人」外(『放翁遺稿』)

『방옹유고』는 6편의 가사와 20수의 시조를 남긴 鄭勳(1563~1640)의 문집이다. 이 책은 『慶州鄭氏世稿』에 들어 있는데, 여기에 「寄友人」1수, 「感慨」3수, 「夢周公」2수, 「自警」2수, 「癸亥反正後戒功臣歌」1수, 「歎江都陷沒大駕出城歌」1수, 「歎北人作變歌」1수, 「歎鰲城漢陰完平竄謫歌」1수 등 시조 12수의 한역시와 가사 「憂喜國事歌」, 「聖主中興歌」의 한역시가 실려 있다. 그리고 정훈의 필사본 문집인 『水南放翁遺稿』에는 국문으로 기록된 시조 20수와 「聖主中興歌」, 「歎窮歌」, 「迂闊歌」, 「龍湫游詠歌」, 「水南放翁歌」 등 가사 5편이 실려 있어 한역시의 원가를 확인할 수 있는데, 「감개」3수, 「몽주공」2수, 「자경」2수 중 제1수 등은 원가가 전하지 않으며, 「성주중흥가」는 원가가 전하지만 「우희국사가」는 한역시만 전한다. 『경주정씨세고』는 1862년 정훈의 8대손인 鄭熙鎭이 엮은 것인데 정훈의 시조와 가사는 이 때 정희진에 의해 한역된 것으로 보인다. 한역시의 형식은 대부분 장단구 6구체로 이루어져 있고 원가의 가사와 내용을 충실히 재현하고 있다. 가사도 4언구, 5언구, 7언구 등을 중심으로 장단구를 자유롭게 구사하고 있는데, 원가가 전하는 「성주중흥가」는 원가를 축차적으로 직역하고 있으며 460여구에 달하는 「우희국사가」도 한역 방식이 「성주중흥가」와 같기 때문에 한역시를 통해서 원가의 내용을 파악할 수 있다.


● 吳憙常(19세기), 「樂府」(『玄鶴琴譜』, 『樂府』高大本, 『雅樂部歌集』)

고대본『악부』의 「악부」에 칠언절구체 한역시들이 들어 있는데, 『雅樂府歌集』에도 동일한 기록이 있다. 이 중 작자가 '樵夫'로 기록된 한역시가 10수, 작자를 기록하지 않은 것이 4수, 자하 10수, 嘉梧室 4수, 逸名 3수 등이 섞여 있는데, 逸名으로 된 것은 權用正의 작품이다. 제1수부터 12수까지는 시조와 樵夫의 한역시를 붙여서 기록하고, 그 다음부터는 申緯, 李裕元, 權用正 등의 한역시와 樵夫의 한역시가 섞여 있다.

여기에 나오는 '樵夫'를 시조사전 등에서 鄭鳳으로 기록하고 있으나 이는 잘못된 것이다. 고려대 아세아문제연구소 육당문고 소장본인 『玄鶴琴譜』에 고대본『악부』의 「악부」에 기록된 내용이 그대로 들어 있다. 이 책은 표지 서명이 '琴譜', 저자가 '吳樵夫作'으로 되어 있고 책 내부에 '蓬山吳樵夫'와 '蓬萊樵夫吳憙常'이라는 기록이 있다. 고대본『악부』의 「與民樂」조에도 "蓬萊樵夫吳憙常琴譜解"란 기록이 나오는데, 그 내용은 역시 吳憙常의 『玄鶴琴譜』에서 옮겨 적은 것이다.

이처럼 고대본『악부』의 「악부」는 吳憙常의 『琴譜』라고 알려진 책에서 옮겨 적은 것으로, 『玄鶴琴譜』에는 玄鶴琴譜 下篇, 羽平調二數大葉부터 界面二數大葉其五 사이의 악보 상단에 한역시들이 기록되어 있다. 곧 「百行源」 「長生思」 「聖得賢頌」 「玉壺氷」 「康衢吟」 「梁父吟」 「滄浪調」 「滿月臺」 「桃花引」 「後庭花」 「荅君恩」 「綿裏針」 「醉公子」 등이며, 「잘 식는 나라들고」를 번역한 작품에는 제목이 없고, 「桃花引」 「荅君恩」 「醉公子」에는 '樵夫'라는 표기가 없다. 그러므로 이제부터는 고대본『악부』의 「악부」에 樵夫로 표기된 한역시의 작자는 鄭鳳이 아니라 吳憙常으로 바로잡아야 한다.

이들의 내용은 애정시가 5수로 많은 비중을 차지하고 있는 점이 특징인데, 자하소악부 등 19세기에 나온 한역시에 애정시조가 많이 선택된 것과 같은 경향이다. 14수는 같이 기록된 자하소악부, 이유원, 권용정 등의 작품과 같이 모두 칠언절구체로 대부분 직역하여 원가 사설을 충실히 옮겼다.

● 元世洵(19세기), 「續樂府」(『三家樂府』)

  원세순은 신위의 「소악부」와 이유승의 「속소악부」, 그리고 자기의 「속악부」를 합하
여 소악부 시집인 『삼가악부』를 엮었다. 그 서문에서 말하기를 "동오 이공이 가요 십절
을 모아 엮어서 속소악부라 하고 서문을 썼는데, 그 서문에 이르기를 '자하 신공이 이
미 사십절을 지어서 소악부라 하고 서문을 썼으니 신공의 작품은 대개 이익재의 악부
에서 말미암은 것이므로 그 옛 전례를 따라 이름한 것이다.' 라고 했다. 동오공이 소악
부를 이은 것은 송옥과 경차가 이소를 이은 것과 같다. 나 또한 모방하여 십여절로써
소인을 붙이고 동오공에게 나아기 질정을 받아서 합하여 일편을 만들어 삼가악부라
하였다.(東梧李公掇收歌謠十絶, 以續小樂府自序之, 其序曰: "紫霞申公已有四十絶, 以小樂府序
之, 申公之作, 蓋由李益齋樂府, 故因其舊而名之." 梧公之續如宋玉景差之續離騷矣. 余亦効顰, 以
十餘絶爲小引, 就正於梧公, 合爲一篇, 名曰三家樂.)."라 하였다. 이유승이 신위를 계승한 것
이 송옥과 경차가 굴원의 이소를 이은 것이라 평가하고, 자기도 모방해서 선배인 이유
승에게 질정하고 함께 묶어 "삼가악부"라 이름 붙였다는 것이다.

  원세순은 17수 중 애정시조 5수를 비롯하여 비교적 다양한 내용의 작품을 선택하였
다. 그리고 동시대인의 작품과 자기의 작품을 포함시킨 점이 특이하다. 한역방식은 초
장을 한시 1,2구로 바꾸거나 종장을 3,4구로 옮기는 방법을 절반씩 사용하였다. 이유승
과 원세순은 7언절구체 소악부 중 신위나 이유원에 비해 한시화 방식이 매우 단순한 점
이 특징이다. 대체로 시조의 내용과 사설을 직역한 편이다.


● 譯者未詳, 「俛仰亭短歌」外(『俛仰集』권4)

  송순 시가는 『면앙집』권4 '歌詞'에 가사인 「俛仰亭長歌」1편과「俛仰亭短歌」7수,「俛
仰亭雜歌」2수,「自上特賜黃菊玉堂歌」1수,「夢見主上歌」1수,「致仕歌」3수,「五倫歌」5수
등 시조 19수가 漢譯歌 형태로 실려 있다. 그리고 崔棄의 行蹟(권4, 附錄, 遺事), 趙鐘永
의 諡狀(권4), 李晉美의 「謫中論乙巳事實」(續集 권1), 黃胤錫의 家狀(권5, 附錄), 宋煥箕의
行狀(권5, 附錄), 年譜(권5, 附錄) 등에 "有鳥曉曉 傷彼洛花 春風無情 悲惜奈何"라고 번역
된 작품이 기록되어 있는데, 「곳지 진다 ᄒ고 싀드라 슬허마라」(심재완 214)를 한역한 것

이다. 그러므로 송순 시조의 한역시는 모두 20수이며, 이 중에서 원가가 확인되지 않은 것이 9수이다.

그런데 송순이 스스로 자기 작품을 한역하였는지 후대 문집 편찬 과정에서 누군가에 의해 이루어진 것인지는 분명치 않다. 면앙집의 편찬 과정을 보면 송순이 직접 자기 시문을 편찬한 것이 있었는데, 이것을 外裔 李晉美가 1601년에 옮겨 적어 보관하였고, 9세손 宋在悅이 저자의 시문을 모아서 1829년 趙寅永의 서문을 받아 본집 4권2책의 목활자로 1733년에 간행한 것이 초간본이다. 그리고 附錄 3권을 추가하여 7권4책으로 증보 간행하였고(刊年未詳), 1846년에 續集 3권을 간행하였다. 한편 초간본 간행 이전인 1781년에 黃胤錫이 지은 家狀에 致仕歌 三篇, 夢見主上歌 一篇, 五倫歌 五篇, 俛仰亭長歌 一篇, 短歌 七篇, 雜歌 一篇, 玉堂受賜黃菊歌 一篇, 春塘臺觀耕應製農歌 一篇 등이 있으며, 그 노래가 널리 불려지고 있다고 하였다.

한역시의 양식은 가사와 시조 모두 초사체의 구법을 원용하고 6구체로 형식으로 시조의 노랫말을 충실히 재현하였다. 그리고 한역 방식이 「행적」 등에 기록된 "有鳥曉曉"를 제외하고는 모두 동일하다. 따라서 한역은 동일 인물에 의해 이루어진 것이라 생각된다.


● 沈衡鎭(未詳), 「詠歎餘塵」100수, (『新民』32호〈1927.12〉 104-116면)

잡지 『신민』에 게재되었던 것으로, 심형진이 新民社本 '精選花歌鬪時調100수'를 칠언절구로 한역한 것이다. 심형진은 서문에서 "新民社에서 精選한 花歌鬪를 座右에다 두고 그 一百首의 古時調를 晝宵로 詠歎"하며 "詩情의 말지아니함이 잇슴으로" 칠언절구로 번역해내었다고 밝혔다. 이 자료는 1920년대 후반에 한역된 것으로, 시가한역 자료로서의 가치는 크다고 할 수 없지만 시조한역 전통의 지속이라는 일정한 의미를 갖는다고 할 수 있다.

● 權相老(1879-1965)「枳橘異香集」(「永言漫譯」)(退耕譯詩集)

　권상로가 시조 312수를 칠언절구로 한역한 것이다. 권상로는 1930년대에 율곡의 「고산구곡가」를 한역하여 「時調漢詩譯」이라는 제목으로 『學燈』에 발표한 바 있고, 「시조한역」이라는 이름으로 동국대신문에 일부를 연재한 바도 있는데, 「枳橘異香集」으로 집성된 셈이다. 『東岳語文論集』2, 3집에 附載되기도 했는데, 원래 표제인 「永言漫譯」을 「지귤이향집」으로 改題하고, 唐詩의 시조번역인 「異苔同岑集」과 함께 『퇴경역시집』으로 묶여 1966년 간행되었다. 시조 대본은 『청구영언』육당본에 의거하여 앞부분부터 대체로 수록 작품 순서에 따라 번역하였다. 한문학 시대가 끝나고 한참 뒤에 나온 것으로서 큰 의미를 부여할 수는 없으나, 본서에는 참고자료로 수록하였다.

時調・歌辭 漢譯原典資料

馬要使行人仔細看

世間人欲固難量百萬何能稱爾情若使彼千年方得

死千年閲了又求生

蝦蟹圖 二首

暮江秋水碧連漪玉蟹銀蟳逐派移幻入菁川三昧

手却克宗相玩中資

奪得真形不放歸縱橫無處又無依墨池餘潤摹生

活莫遣兒曹說是非

用鄉人俚語以解之

花飛葉落漸飛霜如嬰人生不逼忙百計無如閑事



『逍遙齋集』卷1,「用鄉人俚語以解之」

樂花時須了醉千場

回文詩

簾睡半檻空酣憂遠客孤燈一枕幽簷滴暗聲殘雨

夜榻凝寒影斷雲秋

古詩集　每二首

思千里虛負莊生第二篇

獨上高樓（舊本作）思渺然疏簾相伴宿風煙故園今夜

二月已歸三月來紫門間掩逐生苔西樓悵望芳菲

節懷抱何時得好開

五言律詩

『逍遙齋集』卷1,「用鄉人俚語以解之」

洗馬公墓碣并序

公諱定字安之其先華人曾王父諱安烈因元季兵亂從基愍

王東來賜鄉原州與安祐擊走紅賊收復京都又與崔瑩等征濟

州錄勳賜推忠亮節宣威翊贊補祚功臣號官至領三司事原

川府院君君生摠制諱潤摠制生僉中樞諱次喜僉樞聚豐山

君沈龜齡之女生公 永樂乙未五月十一日也風度端雅篤

志力學迥出等夷 正統辛酉中進士 除世子洗馬 天順

丁丑適黃海道不稔以公往驗民多受賜戊寅 朝家聞其治郡

事越三年庚辰出知隨州郡事明年以事免 除義禁府都

第一 特令仍職又明年壬午丁母艱居喪盡禮服闋後丁亥

為寧邊大都護府使政清愛民壬辰以秩滿歸民父老塡街遮

『原州邊氏世譜』卷1,「丹心歌」「不屈歌」

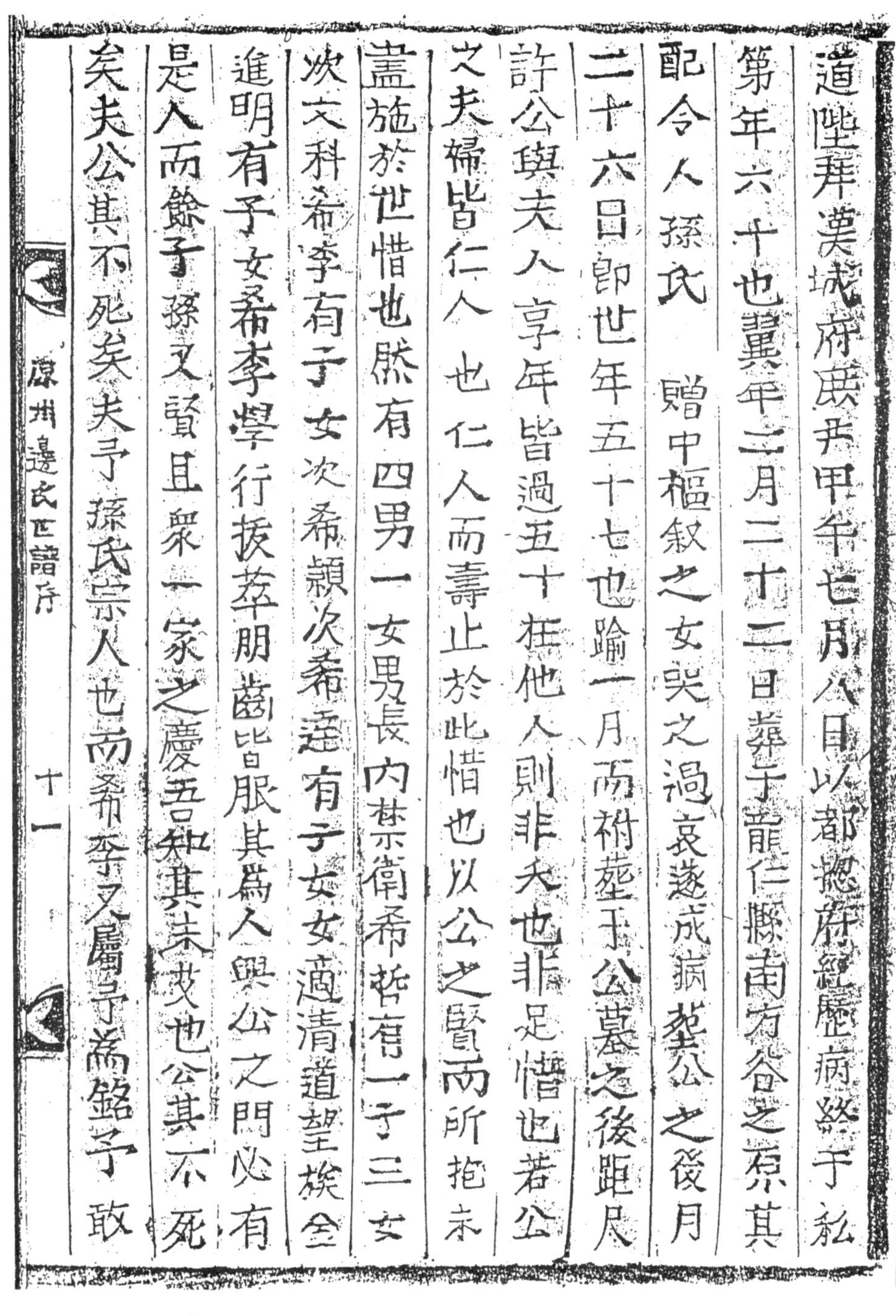

道一陛拜漢城府廳事甲午七月八日以都總府經歷病終于私
享年六十也冀年二月二十二日葬于龍仁縣南方谷之原其
配令人孫氏　贈中樞叔之女哭之過哀遂成病棄公之後月
二十六日卽世年五十七也喻一月而祔葬于公墓之後距尺
許公與夫人享年皆過五十在他人則非夫也非足惜也若公
之夫婦皆仁人也仁人而壽止於此惜也以公之賢兩所抱未
盡施於世惜也然有四男一女男長內禁衛希哲有一子三女
次六科希李有子女次希穎次希遠有子女女適清道望族金
進明有子女希李學行拔萃朋齒皆服其爲人與公之門必有
是人而餘子孫又賢且衆一家之慶吾知其未艾也公其不死
矣夫公其不死矣夫予孫氏宗人也而希李又屬于爲銘予敢

原州邊氏正譜序　十一

『原州邊氏世譜』卷1,「丹心歌」「不屈歌」

辭千銘曰於斯大姓世篤忠貞公其嗣之濊振家聲位止三

豈滿其德壽時甫六旬奄終續息嗟嘆夫人過衰而疾多徐魏

奔月轉迤生既與偕死迨同域生死一之其志即學禶譜者矣

庭芝是馨門戶之大雖死猶生通政大夫藝文館副提學孫比

長撰

雜錄附

漢邊讓傳曰讓有亦名故曹操邑忌而殺之讓有九州被之志故

號九州被為九江太守遺惠甚多九江士氏立祠俎豆之　明朝

替不○漢史書曰殺九江太守邊讓○承上曰公應璧以書狀赴　至

天朝時九州被後孫為禮部尚書為公周旋以完使事因言藩

陽侯亦九州被後裔公往謁九江廟及東還仍號九江云

『原州邊氏世譜』卷1,「丹心歌」「不屈歌」

白川居邊氏家乘藏遼東錄云元以邊頓為潘陽千戶矦子諒
反諒長子安伯襲封潘陽矦次子安烈仕至公卿是時天下大
亂群盜蜂起以公主有亡國之像朝議欲貶他邦己丑以江陵
府院大君王祺尚公主辛卯以三六將八學士侍衛送高麗邊
安烈以首將陪来弟安緒兄子肅亦随而来肅即潘陽矦安伯

第二子

執義歸溪公諱希李傳家辭云麗裕祧樸草
太宗邀宰執飲自為歌試諸公意圖隱歌曰此身死復死復死
一百回白骨化塵土魂魄縱有無向君一片丹心邦有廢滅理
府院君歌曰穴吾之臂洞如斗貫以藁索長又長前牽後引磨
且戛任汝迤為吾不辭有欲奪吾王此事吾宗不從二公之志真



『原州邊氏世譜』卷1,「丹心歌」「不屈歌」

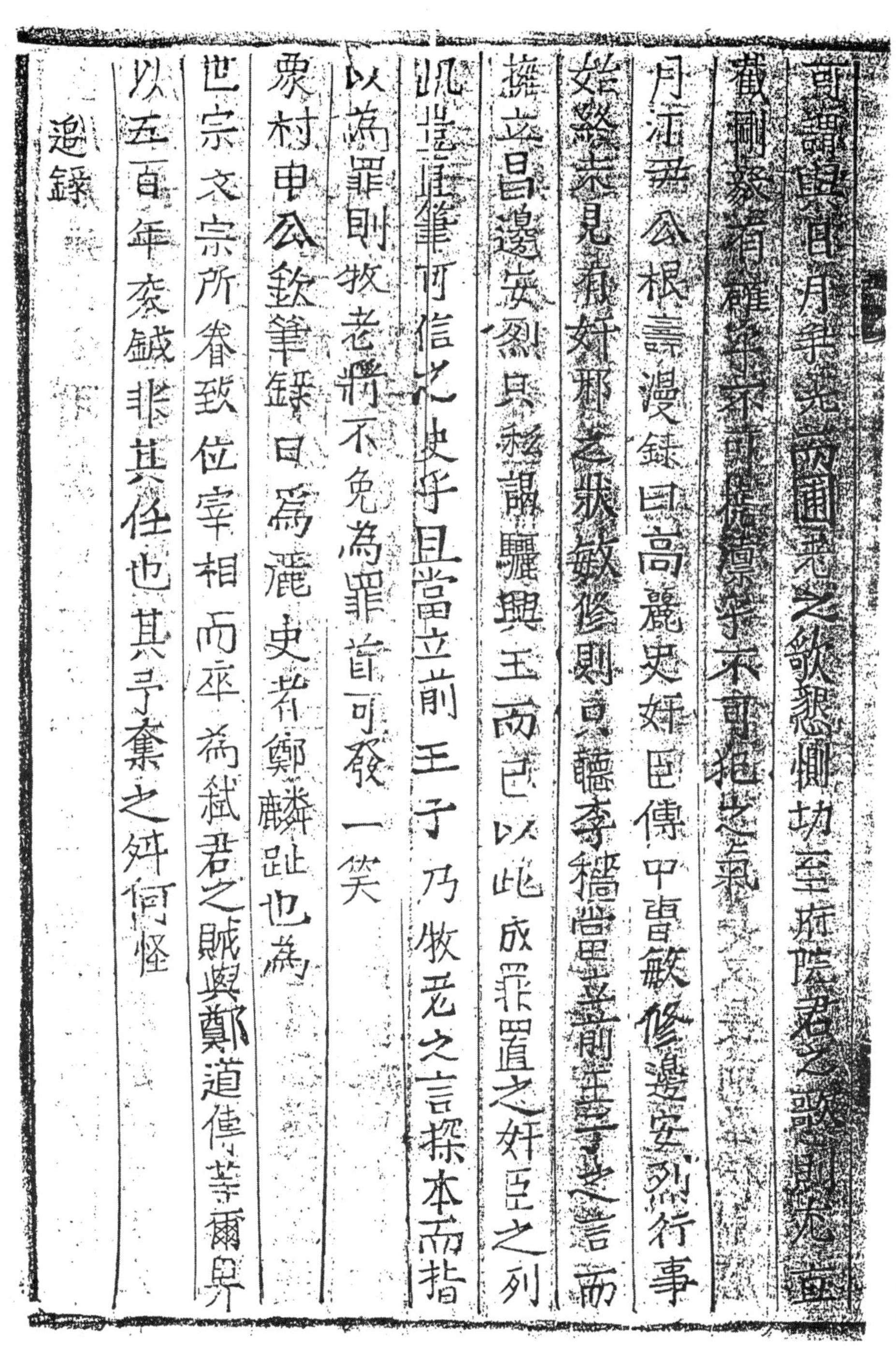

丹心歌公根壽漫錄曰高麗史姦臣傳中卞敏修邊安烈行事姓然未見其姦邪之狀敏修則只聽李穡當立前王子之言而擁立昌邊安烈只秘諷與王而已以此成罪置之姦臣之列呪是筆可信之史乎且當立前王子乃牧老之言探本而指以為罪則牧老將不免為罪首可發一笑眾村申公欽筆錄曰為麗史者鄭麟趾也為世宗文宗所眷致位宰相而卒為弑君之賊與鄭道傳等爾界以五百年蒙鉞非其任也其于棄之姦何怪

逸錄

『原州邊氏世譜』卷1,「丹心歌」「不屈歌」

44

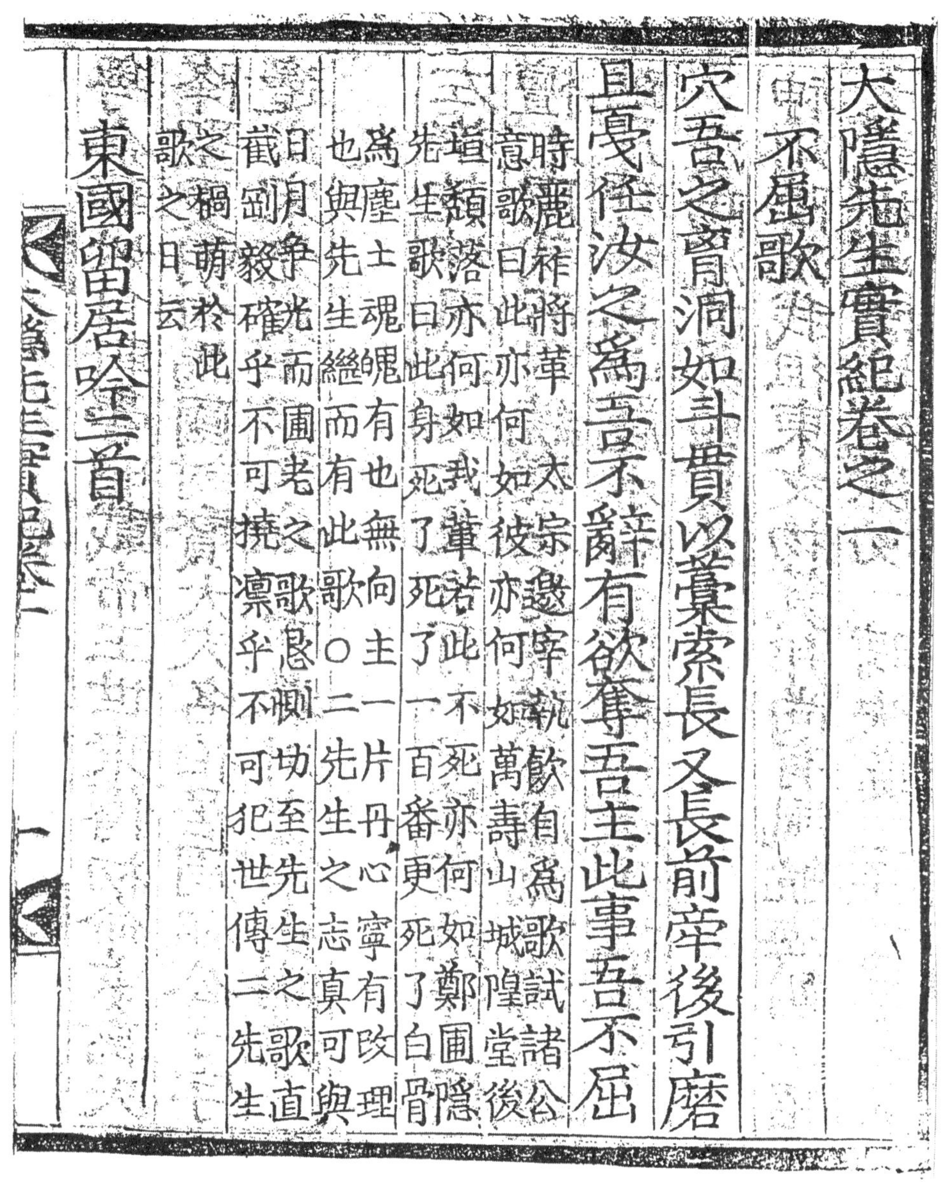

大隱先生實紀卷之一

不屈歌

穴吾之肓洞如斗貫以藁索長又長前牽後引磨
且戞徑汝之為吾不辭有欲奪吾主此事吾不屈
時麗祚將革太宗邀宰就飲自為歌試諸公
意歌曰此亦何如彼亦何如萬壽山城隍堂後
垣頹落亦何如我輩若此不死亦何如鄭圃隱
先生歌曰此身死了死了一百番更死了白骨
為塵土魂魄有也無向主一片丹心寧有改理
也與先生繼而有此歌○二先生之志真可與
日月爭光而圃老之歌悲惻切至先生之歌直
截然毅確乎不可撓凜乎不可犯世傳二先生
之歌之稠萌扵此歌之日云

東國留居唫二首

『大隱先生實記』卷1，「不屈歌」「丹心歌」「何如歌」

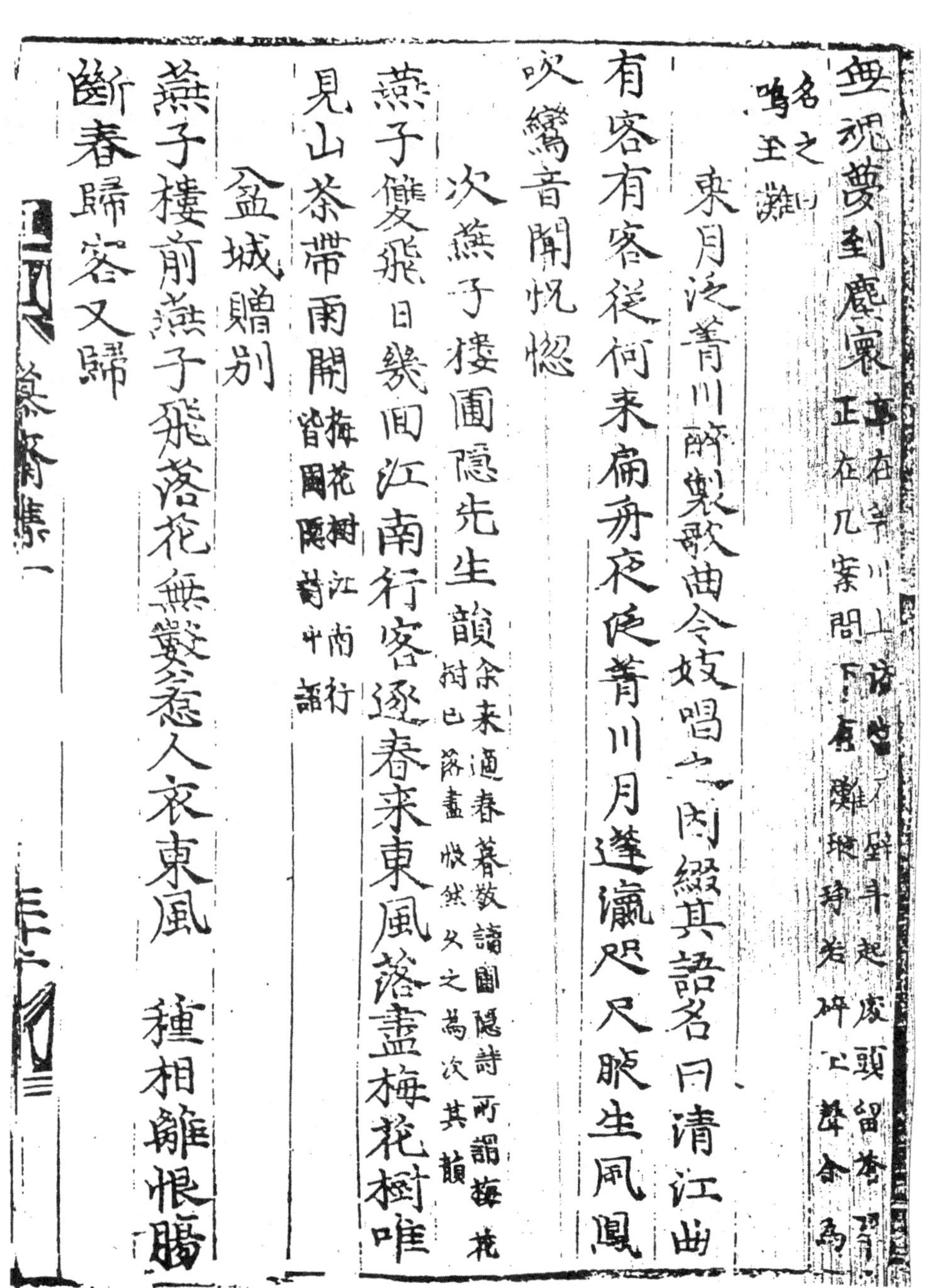

無視夢到塵寰〔事在羊川……正在几案間，下有……難……壁斗起廢頭留本……為……〕　名之灘　鳴玉灘

東月泛菁川，醉製歌曲，令妓唱之，閑綴其語，名曰清江曲。

吹鸞音閑怳惚
有容有容從何来，扁舟夜庭菁川月，逢瀛尺脈生風鳳

次燕子樓圖隱先生韻〔余来通春舊數……圖隱詩所謂梅花……〕
燕子雙飛日幾回，江南行客逐春来，東風落盡梅花樹，唯見山茶帶雨開。〔梅花樹……江南詩中調……〕

盆城贈別
燕子樓前燕子飛，落花無數惹人衣，東風種相雛恨腸，斷春歸客又歸。

慕齋集一

『慕齋集』卷1,「清江曲」

旣永減正須添

### 奠朴進士寅亮有感書壁

依舊墻邊躑躅兼春深無主獨殷紅客來更與何人飲空
奠椒漿落日中

### 崔子澄持酒來訪共飲挑花下次子澄韻

韶光唯有兩三分勸子休辭竟夕曛萬事百年墟一笑新

近有入唱俚歌江月曲聽而有感以句解腔江月倩君聞之日諭江萬頃如眉月倩得者懷亦見伊予似倩朧兩見肯宵空畢伊倩是日嘗以侑酒故云

### 寄松都沈都事達源

昔年與沈君遊廣明寺飮于泉石上
依然春夢廣明泉白首霸村憶舊年安得共君尋故跡清

『慕齋集』卷4,「江月曲」

醉中走筆贈別邊正郎成善叔赴　燕京

鶴野茫茫遼海闊　夢魂常逐舊曹遊　逐君萬里魂應徔到
慶陳蹤憶我不

又醉走筆贈別沈典簿達源赴　燕京

鏡分如月月如眉　舊曲新腔捻起悲　萬里不須詩贈別去
留常把兩歌思同慶㸃月臨別飲醉余作歌寂別有些鏡君
十年前余奉使卜都時寓廣明寺與沈君
分半月㑃時更恰圓之語近余在注村聞沈君作詩月
曲有云㴑波篙頃如眉月你得看儂亦見伊儂不秋俗
斬歌之今日共二飲語及兩歌戲賦此詩贈之

乙酉十月初九日復攜家室乘舟將還注村鶴城正
橐征攜酒餞于廣津小墅舟中醉書
繰紗三峯翠拂天舟行三日統山前廣津漁父休相訏醉

『慕齋集』卷4,「江月曲」

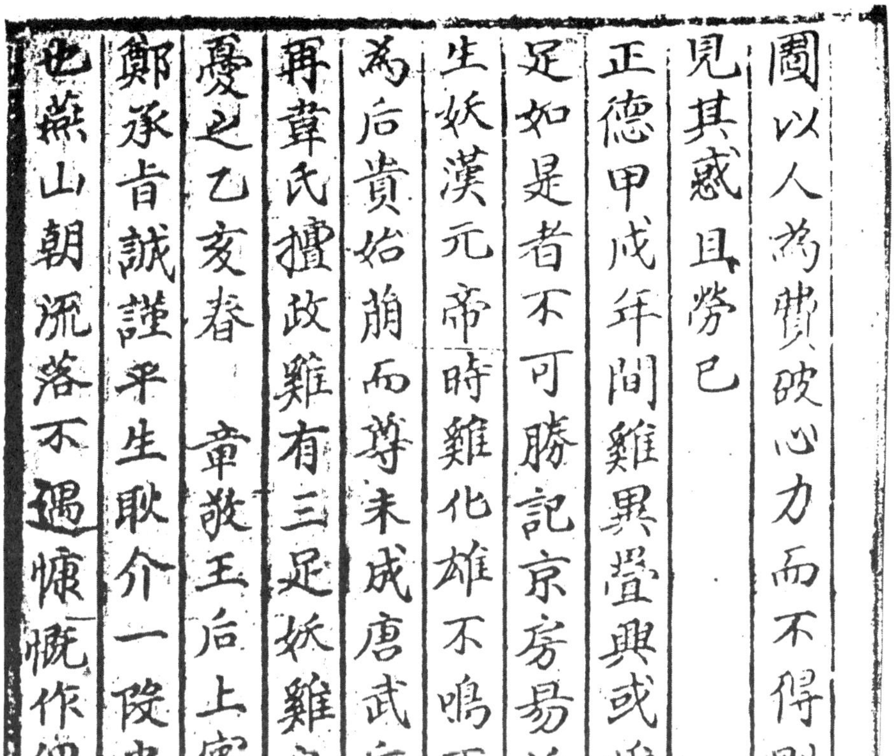

『龍泉談寂記』上　野乗本,「俚曲」

愛君遜卷之意僕賞採其聲協以詞其一日以我思
子心子無我心似子心苟可似天下寧有是思之縱
難能無嫌猶可已其二日桃李媚恩光競此色娩娩
老菊終亦花寐愿誰省晚霜風掃卉空孤芳記秋苑
其音婆以婉其舜怨而直徘佃戀著柳而復揚亦詩
人之遺意也楚粲騷泉長沙賦若雖古雅淺俚之有
殊遙遙此心千載同貫使人聞之不覺膓推而弟下
也昔文忠事母至孝憫其衰邁作木鶏歌益齋詞曰
木頭雕作小唐鶏筋子拈來壁上捷此為豚脛豙得
節慈顏始似日平西至今樂譜傳之為五冠此曲後

『龍泉談寂記』上 野乘本,「俚曲」

之製聲樂者倘能採之以被絃歌庶幾與木鷄並傳云

虞庵自少有文聲頗工於詩晚登第八內翰善推轂知人吉凶嘗云甲子之禍甚於戊午不為進取計燕山朝史禍之作蓋在戊午歲虞庵曾有龍灣之謫故也居憂德水縣南一日散遣僮奚大者薪樵次者桃菜俾供夕爨獨守空廬老平頭意給使闕人不淹剋經還則虞庵不在矣呼隣人四出細蹤之只見南汪〔師祖江上流也〕故僅二隻脫在汀沙疑必流注募水師武舟咸潤通江上下竟不獲其屍未幾燕山主荒唐溢興

『龍泉談寂記』上 野乘本,「俚曲」

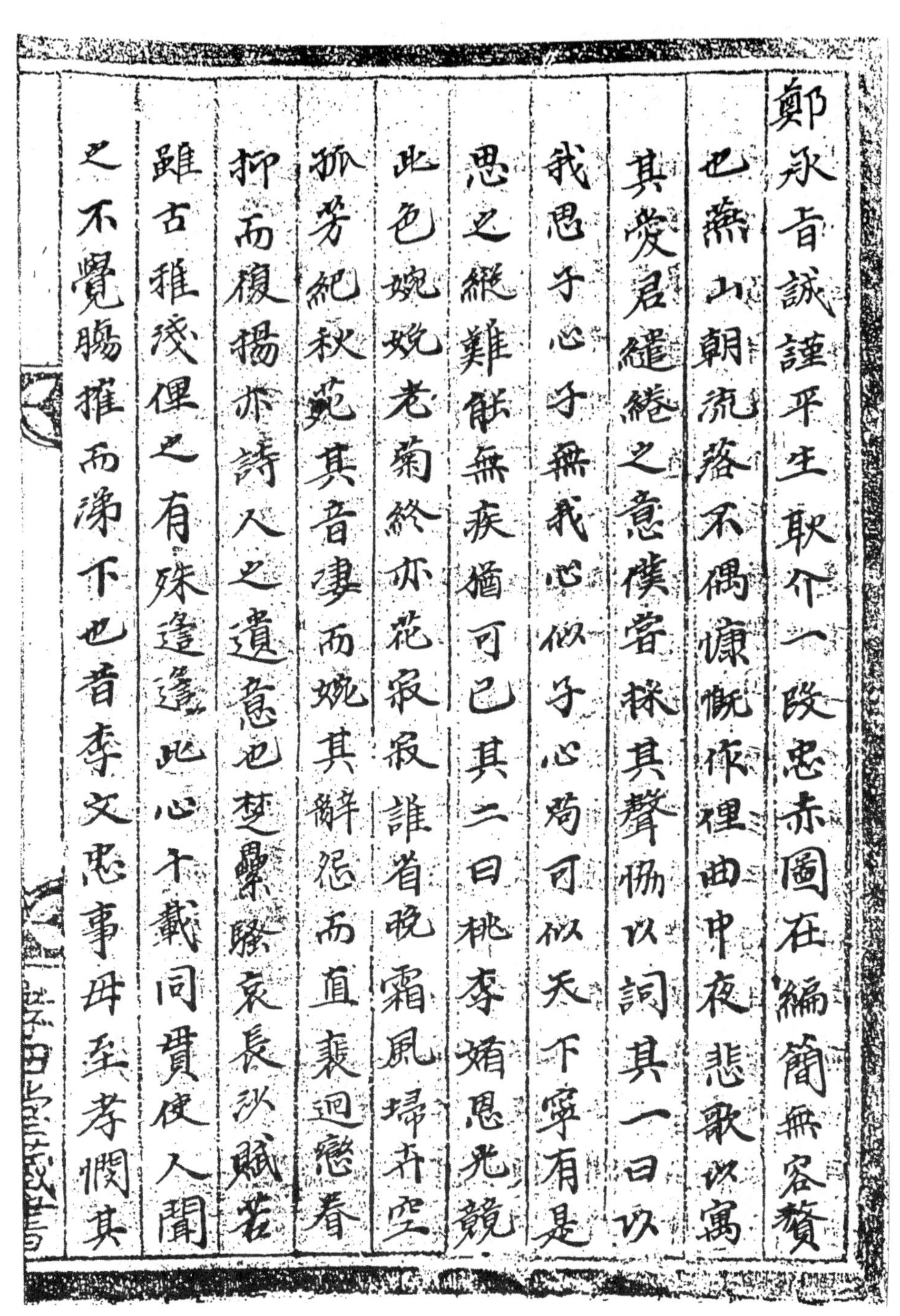

鄭永音誠謹平生耿介一段忠赤圖在編簡無容贅
也燕山朝流落不偶慷慨依俚曲中夜悲歌以寓
其愛君繾綣之意僕嘗採其聲協以詞其一曰以
我思子心子無我心似子心苟可似天下寧有是
思之縱難朕無疾猶可已其二曰桃李婚恩光競
此色婉娩老菊終亦花寂寂誰省晚霜風掃卉空
孤芳紀秋苑其音凄而婉其辭怨而直衷迴戀香
抑而復揚亦詩人之遺意也楚纍縈哀長沙賦若
雖古雅後俚之有殊逢此心千載同貫使人聞
之不覺膓摧而淚下也音李文忠事毋至孝憫其

『龍泉談寂記』上 稗林本,「俚曲」

52

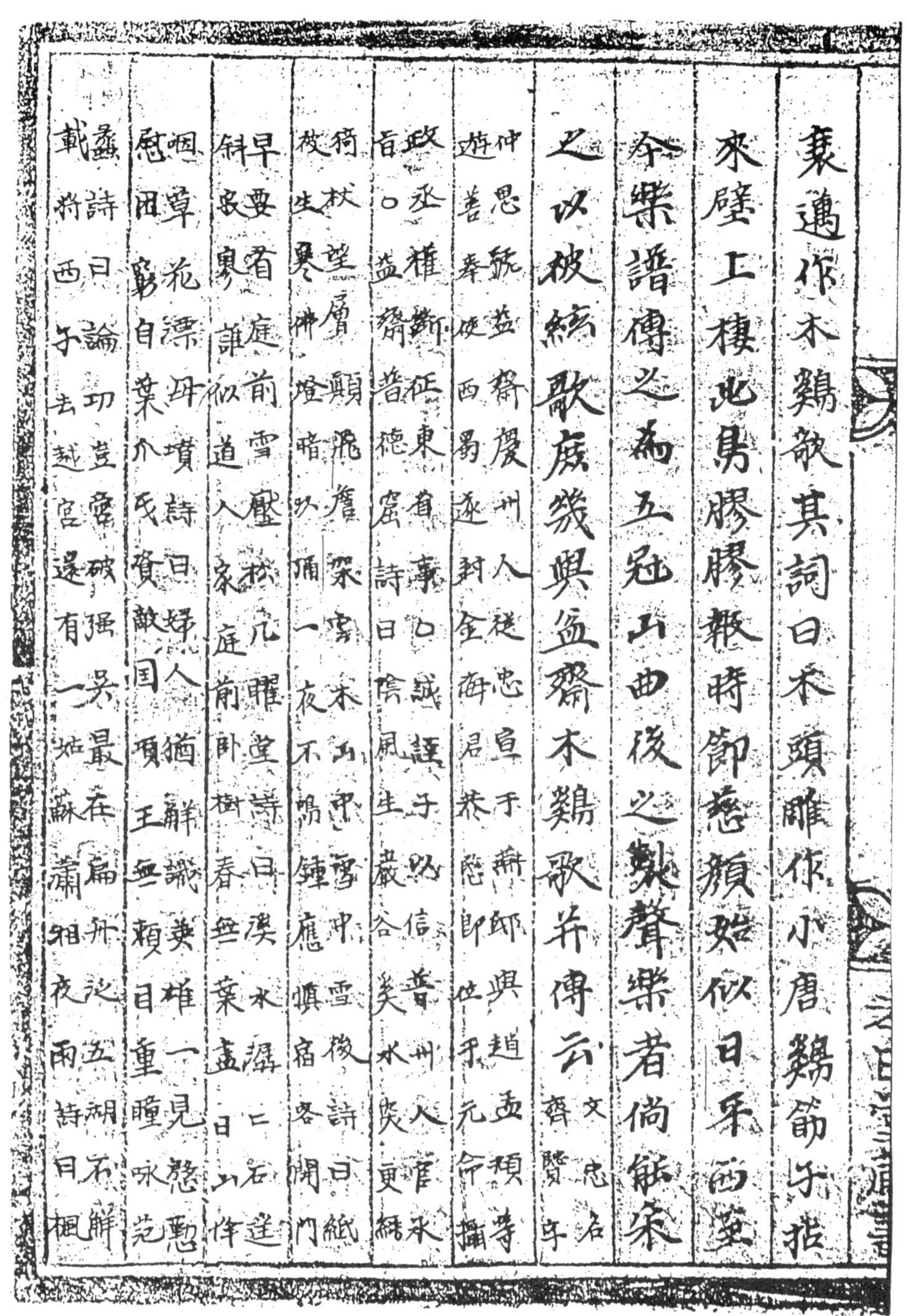

襄邁作木鷄敬其詞曰禾頭雕作小唐鷄齗乎拭
來壁上棲必易膠膠報時節慈顏始似日禾西堂
夺樂譜傳必為五冠山曲後必歎聲樂者尚能宋
之以破結歌庶幾與盎齋木鷄歌幷傳云　齊文忠名賢乎
仲思統益奉使西蜀逐封金海君林慈即仕于元命撫
遊普奉使西蜀逐封金海君事
政丞崔斷征東省事曰城邊子以信普州人崔承
旨口益齋普德窟詩曰陰風生嚴谷美泉更無
筍杖望層簷顚飛簷深窈後雪中紙
攷生寒佛燈暗以涌一夜不暘鍾應宿客開門
早要省誰庭前雪壓松瓦爾詩曰溪水淨
斜政泉求似道入家庭前春無菜盡日山作
咽草花漂毋菜介氏資敢國王解識美崔目重瞳咏范惡
慰用窮自頂王無賴目一見懲惡
愁刺薾詩曰好人猶頂王無賴目重瞳咏范惡
蠡詩曰論切豈露破猶異一姑在扁舟泛五湖胡石解
載將西子去越宮還有一姑蘇蕭郎夜雨詩曰石楓



『龍泉談寂記』上 稗林本,「俚曲」

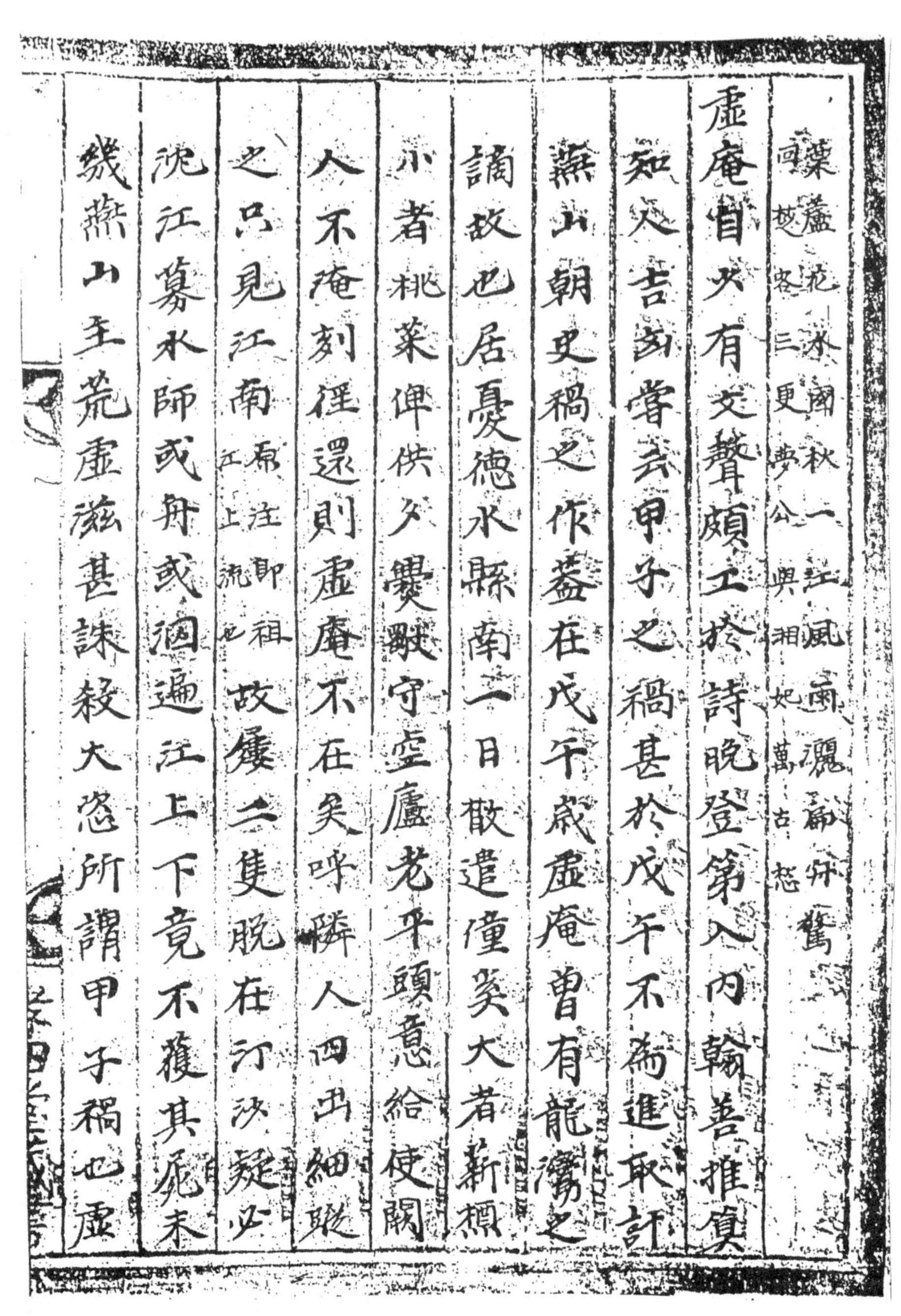

藥蘆花冰國秋一江風南瀲扁舟鷺
回夢客三更夢公興湘妃萬古愁

虛庵自尖有文聲頗工於詩晚登第入內翰善推賞

知之吉凶嘗云甲子之禍甚於戊午不為進取許

燕山朝史稿之作蓋在戊午歲虛庵曾有龍灣之

謫故也居憂德水縣南二日散遣僮癸大者新稿

小者桃菜俾供夕饔獸守空廬老平頭意給使闕

人不庵刻徑還則虛庵不在矣呼隣人四出細聽

之只見江南原注即祖故屢二隻脫在汀沙疑必

沈江募水師或舟或迥遍江上下竟不獲其屍未

幾燕山主荒虛滋甚誅殺大恣所謂甲子禍也虛

『龍泉談寂記』上 稗林本,「俚曲」

同前二座首世矩作鄉村十一歌求僉為詩三章
用歌中語只押韻成章故語多俚拙要在玩審其
意耳首三歌上慕父母下悼亡子故意寓於哀傷
中敘閒居自適之趣竟歸美於　上頌祝以自樂
未有花資未展之嘆非村謳巷歌意義卑陋者比
也故書以為贈

我知父母恩，昊天斯罔極。素心圖管達，顯揚垂子億。
白髮被兩鬢，無心求我得。
君看蓼莪篇，詩人詠說說。草木亦有幹，枝條蘗且均。
我行獨蹁蹮，睠然孤一身。
浮生嗟已矣，計瀾厭如奉。告汝一生欲，往去無我捱。
蒼天復蒼天，老淚無乾日。
我亦世宦裔，稍味於利祿。欲從子張遊，遶攜菖蒲服

『思齋集』卷1,「鄉村十一歌」

緬懷曾點狂　詠歸東山巖
榮華非所謀　富貴都兩忘　我生天地間　何求復何望
長鋤與短鑱　聊以樂吾況
心懷不能平　步尋幽谷行　百花正芬榮　鳥鳴更嚶嚶
此意無人會　欲言已忘情
清晨荷鋤出　午饁餉南畝　田頭戴勝鳥　催我耕耘手
歸來樂吾樂　葛巾用漉酒
有田吾自耕　有酒吾自斟　回頭望阡陌　芄芄禾黍深
一杯復一杯　陶陶樂不禁
飯羹足芋麥　元自我王仁　夏褐與冬裘　誰非由孚
民一聖恩一至　此日祝享萬春
我生雖去樂　年華逐逝波　蕭蕭兩鬢雪　膚面亦皤皤
胷中縱有奇　老去當如何

『思齋集』卷1,「鄉村十一歌」

已矣復已矣窮約庸何傷君看渭濱叟八十遇文王

我逢芳樂人優游樂無央

今日日西頹來日可更遊棄日又來日登高復臨流

長鵲鄉曲伴行樂無時休

李留守太曳念吾窮居送末布五綜近歟饉仍歲

聞市中一匹論米僅數升去戲書四奉

年來每苦兩賜恒市價今論匹數升忽被眠恩誠可

喜只嫌持鬱了無應

嘉靖己丑庚寅仍歲旱荒今年辛卯自春初至六

月不兩萬穀如在烈火之中民採野草療飢顏孳

相堅吾西村水邊荒調鄉里人尤甚飢餒專採水

草充腸因卧遺矢皆水草所化里犬嗅之不食未

襲人犬皆餓死此屋皆然朝起視之湖西南漕運

『思齋集』卷1,「鄉村十一歌」

俛仰集卷之四

雜著

哭烏文 辛酉九歲時作

我人也汝烏也烏死人哭義爲不可汝由我而死是
以哭之

哭子文 滄江震上詩略文集有列此文著

汝哭我哭誰哭汝葬我葬誰葬白首痛哭
青山欲暮

呈禮部文 丁未

竊照本國忝備東藩世守箕封　天朝目前以知禮

『俛仰集』卷4,「新飜俛仰亭長歌」外

稱許不與諸夷并數而出入之便惟在松彼國鎖閉之令獨加於小邦夫覬生於不信禁由於難制今乃俾皇恩壅而不布下情欝而不伸恐有礙松導宣天澤撫綏遠人之義也

新翻俛仰亭長歌一篇

無等山兮一枝束迤出兮遐絕斯為霽月峯兮于其
上兮登陟無邊兮大野昬為兮斟酌而出去之九曲
方皆掩遞兮羣布其中兮一曲若潜窟老龍罷初曬
方矯首曾廣兮巌上有松竹兮鼓栢茇置兮亭子若
芙雲青鬐指兮千里兮張冀玉泉山兮龍泉有下兮其

『俛仰集』卷4,「新飜俛仰亭長歌」外

水亭子前兮廣野　條復傳兮孤勢綠　何島兮母白廣
何爲兮母修　長羅兮遍鋪　死雙龍兮蜿蜒何方
兮何事促如奔如追兮曾夜晝之不識　遵水兮沙汀
如雪兮于屢　紛紛鴻鴈相藏兮何物　或集或下
或聚或散間蘆花兮呌啄　廣野外兮長天　下有同
兮山耶舜耶盡耶　若高若低兮若續若斷　或徑或
兮或鬥或現　而其紛紜之中兮有若矜名兮不畏天
而獨立秋月山兮作頭　龍龜夢仙佛臺魚登湧珠錦
城山于虛空兮羅列　遠近窓間一何多兮和拜滄
烟霞青者山嵐兮白者雲　千巖萬壑作渠家兮而出

『俛仰集』卷4,「新飜俛仰亭長歌」外

而八一畫圖芳常掛或升或降芳或浮長空或度曠
野或絳致黑或薄或濃芳斜陽之與落細雨之迷灑
一年芳亦四時何景芳不觀百種花齊葭芳洞中林
鳥鳴芳其候藍輿芳催踦松下曲徑芳來又去
綠楊有情芳黃粟留嬌態芳不勝樹竹芳參錯綠陰
芳收斂百尺闌干芳菡萏長睡水上涼風芳不知此濃
霜芳既灑山色芳錦繡黃雲芳亦何為萬頃芳平鋪
漁笛亦不勝興芳隨月芳吹弄草木芳既盡枯
江山芳堤岸造物芳多事裝之芳氷雲瓊宮珠戶芳
玉海銀山畫眼前芳布列離人間而去來芳而此身

『俛仰集』卷4,「新飜俛仰亭長歌」外

兮無暇此欲見兮彼欲聞風欲引兮月欲逐江魚何時鈎花圍兮誰人鋤此一兮步視煩惱兮心中無可棄之事兮朝猶歡兮夕豈厭今日不足兮來日豈不來紛無間兮可休則路徑兮雖夷徒朕一衾杖兮亦將至兮盡磨酒既熟兮寧無友俾或彈戲引兮或吹百種聲兮醉與催憂何有兮愁何傅或起兮或說或仰肆兮遨遊天地兮亦寬慶日月兮亦閑暇未嘗識羲皇兮此世界兮未嘗識神仙兮其我身兮此江山兮風月苟管領兮享百年彼岳陽樓上兮縱令李太白兮居之浩蕩兮情懷何有兮

『俛仰集』卷4,「新飜俛仰亭長歌」外

加焉如是游且老兮亦君恩兮

俛仰亭短歌七篇

俛則地兮仰則天兮兩位之際兮從而生我兮居焉領溪山兮風月將與偕兮老云
右其一

廣廣之野兮川亦脩而備兮如雪兮白沙如雲之鋪
右其二

方無事攜竿之人兮曾日落兮不知松籬兮昇月至竹梢兮轉籬玄琴兮橫按巖邊兮猶
右其三

坐何許失伴兮鴻鴈而獨鳴兮云徂山作兮屏風野外兮周置過去兮有雲咸欲宿兮八
右其四

來何無心兮落日而徜逾而去兮

『俛仰集』卷4,「新飜俛仰亭長歌」外

宿鳥兮□□八新月兮漸昇時獨木兮橋上徜去兮彼

僧甫寺兮□□許遠鍾聲兮八聆

見山頂兮□陽而跳遊兮群魚惟無心兮此釣竿無

右蔗五

以兮剩稅清江月將生兮此間興兮不可支

右蔗六

天地兮帳幕日月兮燈燭顗彼此海兮海樽兮是

右蔗七

佐南極老人星兮將不知兮有晦

右蔗

俛仰亭雜歌二篇

秋月山兮細風向錦城兮將去越野兮亭子上我無

睡兮云窟起而坐兮歡喜情宛故人兮如覩

『俛仰集』卷4,「新飜俛仰亭長歌」外

右茅一

經營兮十年作草堂兮三間明月兮清風咸收拾兮

時完惟江山兮無處納散而置兮觀之　右茅二

自上特賜黃菊玉堂歌一篇

風霜交撲之日夜兮盡情開兮黃菊花銀盞兮折而

盞玉堂兮送貼桃李母以稱花兮君之意兮可知

夢見　主上歌一篇

众息兮有間俛朕兮暫睡婿ㄴ夢魂侍吾主兮以

悠古之言兮以白夜之晨兮曾不知

致仕歌三篇

『俛仰集』卷4,「新飜俛仰亭長歌」外

老去兮欲退去與心兮相謀云有吾主兮歆去兮
右蕉一
何地自持兮佳容而獨胡為兮將之
江山兮豈有主風月兮豈有價持此一身兮何許
不可去而每日兮不得去今日來日兮伊何
右蕉二
去之兮此糞玢名是非兮紛多何許兮江山云勿來
右蕉三
兮而不得兮奮去明出入兮虛料為
五篇歌五篇
阿爸兮生我阿嬭兮育我苟非兩恩德兮而此身兮
生嬭如天罔極恩很于何可準兮為報

『俛仰集』卷4, 「新飜俛仰亭長歌」外

右父子有親

君王統百姓兮作父母兮位為羣臣如天仰之兮用
一身兮獻之惟祝壽兮於萬年兮　右君臣有義
一家而為孺兮亦內外兮不同故夫婦之間兮俾嚴
正兮成之親且可愛之意兮須以識兮以生　右夫婦有別
兄兮俞兮撫胹朓兮視之賦自于誰兮樣子兮從以
似喫一乳兮長一抱異心兮無以　右長幼有序
尸人有坒之中兮如友兮有信吾之有非兮欲盡是
于此身苟匪此及兮其為人万易乎　右朋友有信

『俛仰集』卷4,「新飜俛仰亭長歌」外

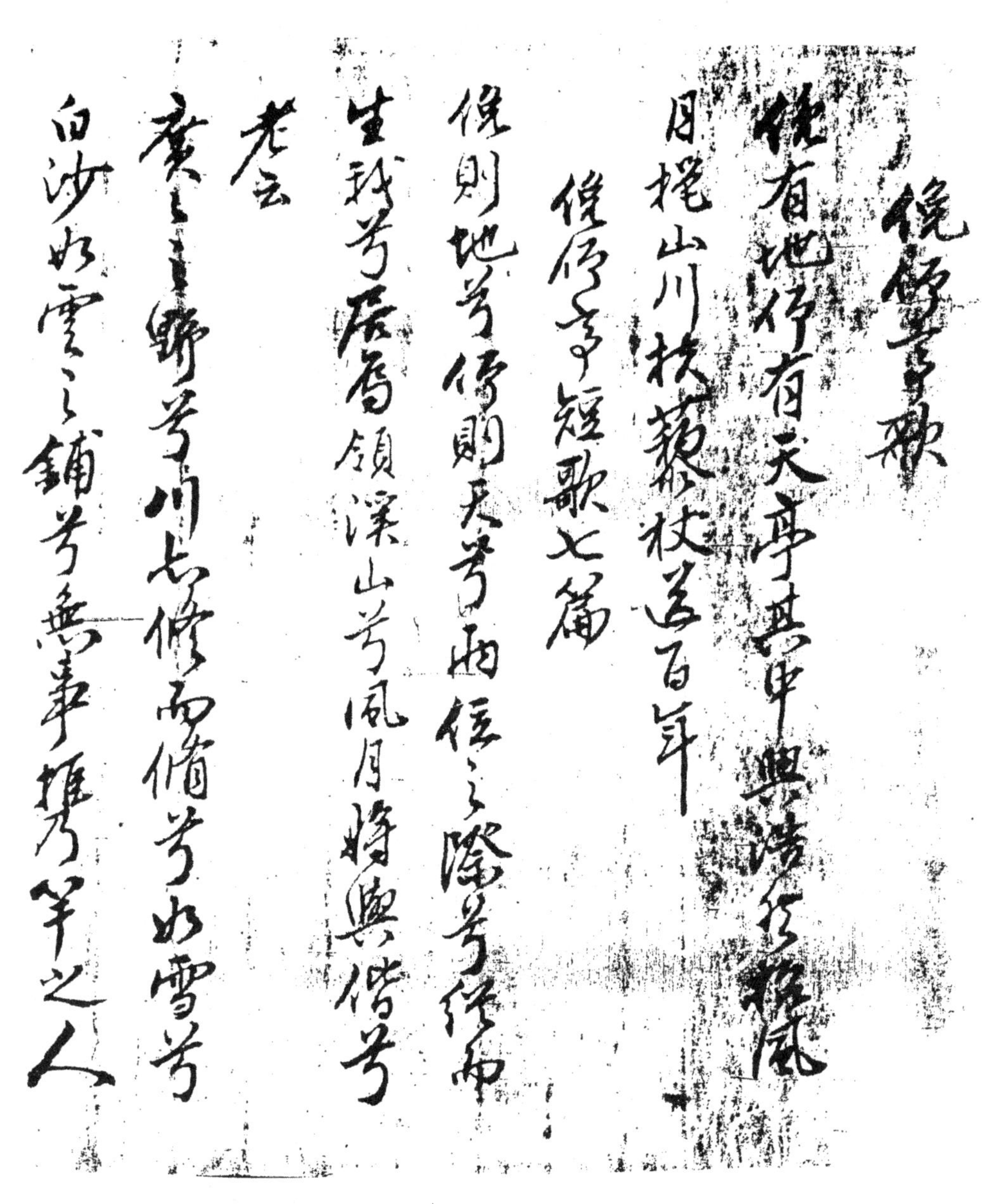

『俛仰亭歌』筆寫本,「俛仰亭歌」「俛仰亭短歌七篇」「俛仰亭新飜長歌」

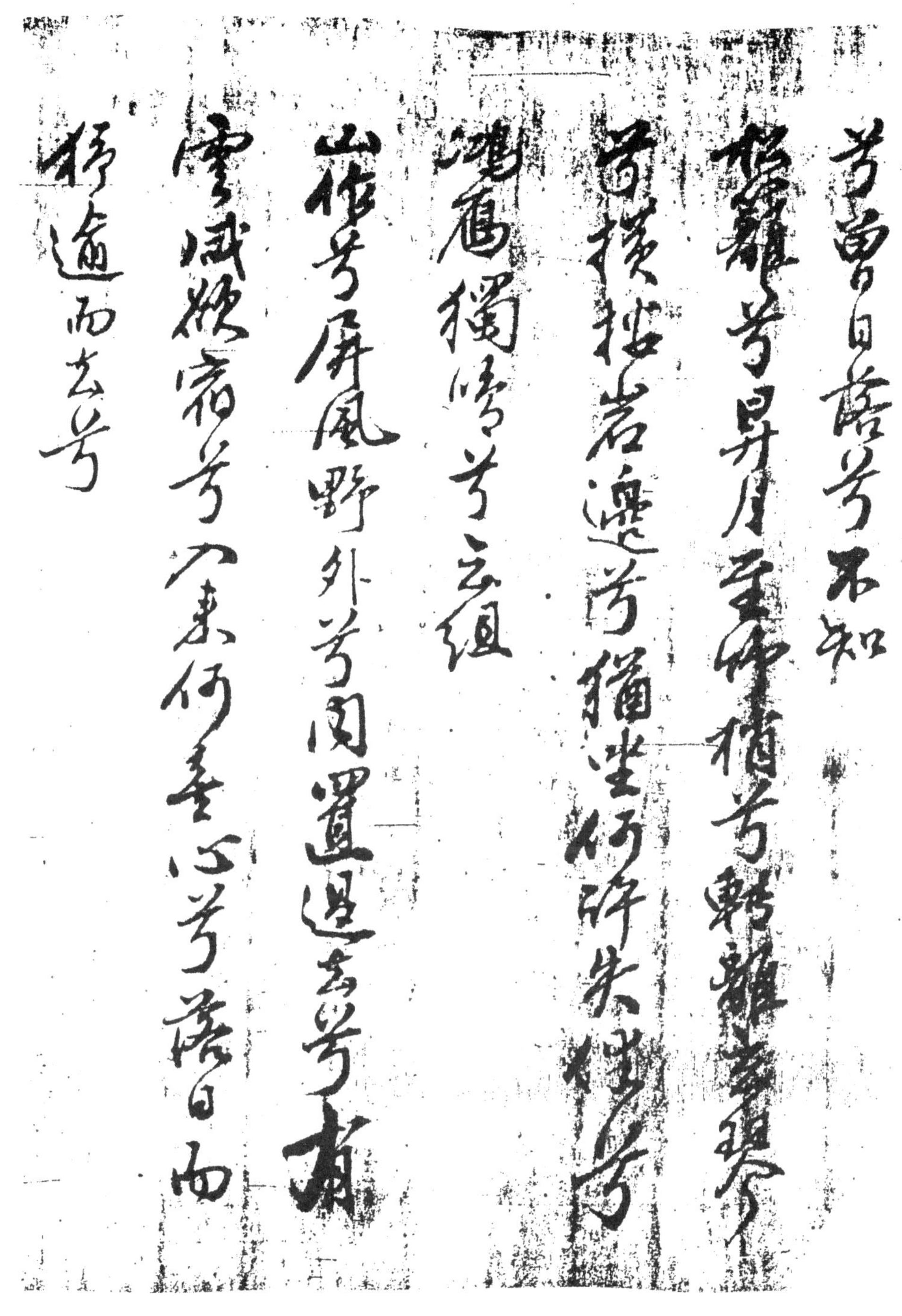

『俛仰亭歌』筆寫本,「俛仰亭歌」「俛仰亭短歌七篇」「俛仰亭新飜長歌」

宿鳥兮飛入　新月兮漸白升暗移木

兮橋上行去兮彼僧甬青兮何許遠

鍾都兮八昤
　　項

見山守兮夕陽而跳游兮聲奧唯世忘

兮此鈎干無以兮剩起清注月将生此

丙與兮不可支
　侯停亭新飜長歌一篇

『俛仰亭歌』筆寫本,「俛仰亭歌」「俛仰亭短歌七篇」「俛仰亭新飜長歌」

『俛仰亭歌』筆寫本,「俛仰亭歌」「俛仰亭短歌七篇」「俛仰亭新飜長歌」

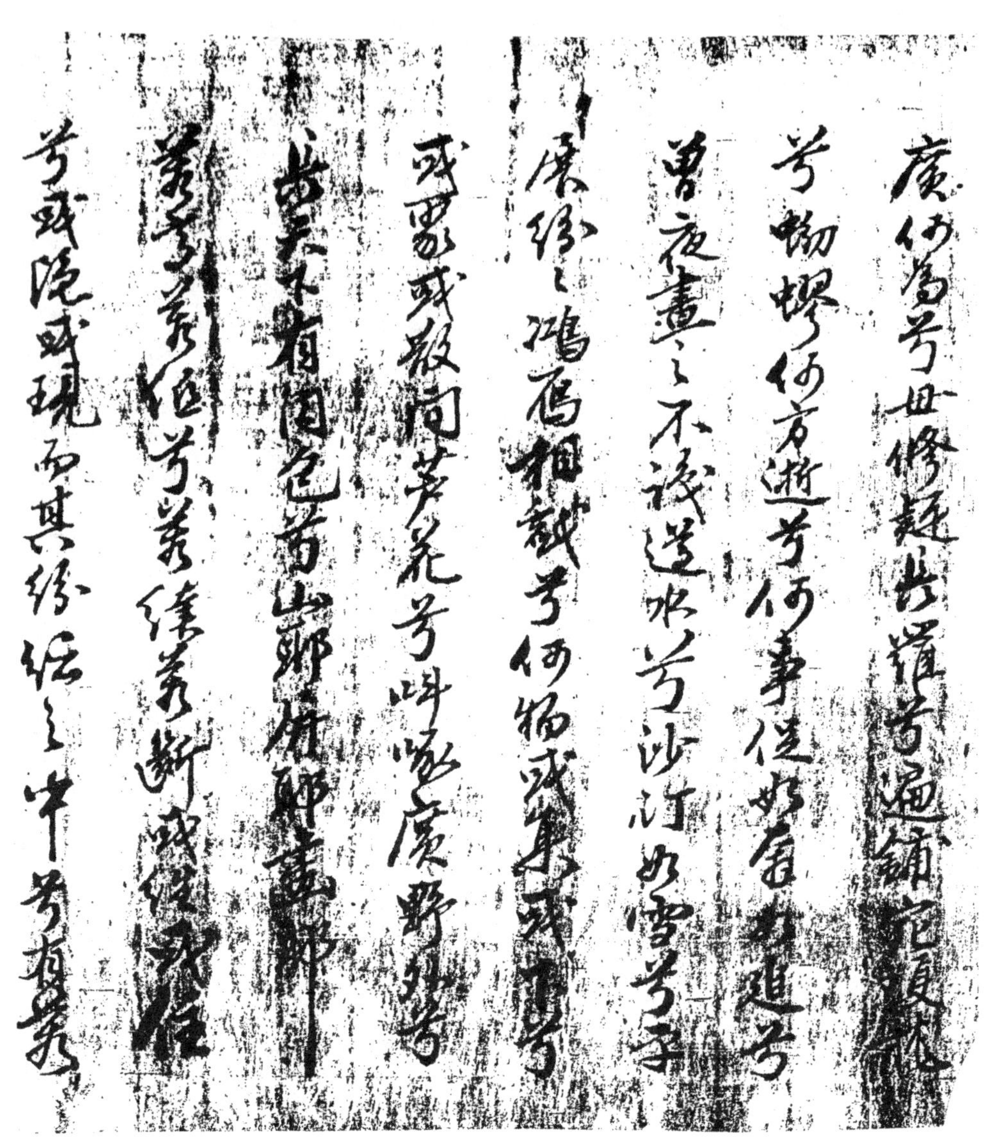

『俛仰亭歌』筆寫本,「俛仰亭歌」「俛仰亭短歌七篇」「俛仰亭新飜長歌」

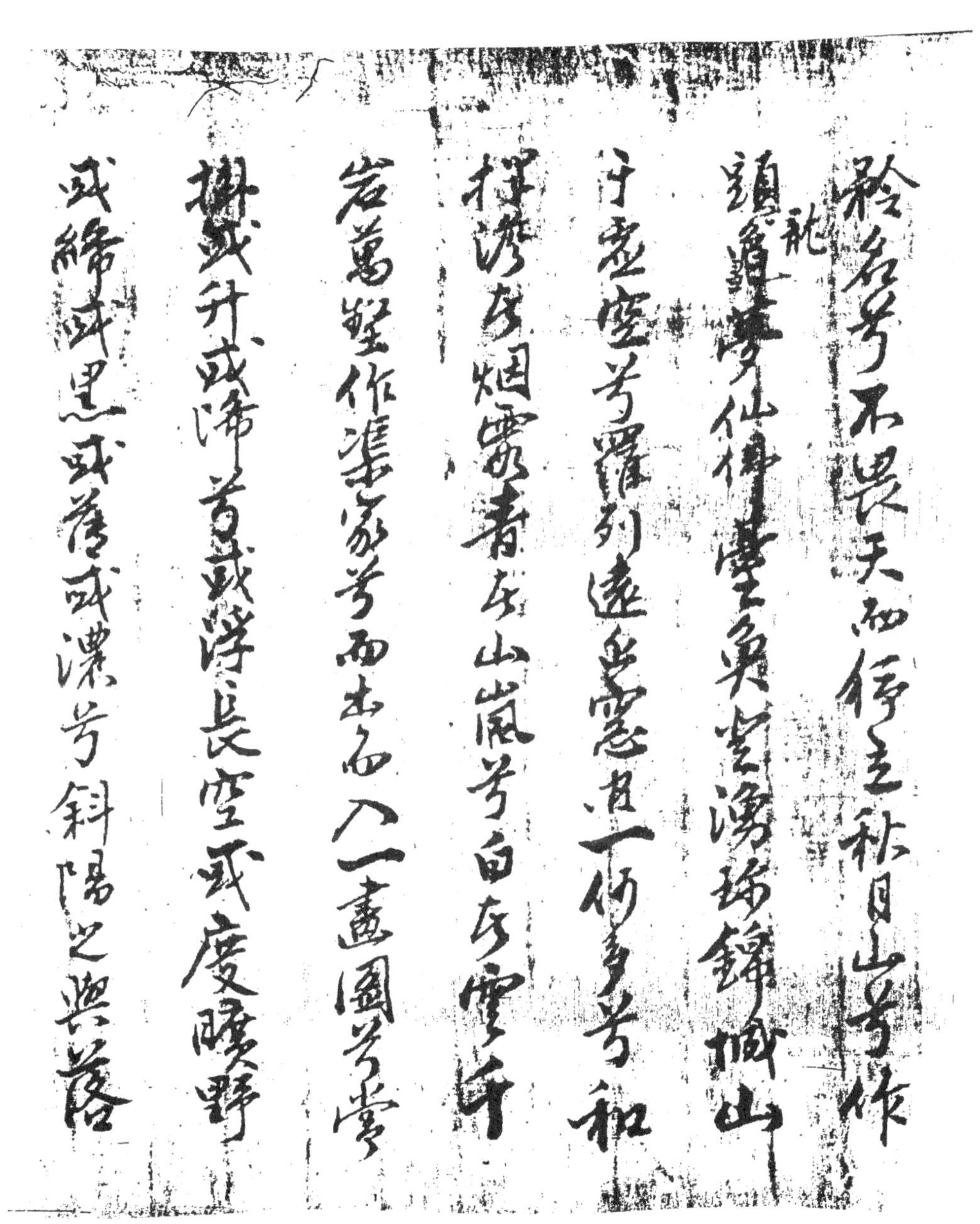

『俛仰亭歌』筆寫本,「俛仰亭歌」「俛仰亭短歌七篇」「俛仰亭新飜長歌」

『俛仰亭歌』筆寫本, 「俛仰亭歌」「俛仰亭短歌七篇」「俛仰亭新飜長歌」

『俛仰亭歌』筆寫本,「俛仰亭歌」「俛仰亭短歌七篇」「俛仰亭新飜長歌」

花圃兮誧人鋤此一方兮妄視頹幅兮

泙無可柰之事兮朝猶鰍兮夕坐

厭今日不至兮来日坐不来終無已兮

可休則恕徑兮難事徒經一籬枝兮

七將至兮盡磨酒旣盡兮寧無憂友

伴咏彈咸引兮咸醉石種聲兮醉與

『俛仰亭歌』筆寫本,「俛仰亭歌」「俛仰亭短歌七篇」「俛仰亭新飜長歌」

催憂何有兮愁何傳或卧或起兮或
饒或行散斛兮遨遊天地兮此寬廣
日月兮亦南兩未嘗誇羨皇兮此世界
兮未審神仙兮其我與兮此江山兮
風月蜀管領兮亭百年俊岳陽樓上
兮繼今李太白兮居之淺薄兮情懷
何有兮加於游且老兮無恙思

『俛仰亭歌』筆寫本,「俛仰亭歌」「俛仰亭短歌七篇」「俛仰亭新飜長歌」

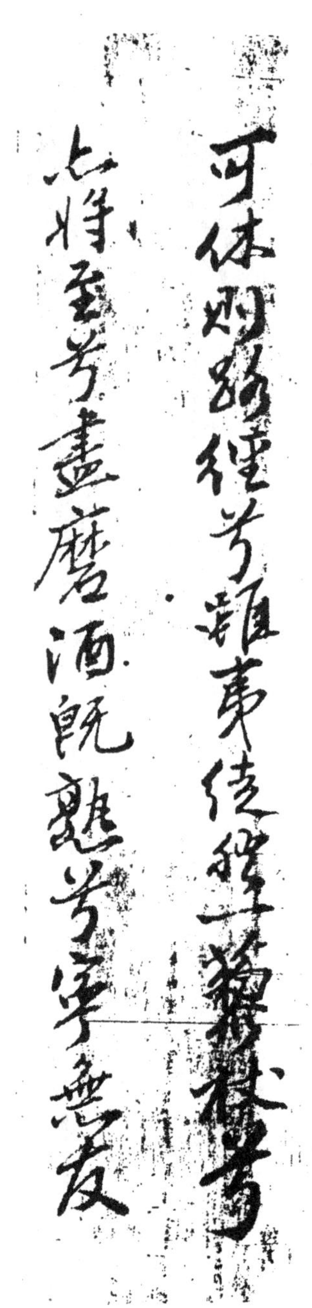

『俛仰亭歌』筆寫本,「俛仰亭歌」「俛仰亭短歌七篇」「俛仰亭新飜長歌」

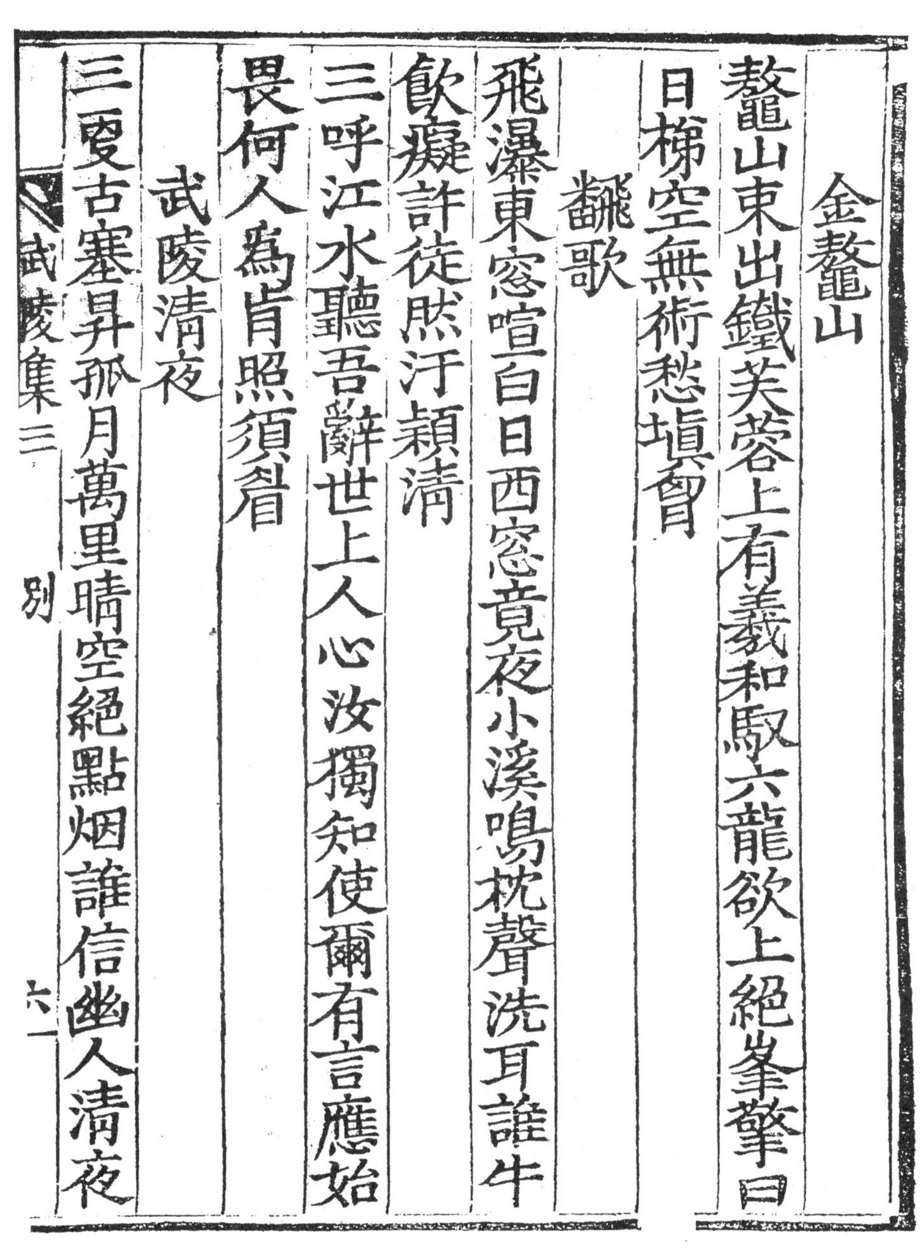

金鼇山

鼇山東出鐵芙蓉上有羲和馭六龍欲上絕峯擎日
日梼空無術愁塡胷

齷歌

飛瀑東窻喧白日西窻竟夜小溪鳴枕聲洗耳誰牛
飲疑許徒然汙頴清

三呼江水聽吾辭世上人心汝獨知使爾有言應始
畏何人爲肯照須眉

武陵清夜

三夏古塞昇孤月萬里晴空絕點烟誰信幽人清夜

武陵集三　　　別　　六一

『武陵集別集』卷3,「齷歌」

七將嬴于賢子孰艾其福曾參未嘗為親割股而孝
莫與競杜甫未嘗為國殺身而忠不可及先生之墓
前有三叉海門後有神魚石岳海可涸為田石可爛
為谷而先生之名則不可滅

故陽城縣監安君斑墓誌銘并序

順興安文成公始以吾道倡東方其第幾世孫全州
府尹諱知歸於君為曾大考是生諱瑚及璬瑚為工
曹佐判無後璬為工曹判書生兵曹佐郎諱處善乃
娶尚衣正崔潤身之女生君生五歲母歿繼瑚後見
養於夫人金氏又五歲佐判卒又一歲而佐郎逝君

『武陵集別集』卷7,〈安珽墓誌銘〉「我欲刳吾心為星月」

早孤能刻己慕前賢築書堂於終南家園名曰顧齋
彈琴自娛一時名流皆來訪佐郎公之友相謂曰佐
郎不亦也中丙子司馬已卯應賢良科補藝文館檢
閱俄拜承政院注書其冬罷其職削其科辛巳冬以
交通安處謙杖流昆陽戊戌歲　特命放歸遠　仁
宗大漸命給賢良科今　上初朝廷請還削其科熙
猶錄其賢宰陽城縣君事繼母宋氏至孝為政多恕
有古人風戊申二月辭疾歸是月二十五日卒享年
五十五初聚東城君女無後又娶申世洸女生二男
二女男長光國聚宗室黃壤正女次瑞國女長適某

武陵集七　別　　十二

『武陵集別集』卷7,〈安珽墓誌銘〉「我欲刳吾心爲星月」

嗚呼君謫昆陽之十七年我爲昆陽始與君相見君
嘗作歌曰我欲刳吾心爲星月掛之九萬里天上庶
望西方之美人也然可與知我者道難與不知我者
語也知我心者莫如子我不敢不吐每嗚咽出涕其
言極悲惻類楚辭我嘗謂君曰君必放還其後果然
我爲白雲洞祠堂君奉文成公影幀南行又著有契
及君之卒也其子光國必欲使我誌君墓久而愈懇
嗚呼是果知君之知我而亦知我之知君者也我又
何說之辟銘曰
身之屈伸誰使之然也心之虛靈其星月之懸耶子

『武陵集別集』卷7,〈安珽墓誌銘〉「我欲刳吾心爲星月」

知其父知其友吁一圭石其於久也何有

故教授辛君墓誌銘并序

君諱國鈞字和仲靈山人其五世祖斯藏任麗李爲

典工判書生女而烈有男五人其三曰悅官至節度

使節度生兵曹自然判諱處廉於君爲曾祖大父諱性

孫登武舉官爲萬戶父諱鶴再登虎榜四佩銅魚官

至文川郡守娶南平文氏獻納汝寧之孫生員琰之

女以己亥正月初五日生君少遊泮宮爲學甚力

屢中無所成積親蔭試爲教授德源以僂省文川也

文川之辭疾也扶侍而歸數年而文川歿又十年而

武陵集七　　別　　十二

『武陵集別集』卷7,〈安珽墓誌銘〉「我欲刳吾心爲星月」

夜歷神勒寺宿迎賓舘次陳簡齋南山韻

君子不可及謹獨爲近之誰能立天地爲我張是綱

不願盜跖飽但願顏生飢一言息無邪可蔽三百詩

舉世事疾行何人貴重遲早知千里謬厥初起毫釐

大路本坦蕩捷徑多險巇所以聖傳聖必戒人心危

動察吟

察之復察之動處須加察屋漏事所爲衆中情所發

繞差汝獨知愼物夏萌作作歌聊自警服膺要無斁

靜養吟

養之復養之靜時須養我齊山濯可哀宋苗揠堪咍

武陵集一　　原　　二三

『武陵集』卷1,「動察吟」「靜養吟」

惺惺保固有暫離優冠來寂感致中和聖孫爲繼開

奉送鄭公仁甫出接嶺南

鄭公□衛圖碧天下一鶴元氣會方寸南濱看如匀

冥忘萬物表浩照獨守約金璞不留礦機雲西又洛

題詩蔑曹謝草賦輕雄綽子龍都是膽李路無病諾

多士盈周庭諸公爭蘭鶚白日登　紫殿青雲怕繞

脚飲酒百檻空文章映館閣戴角獬有神儀羽鸞不

攪帷幄久啓沃喚舌惟允恪仁能遠庖廚義實傾葵（公曾爲黃）

蘢孤忠徹金石妙割無盤錯按海潮不波（海監司）

巡湖俗自瀹（又爲忠清監司）何況京兆治（畿監司）（又爲京監司）皆云如鼓

『武陵集』卷1,「動察吟」「靜養吟」

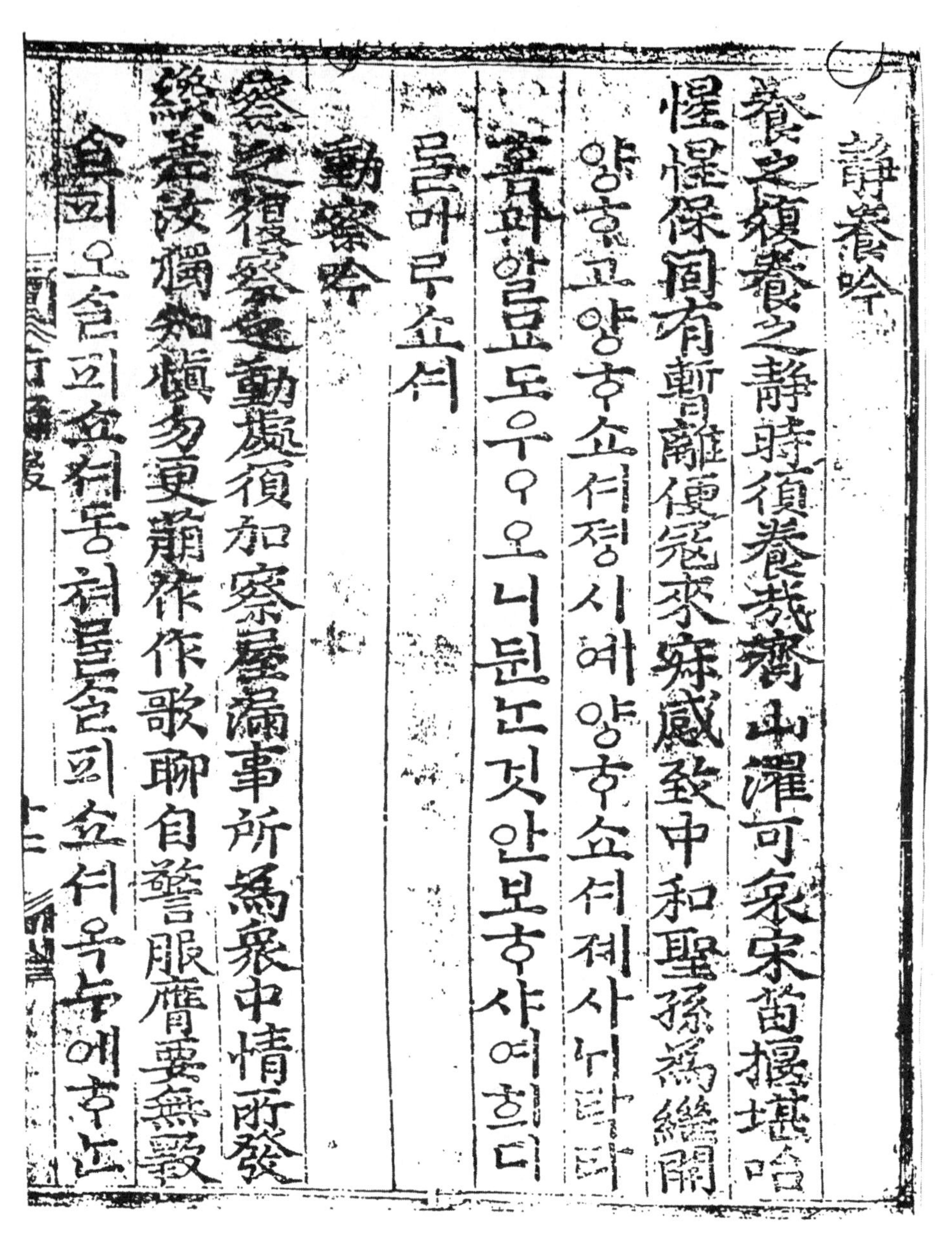

『竹溪舊志』行錄後,「靜養吟」「動察吟」

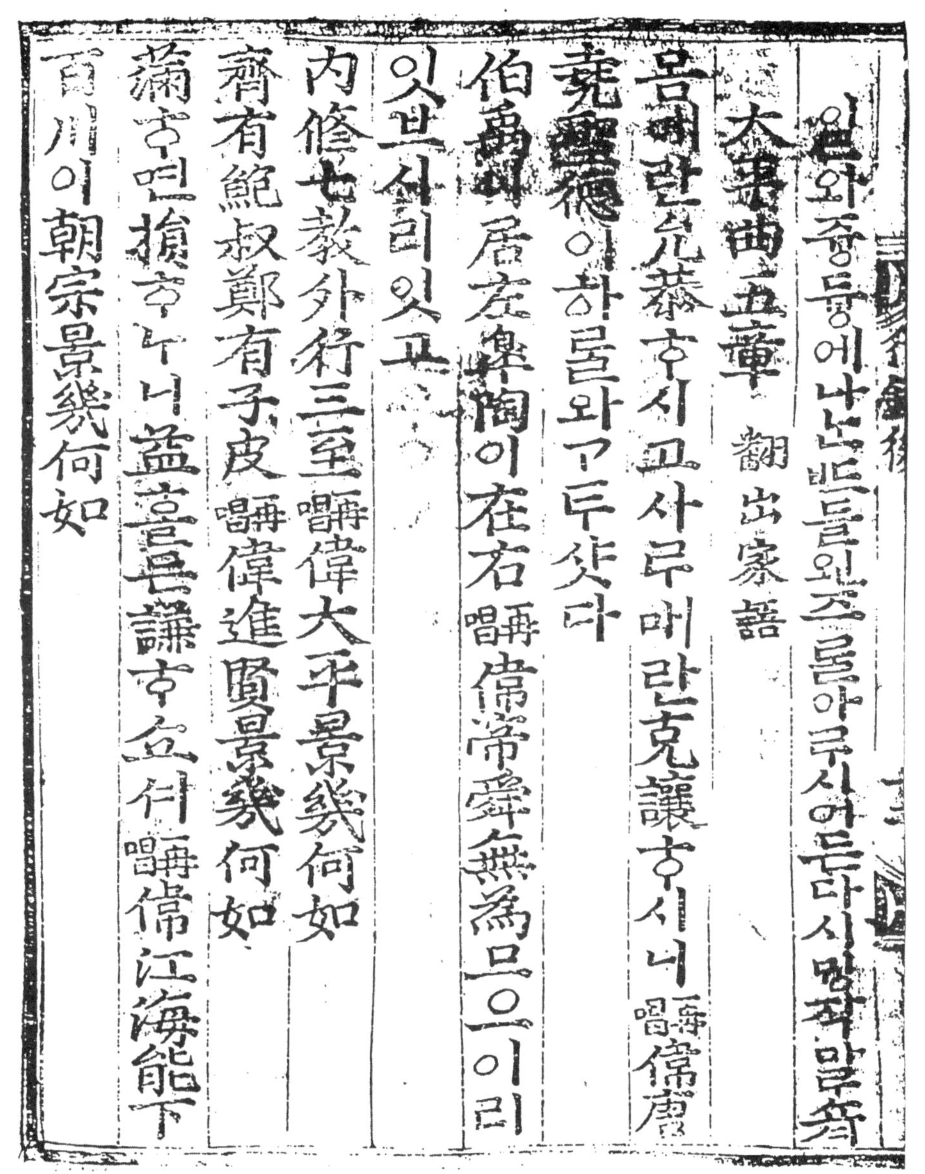



『竹溪舊志』行錄後,「靜養吟」「動察吟」

『海東雜錄』3,「靜養吟」「動察吟」

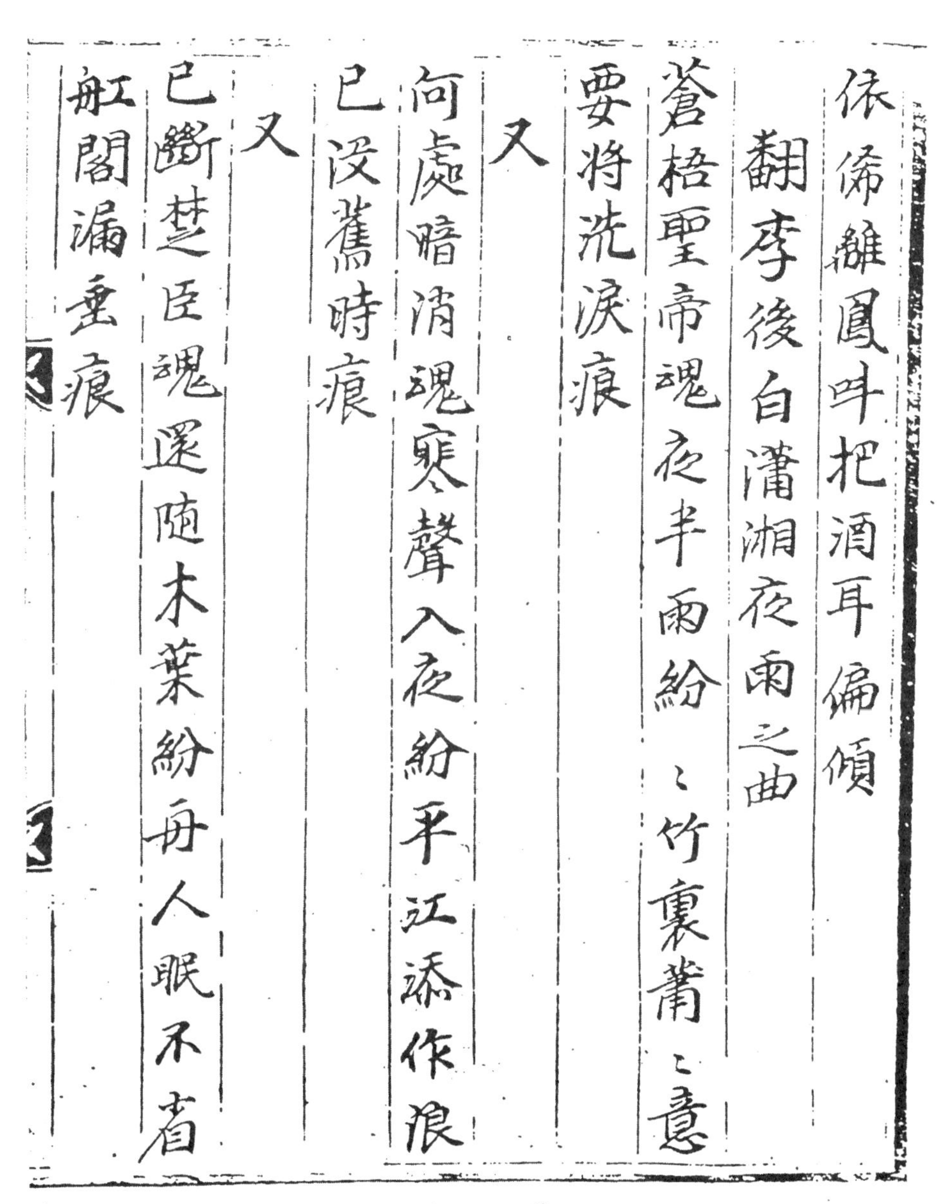

依俙離圓叶把酒耳偏傾

翻李後白瀟湘夜雨之曲

蒼梧聖帝魂夜半雨紛〻竹裏蕭〻意

要將洗淚痕

又

向處暗消魂寒聲入夜紛紛平江添作浪

已沒舊時痕

又

已斷楚臣魂遥随木葉紛舟人眠不着

舡閣漏重痕

『石川集』,「翻李後白瀟湘夜雨之曲」

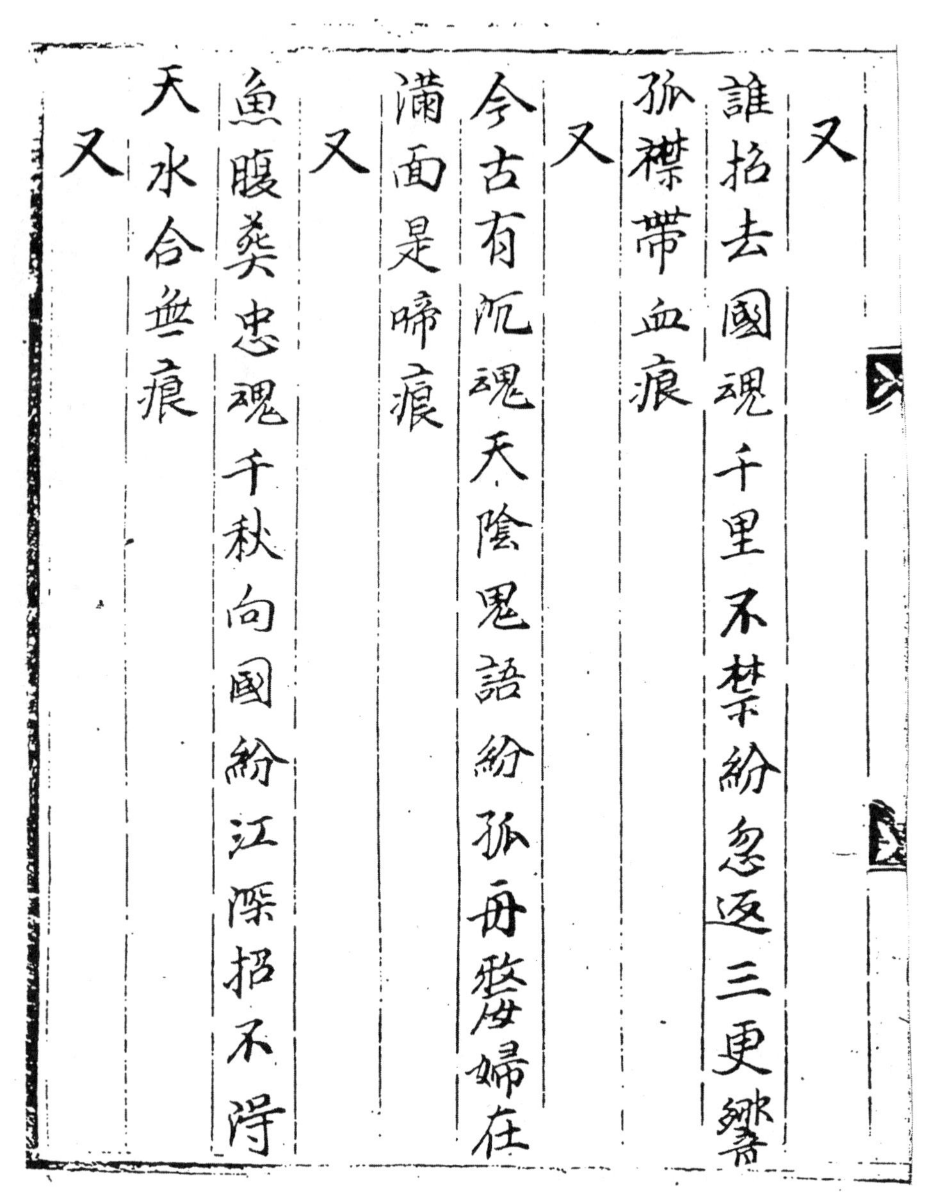

又

誰招去國魂千里不禁紛忽返三更響

孤襟帶血痕

又

今古有沉魂天陰鬼語紛孤舟嫠婦在

滿面是啼痕

又

魚腹葬忠魂千秋向國紛江深招不得

天水合無痕

又

『石川集』,「飜李後白瀟湘夜雨之曲」

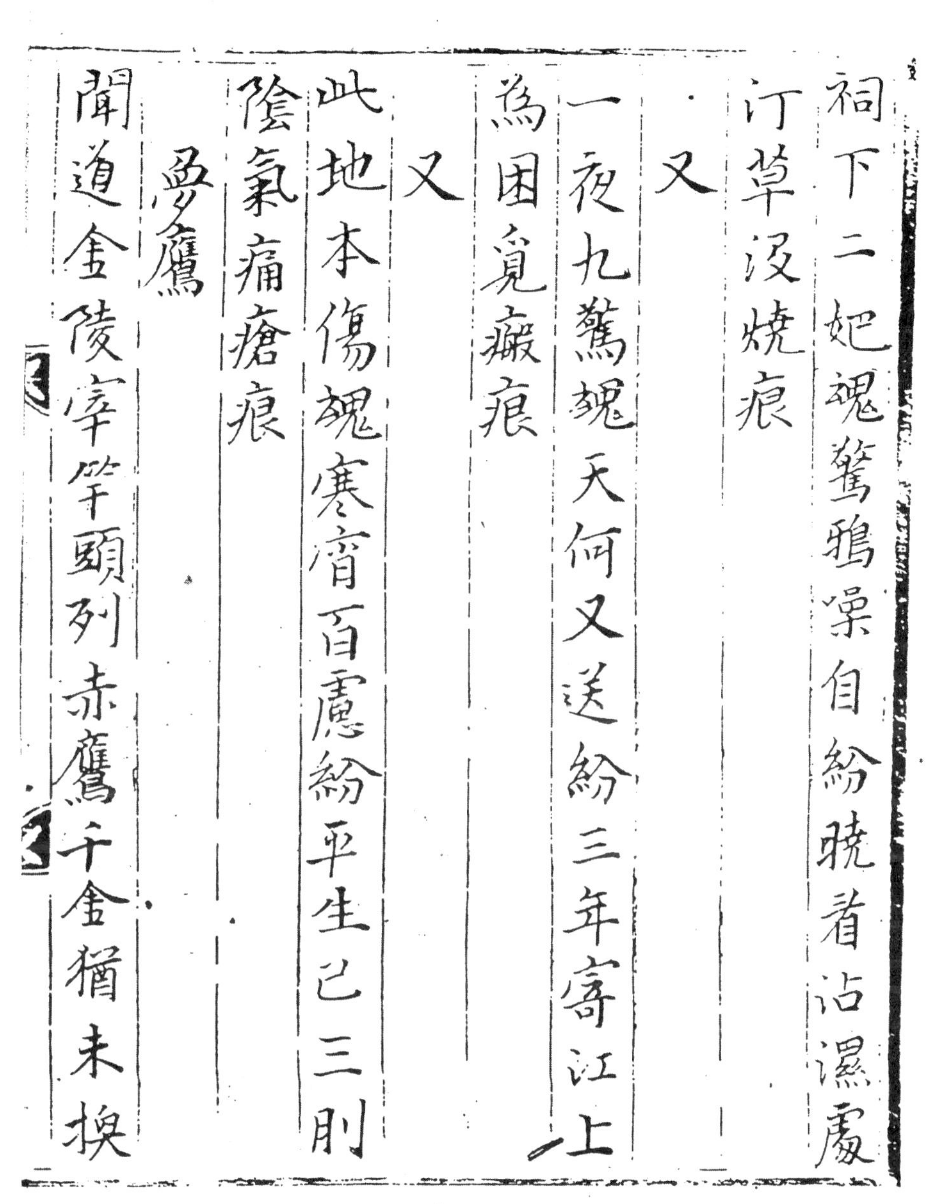

祠下二妃魂驚鴉噪自紛曉着沾濕處

汀草沒燒痕

又

一夜九驚魂天何又送紛三年寄江上

為困覓癍痕

又

此地本傷魂寒宵百慮紛平生已三肘

陰氣痛瘡痕

夢鷹

聞道金陵宰竿頭列赤鷹千金猶未換

『石川集』,「飜李後白瀟湘夜雨之曲」

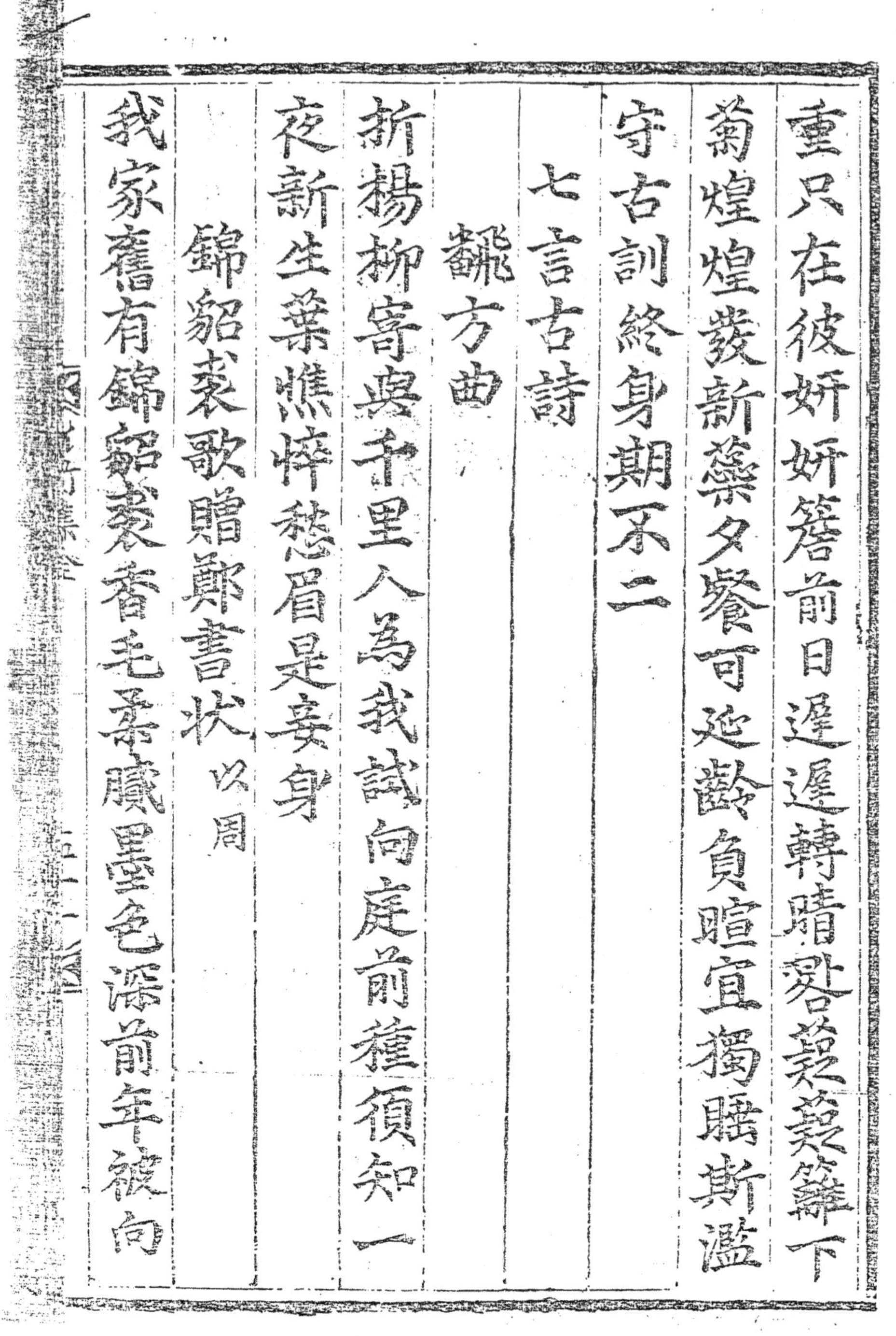

重只在彼妍妍簷前日遲遲轉睛裝裝籬下

菊煌煌裝新藥夕餐可延齡負暄宜獨曬斯濫

守古訓終身期不二

七言古詩

翩方曲

夜新生葉憔悴愁眉是妾身

折楊柳寄與千里人為我試向庭前種須知一

錦貂裘歌贈鄭書狀 以周

我家舊有錦貂裘香毛桑臟墨色深前年被向

『孤竹集』,「翩方曲」

翻曲題霞堂碧梧

樓外碧梧樹鳳兮何不來無心一片月中夜獨徘徊

遙寄霞堂主人 金公成遠

贈金君瑛 二首

骨肉爲行路親朋或越秦交情保白首海內獨斯人

積雪重歸客松黃煖夜杯十年如逝水逝水不重來

步武辭青瑣芽茨對碧山行藏醉醒裏蹤跡是非間

宿松江亭舍 三首

借名三十載非王亦非賓芽茨繞蓋屋復作北歸人

主人客共到暮角驚沙鷗沙鷗送王客還下水中洲

『松江集』卷1,「翻曲題霞堂碧梧」

松江別集追錄卷之一

遺詞

李晬光曰東方歌曲退溪歌南冥歌宋判樞純俛仰
亭歌白評事光弘關西別曲鄭松江某關東別曲、思
美人曲續美人曲將進酒詞盛行於世而我國歌詞
雜以方言故不能與中國樂府比并如近世宋公鄭
公所作最善而不過膾炙口頭而止惜哉

李承旨兩臣曰松江公素善歌曲關東星山
等曲是其所作其歌也有思皆離騷意也

關東別曲관동별곡

松江鄭某所製而歷舉關東山水之美說盡幽遐

松江別集卷一追錄　遺詞

一

『松江別集追錄』,「關東別曲」外

94

詭怪之觀狀物之妙造語之奇信樂譜之絕調也

出東國
樂譜

江강湖호에 病병이 깁퍼 竹듁林림의 누어더니 關관東동
八팔百빅里리에 方방面면을 맛디시니어와 聖셩恩은
이야가지록 罔망極극 ᄒᆞ다 延연秋추門문 드리다라
慶경會회南남門문 바라보며 下하直딕고 믈너나니 玉
옥 節졀이 알패 셧다 平평丘구驛역 말을 가라 黑흑水수
로 도라드니 蟾셤江강은 어듸매오 雉치岳악이 여긔로
다 昭소陽양江강 나린믈이 어드러로 든단말고 孤고臣
去거國국에 白빅髮발도 하도할샤 東동州쥬 밤 계오

『松江別集追錄』,「關東別曲」外

새와 北븍寬관亭졍에 올나ᄒᆞ니 三삼角각山산 第졔一
일峯봉이 ᄒᆞ마면 뵈리로다 弓궁王왕大대闕궐 터의 烏오
鵲쟉이 지지괴구 千쳔古고 興흥망을 아ᄂᆞ다 모라
ᄂᆞ다 淮회陽양 녜 일홈이 맛초와 갓ᄐᆞ시고 汲급長댱孺
유 風풍彩ᄎᆡ를 고텨 아니 볼게이고 營영中듕이 無무事
ᄒᆞ고 時시節졀이 三삼月월인졔 花화川쳔 시ᄂᆡ 길히
楓풍岳악으로 버더 잇다 行ᄒᆡᆼ裝쟝을 다 덜티고 石셕逕
경의 막ᄃᆡ 딥퍼 百ᄇᆡᆨ川쳔洞동 겻ᄐᆡ 두고 萬만瀑폭洞동
ᄃᆞ러가니 銀은ᄀᆞᆺ튼 무지게 玉옥ᄀᆞᆺ튼 龍룡의 초리 셧돌
며 쁨난 소리 十십里리의 ᄌᆞ자시니 ᄃᆞᆯ을 ᄶᅦ는 우레러니

松江別集〈卷之〉 追錄 遺詞



『松江別集追錄』,「關東別曲」外

보내는이로다 金금剛강臺ᄃᆡ 민우層층의仙선鶴학

이삿기치니春츈風풍玉옥笛뎍聲셩의졎줌을ᄭᅵ돗던

디縞호衣의玄현裳샹이半반空공의소소ᄯᅴ西셔湖

호넷主듀人인을반겨셔넘노난ᄃᆞᆺ小쇼香향爐로大ᄃᆡ

香향爐로눈아리구버보고正졍陽양寺ᄉᆞ眞딘歇헐臺ᄃᆡ

고텨올나안자말이盧녀山산眞딘面면目목이여긔

야다뵈난다어와造조化화翁옹이이헌ᄉᆞ도헌ᄉᆞ할ᄉᆞ날

거든ᄯᅱ디마라셔거든솟지마라芙부蓉용을고잔난ᄃᆞᆺ

白ᄇᆡᆨ玉옥을믓것는ᄃᆞᆺ東동溟명을박ᄎᆞ는ᄃᆞᆺ北북極극

을괴완는ᄃᆞᆺ놉흘을시고望망高고臺ᄃᆡ외로올사ᄀᆞᆯ望

『松江別集追錄』,「關東別曲」外

망 峯봉이 하날의 추미러 무ᄉ일을 ᄉ로리라 千쳔萬만
劫겁 디ᄂ다록 구필줄 몰라ᄂ다 어와 너여 이고 너갓ᄃ
이 ᄯ 잇ᄂ가 開기心심臺ᄃ 고텨 올나 衆둥香향城셩 바
라보며 萬만二이千쳔峯봉을 歷녁歷녁히 혀여ᄒ니 峯
봉마다 밋쳐잇고 굿마다 셜인긔운 묽거든 燥조디말ᄋ
燥조거든 묽디말ᄋ려 뎌긔운 흐터너여 人인傑걸을 만들
고자 形형容용도 그지엽고 體톄勢셰도 ᄒ도ᄒ사 天텬
地디 合ᄒ긔실제 自ᄌ然연이 되연마ᄂ 이제 와 보게되니
有유情졍도 有유情졍ᄒ샤 毗비盧로峯봉 上샹上샹頭
무의 올나보니 그뉘신고 東동山산 泰태山산이 어나야

『松江別集追錄』,「關東別曲」外

놉돗던고魯노國국조븐줄도우리는모라거든녑거나
녑은天텬下하엇지ᄒ야적다말고어와져地디位위를
어이ᄒ면알거이고오라지못ᄒ거니나려가기고이흘
가圓원通통골가는길로獅ᄉ子ᄌ峯봉을ᄎᆞᆺ가니그
앏ᄑᆡ너러바회化화龍룡쇠되여셔라구千년年老로龍룡
이구ᄇᆡ셔려이셔晝듀夜야의흘녀니여滄창海
예이엇시니風풍雲운을언제어더三삼日일雨우를
지련ᄂᆞᆫ다陰음崖애예이운플을다살와내여ᄉᆞ라摩마
訶하衍연妙묘吉길祥상鴈안門문재너머디여외나모
ᄲᅥ근ᄃᆞ리佛불頂뎡臺ᄃᆡ되올나ᄒ니구千쳔尋심絶절壁벽



『松江別集追錄』,「關東別曲」外

을半반空공의세여두고銀은河하水슈한구비를寸촌

이버혀니여실ㅅ치풀쳐이셔븨ㅅ치거러시니圖도

經경열두구비내보믜는여러히라李니謫젹仙션이

제잇셔고쳐議의論논ᄒ게되면廬녀山산이여긔도곤

낫단말못ᄒ려니山산中듕을每미양보랴東동海ᄒ로

가쟈셔라藍남輿여緩완步보ᄒ야山산映영樓루의올

나ᄒ니玲녕瓏롱碧벽溪계와數슈聲셩啼졔鳥조나離니

別별을怨원ᄒ는듯旗긔를ᄯ려치니五오色ᄉ이넘

노난듯鼓고角각을섯부니海ᄒ희雲운이다것난듯鳴명

沙사길니근말이醉취仙션을빗기시러바다흘겻틔두

松江別集 卷之一 追錄 遺詞

四

『松江別集追錄』,「關東別曲」外

고海(해)히 棠(당)花(화)로 드러가니 白(뵉)鷗(구)야 나지마라 네
버진들 엇지아난 金(금)欄(란)窟(굴) 도라드러 叢(총)石(셕)亭(뎡)
졍올나흥니 白(뵉)玉(옥)樓(루) 남은 긔 棟(동) 다만너히서잇
고야 工倕(슈)의 셩녕인가 鬼(귀)斧(부)로 다드믄가 구ᄃ
야 六(륙)面(면)은 무어슬 象(샹)돗던고 髙(고)城(셩)으란 뎌만
두고 三日(일)浦(포)를 ᄎ자가니 丹(단)書(셔)는 宛(완)然(연)
흥되 四仙(션)은 어듸가니 이스흘 머문 後(후)의 어듸가
또 머믈고 仙(션)游(유)潭(담) 映(영)朗(낭)湖(호) 거긔나 가잇는
가 淸(쳥)澗(간)亭(뎡) 萬(만)景(경)臺(ᄃᆡ)맷고 안돗던고 梨(리)
花(화)는 발셔지고 졉동서 슬피울제 洛(락)山(산)東(동)畔(반)

으로 義의相샹臺ᄃᆡ예 올나 안쟈 日일出츌을 보리라 밤즁만이러ᄒᆞ니 祥샹雲운이 집ᄑᆡ난동 六뉵龍룡이 바치난동 바다희 ᄯᅥ날저는 萬만國국이 일워ᄯᅥ니 天텬中듕의 집ᄡᅵ니 毫호髮발을 혜리로다 아마도 녈구롬 근처의 머믈셰라 詩시仙션은 어ᄃᆡ가고 咳ᄒᆡ唾타만 나맛ᄂᆞ니 天텬地디間간 壯쟝ᄒᆞᆫ 긔별 仔ᄌᆞ細셰이도 할셰이고 斜샤陽양 峴현山산의 躑텩躅튝을 드리ᄇᆞ와 羽우蓋개芝지輪룬이 鏡경浦포臺ᄃᆡ로 나려가니 十십里리 冰빙紈환을 다리고 고쳐 다려 長댱松숑 鬱울을 훈 쇼게 슬ᄏᆞ장 펴뎌시니 믈결도 자도잘샤 모리랄 혀리로다 孤고舟쥬解ᄒᆡ纜람



『松江別集追錄』, 「關東別曲」外

松江集 卷一　五

호야 亭정子ᄌ 우희 올나가니 江강門문橋교 너문 경티
大딕洋양이 거우로다 從종容용혼 자이 氣긔像샹 闊활
遠원혼 뎌 境경界게 이도곤 가잔딕 쏘 어딕 잇단 말고
紅홍粧장故고事ᄉ를 헌ᄉ타 ᄒ리로다 江강陵릉 大
都도護호라 風풍俗쇽이 죠흘시고 節졀孝효旌졍門문
이 골골이 버러시니 比비屋옥可가封봉이 이제도 잇다
눌다 眞진珠주館관 竹듁西셔樓루 五오十십川천 나린
믈이 太틱白빅山산 그림지를 東동海히로 담으 [一作 모든]
가니 찰하리 漢한江강의 木목覓먹의 다히고져 王왕程졍
有유限한ᄒ고 風풍景경이 못슬믜니 幽유懷회도

『松江別集追錄』,「關東別曲」外

호도혼사客긱愁슈도둘띄엽다仙션槎사를ᄒᆞ여위내여

斗두牛우로向향ᄒᆞ살가仙션人인을추ᄌᆞ려舟단穴혈

의머무살가天텬根근을못내보와望망洋양亭졍의오

로말이바다밧근하ᄂᆞᆯ이니하ᄂᆞᆯ밧근무서신고갓득怒노

ᄒᆞ고고리뒤라섯놀닉과되ᄲᅳᆯ거니뿐거니어지러이구ᄂᆞᆫ

지고銀은山산을것거니여六륙合합의ᄂᆞ리ᄂᆞᆫ듯五오

月월長댱天텬의白빅雪셜은무사일고져근덧밤이드

러風풍浪랑이定뎡ᄒᆞ거늘扶부桑상咫지尺쳑의明명

月월을기ᄃᆞ리니瑞셔光광千쳔丈댱이뵈ᄂᆞᆫ듯숨난고

야珠쥬簾렴을고쳐것고玉옥階계를다시쓸며啓계明명

명星셩 돗도록 고초 안자 바라보니 白빅蓮련花화 한
지를뉘라셔보내신고 이리조흔世셰界계 남되도다뵈
고져流유霞하酒주 가득부어 달라려무론 말이英영雄
응은어디가며四사仙션은 그뉘러니아모나 만나뵈아녯
긔별뭇자하니仙션山산東동海예 갈길히머도멀샤
松숑根근을뻬여누어풋잠을얼픗든니꿈에한사람이
나다려일온말이그디를내모르랴上샹界계예眞진仙
션이라黃황庭졍經경一일字조를엇지그릇일거두고
人인間간의나려와셔우리를딸오난다져근덧가지마
오이술한盞잔먹어보오北북斗두星셩기우려滄창海

『松江別集追錄』,「關東別曲」外

水슈부어니여저먹고날먹여놀서너盞잔거우로니

和화風풍이習습習습흥야兩냥腋익을추어드니九구

萬만里리長댱空공의저기면놀리로다이술가져다가

四ㅅ海희예고로난화億억萬만蒼창生셩을醉취케밍

근後후의그제야고쳐만나쏘盞잔한잣고야말지자

鶴학을타고九구空공의올나가니空공中듕王옥簫소

쇼리어제런가그제런가나도잠을쎼여바다흘구버보

니길피를모라거니가인들엇지알니두어라 一일本본無무두어

라明명月월이구쳔山산萬만落락의아니비쳔듸엽다

附　醜辭

清陰金尚憲



『松江別集追錄』,「關東別曲」外

106

江湖抱病一老身永辭風塵臥竹林按節關東八百里
斗覺君恩隨處渙始入延秋門欣瞻慶會樓朝辭丹鳳
闕（一作鳳闕）出東洛王節前導戈矛森平邱驛前暫駐馬黑水
路繞蟾江頭北來始知雉岳山東流何處昭陽來孤臣
遷切去國愁白髮偏驚己憔悴夜宿銅州府朝登北寬
亭長安城闕盡入望三角高峯雲外青弓王己去有遺
基烏鵲說盡興亡事淮陽古今尚雷名長孺風采知何
似棠軒無事簿領閒正是時當三月時花川一路入楓
岳脫略行裝藜杖隨傍過百川不盡看直入仙山尋萬
瀑銀虹倒掛玉龍垂十里喧訇動寥廓側耳繞敬曰

『松江別集追錄』,「關東別曲」外

雷入眼怪殺晴空雪金剛臺上樓青鶴半夜春風驚王
笛玄裳瓊半空縞衣飄丹壑悅逢西湖舊主人一聲清
囀瑤臺月大小香爐眼前看更向正陽遊仙剎奇觀莫
如真歇臺宛見廬山真面目偉哉造化翁竊弄神柄專
其雄如飛如躍立又礙若束白玉千芙蓉蒐裘衸佛蹴
東濱縹緲真巍撐斗極危哉窒高子莖峯屹立中天勢
無敵仰看蒼穹訴何事不折長腰千萬劫開心臺上更
登眺衆香城邊聘遠矑森羅一萬二千峯歷歷來入兩
眸界峯頭淑氣鬱磅礡願鍾人傑生斯世天地胚胎自
無恐此日來觀真有態眈盧之上第一頂萬古登矑有

『松江別集追錄』,「關東別曲」外

幾個東山不及泰山高魯國寧知天下大圓通細路接
獅峰中有靈湫洞無底千年老龍屈曲蟠晝夜東奔蒼
海汪爲問何時得風雲化作入間三日雨願令陰崖枯
死草摠田陽春添雨露摩訶衍接妙吉祥鴈門峰連佛
頂臺千尋絕壁出半空割斷銀河天上來如絲之散如
布掛始覺圖經餘十二如今倘有謫仙評未必盧山能
勝此清游豈可久山中牡觀還思東海陬藍輿緩步向
何許山映樓高三百尺清流一曲王玲瓏幽鳥數聲啼
宛轉鼓角聲中海雲翻旌旗影裏彩霞捲鳴沙馬踏醉
仙歸海棠花邊驚白鷗白鷗兮飛來昔日來遊知耶不

『松江別集追錄』, 「關東別曲」外

金幱洞口夏尋幽　叢石高亭連太宊　何年鬼斧斷玉柱
石面削出天然形　六字丹書三日浦　四仙遺跡今如許
仙遊潭上屢經過　映朗湖邊任來去　清澗之亭萬景培
羽衣逍遙知幾處　梨花開盡暮春月　子規啼邊清夜寂
洛山東畔義相臺　曉倚闌干看日出　祥雲叆叇碧波湧
六龍擎出金輪躍　初離海底萬象烘　繞繞吐天中洞毫髮
詩仙雖去咳唾餘　天地奇權專妙括　斜陽一株峴山外
躑躅千層紅萬堆　羽蓋芝輪此中來　鏡浦高臺江上閞
一帶冰紈練復練　萬株長松圍夏圍　微風不動鏡面平
白石明沙低夕暉　孤舟解纜艤亭邊　大洋近接江門橋

公江別集　卷二　追録　遺詞

『松江別集追録』,「關東別曲」外

氣像從容境界濶不知何者爭雄高紅粧故事已陳跡
千載難分眞贋別江陵自是大都護物阜民安風俗淳
家家盡節閭處皆旌門始知此屋皆可封三代遺風
今復存眞珠之飾竹西樓五十江水連芳洲太白山高
抻清波翠黛涵流光欲浮誰將一派接漢水坐使終南
山影流王程有限不可留風景多增孤客愁欲泛仙槎
向斗牛將挹浮邱訪丹邱天根浩蕩接無極望洋亭中
看不足天連滄海海連天天外茫茫有何物長鯨奮鬐湧
蹴波浪怒響哼鬱驚人魄誰裂銀山灑六合五月飜敎
飛白雪扶桑咫尺天吐新月瑞光千丈爭明滅珠簾捲却

『松江別集追錄』,「關東別曲」外

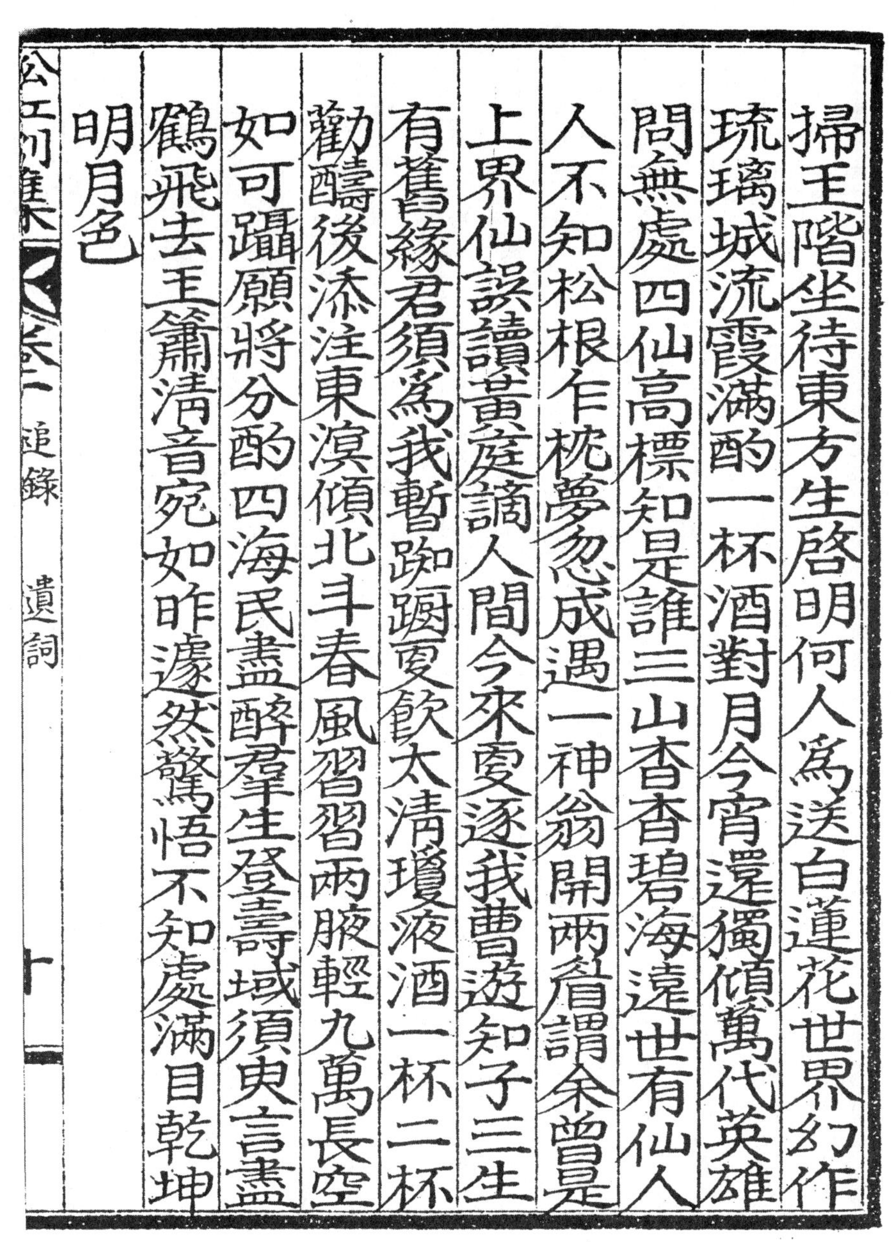


『松江別集追錄』,「關東別曲」外

二　　　　　　　　　　西浦金萬重

江湖多病故人疎竹林閑臥幽懷寂關東忽承汝往命
千古名區仗王節君恩朝謝延秋門簿暮祿馬平邱驛
蟾江渡頭去路修雉岳山前馬蹄滑昭陽江水向何處
去國孤臣愁白髮凌晨一登北寬亭三角高峰漸迢遞
弓王闕墟烏鵲噪千古興亡宛如昨淮陽宛帶舊時名
汲君風流期再覲營中無事簿領閑佳辰正屬春三月
行裝何處訪仙境花川石逕趨楓岳百川洞裏暫逍遙
萬瀑潭前洗塵膈銀虹玉龍噴白雪雷鳴十里殷林薄
仙風吹送玉簫聲驚起金剛雙白鶴香爐峰上一望中

『松江別集追錄』,「關東別曲」外

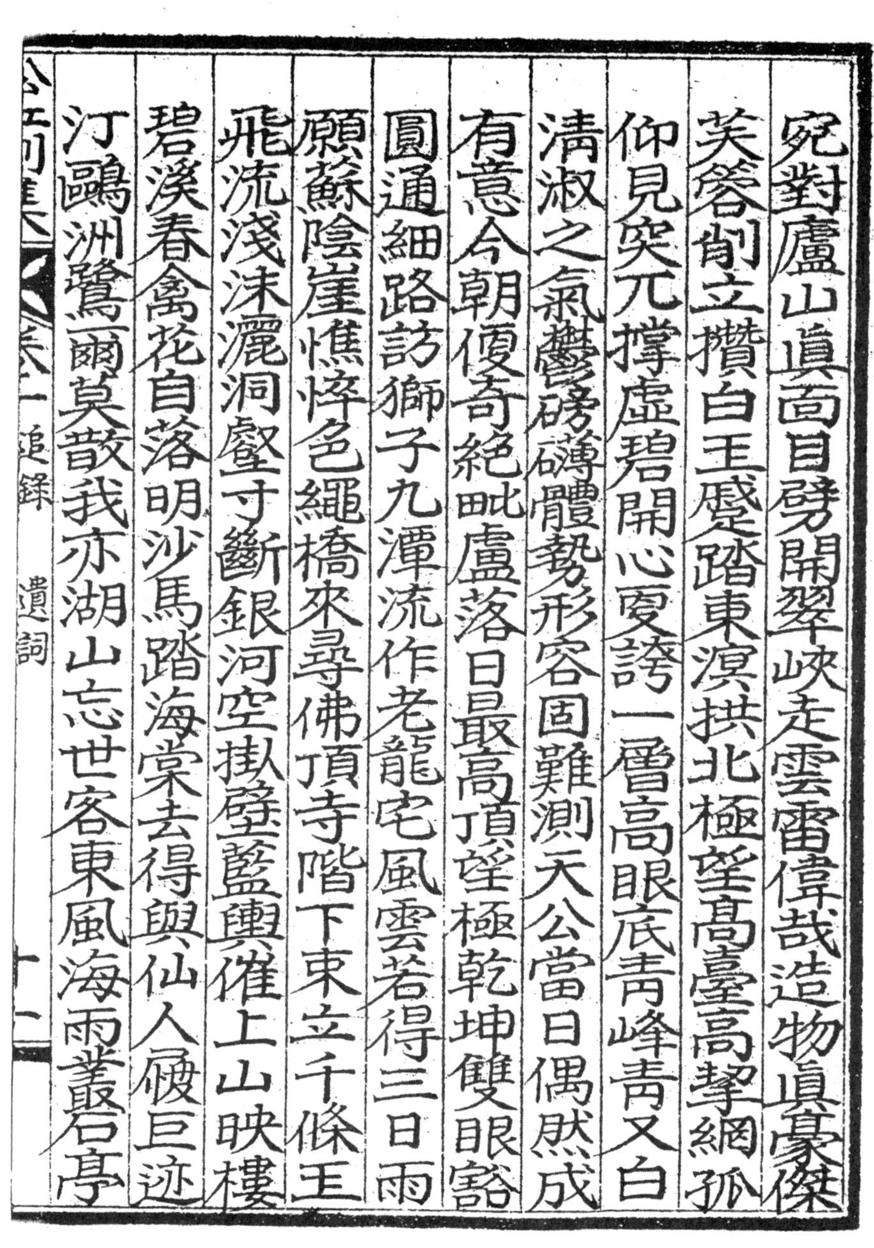

宛對廬山真面目劈開翠峽走雲雷偉哉造物真豪傑
芙蓉削立攢白玉蹙踏東濱拱北極望高臺高挈綱孤
仰見突兀撐虛碧開心夏誇一層高眼底青峰青又白
清淑之氣鬱磅礴體勢形容固難測天公當日偶然成
有意今朝優奇絕毗盧落日最高頂窪極乾坤雙眼窅
圓通細路訪獅子九潭流作老龍宅風雲若得三日雨
願蘇陰崖憔悴色繩橋來尋佛頂寺階下束立千條玉
飛流淺沫灑洞壑寸斷銀河空掛壁藍輿催上山映樓
碧溪春禽花自落明沙馬踏海棠去得與仙人硬巨迹
汀鷗洲鷺爾莫散我亦湖山忘世客東風海雨叢君亭

松江別集　卷一　追錄　遺詞　十二

『松江別集追錄』,「關東別曲」外

禹斧何年巧刻削丹書六字三日浦四仙去後無消息

仙遊潭邊映朗湖何處停鷹何處宿梨花開盡洛山寺

杜宇聲中清夜促金雞忽報海天曉火輪飛出馮夷窟

祥雲開處六龍扶碧海萬里朱輝射雙旌羽盖瀛臺

十里明湖清且潔真珠竹西攬勝入空洋亭前看月出

須臾夜久風浪靜玉兔正掛扶桑木金沙玉燦爛可數

冰紈沒文净如拭松根一枕俗緣疎夢裡何入慰窮音

道我前身上界仙黃庭誤讀人間謫清海輕塵弱水邊

瑤臺雪樹今三摘殷勤勸我一杯酒北斗滿酌滄海絲

春風習習腋生翰九萬長空如咫尺安得歸去分四方

『松江別集追錄』,「關東別曲」外

坐令天下皆仙骨

三　　　　　　　　　青湖李揚烈

江湖多病竹林臥　八百關東方面授如何聖恩曰囷極
欲報涓埃任奔走　延秋門下一馳入慶會樓前擡眼望
平明下直出遠郊　王篰雙雙臨道傍平邱古驛替馬行
黑水逶迤相追廻　蟾江迢遞在何許雜岳崔嵬入眼來
昭陽江水入那邊　去國孤臣愁白髮東州永夜轉輾明
北寬亭高臨突兀　依微三角第一峰西望長安如可覿
弓王闕墟烏鵲噪　千古興亡知耶否淮陽舊號會相思
汲直風彩倘相見　營中無事三月時路出花川楓岳轉



『松江別集追錄』,「關東別曲」外

行裝淡泊挼拂袖石逕飛錫還如僧百川洞裏萬瀑洞
俯瞰飛雪千疊層銀虹之脚玉龍尾噴薄聲傳十里外
八耳初訝殷霤迅擊目還疑飛雪灑金剛臺上最高處
青鶴危巢知幾歲春風玉笛夢初驚縞衣玄裳半空唳
無乃西湖舊主人宛對青眸相嬉戲眼前香爐大小列
正陽真歇超然倚忽識盧山真面目箇箇輸來此中視
好事還覺造化翁翔而躍兮立而起天然清水出芙蓉
美哉崑崗嵌白玉周遭遠勢蹴東濱復業峩冠拱北極
危乎高哉望高垲子望峰高渺一髮爲問向天欲何語
千萬浩劫不解屈嗟爾高標嗟爾容世豈復有如爾直

『松江別集追錄』,「關東別曲」外

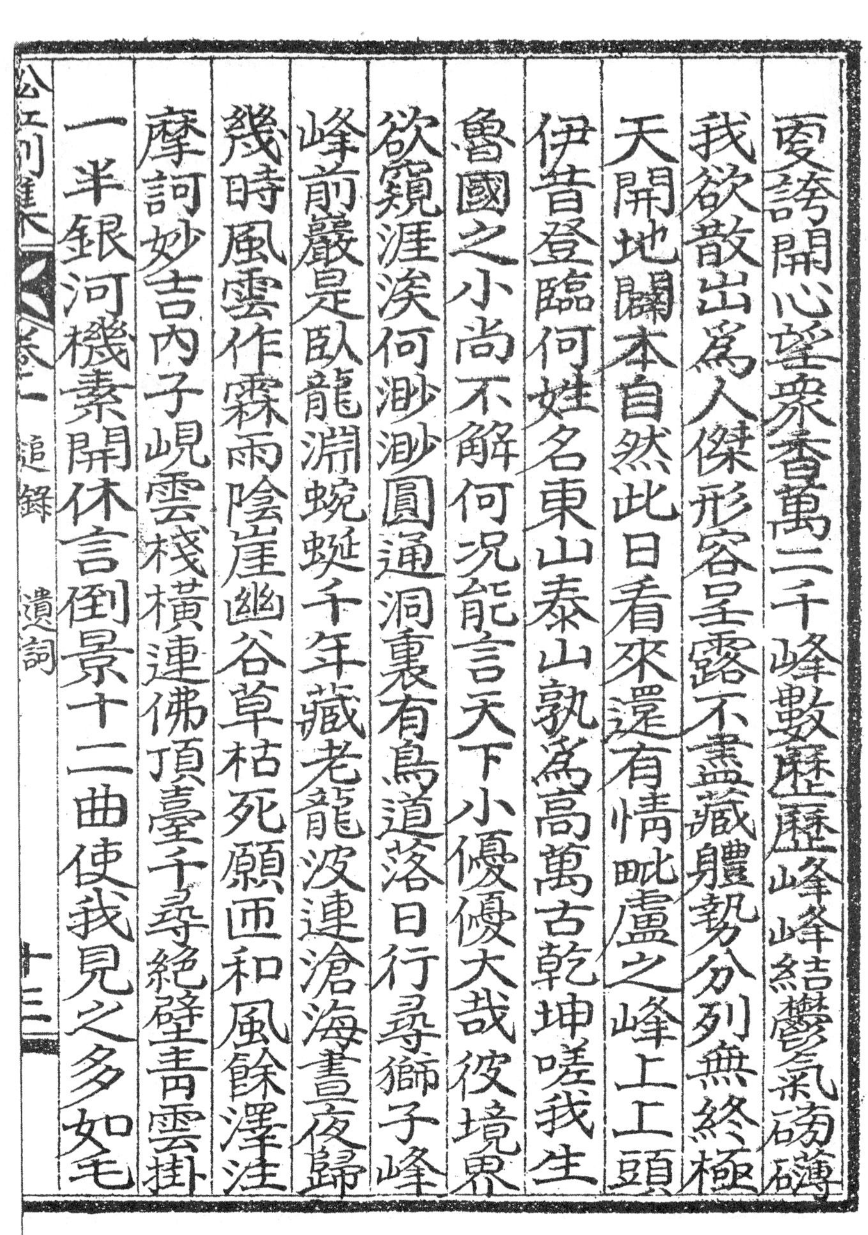



『松江別集追錄』,「關東別曲」外

謫仙詩評如到此廬山未必專其高奇觀豈但此山中

東海名區且遊傲藍輿緩步山映樓碧溪春禽離別

旌旗拂來五色飄鼓角喧處行雲絕鳴沙飛馲醉仙

閒傍烟波入海棠烟波汎白鷗莫飛去傾盖安知爾友生

金蘭爭似叢石異十二樓餘三四柱誰將六面強象物

得非工倕是鬼斧高城南望三日浦四仙去後丹書在

於焉之間復安留映朗仙遊應少憩清澗暮雨沾羽衣

萬景天風吹角巾梨花已落杜鵑啼洛山東頭當暮春

要看日出義相臺極目遙空夏五點祥雲嬝娜集悅愡

六龍巖嶪擎佼忽初離海上耀萬國忽到天中察秋毫

『松江別集追錄』,「關東別曲」外

光明正大燭下土或恐浮雲時近飄詩仙奚適餘咳唾

天地奇權專妙括芝輪羽盖入鏡湖十里冰紈平似熨

斜陽一抹峴山外蹦躕步踏紅半堆長松面面圍極浦

水波如羅沙可笑孤舟解纜木蘭枻飛閣玲瓏始躋攀

江門橋外是大洋別乾坤如畫圖間從容之氣潤遠景

勝地如斯夏何有紅粧故事亦可憐對此令人措點久

江陵雄府大都護節孝旌門隨處立唐虞屯屋可封俗

莫說當今未幾及真珠最是竹西樓五十川流當檻來

縈回吸盡太白影走入東濱歸意催寧歸添却漢江波

直接終南山外津王程有限風景饒客愁却與幽懷新

『松江別集追錄』,「關東別曲」外

仙槎泛泛向斗牛丹穴何如尋聖人天根去來看未足
快馬仍登望洋亭海外長天天外何偺景駿噴波晦暝
若折銀河下六合五月白雪胡爲乎斯須風定浪頭靜
待月扶桑恐尺高瑞光千丈乍隱見雯捲珠簾掃玉除
衝宵坐見啓明星誰送白蓮花一枝清冷世界大羅色
勝賞欲與人人知滿酌流霞問明月英雄何處四仙誰
我欲逢入間故事仙山東海迷歸路松根高枕忽成眠
夢有一人前致語知君眞是上界仙一字黃庭何誤讀
朝辭王皇香案前暮謫人間隨我屬殷勤留勸一杯酒
北斗星沉滄海水相對對酌數三盃起來却忘塵世界

『松江別集追錄』,「關東別曲」外

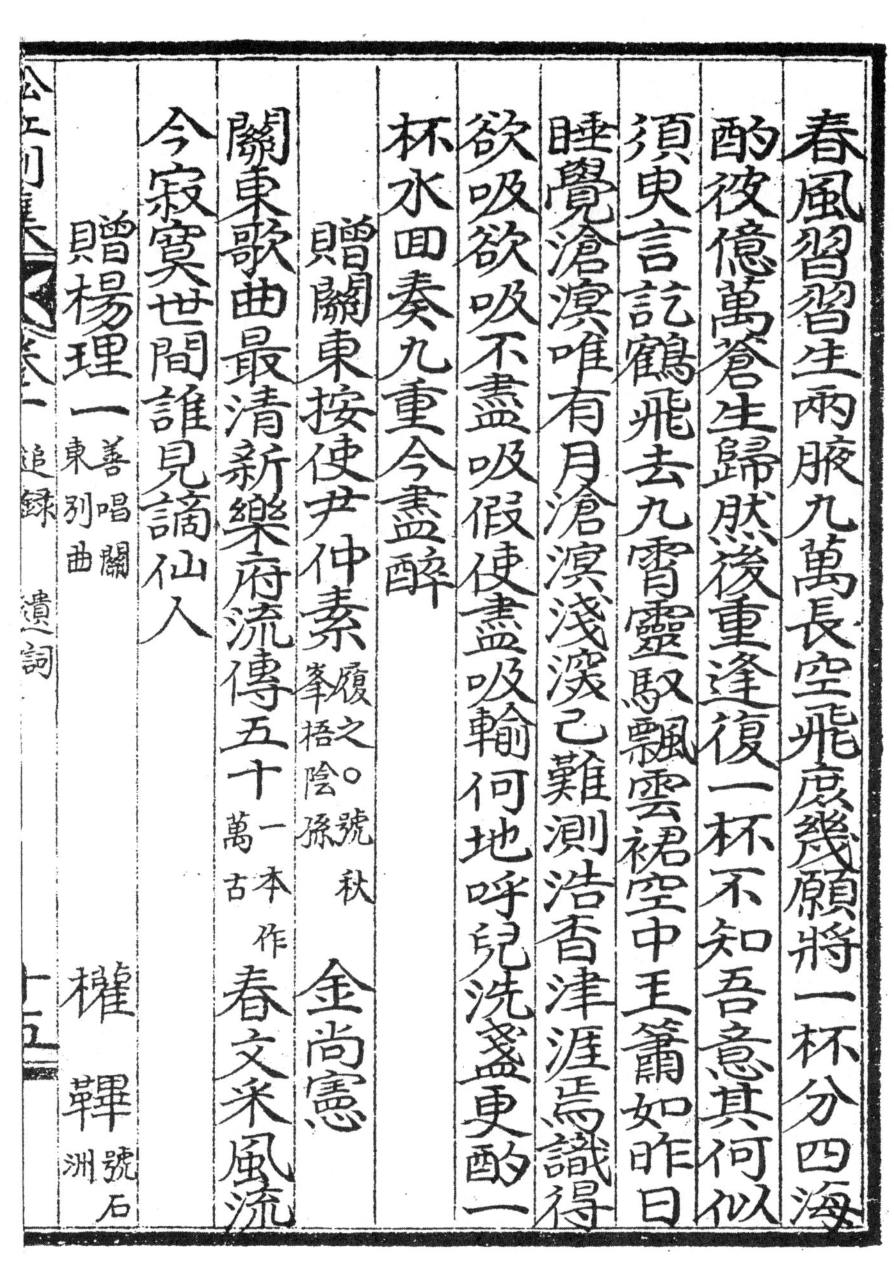

春風習習生兩腋　九萬長空飛度幾　願將一杯分四海
酌彼億萬蒼生歸　然後重逢復一杯　不知吾意其何似
須臾言訖鶴飛去　九霄靈馭飄雲裙　空中玉簫如昨日
睡覺滄溟唯有月　滄溟淺溪乙難測　浩杳津涯焉識得
欲吸欲吸不盡吸　假使盡吸輸何地　呼兒洗盞更酌一
杯水田奏九重今盡醉

贈關東按使尹仲素〔履之。號秋峯　梧陰孫〕　金尚憲
關東歌曲最清新樂府流傳五十〔萬古　一本作〕春文采風流
今寂寞世間誰見謫仙人

贈楊理一〔善唱關東列曲／貝刋一東列曲〕　權韠〔號石洲〕

松江別集卷一　追錄　遺詞　　十五

『松江別集追錄』,「關東別曲」外

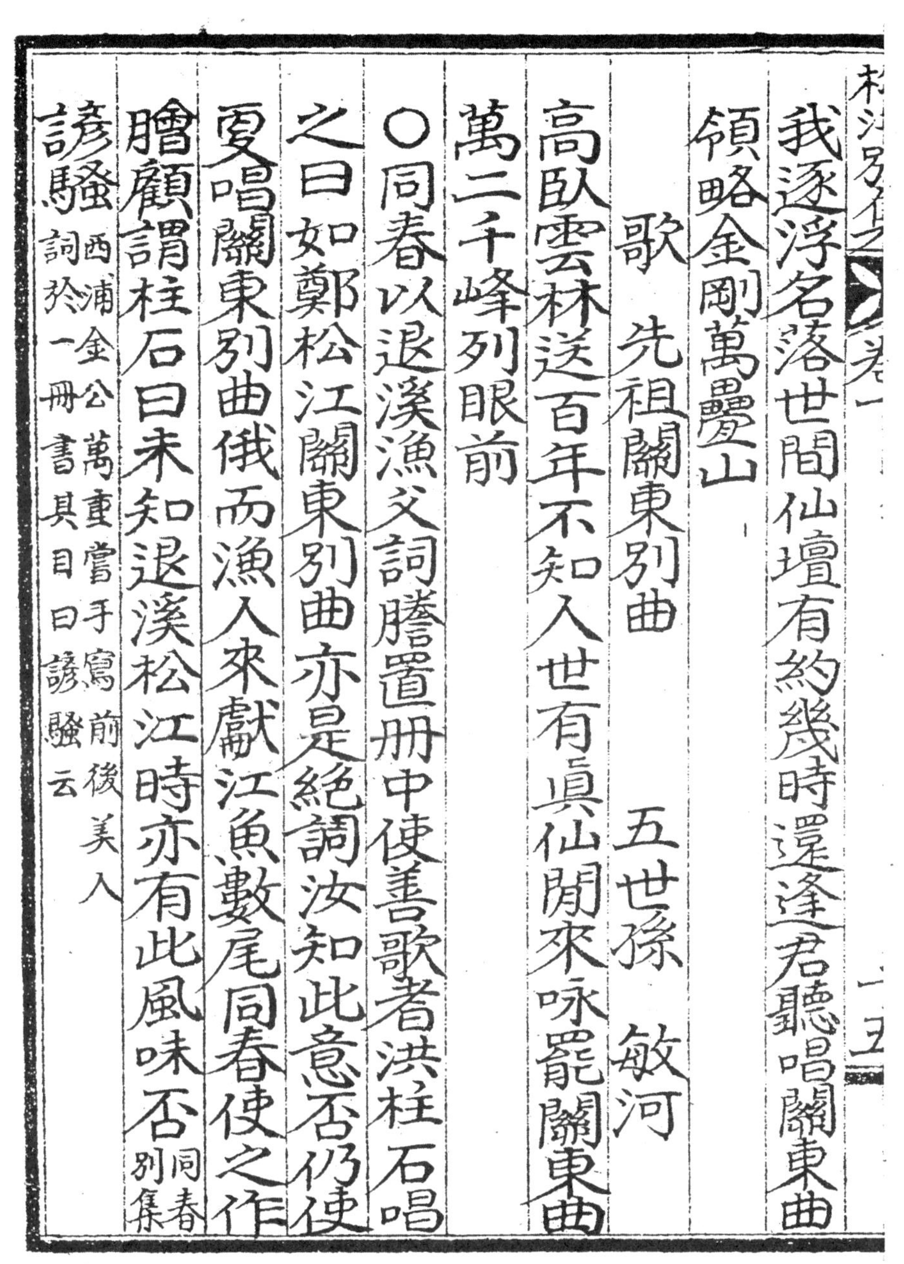

我逐浮名落世間仙壇有約幾時還逢君聽唱關東曲

領略金剛萬疊山

歌　先祖關東別曲

五世孫　敏河

高臥雲林送百年不知入世有眞仙閒來詠罷關東曲

萬二千峰列眼前

○同春以退溪漁父詞膳置冊中使善歌者洪柱石唱

之曰如鄭松江關東別曲亦是絶調汝知此意否仍使

夏唱關東別曲俄而漁人來獻江魚數尾同春使之作

贍顧謂柱石曰未知退溪松江時亦有此風味否　同春別集

諺騷　詞於一冊書具目曰諺騷云

西浦金公萬重嘗手寫前後美人

『松江別集追錄』,「關東別曲」外

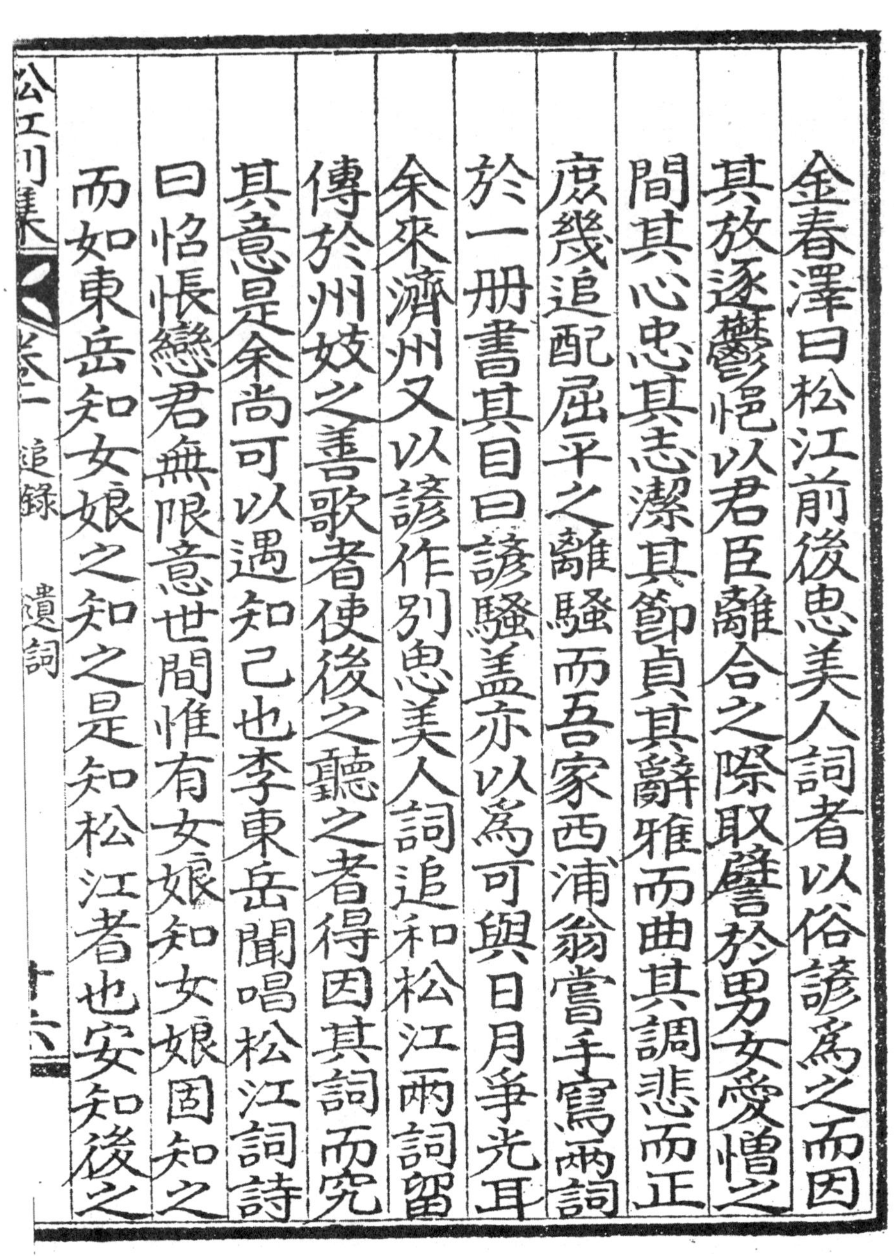

金春澤曰松江前後患美人詞者以俗諺爲之而因
其放逐鬱悒以君臣離合之際取譬於男女愛憎之
間其心忠其志潔其節貞其辭雅而曲其調悲而正
庶幾追配屈平之離騷而吾家西浦翁嘗手寫兩詞
於一冊書其目曰諺騷蓋亦以爲可與日月爭光耳
余來濟州又以諺作別患美人詞追和松江兩詞留
傳於州妓之善歌者使後之聽之者得因其詞而究
其意是余尚可以遇知己也李東岳聞唱松江詞詩
曰怊悵戀君無限意世間惟有女娘知女娘固知之
而如東岳知女娘之知之是知松江者也安知後之

『松江別集追錄』,「關東別曲」外

君子夏有如東岳者歟

思ㅅ美미人인曲곡

思美人曲祖述詩經美人二字以寓憂時戀君之

意亦郢中之白雪　東國樂譜

이몸삼기실졔님을조차삼기시니혼生성緣연分분이

며흐늘모롤일이런가나점머잇고님음나날괴시

내이마음이사랑견졸디노여엽다平평生성애願원ᄒ

요딕흐디녜좃ㅎ얏더니늙거야무사일노외오두고그

리는고엇그제님을뫼셔廣광寒한殿뎐의올나더니그

도딕엇지ㅎ야下하界계의ᄂ려오니올져긔비슨머리

『松江別集追錄』,「關東別曲」外

허트러디런지 三年(삼년) 일싀 臙脂粉(연지분) 잇마ᄂᆞᆫ 눌 위
ᄒᆞ야 고이 ᄒᆞᆯ고 ᄆᆞᄋᆞᄆᆡ 미친 실음 疊疊(텹텹)히 ᄡᅡ혀 이셔
짓ᄂᆞ니 한숨이오 디나니 눈믈이라 人生(인ᄉᆡᆼ)은 有限(유한)
ᄒᆞᆫᄃᆡ 시름도 그지엄다 無心(무심)ᄒᆞᆫ 歲月(셰월)은 믈 흐
르ᄃᆞᆺ ᄒᆞ는고야 炎凉(염냥)이 ᄠᅢ를 아라 가ᄂᆞᆫ ᄃᆞᆺ 고텨 오니
듯거니 보거니 늣길 일도 ᄒᆞ도 ᄒᆞᆯ샤 東風(동풍)이 건듯 부
러 積雪(적셜)을 헤텨니니 窓(창)밧긔 심근 梅花(ᄆᆡ화) 두세
가지 픠여셰라 갓득 冷淡(ᄂᆡᆼ담)ᄒᆞᆫ디 暗香(암향)은 므사일
고 黃昏(황혼)의 달이 조ᄎᆞ 벼마틔 빗최니 늣기ᄂᆞᆫ ᄃᆞᆺ 반기
ᄂᆞᆫ ᄃᆞᆺ 님이신가 아니신가 一本有 뎌 梅花(ᄆᆡ화) 것거ᄂᆡ여 님 겨신 듸



『松江別集追錄』,「關東別曲」外

보니고져 님이 너를 보고 엇더타 너기실고 꼿 지고 시 님

나니 綠(록)陰(음)이 설렷는듸 羅(나)幃(위) 寂(적)寞(막)하고 繡

帳(막)이 뷔여 잇다 芙(부)蓉(용)을 거더 노코 孔(공)雀(작)을

둘러두니 ᄌ득 시름하듸 날은 엇지 기돗던고 鴛(원)鴦(앙)

錦(금) 버혀 노코 五(오)色(석)線(션) 플처 니여 金(금)ᄌ희 견화

이셔 님의 옷 지어 니니 手(슈)品(픔)은 ᄀ니와 制(제)度(도)도

ᄆ잘시고 珊(산)瑚(호)樹(슈) 지게 우희 白(빅)玉(옥)函(함)의 다

마두고 님의게 보닉오려 님 게신딕 ᄇ르 보니 山(산)인가

구름인가 머흐도 머흘시고 千(쳔)里(리)萬(만)里(리) 길을 뉘

라서 츳갈고 니거든 여려 두고 날인가 반기실 ᄆ하랴

『松江別集追錄』,「關東別曲」外

넘셔리심의 기러기 우러녈제 危위樓루의 혼ᄌ올나 水슈
晶졍簾렴을거든말이 東동山산의 달이나고 北븍極극
의 별이 뵈니 님인가 반기니 눈물이 절노난다 淸졍光광
을 쥐워니여 鳳봉凰황樓루의 븟치고져 樓루우희거
러두고 八팔荒황의 다비최여 深심山산窮궁谷곡을 낫
ᄀᆞ치밍그소셔 乾건坤곤이 閉폐塞셕ᄒᆞ야 白ᄇᆡᆨ雪셜이
한빗친제 사ᄅᆞᆷ은 ᄀᆞ니와 날새도 긋처잇다 瀟쇼湘상南남
畔반 도 치옴이 이러커든 玉옥樓루高고處쳐야 더옥
일러 므슴ᄒᆞ리 陽양春츈을 부러내여 님겨신ᄃᆡ 쏘이고
져茅모簷쳠 빗쵠ᄒᆡ로 玉옥樓루의 올니고져 紅홍裳상

松江別集卷之一　追錄　遺詞

『松江別集追錄』, 「關東別曲」外

을 니믜ᄎᆞ고 翠취袖슈를 半반만 거더 日일暮모 脩슈竹

의 혬가림도 하도 하샤 쟈란히 수이 지여 긴밤을 고초

안ᄌ 靑쳥燈등 거ᄂᆞᆫ 겻티 鈿뎐箜공篌후 노하두고 금이

나 님을 보려 택밧고 비겨시니 鴦앙衾금도 ᄎᆞ도 찰ᄉᆞ이

밤을 언제 실고 ᄒᆞ라도 열두ᄣᅢ ᄒᆞᆫ 달도 셜흔 날 저근덧

각마라 이셔름 잇ᄌᄒᆞ니 ᄆᆞᄋᆞᆷ의 밋처 이셔 骨골髓슈의

ᄢᅦ처시니 扁편鵲쟉이 열히오나 이 病병을 엇지ᄒᆞ리어

와 님病병이야 이 님의 타시로다 찰ᄒᆞ리 시어지여 범나

비되오리라 ᄭᅩᆺ나모 가지마다 간디 죡죡 안니다가 香향

무든 나리로 님의 오시 울므리라 님이야 날인줄 모라서

『松江別集追錄』,「關東別曲」外

도뎌 님조ᄎ려ᄒ노라

續속 美미人인曲곡

復申前詞未盡之思語益工而意益切可與孔明
出師表伯仲看也　東國樂譜

뎌가 난져각시 본듯도ᄒ져이고 天뎐上샹 白ᄇᆡᆨ玉옥京경
을엇지ᄒ야 離리別별ᄒ고 히다져졈은날의누를보
랴가시난고 어와너여이고 이ᄂᆡ사셜드러보오 내열골
이거동이님ᄭᅴ양즉한가마는엇진지날보시고너로다
너기실셔나도님을미더군ᄯᅳ지젼혀업셔이리야ᄭᅩ티
야어즈러이ᄒ 一일作 작구 돗던지반기시난낫빗져녜와엿

松江別集追錄　遺詞

『松江別集追錄』,「關東別曲」外

지다록신고누어싱각ᄒᆞ고이러안ᄌ혜여ᄒᆞ니내몸의
지은罪(죄)뫼ᄀᆞ치ᄲ혀여시니하날히라怨(원)望(망)ᄒᆞ며사
람이라허믈ᄒᆞᆯ랴셜워플쳐혀니造(조)物(믈)의타시로다
그란ᄉᆡᆼ각마오미친닐이이셔이다님을뫼셔이셔님의
일을내알거니믈가탄얼굴이便(편)ᄒᆞᆯ적몃날을고春(춘)
寒(한)苦(고)熱(열)은엇지ᄒᆞ야지니시며秋(추)日(일)冬(동)
天(텬)은뉘라셔뫼셧ᄂᆞᆫ고粥(쥭)早(조)飯(반)朝(조)夕(셕)뫼녜
와갓치셰신ᄂᆞᆫ가기나긴밤의잠은엇지자시난고님다
희消(쇼)息(식)을아므려나아자ᄒᆞ니오날도거의로다
너日(일)이나사ᄅᆞᆷ올가ᄂᆞᆷᄋᆞ믈둘디엽다어ᄃᆞ러로가쟌

『松江別集追錄』, 「關東別曲」外

말고잡거니밀거니놉흔뫼희올나가니구롬은ᄏᆞ니와

안기난므스일고山산川쳔이어둡거니日일月월을엇

지보며盡진尺쳑을모로거든구千쳔里리을ᄇᆞ려ᄇᆞ랴찰

하리믈가의가비길이나벼랴ᄒᆞ니ᄇᆞ름이야믈결이아

어동졍된져이고샤공은어듸가고뷘비만걸년난고江

강天텬의홀노셔셔지난히를구버보니님다히消소息

식이더옥아득ᄒᆞ져이고茅모簷쳠찬자리의밤즁만도

라오니半반壁벽青쳥燈등은눌위ᄒᆞ야밝간고오리

며나리며헛드며바자리니져근덧力력盡진ᄒᆞ야ᄌᆞ참

을잡간드니情졍誠셩이至지極극ᄒᆞ야ᄉᆞᆷ의님을보니



『松江別集追錄』,「關東別曲」外

옥 가튼 얼굴이 半반이나마 늙거세라 마음의 머근 말

슴을ᄀ장 삷자ᄒᆞ니 눈물이 바라나니 말인들 어이ᄒᆞ며

情졍을 못다ᄒᆞ야 목이조차 메여ᄒᆞ니 오 前젼된 鷄계

聲셩의 잠은 엇지 ᄭᆡ돗던고 어와 虛허事ᄉᆞ로다 이 님이

어ᄃᆡ간고 잠결의 이러 안자 牕창을 열고 바라보니 어엿

분 그림재 날 조찰 ᄲᅮᆫ이로다 찰하리 싀여디여 落락月월

이나되야 이셔 님 게신 牕창 안히 번드시 비최리라 각시

님달이야ᄀ니와 구잔비 나되소셔

大岾酒席呼韻

一曲長歌思美人此身雖老此心新明年梅發總前樹折

『松江別集追錄』, 「關東別曲」外

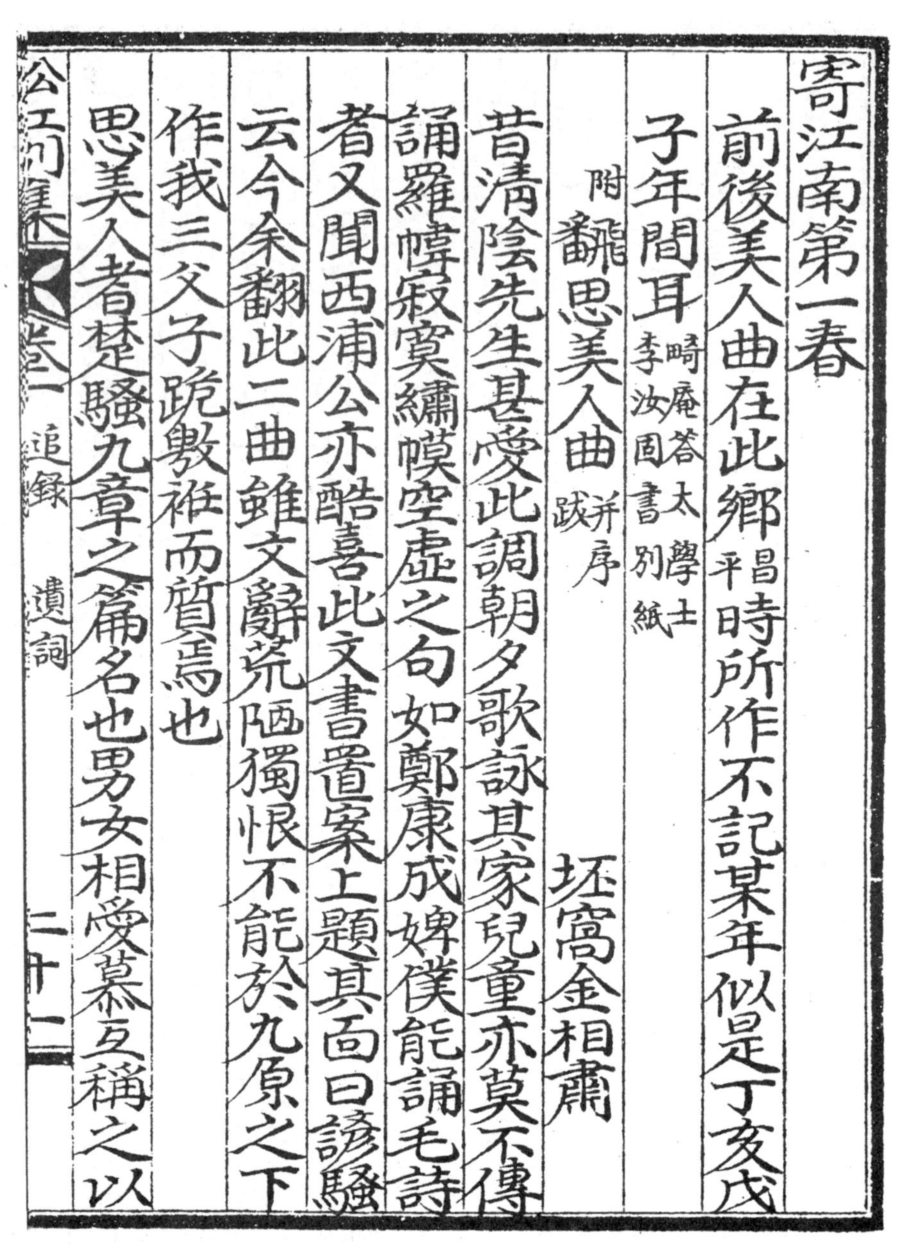

寄江南第一春

前後美人曲在此鄉昌平時所作不記某年似是丁亥戊

子年間耳

畸庵答太學士李汝固書別紙

附　嚬思美人曲　跋并序

坯窩金相肅

昔清陰先生甚愛此調朝夕歌詠其家兒童亦莫不傳

誦羅幃寂寞繡幙空虛之句如鄭康成婢僕能誦毛詩

者又聞西浦公亦酷喜此文書置案上題其面曰諺騷

云今余翻此二曲雖文辭荒陋獨恨不能於九原之下

作我三父子跪數祗而頎焉也

思美人者楚騷九章之篇名也男女相愛慕互稱之以

公江別集　卷二　追錄　遺詞　二十二

『松江別集追錄』,「關東別曲」外

是而君臣之間亦皆托以爲辭者也嗚呼孤臣寃女其
志同也女雖見絕於夫而不宜自絕焉臣雖見疎於君
而不以自疎焉非知其義之重而一心貞固者其孰能
如是也哉然君臣夫婦在其相與之始也君有不以勢
利爲使而知其心者則臣有不以罷祿爲悅而盡其忠
者矣夫有不以容色之美而愛其德者則婦有不以親
疎之異而變其志者矣豈非其始相感者實有以然耶
其知之也淩其愛之也至故雖見疎絕而未嘗以爲怨
也常嫉讒人之爲間也而異其心之一回也屈子之放
江潭而作離騷班姬之廢長信而賦自悼其志可以見

『松江別集追錄』,「關東別曲」外

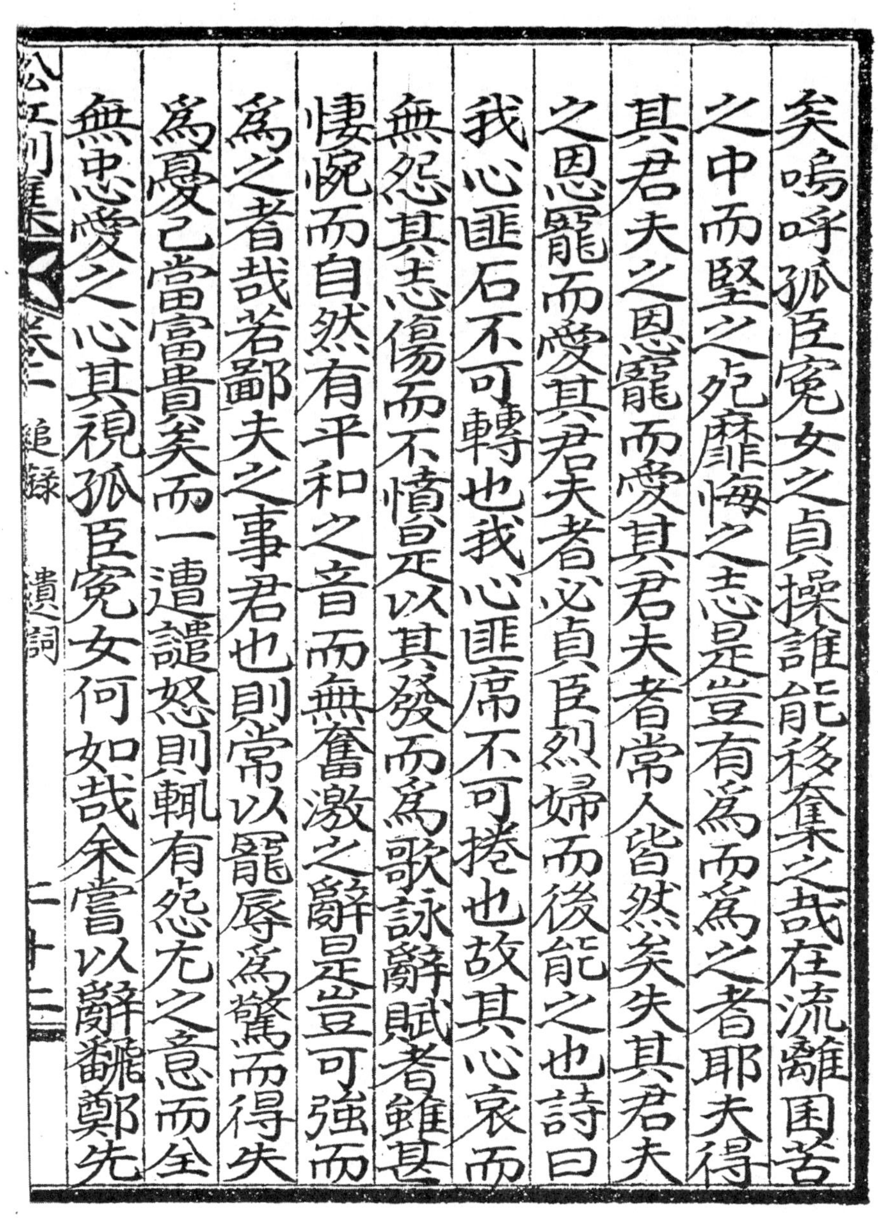

矣。嗚呼，孤臣寃女之貞操，誰能移奪之哉。在流離困苦之中，而堅之死靡悔之志，是豈有為而為之者耶。夫得其君夫之恩寵，而愛其君夫者，常人皆然矣。失其君夫之恩寵，而愛其君夫者，必貞臣烈婦而後能之也。詩曰，我心匪石，不可轉也，我心匪席，不可捲也。故其心哀而無怨，其志傷而不憤，是以其發而為歌詠辭賦者，雖甚悽惋，而自然有平和之音，而無奮激之辭，是豈可強而為之者哉。若鄙夫之事君也，則常以罷辱為驚，而得失為憂。己當富貴矣，而一遭譴怒，則輒有怨尤之意，而全無忠愛之心，其視孤臣寃女何如哉。余嘗以辭龐鄭先

松江別集　卷二　追錄　遺詞　二十二

『松江別集追錄』,「關東別曲」外

生思美人曲心有所感而書之若是以爲世之爲人臣

者戒云爾

嗟此身之禀生兮從美人而降之豈一生之緣分兮詎

皇天其不知余身兮幼炎美人兮罷余維斯情兮斯愛

欲此兮無所午生兮願言與顛覆兮一處將老兮何

爲遠離居兮勞思昨日兮隨君廣寒殿兮同上俄頃兮

何事塵界兮下降來時兮梳首歷亂兮三年臙脂粉兮

在是爲誰容兮嬋妍結心曲兮愁思何曼慶兮纏綿流

淚兮潺湲歔欷兮太息人生兮有限何愁思兮無極無

心兮歲月若流浚兮瀰瀰炎凉兮知時候徃兮忽迴耳

『松江別集追錄』,「關東別曲」外

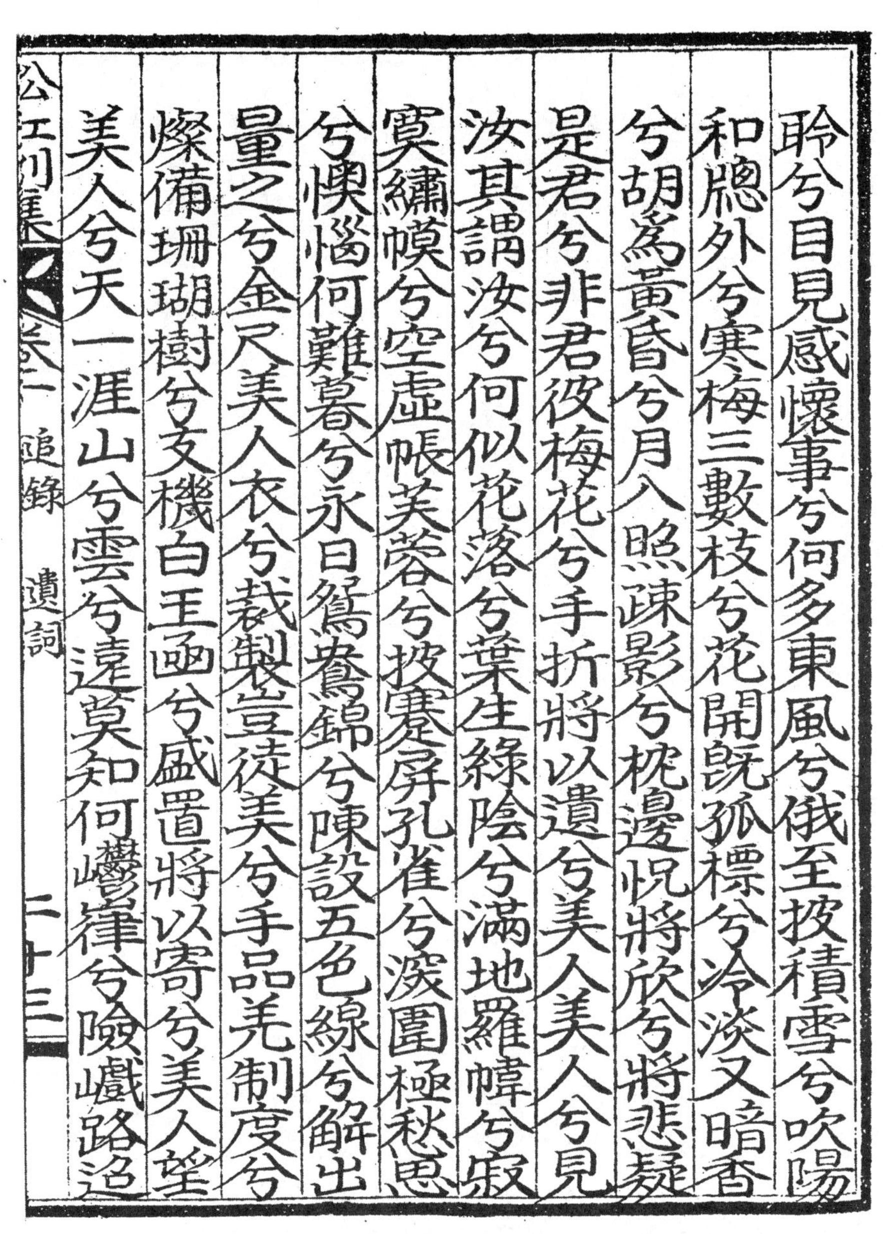

聆兮目見感懷事兮何多東風兮俄至披積雪兮吹陽
和熙外兮寒梅三數枝兮花開既孤標兮冷淡又暗香
兮胡為黃昏兮月八照疎影兮枕邊悅將欣兮將逸疑
是君兮非君邪梅花兮手折將以遺兮美人兮見
汝其謂汝兮何似花落兮葉生綠陰兮滿地羅幃兮寂
冥繡幙兮空虛帳芙蓉兮按褰屏孔雀兮深圍極秘思
兮懊惱何難暮兮永日鴛鴦錦兮陳設五色線兮解出
量之兮金尺美人衣兮裁製宣徒美兮手品羌制度兮
燦備珊瑚樹兮支機白玉函兮盛置將以寄兮美人堂
美人兮天一涯山兮雲兮遠莫知何嶸律兮險巇路迢

松江別集　卷一　追錄　遺詞　二十三

『松江別集追錄』,「關東別曲」外

遠兮千萬里誰爲余兮傳致倘傳致兮開函若見余兮
欣喜一夜兮清霜聽鴈聲兮無寐危樓兮獨上水晶簾
兮高捲東山兮月出北極兮星見悅見君兮悲喜涕自
下兮交橫夜清光兮揀出願寄樓兮鳳凰樓上兮高掛
遍照兮八荒溪山兮窮谷燭之兮如日乾坤兮閉塞白
雪兮一色入跡兮不見飛鳥兮亦絕瀟湘兮南畔若是
兮凜寒王宇兮高處況于今兮可言願陽和兮吹噓送
君居兮焉由荊簪兮出日思獻之兮玉樓紅裳兮乍寒
翠袖兮半擅日暮兮脩竹何思量兮繽紛短景兮才暮
長夜兮危坐青燈兮掛壁鈿箜篌兮在左擬見君兮夢

『松江別集追錄』,「關東別曲」外

寐羌支頤兮枕倚鴦衾單兮不堪寒此夜漫漫兮何時
朝十二時兮一日三十日兮一月願須臾兮無思聊以
念兮吾憂結心曲兮不解透骨骸兮難抽錐扁鵲兮干
輩來兮無奈吾病之為祟也已矣子吾病只是美人之
故也亂曰寧瀘死而變化兮為花間之瑚蝶飛花叢兮
處處兮止又起而不息掠花粉之輕翅兮上美人之衣
袖美人兮雖不知余之變化兮吾將從美人之左右
彼行邁兮妹子者若曾見兮依俙天上兮白玉京胡為
子兮別離曰黃昏兮暮途將見誰兮何之曰之子之邂
逅兮且靜聽兮吾辭維吾貌與容止兮豈足美人之可



『松江別集追錄』,「關東別曲」外

媚諒何故而見余兮假色辭而親汝余亦信夫美人兮
志貞愨而靡他紛嬌妬而慢愚兮伊褻昵其不省過顧
我笑其君貌兮忽何異乎疇昔臥復坐而靜思兮數徙
殊而太息吾身之作孽兮罪多而回山積豈天命而敢怨
兮非人為而可尤救寃懷而回思兮莫非造物之收謀
重曰且置此兮勿道心有結兮難忘一生兮侍君君起
居兮余所詳體質兮若水平和日兮無幾春寒兮苦熱
若何兮經度秋日兮冬天何人兮侍側朝粥兮夕飯進
御兮如昔漫漫兮長夜又寢寐兮何如君邊兮消息從
何所兮聞知今日兮幾暮倚明朝兮人來維余心兮靡

『松江別集追錄』,「關東別曲」外

定當向徃兮何方或挽前兮推後陟彼兮高岡雲靉靆
兮冥冥霧霏霏兮又何為山川兮幽晦日月兮掩暉晼
咫尺兮不分詎千里兮可望無寧之兮洲渚倘水程兮
可訪風與水兮蕩擊懷惝怳兮瞀亂鴛鸞師兮何去虛舟
兮繫岸江天兮獨立俯瞰兮落日君邊兮消息渝難聞
兮杳邈莭簷兮寒捿夜將半兮歸來半壁兮青燈孤明
兮為誰陟降兮上下翺翔兮彷徨斯須兮力盡倏假眠
兮夢想精誠兮極至悅見君兮在倚如玉兮容頯已過
半兮衰傷含懷兮宛辭欲盡意兮訢明涕泗兮踵下言
辭兮難成吐情懷兮不盡又從之兮哽咽何晨難兮阜

『松江別集追錄』,「關東別曲」外

唱忽寢寐兮驚覺呼嗟余夢兮空虛懷美人兮焉往卽

于時兮起坐摭紗戶兮遙望可憐兮隻影只伴人兮獨

住寧此身兮溘死化落月兮雲際美人兮牕外願流照

兮無掩翳亂曰夜妹子者爾不能化爲月兮將作行雲

兮爲暮雨

右卽松江先生思美人及續曲飜辭也東方之音與

中華不同其里巷歌謠皆以方言爲章句非如古詩

國風之體及後世樂府之詞者然以其音被之管絃

則自爲一代之俗樂不可廢而又不學亦可以

觀可以惌者也其體有短歌長辭盖其音吐句絕則

『松江別集追錄』,「關東別曲」外

一也而又未可以五七言形容其辭意也唯楚之騷
響近之欲翻之以文字不失其音叶其音韻合于辭
章則當用騷體而爲也此兩辭之文合用方言使東
方之人聽之雖婦孺無不知之而若異方之人見之
則必不知其爲何語也然忠愛之懷托以寃女之詞
使千載之下讀其文者如誦屈子之辭則掩卷流涕
想像其哀而不忍者則度可以同調并傳而不可泯
也故余用九歌九章之句語篇法合而成之亦詞之
變也其音律體裁有隨其俗而不同者則無怪乎其
文之異也若欲強牽苟合則是膠柱而不知合變者

『松江別集追録』,「關東別曲」外

144

也斯可與知者語也金相肅書〔坯窩公胤子箕氏　與松江先生後孫凖〕

書曰思美人曲讔辟草本近得於家中故莊前後序
文之外又有小跋是爲先子親筆向從尊兄爲言始
末而獲覩此奇事非偶然兹以原本呈上區區所陳
先意想應記有如蒙錄入於松江先生續集下方
則不肖之感爲當如何

惟我　先祖文清公著思美人曲坯窩金先生爲之
翻調臆去文清公數百載作者家夏僕數而惟坯窩
得文清公心何如其眞切也嗚呼夫孰知也夫孰知
也天地間一種清直之氣鍾以爲人若夷之清屈之
忠是也夷清之幸得夫子尚矣屈子生而不幸死而
未遇夫孰傷之哉雖韓子之博雅猶許以騷鳴而已

二十六

『松江別集追錄』,「關東別曲」外

魚腹之魂怳忸無所適戚乎若使屈子生幷於夷之
時其揄揚益暢必不遺於洙泗靑雲之筆矣淸陰先
生政文淸公詩集而立言披實以後世屈子識得文
淸公本地光景鳴呼非知道者安能見到此閫域也
後淸陰百載坏窩先生讀窮自如不著文不作書若
李延平嘗激於忠義跋文淸公思美人曲且爲之飜
調亦何意哉夫子曰人之生也直夫能不悖於直之
理者廢子得屈松淸坏之本領地頭也噫歲暑雍執
徐長至月日文淸公八世孫在勉謹識
東方歌詞中如鄭松江前後思美人曲最勝嘗聞金淸



『松江別集追錄』,「關東別曲」外

146

陰劇好聽此詞家內婢使皆令誦習吾家老婢春臺兒
時逮事清陰至老而猶道舊日事能誦其羅幃寂寞綉
幕虛等句清陰之好之如此

東岳李安訥

聽松江歌詞

江頭誰唱美人詞正是孤舟月落時惆悵戀君無限意
世間惟有女娘知

鳴皐任錪

艤舟龍江聞女娘唱美人詞感而作

纖歌一唱一沾巾餘響隨風轉綠蘋泉下黃龍猶自泣
可憐當日意中人

松江別集追錄卷之一

『松江別集追錄』,「關東別曲」外

右關東別曲思美人曲續美人曲三篇即松江相國鄭文

清公之所著也公詩思清新警拔固膾炙人口而歌曲尤

妙絶古今長篇短什無不盛傳雖屈平之楚騷子瞻之詞

賦殆無以過之每聽其引喉高詠聲韻清楚意旨超忽不

覺其飄飄乎如憑虛而御風羽化而登仙至其愛君憂國

之誠則亦自謁然於辭語之表至使人感愴而興歎焉者

非出天忠義間世風流其孰能與於此噫以公耿介之性

正直之行而適會黨議大興讒搆肆行上而得罪於君父

下而見嫉於同朝流離竄謫幾死不幸全而其所詬罵至身

後彌甚昔子瞻之遭罹世禍亦可謂極矣然其受君篇什

『松江別集追錄』，「關東別曲」外

猶能見賞於九重而公則幷如〔一本作與此〕而終不能上徹抑
何其不幸之甚歟淸陰金文正公嘗論公始末而比之於
左徒之忠此誠知言哉北關舊有公歌曲之刊行者而顧
年代己久且經兵燹遂失其傳誠可惜也余以無狀得罪
明時受玦天涯遠隔君親實無以寓懷乃於澤畔行吟之
暇聊取此三篇正訛繕寫置諸案頭時一諷誦其於排遣
不爲無助蓋亦僭擬於朱夫子楚辭集註之遺意云爾時
庚午元月上澣完山后人李選書于車城之幽蘭軒

『松江別集追錄』,「關東別曲」外

松江先生鄭文清公關東別曲前後思美人歌乃我東之
離騷而惟其不可以文字寫之故唯樂人輩口相授受或
傳以國書而已人有以七言詩飜關東曲而不能佳或謂
澤堂少時作非也鳩摩羅什有言曰天竺俗最尚文其讚
佛之詞極其華美今譯以秦語只得其意不得其辭理固
然笑人心之發於口者爲言言之有節奏者爲歌詩文賦
四方之言雖不同苟有能言者各因其言而節奏之則皆
足以動天地通鬼神不獨中華也今我國詩文舍其言而
學他國之言設令十分相似只是鸚鵡之人言而閭巷間
樵童汲婦咿啞而相和者雖曰鄙俚若論眞贗則固不



『松江別集追錄』,「關東別曲」外

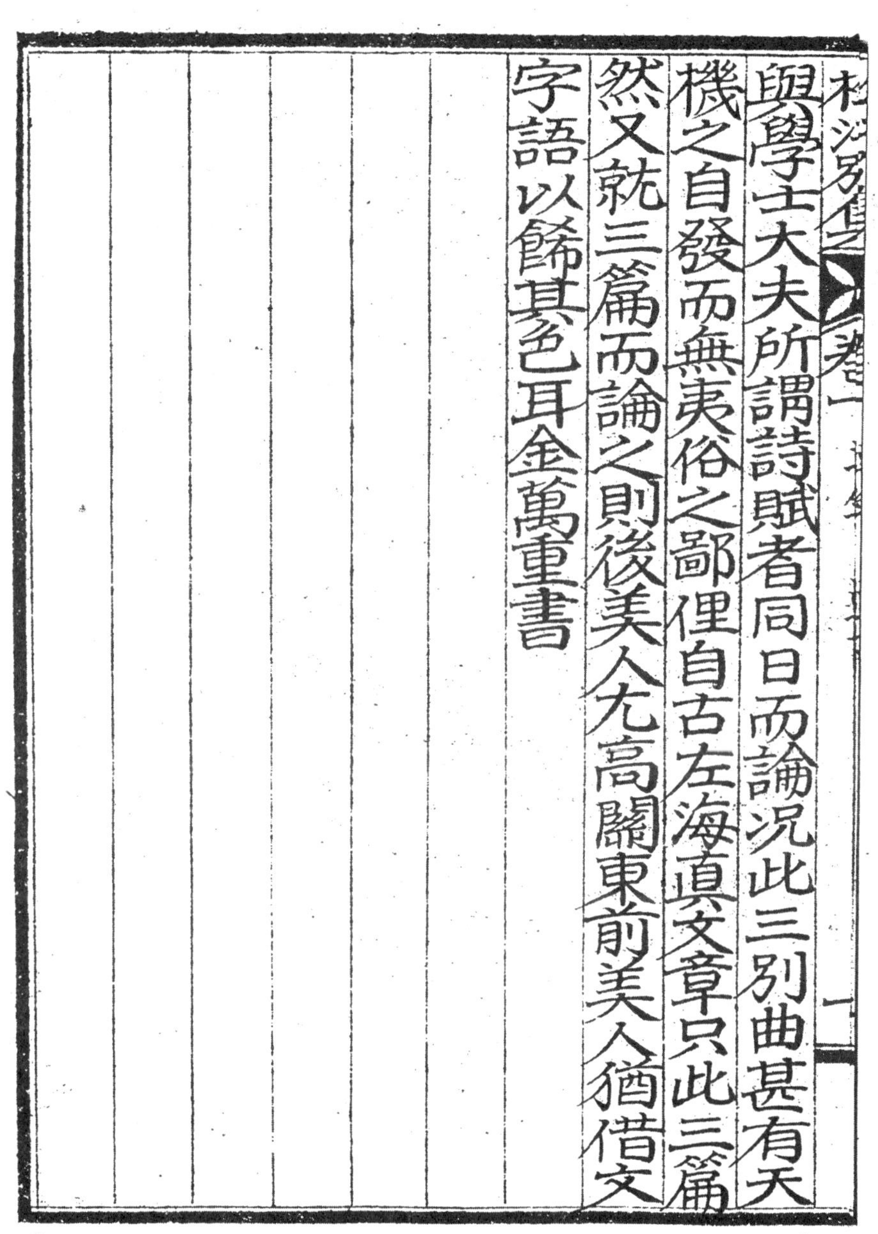



學士大夫所謂詩賦者同日而論況此三別曲甚有天
機之自發而無夷俗之鄙俚自古左海眞文章只此三篇
然又就三篇而論之則後美人尤高關東前美人猶借文
字語以餙其色耳金萬重書

『松江別集追錄』,「關東別曲」外

『松江別集追錄』,「關東別曲」外

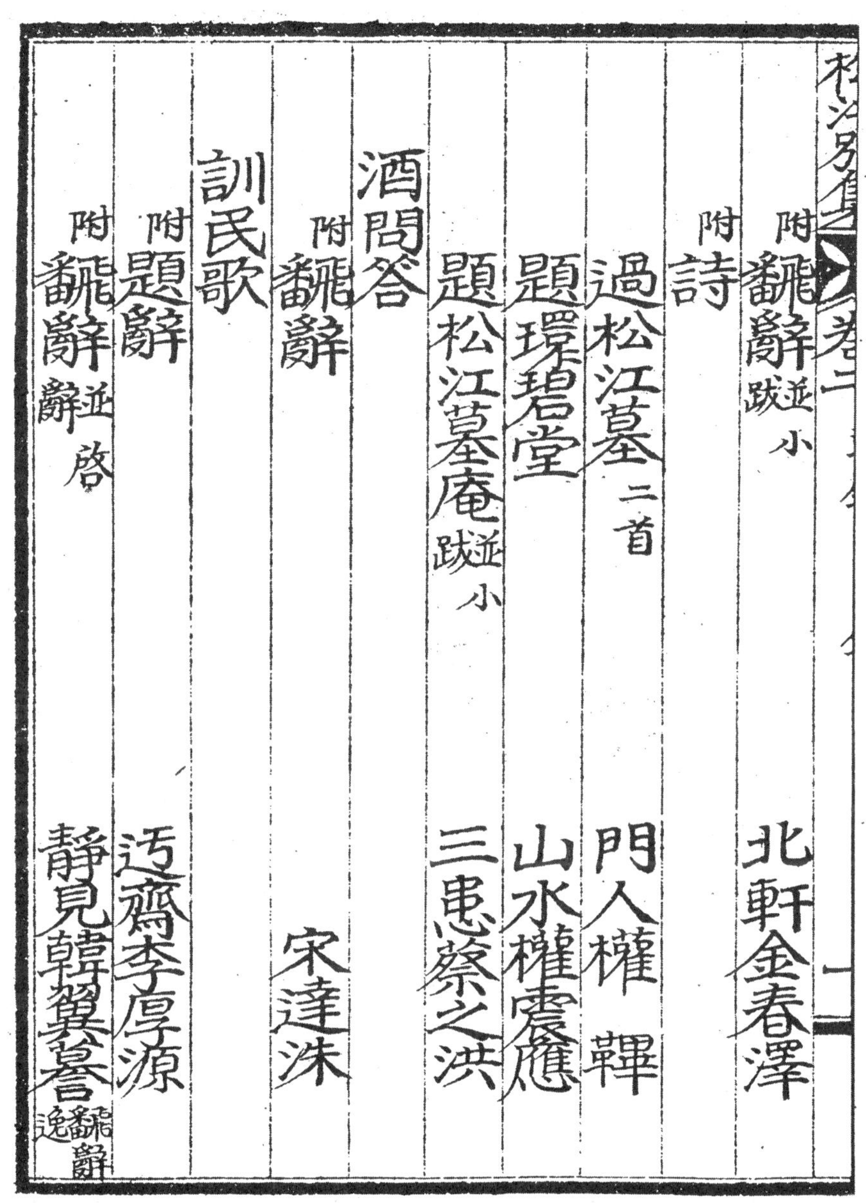



『松江別集追錄』,「關東別曲」外

『松江別集追錄』,「關東別曲」外

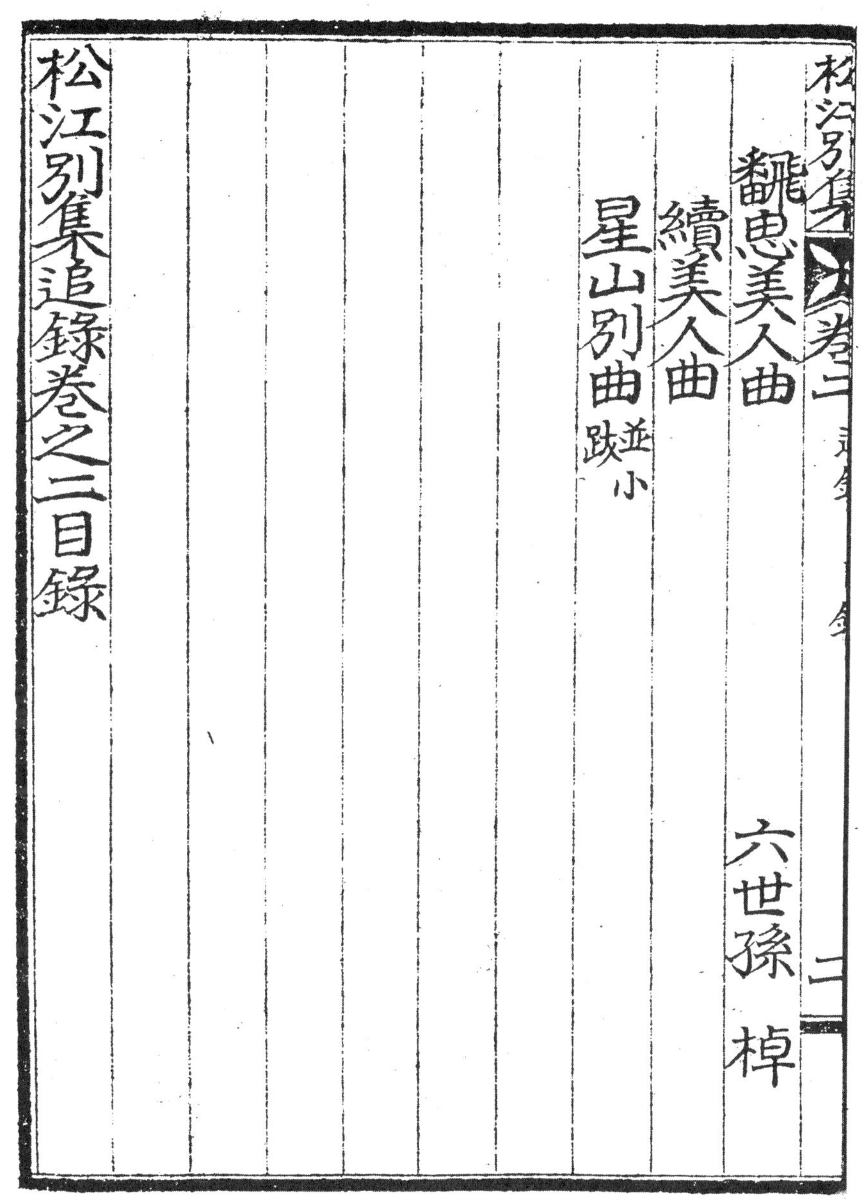


『松江別集追錄』,「關東別曲」外

遺詞

星성山산別별曲곡

엇던지날손이星성山산의머므면셔棲셔霞하堂당息식
影영亭정主듀人인아버말듯소人인生성世세間간
의조흔일흔건마난엇지흔江강山산을가지록나히녀
겨寂젹寞막山산中듕의들고아니나시난고松송根근
을다시쓸고竹듁床상의자리보와거든올나안자
던고다시보니天텬邊변의썬는구름瑞셔石셕을집을
삼아나난닷드난양이主듀人인과엇더흐고蒼창溪계

松江別集卷之三　追録　遺詞

『松江別集追録』,「關東別曲」外

松江別集 卷一

흰믈결이 厚셩子ᄌᆞ 아래 죽 둘너시니 天텬孫손雲운錦금
을 뉘라셔 버혀 내여 닛ᄂᆞᆫ 듯 쉬지난ᄃᆞ 헌ᄉᆞ토 헌ᄉᆞ흘ᄉᆞ
山산中듕의 冊칙曆력 업서 四ᄉᆞ時시를 모라더니 눈아
리 헛틴 景경이 졀쳘이 졀노 나ᄂᆞ니 듯거니 보거니 일마다
仙션間간이라 梅ᄆᆡ窓창 아젹 볏틴 香향氣긔예 잠을 ᄭᆡ
니 仙션翁옹(一作山)의 ᄒᆡ올 닐이 곳 업도 아니ᄒᆞ다 울 밋
陽양地디 편의 외씨ᄅᆞᆯ 뻐혀 두고 미거니 도도거니 빗김
의 달화내니 靑쳥門문故고事ᄉᆞᆯ 이제도 잇다 ᄃᆞᆯ다
망鞋ᄒᆡᄅᆞᆯ 뫼아 신고 竹듁杖댱을 흣더디니 桃도花화 편
시니ᄀᆞᆯ희 芳방草초洲쥬의 이어세라 달 븕은 明명鏡경

『松江別集追錄』,「關東別曲」外

中듕졀노그린石셕屛병風풍그리믈벗을사마樓셔
霞하로함씌가니桃도源원은어듸메오武무陵릉이여
거로다南람風풍이건듯절더려綠록陰음을헤쳐니節
안는쐬쐬리는어듸로서오돗던고義희皇황벼기우
희꽃잠을얼픗끼니空공中듕저즌欄란干간물우희셔
잇고야麻마衣의을의마차고葛갈巾건을기우쓰고
부락비거락보난거시고기로다흐로밤비구운의紅홍
白빅蓮련이엇거피니녀람씌엽시쉽萬만山산이香향
氣긔로다濂렴溪계를마조보와太틱極극을뭇잡는닷
太틱乙을真진人인이玉옥字자를헤옛는닷鸞로鷲즈



『松江別集追錄』,「關東別曲」外

嚴암 건너뛰며 紫ㅅ薇미灘탄 겻틔두고 長댱松숑을 遮

日일 사石셕逕경의 안자ᄒᆞ니 人인間간 六뉵月월

이어귀난 三삼秋추로다 淸쳥江강의 ᄯᅳᆮ눈을 白빅沙샤

의올마안자 白빅鷗구ᄅᆞᆯ 버즐삼고 ᄌᆞᆷ껼줄모로나

無무心심고 閒한暇가ᄒᆞ미 主듀人인과 엇더ᄒᆞ니 梧오

桐동 서리달이 四ㅅ夏경의 도다오니 千쳔巖암萬만壑

이 낫인들 그러ᄒᆞᆯ가 湖호洲주水슈晶졍宮궁을 뉘라

서 옴겨온고 銀은河하를 ᄲᅵᅄᅧ건너 廣광寒한殿뎐의 올

낫ᄂᆞᆫᄃᆞᆺ ᄭᅡ마잔ᄒᆞ니 玉옥臺ᄃᆡ예셰위두고 그아래

빅를ᄯᅴ위갈듸로 더뎌두니 紅홍蓼뇨花화白빅蘋빈洲



『松江別集追錄』,「關東別曲」外

듀어나소이지빗관디環(환)碧(벽)堂(당)龍(룡)의沼(소)히빗

머리예다하셰라淸(쳥)江(강)綠(록)草(초)邊(변)의소머기는

아히들이夕(석)陽(양)의더위계워短(단)笛(뎍)을빗기부니

믈아래잠긴龍(룡)이잠셔야이러느닷니쇄예나난鶴(학)

이제기술더저두고半(반)空(공)의소소뜨듯蘇(소)仙(선)赤(적)

壁(벽)은秋(추)七(칠)月(월)이됴타호되八(팔)月(월)十(십)五(오)

夜(야)를모다엇지과호는고纖(셤)雲(운)이四(사)捲(권)호

고믈결이쳔잔젹의하늘의도든달이솔우희걸녀거든

잡다가빠진줄이李(니)謫(뎍)仙(선)이헌亽룰人(인)空(공)山(산)의

싸혀녀믈朔(삭)風(풍)이거두부러셰구름거느리고눈조

松江別集　追錄　遺詞

三



『松江別集追錄』,「關東別曲」外

松江集 卷一　　三

츠므라오니天텬公공이好호事ᄉᆞ로다玉옥으로ᄭ찰

지어萬만樹슈千쳔林림을ᄭ무며곰벌셰이고얼녀룰가

리어러獨독木목橋교빗곗ᄂᆞ디막디몐늘은듕이어니

졀노가단말고山산翁옹의이富부貴귀를ᄂᆞᆷ드려현ᄉ

마오瓊경瑤요窟굴銀은世셰界계를ᄎ자리이실셰라

山산中듕의벗시업서黃황卷권을ᄡᅡ하두고萬만古고

人인物믈을거스리혜여ᄒᆞ니聖셩賢현도만커니와豪

豪걸도ᄒᆞᆯᄉᆞ하늘삼기실졔곳無무心심할가마

눈엇지한時시運운이이락배락ᄒᆞ얏ᄂᆞ고믈를넘도하

거이와앤달오도그지업다箕긔山산의늘근고불쳔

『松江別集追錄』,「關東別曲」外

엇지 솟뎐고 一일瓢표(一作)를 더진 後후의 박소리 쳥계ㅎ

고 조쟝이 ᄆᆞ쟝(一作) 더욱 놉다 人인心심이 낫갓타야도

록 셩롭거늘 世셰事ᄉᆞᄂᆞᆫ 구름이라 머흐도 믈흘시 공 엇

그제 비단 슐이어도 록 이것ᄂᆞᆫ 내 잡거니 밀거니 슬ᄀᆞ장

거후로니 ᄆᆞ음의 미친 시름 져그나 ᄒᆞ리ᄂᆞ다 거믄고 시

울 언져 風ᄇᆞᆼ入입松숑이야고 손인동 主듀人인인동

다 이져 ㅂ려셰라 長댱空공의 ᄯᅥᆺᄂᆞᆫ 鶴학이 이 골의 眞진

仙션이라 瑤요臺ᄐᆡ月월下하의 ᄒᆡᆼ혀 아니 만나신가

손이 겨 主듀人인다려 니ᄅᆞᄃᆡ 그ᄃᆡ 긘가 ᄒᆞ노라

附 翻辭　　潛叟奇正鎮

松江集 卷三　追錄　遺詞　　四二

『松江別集追錄』,「關東別曲」外

阿誰過客星山留棲霞堂息影亭主人聽儂謳人生世
間好事多何物江山戀結不休山之中寂寞八而不出
底根由松根再拂竹床取次坐一坐諦一視天上浮雲
瑞石爲宅飛赴來何似主人樣子滄溪素波亭前遠天
孫雲錦誰剪取接了展了山中曆書也空四序都夢夢
眼下散景逐節自到聆又矚事事仙區中梅窗朝暾香
來睡去仙翁亦有做事處籬下陽地撒荒種旣鋤旣於
雨力容易受青門故事今殆庶芝鞋催穿竹杖持桃花
逕連芳草滿有月明鏡無盡石屏影作伴棲霞歸桃源
何處武陵在茲忽吹兮南風乍披離兮綠陰知時兮麗鷗

『松江別集追錄』,「關東別曲」外

庚阿那邊兮巧來〔一作相〕尋義皇枕上薄夢攬空中欄干
水氣侵麻衣散掛葛巾側片留眼觀者魚浮沉一夜雨
紅白蓮亂開不風香氣滿山來濂溪夫子太極圖太乙
真人王字排鸕鶿巖粵瞻頭紫薇灘側可求長松為幕
石逕惡人間六月此三秋清江泛泛鳧沙頭移來孤白
鷗親近眠不飛無心獲同主人無梧桐霜月四夏流千
巖萬壑畫亦羞誰哉移來水晶宮若超銀河廣寒游雙
松爾且釣臺立其下有再恣所入紅蓼白蘋太恩忽瑓
碧龍湫檣己及無邊綠草牧童不勝秋夕陽短篆逐流舞
蛟起鶴水底雲頭七月既望好誰傳八月十五真可憐

公 江河集 卷三　追錄　遺詞　　五一

『松江別集追錄』,「關東別曲」外

纖雲四捲水沒宿中天一輪松上懸捉月先捉水中月
可見李謫仙空山落葉朔風捲地領率陣雲有雪其隊
花外花萬樹千林天公真箇好事前灘冰獨木橋扶卻
老僧蘭若近耶遙山翁富貴莫誇道瓊瑤窟銀世界恐
犯客篝重曰印無印友吾有吾書聖寶豪傑書中有餘
天曷無心運胡成敗疑來莫質慨多麼解箕山樓夏洗
耳則郎聒聒一瓢惱人實多人心若面一此一彼世事
如雲或是或非昨日釀酒今可嘗不且把且勸聊以銷
憂客我不辨主我不知客主都忘憂樂為誰長空喉鶴
洞仙是月下瑤臺幸覬止摩淬夏向主人道不信子非

『松江別集追錄』,「關東別曲」外

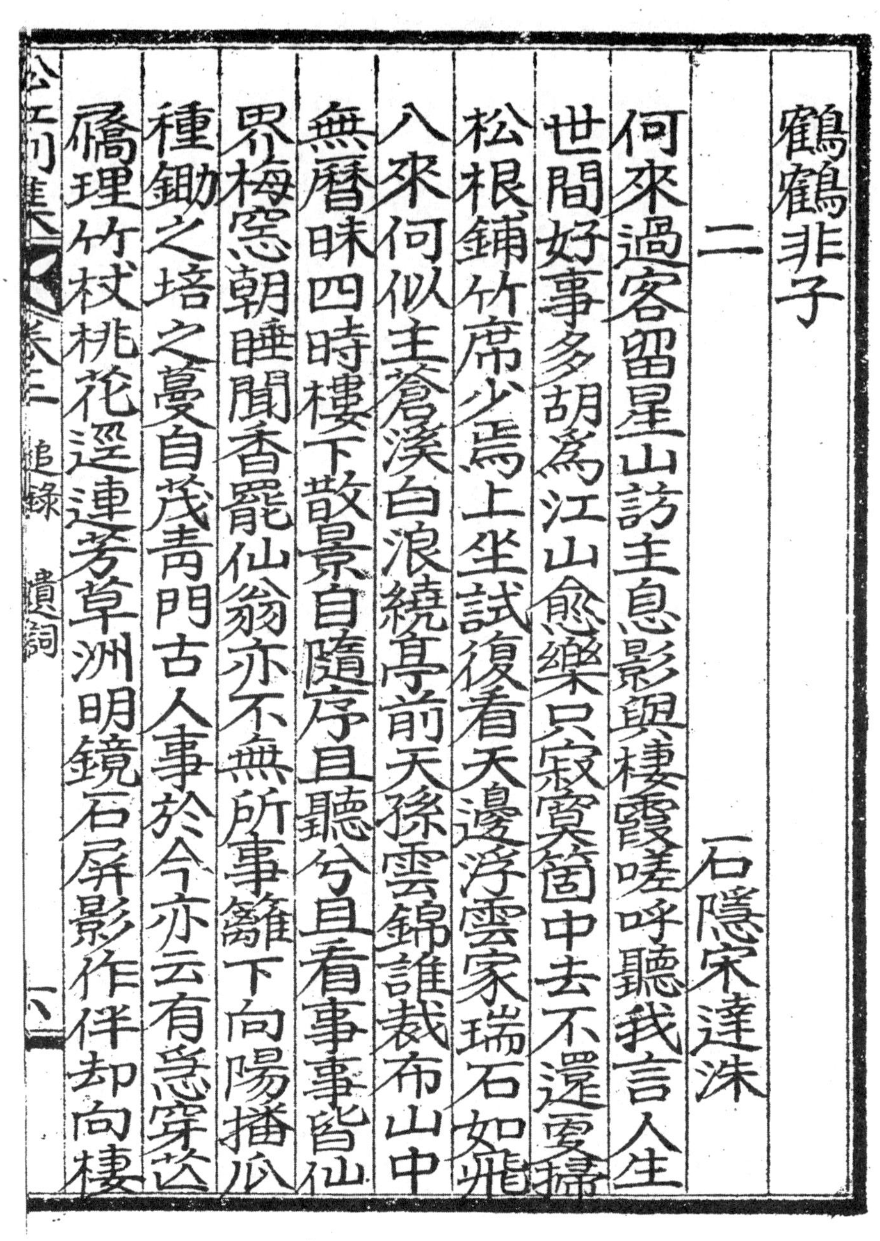



『松江別集追錄』,「關東別曲」外

霞興悠悠桃源阿那邊武陵即此地南風候吹拨綠陰
知時黃鳥自何至義皇枕邊夢忽覺空中層欄浮水上
既看麻衣欹葛巾靜觀游魚任俯仰夜雨發蓮交紅白
居然滿山盡香氣宛對濂翁問極圖又如太乙排王字
憑望鸝鶒傍紫薇長松遮日坐石頭人間之六月這裏
則三秋清江泛亮遷明沙白鷗為友自倦眠借問閒無
心與主執清緣梧桐霜月上四夏千嵓萬壑畫一般誰
哉移幻水晶宮悅起銀河上廣漢一雙老松樹釣臺其
下泛舟任所適紅蓼白蘋洲已過環碧龍湫船初泊江
村牧童夕陽外不勝清興吹短遂潛龍若將舞水底飛

『松江別集追錄』,「關東別曲」外

鶴如復凌半空蘇仙赤壁遊如何不卜八月中纖雲四
捲水波淨中天月輪掛孤松閒坐弄清光天厭對謫仙
空山木落朔風起忽遣陣雲雪紛然好事天公玉為花
萬樹千林都粧出前溪冰合獨木橋攜笻老僧向何刹
山翁此富貴向人且莫誇瓊窟銀世界恐有俗客來尋
他山中無友友黃卷萬古人物歷數之固多聖賢徒又
多豪傑姿天始胚胎非無心如何時運日剝落固多所
可疑又多所可惜箕山老翁耳何洗瓢聲嫌聒道壤高
人心如畫巧且新世事如雲聚遲消向時釀酒今幾熟
把之勸之醉陶陶心中多少憂憑此消何妨夏把清歌

『松江別集追錄』,「關東別曲」外

上琴絃客兮主兮兩渾忘長空歸鶴是眞仙瑤埼月下

倘觀止有客謂主人意者夫君是

次贈鄭混源〔浚。畸庵公子官縣監號松菊主人〕　文谷金壽恆

空洲芳草綠年年不見荷衣舊謫仙金骨只今應化鶴

月明飛影下江天

息影亭奉次主人鄭達夫〔敏河〕　退漁金鎭商

君簫何似我歌聲息影亭高山水淸恐有俗人來竊聽

曲中流入世間情

將進酒辭〔쟝진주사〕

將進酒盖倣太白長吉勸酒之意又取杜工部總

七一

『松江別集追錄』,「關東別曲」外

麻百夫行君看束縛去之語詞旨通達句語悽惋

若使孟嘗君聞之淚下不但雍門之琴也　東國樂譜

ᄒᆞᆫ 盞(잔) 먹새그려 ᄯᅩ ᄒᆞᆫ 盞(잔) 먹서그려 곳 것거 筭(산) 노ㄷ

無(무)盡(딘) 無(무)盡(딘) 먹새그려 이 몸 죽은 後(후)면 지게

우희 거적 더퍼 주리혀 ᄆᆡ여 가나 流(류)蘇(쇼)寶(보)帳(댱)의 萬(만)

人(인)이 우러녀 나 어욱새 속새 덥가나무 白(빅)楊(양) 수

졔 가기곳 가면 누른 히 흰 달 가ᄂᆞᆫ 비 굴근 눈 쇼쇼리 바람

블제 뉘 ᄒᆞᆫ 盞(잔) 먹ᄌᆞ ᄒᆞᆯ고 ᄒᆞᆯ며 무덤 우희 잔나비 파람

블 졔 뉘 우츤 달 엇지리

附 飜辭　北軒金春澤



『松江別集追錄』,「關東別曲」外

一杯復一杯折花作籌無盡杯此身己死後束縛藁裡
屍流蘇兮寶帳百夫總麻哭且隨荒茅樸檄白楊裡有
去無來期白月兮黃日大雪細雨悲風吹可憐誰復勸
一杯況復孤墳獍嘯時雖悔何爲哉
記昔吾友鄭重汝（鎮河）訪余於龍湖之上酒酣擊壺
而唱其先祖松江公將進酒辭然竊恨其爲俗諺要
余以文字飜之余雖不敢亦謹諾焉旣而遷就未果
今且十年而重汝則凶矣辭中所謂誰復勸一杯者
豈不重可感也重汝子（樻）又來訪臨陂謫所相對泫
然遂飜辭而與之蓋以踐宿諾於凶友云

『松江別集追錄』,「關東別曲」外

過松江墓有感　二首　　門人權韡

空山木落雨蕭蕭相國風流此寂寥惆悵一杯難更進
昔年歌曲即今朝
百年陳迹去如鴻今日誰復記此翁好事清詩俱寂寞
暮猿啼斷白楊風

題環碧堂　山水權震應

猗猗菜竹繞堂滃相國風流仰至今怊悵一杯將進酒
世間何處更知音

題松江墓庵　三惠蔡之洪

空山寂寂復寥寥山下孤庵號寂寥寂寥庵上相公墓



『松江別集追錄』,「關東別曲」外

惟有清風不寂寥

嗚呼此即故相國文清公鄭先生之墳庵也後學仁川蔡之洪適以事來過謹詣墓前瞻禮訖四顧彷徨則但見空山斷原一坏荒涼蓬蒿埋没於階庭松檜蓊鬱於岡壠凄風細雨鳥啼獸鳴無非可以感人者一杯招此九原宴漠追惟先生將進酒一曲正畫出今日境界也遂取石洲詩風流此寂寥之句名其庵曰寂寥俾僧徒揭而守之似與禪家所謂寂無者相近而非敢有取於其義也蓋事固有曠世而相感者石洲之詩感於歌者也庵之名感於詩者也百世

『松江別集追錄』,「關東別曲」外

之下苟有先生之風而興起者必將又有感於斯名

也其亦可謂朝暮遇也噫

酒問答

닐이나 일우려ᄒᆞ면 쳐엄의 사괴실가 보면 반고실셔나

도조차 ᄃᆞ니더니 진실노 외다옷ᄒᆞ시면 마ᄅᆞ신들 아니

라

내말 고쳔을러너엽 사면 못살녀니 머흔널 구챤널널노

ᄒᆞ야 다니거든 이제야 남괴려ᄒᆞ야 녯벗 말고 엇지리

一定百年 人샨들 그이니 草草ᄒᆞᆫ 草

草ᄒᆞ 浮生이 무스널 일우랴

松江別集 卷三 追錄 遺詞 十一

『松江別集追錄』,「關東別曲」外

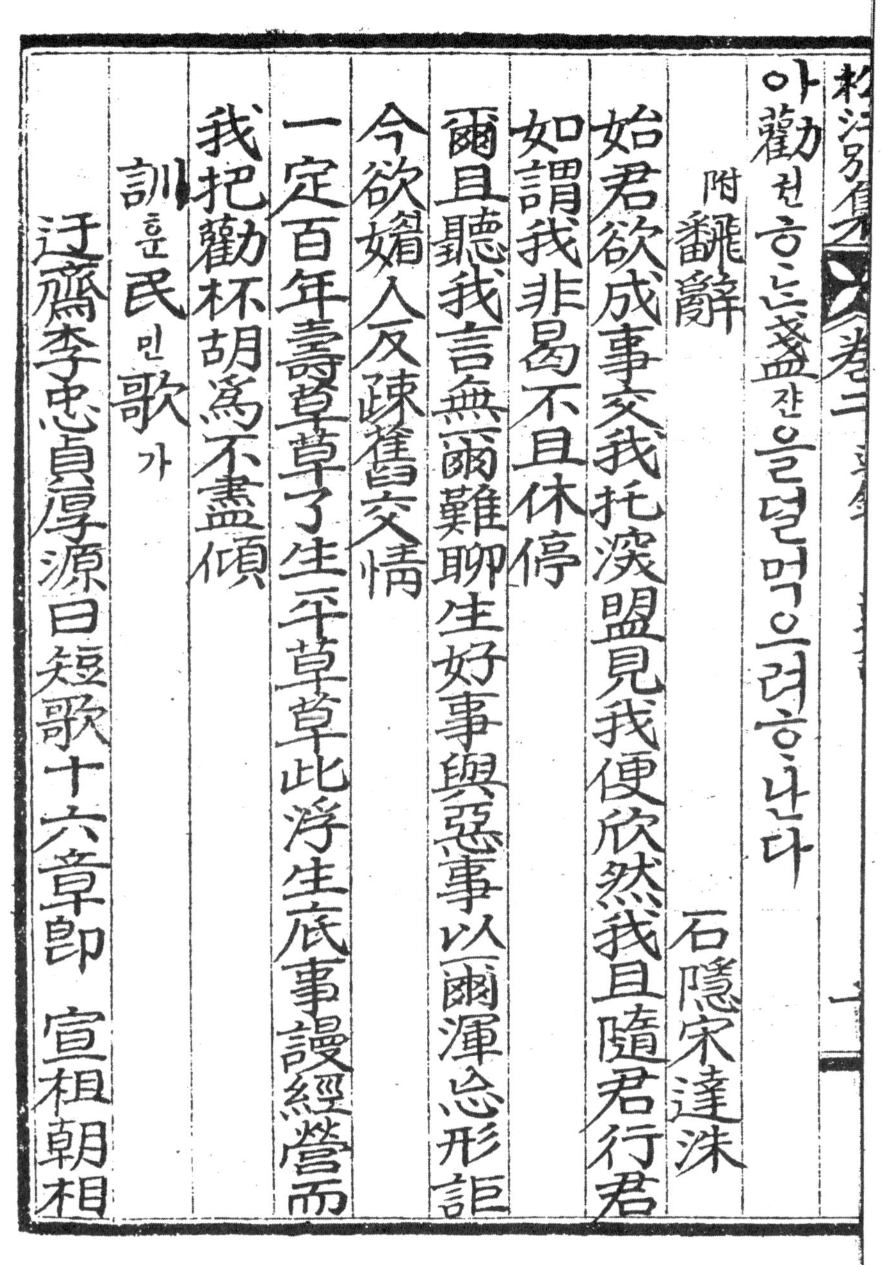



아勸권ᄒᆞᄂᆞᆫ촖盞잔을ᄯᅥ먹으려ᄒᆞ나다

附 飜辭

石隱宋達洙

始君欲成事交我托浹盟見我便欣然我且隨君行君
如謂我非易不且休停
爾且聽我言無爾難聊生好事與惡事以爾渾忩形詭
今欲媚入反疎舊交情
一定百年壽尊草了生平草草此浮生底事謾經營而
我把勸杯胡為不盡傾
訓ᄒᆞᆫ民민歌가

迂齋李忠貞厚源曰短歌十六章卽 宣祖朝相

『松江別集追錄』,「關東別曲」外

175

臣鄭某爲江原監司時所作者也盖因陳古靈論
文中諸條添以君臣長幼朋友三者使民尋常謳
習諷詠在口則其於感發人之性情不無所助故
附刻於警民編〔思齋金文穆公所著〕而名曰訓民歌云

父부義의母모慈자

아바님날나ᄒ시고어마님날기라시니두분곳아니시
면이몸이사라실가하ᄂᆞᆯ ᄀᆞᆺ 업손恩은德덕을어ᄃᆡ
다혀갑ᄉᆞ오리

兄형友우弟뎨恭공

兄형아아ᄋᆞ야네ᄉᆞᆯ흘ᄆᆞᆫ져보아뉘손ᄃᆡ타나관ᄃᆡ樣양

松江別集 卷三 追錄 遺詞 十二

『松江別集追錄』,「關東別曲」外

子<sub>조</sub> ᄆᆞᄃᆞᆺ 다ᄒ져 머고 걸너나셔 산 ᄆᄋᆷ을 머지
마라

君<sub>군</sub>臣<sub>신</sub>

님금과 百<sub>빅</sub>姓<sub>셩</sub>과ᄉ이 하ᄂᆯ과 ᄯᅡ히로다 내의 셜운 일
을 다 아로려 ᄒ시거ᄃ 우리ᄃ랄 솝딘 民<sub>민</sub>이ᄅ를 혼ᄌ 엇디
먹으리

子<sub>조</sub>孝<sub>효</sub>

어버이 사라신제 셤길 일란 다ᄒ여라 디나간 後<sub>후</sub>ᅵ면
애ᄃ라 ᄒᆞᆫᄃᆞᆯ 엇지ᄒᆞ리 平<sub>평</sub>生<sub>셩</sub>에 고쳐 못ᄒᆞᆯ 닐이 이ᄲᅮᆫ이
가ᄒ노라

『松江別集追錄』,「關東別曲」外

夫부婦부有유恩은、

호믈을헤는화夫부婦부를삼아살 이신제음긴리고

듀그면호디간다어디셔妾망녕의꺼신눈믈을거려호는

오

男남女녀有유別별

간나히가는길흘ㅅ나히에도다시ㅅ나히녜는길흘게

집이칙도다시제남진제계집아니어든일홈뭇지마

려

子즈弟뎨有유學학

네아달孝효經경닑더니어도록비홧느니내아들小쇼

松江別集卷三　追錄　遺詞

十二

<br>

『松江別集追錄』,「關東別曲」外

學학은 모리면 모츨노다 어버이도글비화어질거슨
보려요
鄕향閭려有유禮례
무을사룸들하올흔닐흣ᄉ라사룸이되여나셔올치
옷못ᄒ면마쇼를갓곳갈씌워밥머기나다라라
長댱幼유有유序셔
관목쥐시건두손으로바리라나갈티겨시건두막
딜러고조초리라鄕향飮음酒쥬罷파ᄒᆫ後후에뫼셔가
려ᄒ노라
朋붕友우有유信신

『松江別集追錄』,「關東別曲」外

ᄂᆞ모로 삼긴 즁의 벗ᄀᆞ티 有유信신ᄒᆞ랴 내의 왼닐오라
널오려ᄒᆞ노매라 이몸이 벗님곳 아니면 사룸되미 쉬올가

貧빈窮궁 憂우患환 親친戚쳑 相샹救구
어와 져족히 야밥업시 엇지ᄒᆞᆯ고 어와 아ᄉᆞ바 ᅌᅥ시
엇지할쇼 미흔늘 다ᄂᆞᆯ허ᄉᆞ라 돌보고 져ᄒᆞ노라

婚혼姻인 死ᄉᆞ喪상 隣린里리 相샹助됴
네집상ᄉᆞ들흔 어도록 출ᄒᆞ산다 네ᄅᆞ셔방은 언졔나마
치ᄂᆞᆫ다 네게 도엽다거니 와돌보고 져ᄒᆞ노라

無무惰타 農농桑상



『松江別集追錄』,「關東別曲」外

松江別集 卷二

오날도 다새거다 호믜메고 가즈스라
나논 다 매여듯네 노졈 매여주마
올길헤 생따다가 누에머겨 보쟈스라

無무作작盜도賊적

비록 못 닙어도 느믜 오슬 앗지마라
비록 못 머거도 느믜의 밥을 비지마라
흔적곳 삐시란 후면 고텨 싯고 어려우리

無무學혹賭도博박無무好호爭칭訟숑

雙쌍六륙將쟝碁긔 호지마라 訟숑詞ᄉ 글월 호지마라
잡빗 아므슴 호며 느믜의 怨원讎슈 될 줄 엇지 알녀 나라히
法법을 셰우 人ᄉ 罪죄 되는 줄 모로는다

斑반白빅者ᄌ不블負부戴ᄃ

『松江別集追錄』, 「關東別曲」外

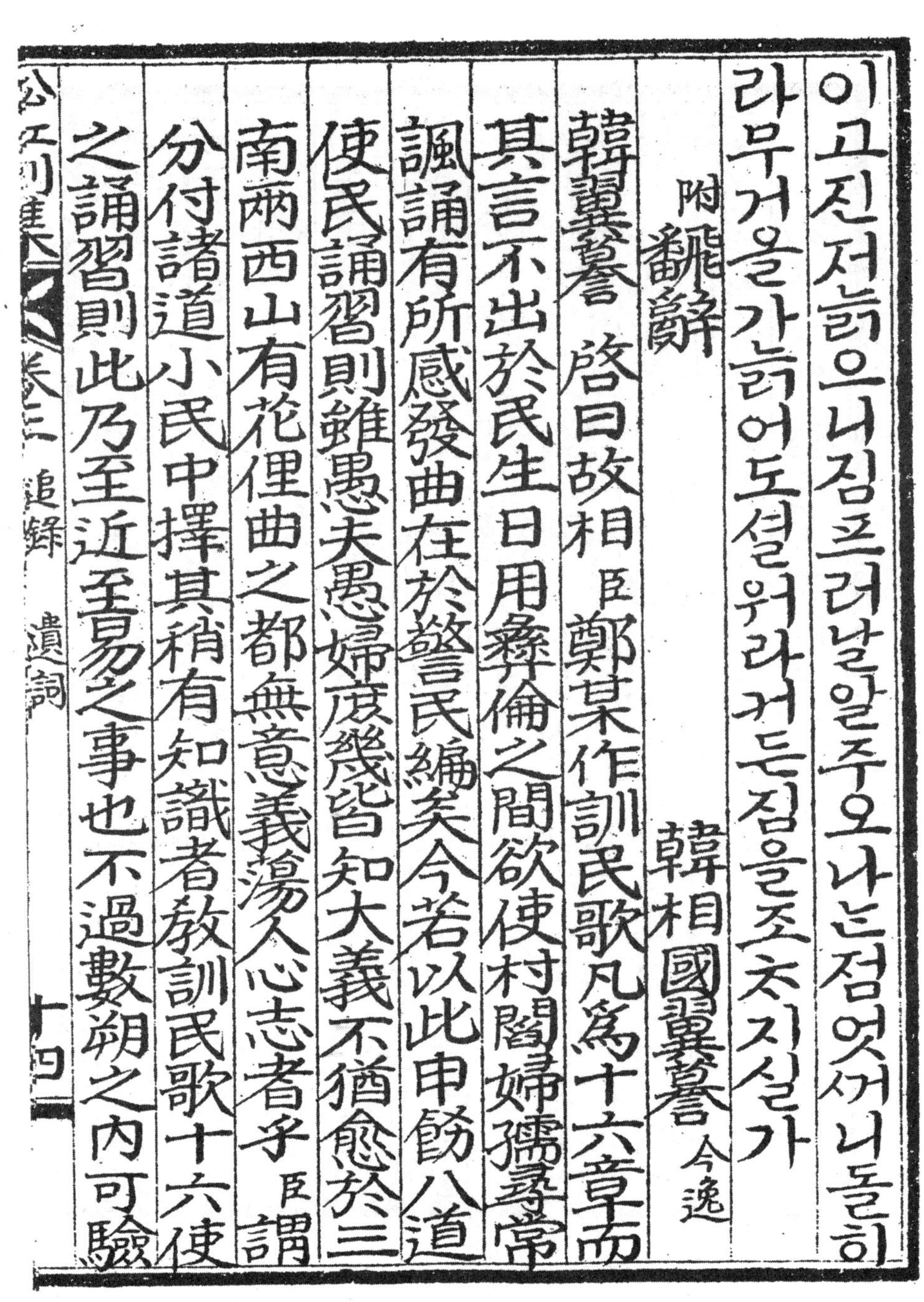

이고진전히오니집프러날알주오니는점엇써니돌히
라무거울가눌어도셜위라거드집을조차지질가

附 䮾辭

韓翼暮　啓曰故相　臣鄭某作訓民歌凡爲十六章而　　韓相國翼暮　今逸
其言不出於民生日用彝倫之間欲使村閭婦孺尋常
諷誦有所感發曲在於警民緜爕今若以此申飭八道
使民誦習則雖愚夫愚婦庶幾皆知大義不猶愈於
南兩西山有花俚曲之都無意義蕩人心志者乎　臣謂
分付諸道小民中擇其稍有知識者敎訓民歌十六使
之誦習則此乃至近至易之事也不過數朔之內可驗

松江集　卷三　追錄　遺詞

十四

『松江別集追錄』,「關東別曲」外

其舉行之勤慢以此意嚴飭何如　上曰所奏好美其

令申飭諸道

二

石隱宋達洙

父兮曰我生母兮曰我養如非我父母此身豈生長如

天此恩德於何報舞琴

兄兮與弟兮爾膚且摩挲厥初伊誰生樣子亦同耶哺

此同乳長及懷異心何

人君與百姓天尊與（一作地卑）而凡我勞苦事一一要盡

知而我彼美芹云何獨食之

迨我親在堂謂當善吾事之於爲過了後雖悔亦何追乎

『松江別集追錄』,「關東別曲」外

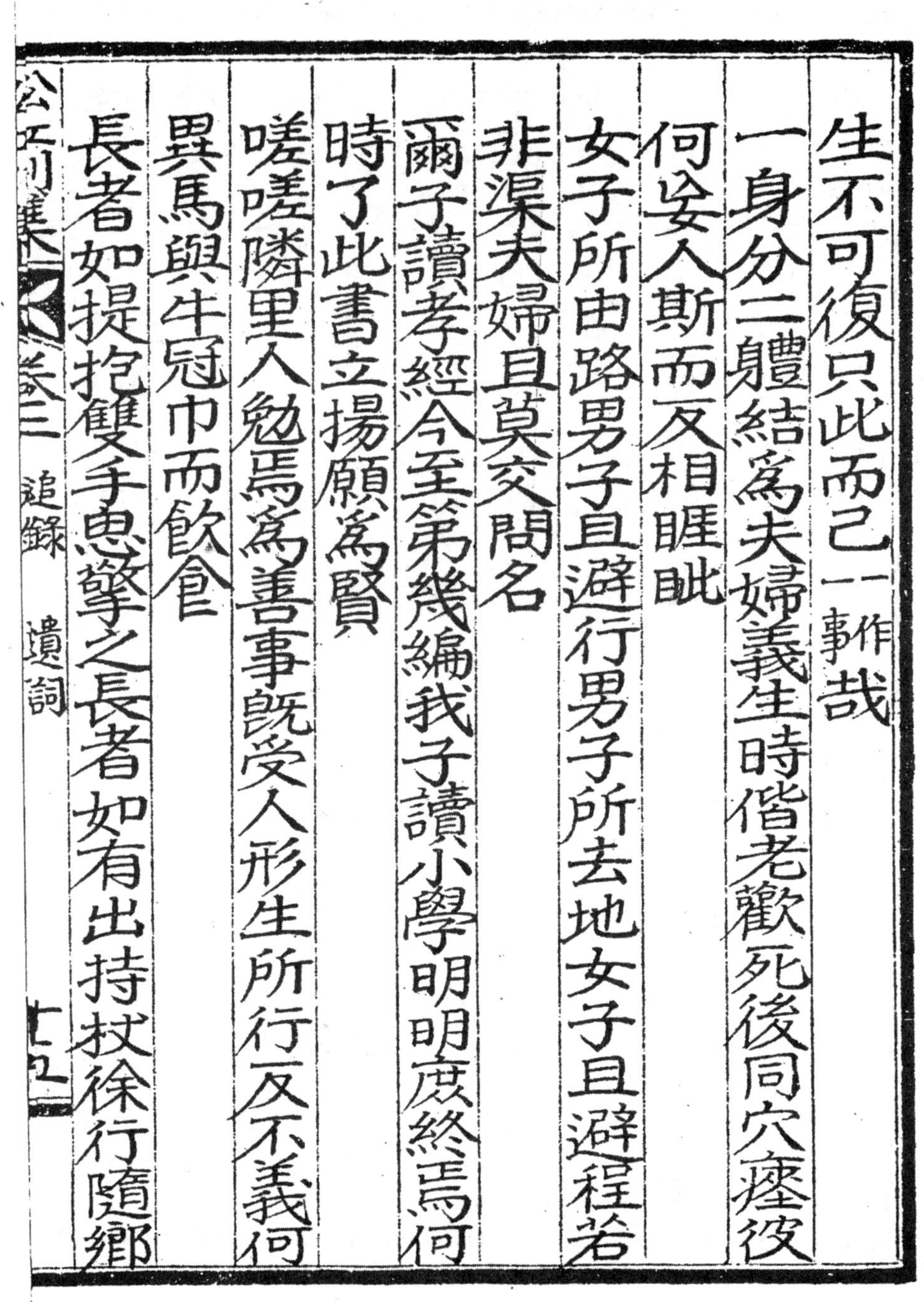

生不可復只此而已一軒哉

一身分二體結為夫婦義生時偕老歡死後同穴瘞後

何妥人斯而又相睚眦

女子所由路男子且避行男子所去地女子且避程若

非渠夫婦且莫交問名

爾子讀孝經今至第幾編我子讀小學明明度終焉何

時了此書立揚願為賢

嗟嗟隣里人勉焉為善事既受人形生所行及不義何

異馬與牛冠巾而飲食

長者如提抱雙手恵擎之長者如有出持杖徐行隨鄉

公□別集　卷三　追錄　遺詞

七五

『松江別集追錄』,「關東別曲」外

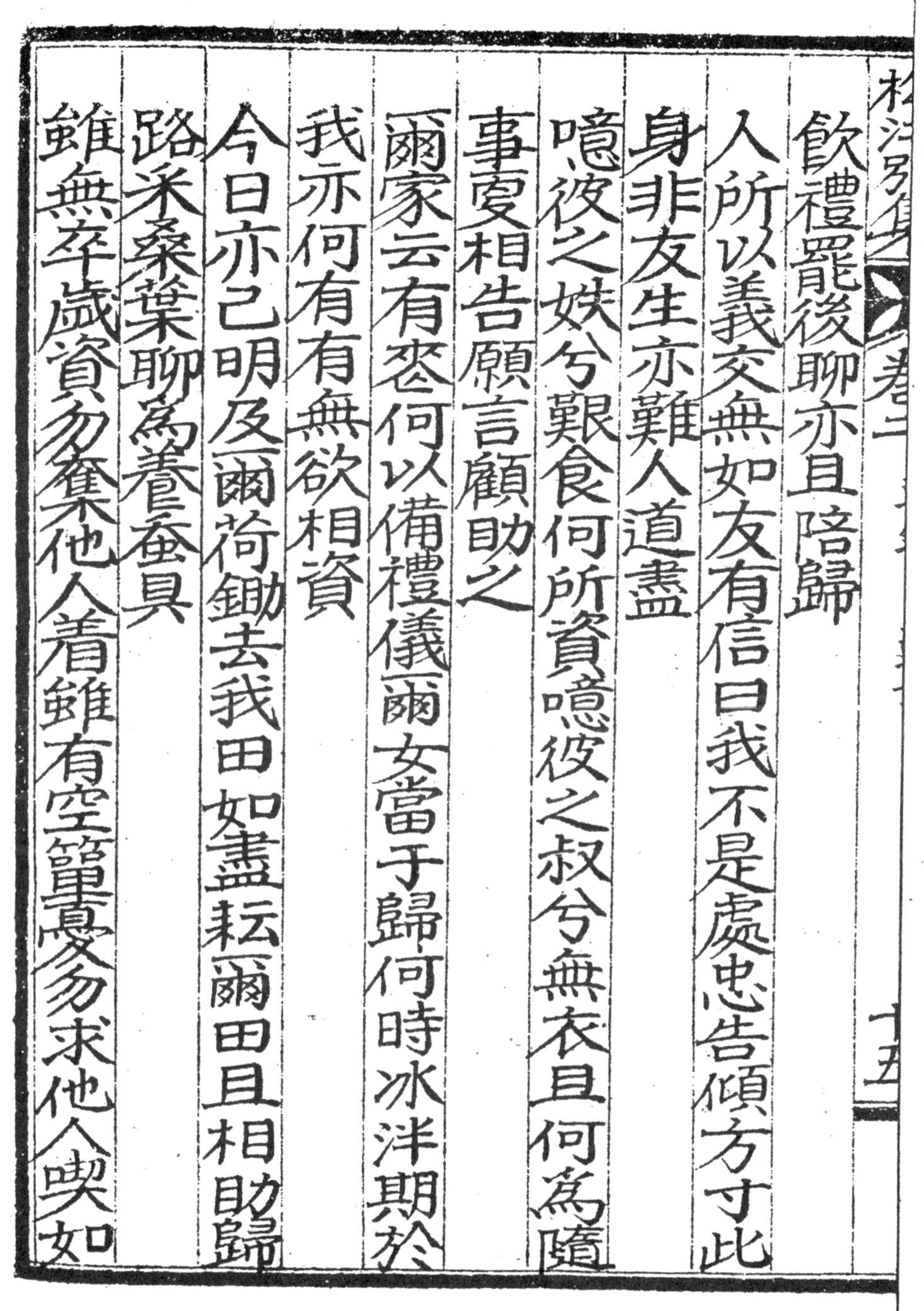

飲禮罷後聊亦且陪歸

人所以義交無如友有信曰我不是處忠告傾方寸此

身非友生亦難人道盡

噫彼之妖兮艱食何所資噫彼之叔兮無衣且何爲隨

事夏相告願言顧助之

爾家云有㐬何以備禮儀爾女當于歸何時冰泮期於

我亦何有有無欲相資

今日亦已明及爾荷鋤去我田如盡耘爾田且相助歸

路采桑葉聊爲養蚕具

雖無卒歲資勿棄他人着雖有空簞憂勿求他人喫如

『松江別集追錄』,「關東別曲」外

令一汙身亦又難洗濯
母爲椎蒲戲母爲獄訟文奈於家所敗奈於人所怨邦
國有明刑治此抵罪人
負戴彼何老請我代勞之我則年光少道理悌長貧窶
老己可憐又何負重爲
世所傳誦星山別曲一篇及酒問答三疊訓民歌十
六章松江先生鄭文清公歌辭也余少友瓊碧主人
雲之甫相與邂逅於淳北之山中而請以文字翻之
非謂余嫻於詞工於律特以余爲故家之後而又爲
先生彌甥故請之再三而至於送紙則固知見笑於

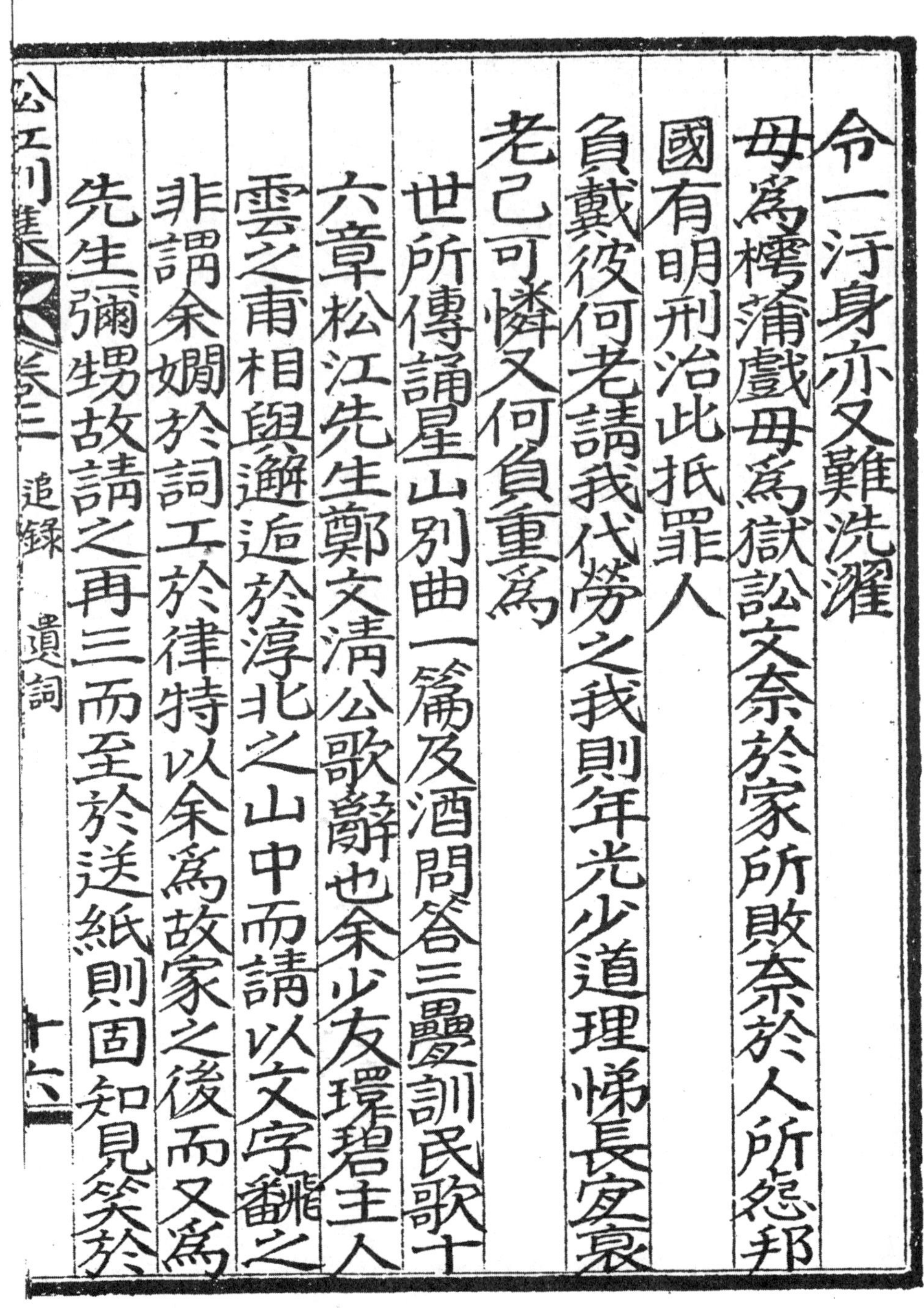

『松江別集追錄』,「關東別曲」外

有眼者而義不可辭玆敢草呈噫清陰先生嘗飜關
東別曲而今以諺曲較觀則遣辭之際不無修潤矣
今姑依本詞飜出而素不解歌詞故不免以聲害義
且本是俗諺則傳己久而訛亦多當竢日後之敲椎
云宋達洙書

短단歌가　雜잡篇편

江강原원道도百빅姓셩드라兄형弟데訟숑詞ᄉᄒ지
마라죵귀밧긔는엇기나쉽거니와兄형弟데를어디
또어들써시라ᄒᆞᆯ굿ᄒᆞᆯ굿ᄒᆞᄂᆞ다
남진죽고우ᄂᆞᆫ눈물투져지나리ᄅᆞᆯ너졋마시샷다ᄒᆞ고

『松江別集追錄』,「關東別曲」外

子조息식은 보치거든 뎌 놈 아어닉 안흐로 계딥 되라ᄒ
노다
光광化화門문 드리다라 內니 兵병曹조 上샹直직房방
의ᄒᆞ라 밤 다삿 更경의 스믈 셕點뎜 치ᄂᆞᆫ 소릐 그더디져
젹이 되도 다딤으로 맛ᄒᆞ여라
蓬봉萊래山산 넘겨 신 뒤五오更경 친남은 쇼릐 城셩 넘
어 구룸 지나 客ᄏᆡ總창 의 들리나니 江강南남 의ᄂᆞ려옷
가면 그립거든 엇지리
섇 낤블 뎌온 믈이고 기도곤 마시이셔 草초屋옥 좁은 줄
이거 더옥 셰ᄡᆞᆫ이라 만 넙그린타 스로 시름 계워ᄒᆞ노



『松江別集追錄』, 「關東別曲」外

라

劉류伶령은언제사름고晉뎐젹의高고士ᄉ로다季계

涵함은그뉘러니當당代디예狂광生싱이라두어라高

고士ᄉ狂광生싱을무러무슴ᄒ리

이바이집샤름아이世세間간엇지살니숫뼈다ᄉ리고

죠박ᄭ기다엽고야호물며기울계되니〔머거든〕〔一作작〕누를밋

고샬니

기울계되〔一作작〕기거니ᄯᅡ나죠박ᄭ기有유〔一本본업거니〕

ᄯᅡ나벼록이世세間간坎판蕩랑ᄒᆞᆯ만진실노뎡고은님

곳괴이〔一作작피기옷〕면그랄밋고샬니라

『松江別集追錄』,「關東別曲」外

無무事ㅅ日일 日일우리라 十십年년 치너를조츠며 一일

作작내 호닐업시셔외다마다ᄒᄂ니이지야 絶졀交교 片편

紙지예傳젼送숑홀줄 一일作호야 엇지리

예셔나리를드러두세번 有유萬만一일本본 브릐면逢봉萊ᄅᆡ山산

산第뎨一일峯봉의 고은님보련마ᄂ하다가ᄭ못ᄒᄂ닐

일너무슴ᄒ리

이몸허러내여벗물의ᄭ우고져 이믈이우러녜여漢한

江강여흘되다ᄒ면그제야님그린 ᄂᆞ病병이혈을법도

잇ᄂ니

뼈마음펴려ᄂ녀져달을만달고져 九구十萬만里리長댱

松江集 卷二 追錄 遺詞

十八

『松江別集追錄』,「關東別曲」外

天뎐의 번드시 결녀 잇셔 고은님 계신듸 가 빗최여 나보

리라

興흥心심 이 數수업스니 帶듸 方방 城셩 이 秋츄草초 로

다 나모른 지닌 널은 목젼 一일作작 이 북쳐 두고 太퇴 平평

烟연 華화 의 흔 盞잔호 듸엇지리

辛신 君군 奭 明명校교 理리 적의 내 마 참修슈 撰찬 으로 上

샹 下햐 番번 가 초 와 勤근 政졍 門문 밧기 러니 고은 님 玉

옥 가튼 樣양 子주 눈의 黯암 黯암 흐여라

南남 極극 老로 人인 星셩 이 息식 影영 亭졍 의 비최여 셔

滄챵 海히 桑샹 田뎐 이 이슬 ᄀ장 두 눕도록 가지록 셔 빗최

『松江別集追錄』,「關東別曲」外

내여그물뉘를모른다

臺(디)우희심근느틔멋히느즈란는고씨지예는휘쵸리

져짓티가지다作(작) 늘드록어그려야坐호盞(잔)잡아다시

獻(헌)壽(슈)호리라

靑(쳥)天(텬)구름밧긔놉희쓴鶴(혹)이러니人(인)間(간)이죠

터나므스므라作(작)로 나려온다댱짓치다러러지다록

나라갈줄모라는다

댱짓치다지게야나리랄고쳐드러러靑(쳥)天(텬)구름쇽의

소소떠오른말이싀원코원츨호世(셰)界(계)를다시보고

말와作(작)아—일작아라



『松江別集追錄』, 「關東別曲」外

거믄고 大(딕)絃(현)을 치니 ᄆᆞ음이 다 녹더니
올나 막막죠 되온 말이 쉽기는 젼혀 아니되 離(니)別(별)엿
지ᄒᆞ려노

새원원쥐 되여 열 손 넘디 ᄂᆡ가거니 오거니 인ᄉ도
ᄒᆞ도 ᄒᆞᆯᄉ 안ᄌ셔 보노라 하ᄂᆡ 슈

새원원쥐 되여 룡샷ᄌ 메오이고 細(셰)雨(우) 斜(사)風(풍)

의 일 竿(간)竹(듁) 빗기 드러 紅(홍)蓼(료)花(화) 白(빅)蘋(빈)洲(쥬)

쥬ㅣ제의 오명가명 ᄒᆞ노라

새원원쥐 되여 柴(싀)扉(비)를 고쳐 닷고 流(슈)水(슈) 靑(쳥)山(산)

산을 벗삼아 더졋노라 아ᄒᆡ야 碧(벽)堤(뎨)예 손이 왓거 (일)

『松江別集追錄』, 「關東別曲」外

든나가다ᄒᆞ고려 〔一일本본上샹에有유나字ᄌᆞᄂᆞᆯ라 作작거라〕

長댱沙ᄉ王왕 賈가太팀夫우 ᅦ헤건듸 우압고야 ᄂᆞᆷ띠되

근심을 젼혼ᄌᆞ 맛다 이셔 긴혼숨 눈물도 가득 에에ᄒᆞᆯ쥴

엇제오

심의산 세네 바회 감도라 ᄒᆞ도라 드러오뉴 월낫계즉만

어름지흰우희 즌셔리 섯거치고 ᄌᆞ최눈 지엇기ᄂᆞᆯ 보앗

ᄂᆞᆫ다 님아 온놈이 온말을 ᄒᆞ여도 님이 짐작ᄒᆞ소셔

내 樣양子ᄌᆞ ᄂᆞᆷ만 못ᄒᆞ쥴 나도 잠간 알것만ᄂᆞᆫ 臙연脂지

도 ᄇᆞ려잇고 粉분ᄯᅵ도 아니미니 이러코 님괴실가 ᄉᆞᆺ은

젼혀아니먹노라



『松江別集追錄』,「關東別曲」外

나모[一作]도病병이드니亭졍子ᄌᆞ라도쉬리업다호
화히셧슬제는오리가리다쉬더니넙지고가지겻은
後후는새도아니안는다

어와버힐시고落낙落낙長댱松숑버힐시고저근덧두
던들棟동樑량材ᄌᆡ되리러니어즈버명당이기울거든
무서스로바치려뇨

지너머成셩勸권農롱집의술닉단말어제듯고누은
발노박츳엇치노아지즐타고아희야네勸권農롱계시
냐鄭뎡座좌首슈[一作鄕향]왓다ᄒᆞ여라

附飜辭　　海莊申錫愚

『松江別集追錄』,「關東別曲」外

成勸農家酒始蒭草轎穩跨踈眠牛柴門童子須傳語

相問　一作煩
鄭首鄉來隔嶺秋

中듕書셔堂당白빅玉옥杯비룰十십年년만의고처보니믈고히빗찬어제론닷ᄒ다만난엇더타사람의ᄆᆞᆷ은朝조夕셕變변ᄒᄂ뇨

附　嚲辭　海莊申錫愚

重見中書白玉杯清光依舊十年來如何一片人心地朝夕無端變改哉

어와棟동樑량材ᄌᆡᄅ들저리ᄒ야어이ᄒᆞᆯ고혈ᄯᅥ더기운집의논도ᄒ도ᄒ을샴ᄆᆞ지우고자자ᄅᆞᆯ고혓ᄃᆞ다가말

松江別集　卷三　追錄　遺詞　二二

『松江別集追錄』,「關東別曲」外

녀ᄂ다

風풍波파의 일 니던 빅 어드러로 가 단말고 구룸이 머을

거든 쳐엄의 날줄 엇지 허슐흔 비 두 신분ᄂ는 모 다 쵸심

ᄒ쇼셔

져긔 셩ᄂ 져 소나무 길 가의 셜줄 엇지 져근덧 드리혀져

구렁의 셔고 라쟈 삿뎌 고 도 치 먼 분ᄂ는 다 씨 그려 ᄒᄂ

다

附부 聖셩恩은 歌가 〔此ᄎ下하 拾습遺유〕

江강湖호 둥실 白빅鷗구 로 다 偶우然연 이 빗 틀 춤 이 지

거구나 白빅鷗구 등 에 白빅鷗구 야 셩 니 디 마 라 世셰 上



『松江別集追錄』, 「關東別曲」外

상 더려잇노라

江강湖호의 期긔約약두고 十십年년을 奔분走走ᄒᆞ니

그 모라는 白빅鷗구덜 더듸온다 ᄒᆞ것마는 聖셩恩은을

이 至지重듕ᄒᆞ기로 갑고 가려ᄒᆞ노라

俗쇽傳젼紙지鳶연歌가

뻐집의 모든 尼을 네올노 가저다가 人인家가의 傳젼치말고 野야樹슈의 걸녀다가 비오고 ᄇᆞ름불제 自ᄌ然 消쇼滅멸ᄒᆞ여라

附 翻辭

我家諸尼爾帶去 不落人家掛野樹 只應春天風雨時

門人權韠



『松江別集追錄』,「關東別曲」外

自然消滅無尋處

棲셔霞하堂당碧벽梧오歌가

樓루밧쿠른머구鳳봉凰황아아니온다無무心심ᄒ도

기달의홀노徘비徊회ᄒᄂᆞᆫᄯ뎌언제나鳳봉凰황이오

면노라볼ᄭᅡᆨᄒ노라

樓外碧梧樹鳳兮何不來無心一片月中夜獨徘徊

詩시書셔로비ᄅᆞᆯ무어仁인義의禮레智디잡드실고顔

淵연子ᄌ貢공ᄉ공삼아中듕流류의ᄅᆞᆯ니노니築

紂쥬狂광風풍인달어이ᄒ리쇼나

屈굴三삼閭녀의寃원恨ᄒ이드럿ᄂᆞ니魚어腹복中듕

『松江別集追錄』,「關東別曲」外

의삼긴는살므려이와忠튱魂혼조챠삼권쇼냐

내집이걸므히라風풍雪셜歸귀人인아즈흐고내낫분

밥메겨걸러내야거든뉘라셔내키를나무기라흐는뇨

『松江別集追錄』,「關東別曲」外

『松江別集追錄』,「關東別曲」外

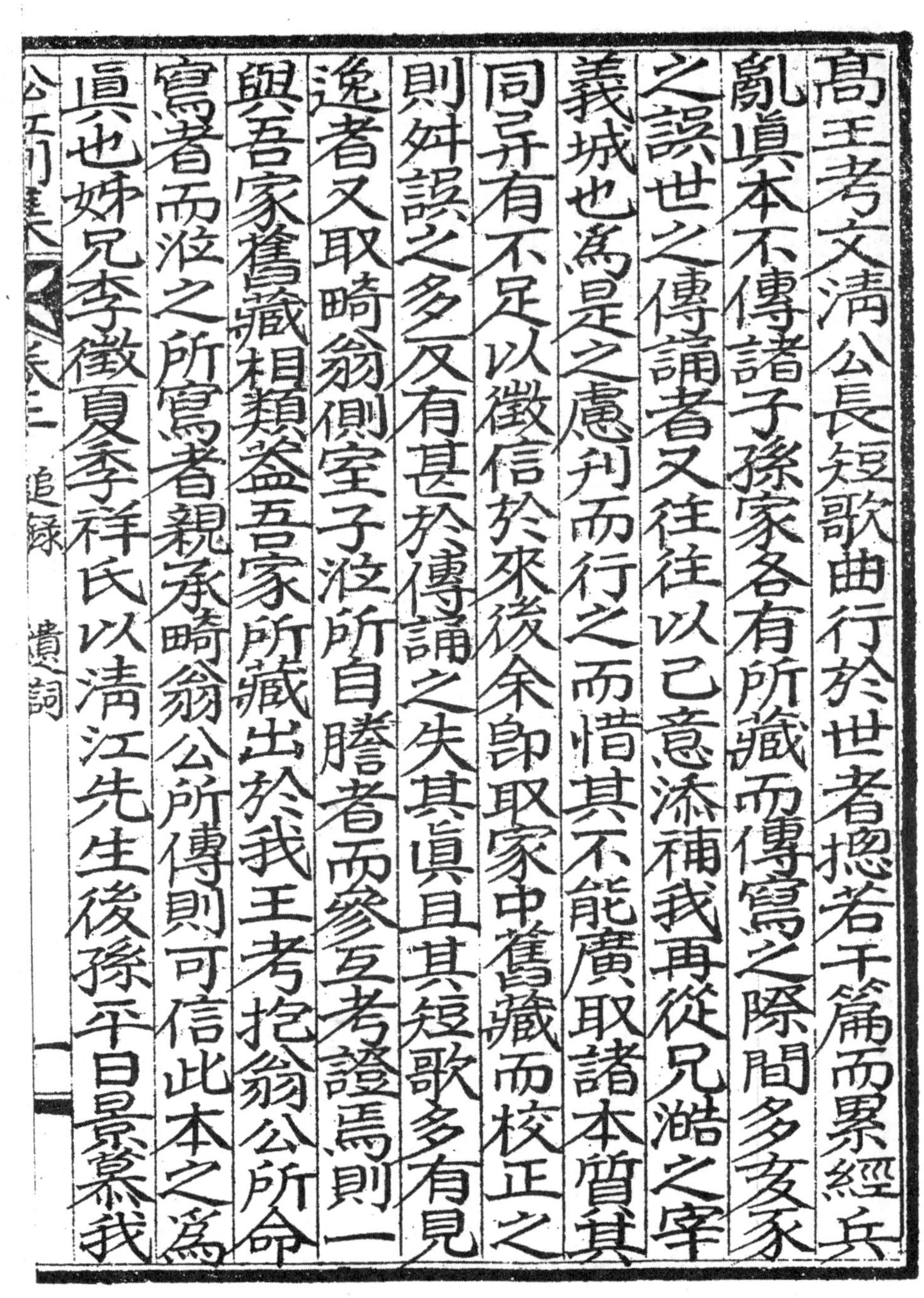

高王考文清公長短歌曲行於世者摠若干篇而累經兵
亂真本不傳諸子孫家各有所藏而傳寫之際間多亥家
之誤世之傳誦者又往往以己意添補我再從兄澄之字
義城也爲是之慮屏而行之而惜其不能廣取諸本質其
同异有不足以徵信於來後余即取家中舊藏而校正之
則舛謬之多又有甚於傳誦之失其真且其短歌多有見
逸者又取畸翁側室子涩所自謄者而參互考證焉則一
與吾家舊藏相類益吾家所藏出於我王考扲翁公所命
寫者而涩之所寫者親承畸翁公所傳則可信此本之爲
真也妍兄李徵夏季祥氏以清江先生後孫平日景慕我

松江前集　卷三　追錄　遺詞

『松江別集追錄』,「關東別曲」外

文清先祖者有倍他人而又能備詳兹事本末適通判黃
州取以刊布其意非偶然也抑後之覽者或難下兩本之
直贋而眩於取舍余既改寫一通付之剞劂又書此以遺
之云戊寅三月日玄孫游謹書

先人在世時慨然兩本之真贋相雜眩於取舍改寫一
通將付剞劂氏而有志未就尋常痛恨蓋有年矣昨夏
來莅星州鳩取梓板一旬而工訖此亦有待而然歟兹
用廣布知舊間以續先君子未就之意丁卯三月日五
代孫星州牧使觀河追記

『松江別集追錄』,「關東別曲」外

余按關西之明年春鳳山宗人來示松江先祖歌
詞一冊此是我先王考丈嚴府君觀察關北時入刊者而
此校最精於諸刻第刊行已久板本多毀破方欲得一件
重刻而未果矣今幸得之心切喜焉茲命剞劂氏鳩財入
刊不日而工告訖自此將不至泯沒而傳之永久矣歲戊
子仲春後孫監司宗謹書

二

『松江別集追錄』,「關東別曲」外

『松江別集追錄』,「關東別曲」外

附鳳巖公飜辭

飜思美人曲　　　　　六世孫　棹

此身生時美人生一生緣分天所知吾年尚少寵美人此
心此愛無處比平生所願共一室老來何事遠別離昔侍
廣寒殿胡爲謫下界來時櫛梳髮散亂今三歲雖有臙脂
粉爲誰我容冶心中愁疊疊嗚咽雙淚下人生有限愁何
多歲月無心若流水炎涼知節去復來聞見總是傷心地
東風忽吹散積雪窓外寒梅開數枝冷淡固其然暗香又
何事梅花欲寄美人所美人見之果何爲花衰葉新生緣
陰處處積羅幃寂寞繡幕空捲却芙蓉繞孔雀夏日何其



『松江別集追錄』,「關東別曲」外

長愁恨自難抑剪出鴛鴦錦細針五色絲玉手攜金尺裁
出美人衣手品看自妙制度又何備珊瑚樹機上盛之白
玉函遙送美人處山長雲又暗千里萬里路誰人尋去傳
去後開函喜倘或如我見嚴霜一夜降鴻鴈鳴飛南獨坐
危樓上高捲水晶簾東山月初出北極星又明疑見美人
顏自然滯淚零清光欲憑鳳凰樓樓上長掛照八荒淡山
窮谷重夏願如清晝乾坤閉塞白雪飛逕滅人踪山絕鳥
湘江冷氣尚如此玉樓高處寒應苦陽春欲回美人邊等
詹暎日身上負紅裳院看翠袖捲日暮寒天倚脩竹冬之
永夜坐不眠壁掛青燈笋擲夢裏忽見美人容支頤作

『松江別集追錄』,「關東別曲」外

倚衾衾冷漫漫此夜何時曉須臾忽患愁欲絶中心恨結

骨髓透縱有扁鵲難醫病當爲蝴蝶坐花枝到底香襲美

人衣美人見我雖不識我欲長從美人飛

飜續美人曲

彼美人兮若相見天上王京何別離斜陽薄暮時怕去欲

見誰君言且休聽我言薄命豈合奉子美無何見我被罷

愛我亦無他呈態媚如何一朝變待我異昔時臥患復起

思我罪如山積天人豈怨无造物亦難測往事休相思愁

恨在別處昔待美人傷我知美人事容顏如清水寧曰常

自少春寒苦執若爲過秋日冬天誰可侍朝夕粥飯偁無

『松江別集追錄』,「關東別曲」外

損永夜寢睡亦何如美人消息漠未知今日空待人

愁心未解向何處前後扶護上高山浮雲已薮空烟霧又

何亂山川尚暗暝日月何以見咫尺猶未分千里詎可望

寧尋水邊見艅路夕風亂吹波濤湯稍工何處去孤舟盡

日橫江天獨立視落日美人消息尤杳宴芋簷冷席半夜

回掛壁青燈為誰明徘徊上下意難定須臾力盡因成眠

情誠果至極夢重見美人曩日如玉顏胡至太半衰中心

舍恨欲盡白涕泗先下未陳辭浚情未盡鷄忽唱一夢遽

然覺虛事開惚遙望遠天色可憐清影空相隨此身寧沒

化落月美人總前分明照吁嗟所願夏若何或為明月或

『松江別集追錄』,「關東別曲」外

飜星山別曲

何來過客住星山棲霞息影問主人人生世間好事多矣
取江山獨隱身松根竹床設蒲茵須臾復坐玩景物天邊
白雲起處起瑞石爲家入還出無心閒適態何似主翁儀
蒼溪白浪繞亭前彷彿天孫雲錦按山中無曆日四時不
分知節序各殊眼下景仙區物色事事美梅窓朝日動香
氣睡罷仙翁將有事籬下種瓜雨中培青門故事今有不
芒鞋竹杖步出林桃花落水連芳洲明鏡照耀玉屏風作
伴清影向西河桃源何處是武陵非在他南風忽吹綠陰

『松江別集追錄』,「關東別曲」外

散知節黃鶯出谷幽義皇枕上午睡覺雲外闌干水中沈

麻衣乍拂葛巾著濠上魚隊俯倚視紅蓮交發一夜雨萬

山香氣擁遠遍悅逢濂溪問太極太乙真人散王字鸕鷀

巖邊紫薇灘長松遞日坐石洲人間六月苦熱縈此地不

熱疑清秋清江白鷗眠白沙主人閒趣相與徉梧桐霜月

四夏明萬竅千巖同白晝湖洲水晶孰移來渡河如登廣

寒樓雙松老立釣臺下小艇閒浮任去雷紅蔘白蘋暫經

過環碧龍湫接艇頭清江綠草邊牧童橫短遂潛龍水中

驚仙鶴半空掠蘇仙赤壁稱勝遊明月中秋未泛舟纖雲

四捲夕波靜霽月初出松頭掛偉哉李謫仙捉月還逞沉彩

『松江別集追錄』,「關東別曲」外

空山落葉朔風寒片雲飛揚驅雲來天公好事主為餉萬
樹千林梨花開前灘冰合木橋橫荷杖山僧何寺歸山翁
富貴且莫誇瑤窟仙界恐有知山中無友黃卷積萬古人
物歷歷數聖賢初勿論豪傑亦多有天翁造物豈無心奈
何時運互盛衰將多不知事嘆恨無己時箕山老古佛何
事洗兩耳假托飄聲亂人稱最高致人心多新面世事如
雲變甕間昨日釀酸酷幾何熟酬酌痛飲傾愁心庶可抑
絃琴宛然風八松醉興陶陶忘主客長空青鶴果真仙瑤
臺月下幸相逢客謂主人曰君是神仙翁
先祖所著長短歌曲膾炙人口今過百餘年關東別曲

『松江別集追錄』,「關東別曲」外

則清陰西浦及〈李進士揚烈〉各以文字飜之將進酒辭

北軒金公亦為之飜星山別曲思美人曲續美人曲只

以俗諺流傳於世不肖敢擬先輩之己行者率爾飜出

以為市衍之藏其為僭妄大矣昔西浦翁手寫前後美

入詞於一册書其目曰諺騷蓋其意比諸屈左徒之離

騷忠可爭於日月之光又有李東岳江頭誰唱美人詞

之詩幷揭於權石洲空山木落雨蕭蕭之句豈不盛哉

豈不休哉星山在於昌平之息影亭實先祖休息之所

而與松江亭為萃蒼之地日後覽此記者庶幾有知云

〔爾丁酉暮春六世孫棹謹書〕

松江別集追錄附錄終

『松江別集追錄』,「關東別曲」外

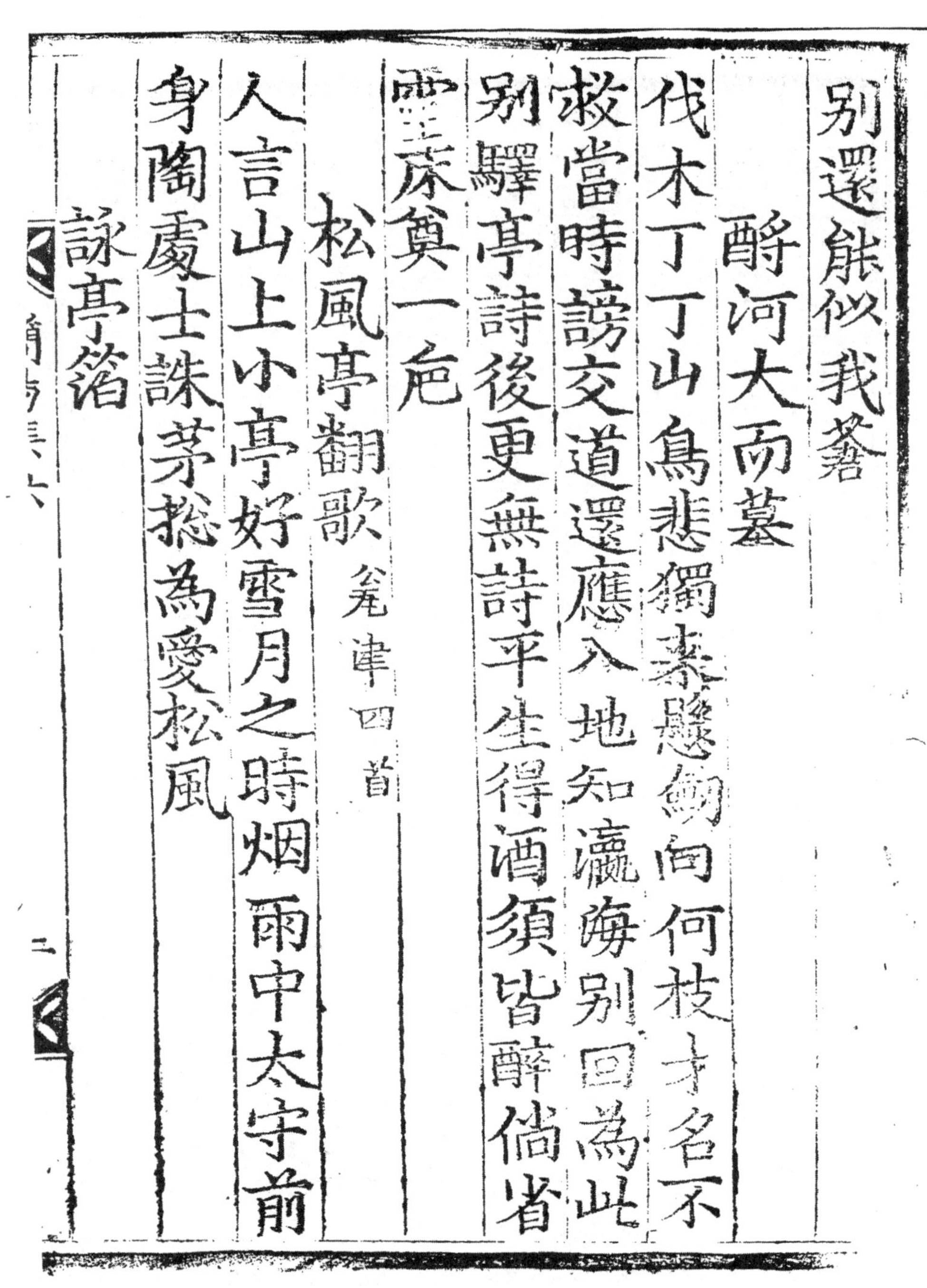

別還猶似我蓍

酹河大而墓

伐木丁丁山鳥悲獨素戀鯛向何枝才名不

救當時謗交道還應入地知瀛海別回為此

別驛亭詩後更無詩平生得酒須皆醉偶省

靈床奠一巵

松風亭翻歌 羌津四首

人言山上小亭好雪月之時烟雨中太守前

身陶處士誅茅捴為愛松風

詠亭銘

『簡易集』卷6,「松風亭翻歌」

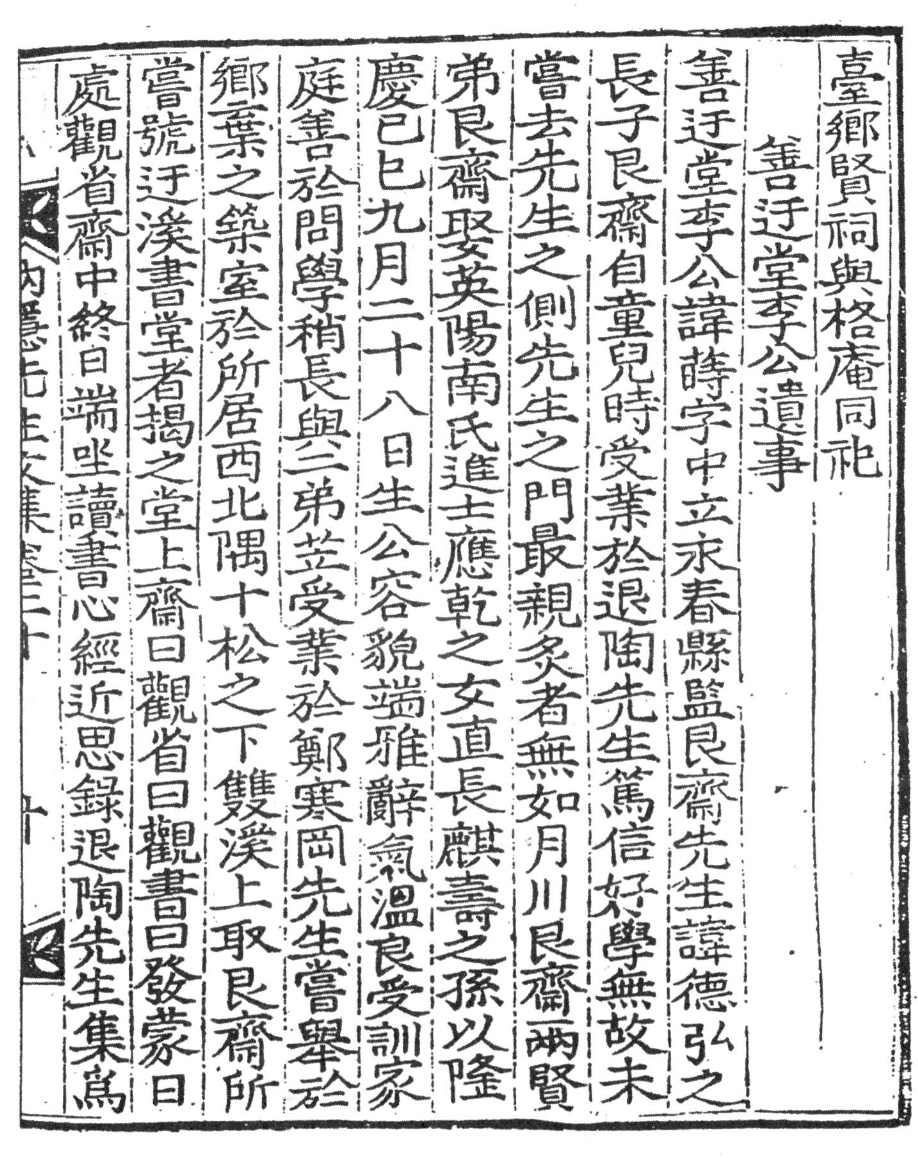

臺鄉賢祠與格庵同祀

善迂堂李公遺事

善迂堂李公諱蒔字中立永春縣監良齋先生諱德弘之
長子良齋自童兒時受業於退陶先生篤信好學無故未
嘗去先生之側先生之門最親炙者無如月川良齋兩賢
弟良齋娶英陽南氏進士應乾之女直長麒壽之孫以隆
慶巳巳九月二十八日生公容貌端雅辭氣溫良受訓家
庭善於問學稍長與三弟芝受業於鄭寒岡先生嘗舉於
鄉棄之築室於所居西北隅十松之下雙溪上取良齋所
嘗號迂溪書堂者揭之堂上齋曰觀省曰觀書曰發蒙曰
處觀省齋中終日端坐讀書心經近思錄退陶先生集為

『訥隱先生文集』卷20,「操舟歌三章」

常業自守清苦服不褻不近身不義之物不接於目足跡
未嘗及官府事親孝友於弟溫恭以接人同里內外從昆
弟敦睦無異疾病患難相救助一以誠心村鄰咸服其行
義讀書之暇訓誨後生至老無倦色學子日集各隨其才
成就者眾寒岡嘗過書齋旅軒張先生亦嘗命駕咸歎公
為善繼先君子諸弟俱聰秀多才公友愛均至不恤其不
足而濟其貧乏有欲貨田而無資賣其畓婦家來者以償
之饒飽寒溫常與共之有喜亦喜有憂亦憂有過失諄諄
警責怒不見色也當光海朝諸弟急於進取不聽順公以
至於敗其始公蓋作操舟之歌以風諸弟諸弟不喻也其
言雜俚語其失較云彼去舟子聽我言言順風遇後去了去

『訥隱先生文集』卷20,「操舟歌三章」

中流風波必見覆又曰風朝莫言淺可渡海波茫茫颶全
吹欲濟其如胥溺何又曰朔風高吹撼大海一葉扁舟去
路迷這舟傾後無泊處三弟將赴京公挽之不得臨分太
息曰家之顚覆其在汝矣聞其内鄭造女爲妾寄書曰古
之人以才發身今之人以才亡身丁巳廢母議起三弟爲
正言公急走奴止之曰聞君爲正言此果正言時耶言其
可言可謂之正言言其不可言不可謂正言而又從而陷
身貽辱於先世勿爲隨波於敗倫亂常之議公長子榮久
爲司馬椅首公又喩之曰兒之慰非分必有福過之災其
妻方病勿應椅疾遣之可也三弟得書以爲林下高論不
送公長子使之陳疏長子怵於危禍涕泣而不敢違公以



『訥隱先生文集』卷20,「操舟歌三章」

為大感風夜憂歡稍稍成疾而亦未嘗形諸色辭也癸亥
後常痛諸弟不率先訓而自底禍又自傷不能救止於未
然之前而目見其禍也杜門凡十有四年而終丙子五月
之二十一日享年六十有八葬于愚溪先塋側坤向之原
公之先永川人永川之李羅六姓之一為大姓後世遷于
禮安有諱欽麟蹄縣監以子孝節公賢輔貴　贈兵曹判
書孝節有弟賢佑訓鍊院習讀　贈禮曹參判生諱忠
樑　贈兵曹參判是生民齋先生以壬辰原從勞　贈吏
曹參判公娶退陶先生兄孫進士宗道女生　男長卽奉
事榮父次某某女某某公不喜著述家禍盡焚其稿獨有
詩七言二絶四言四絶傳咏於入公玄孫慶泰持公遺事

『訥隱先生文集』卷20,「操舟歌三章」

略干屬光庭編次如右

外祖父通德郎府君遺事

外祖通德郎李公諱惟馨字德明公州望族世有衣冠至
公六世祖縣令諱畛娶金文節公淡叔父 贈參議叔良
之女始來居榮川生司正諱從孫司正生員諱誠公高
祖也曾大父諱碩幹進士補署郎不赴隱於黃歧家以名
大父諱庭憲與兄知縣諱庭堅俱有文望萬曆辛卯國家
憂倭設武舉投筆中武舉從助防將南下爲金山僉使鄭
撥所邀同守釜山壬辰四月倭大舉入冠先犯金山公與
僉使殉節死之後 贈左承旨旌閭事具狀中知縣公當
亂烏郡將敵愾錄原從功已亥知機張縣始招魂承旨公

訥隱先生文集卷之二十　十二

逢知己王翰寧忘頤卜隣青眼幾時樽有酒白
頭今日巷無人東園杯土秋蕭瑟魂魄唯應入
夢頻

送石泉安景容昶赴通川癸卯

幼少同遊一夢中祗今衰鬢各成蓬功名不興
吾儕逼勝事還從物外逢瀛海月高千頃白秋
山楓老萬崖紅此時奇賞君應擅揪嶺行者我
馬東

呼兒曲四調

呼兒先問有無筐田首西山晚日長却怕夜来

『龍湖稿』,「呼兒曲四調」

薇巖老只緣朝夕不盈腸

아희야구벅망태어두西山의날늣거다밤
디낸고사리ᄒ마아니늘그리야이몸이이
프새아니면됴쉭어이디내리

右西山採薇

呼兒將出綠蓑衣東澗春霏灑石磯籠籠竹竿
魚自在爲他溪老已忘機

右東澗觀魚

아희야되롱삿갓출화東澗의비디거다기
내긴낙대예비늘업슨낙시미야러고기놀
나다마오라써興계위ᄒ노라

呼兒曉起侵盤殽南畝春深事已殷欲把犂鋤

『龍湖稿』,「呼兒曲四調」

誰興耦聖時農圃亦　君恩　右南畝躬耕

아히야 죽조반다오 南畝의일만해라서루
룬써부를눌마죠자부려뇨두어라 聖世躬
耕도亦　君恩이시니라

呼兒騎犢過前川北郭新醪正似泉大醉浪吟
牛背月恍然身在伏羲天

아히야 쇼먹여버여 北郭의새술먹쟈大醉
호얼구를들비치시러오너어주버羲皇上
人을오늘다시보와다

『龍湖稿』,「呼兒曲四調」

工이쳐음보와ᄒ두다。

李舜臣 宣廟朝武科官至統制使諡忠武有智略壬辰冦金羅右水使作龜舡破倭賊

二一
閒山셤돌불근밤의 戍樓에 혼자안자 큰칼녀피ᄎ고 기픈시ᄅᆷᄒ는적의 어듸셔 一聲胡笳ᄂ놈의애ᄅᆯ긋ᄂ니。

龍湖 呼兒曲四調並詩 趙存性字宇初號龍湖宣廟朝登第官至知敎誨諡昭敏

二二
아희야구력망태어두 兩山에날늣거다 밤지낸고사리ᄒ마아니ᄂᆯ그리야이몸이ᄉ푸새아니면 朝夕어이지내리。

呼兒先問仁無恙　回首西川晚日長
怕夜來薇嚴老頁　只緣朝夕不盈腸

右西川採薇

二三
아희야되롱삿갓출화 束澗에비지거다 기나긴낙대에미ᄂᆯ업슨낙시미야겨고기ᄂᆯ라지바라내興계위ᄒ노라。

『靑丘永言』珍本,「呼兒曲四調竝詩」

二四

呼兒將出綠簑衣
簑々竹竿魚自在
東澗春靄酒石磯
爲他溪老已忘機

아희야 粥早飯 다오 南畝에 일만해라서 루른따 부를눌마조자부려 노두어라 聖世躬畊도 亦君恩이시니라。

右 東澗觀魚

二五

呼兒曉起促盤飡
欲把犁鋤誰與耦
南畝春深事已殷
聖時農圃亦君恩

아희야 쇼머겨내여 北郭에새 술먹자 大酢혼얼굴을눌빗쳐시려오너어즈버 羲皇上人을 오늘다시보와다。

右 南畝躬畊

二六

呼兒騎犢過前川
大酢浪吟牛背月
北郭新醪正似泉
悅然身在伏羲天

象　村

申欽 字敬叔 號象村 宣庙朝登第 首拜吏判典文衡官至領相謚文貞 仁祖初

右 北郭醉歸

山村에 눈이 오니 돌길이무쳐셰라 柴扉를여지마라날츠즈리뉘이시리 밤중만 一片明月

『靑丘永言』珍本,「呼兒曲四調竝詩」

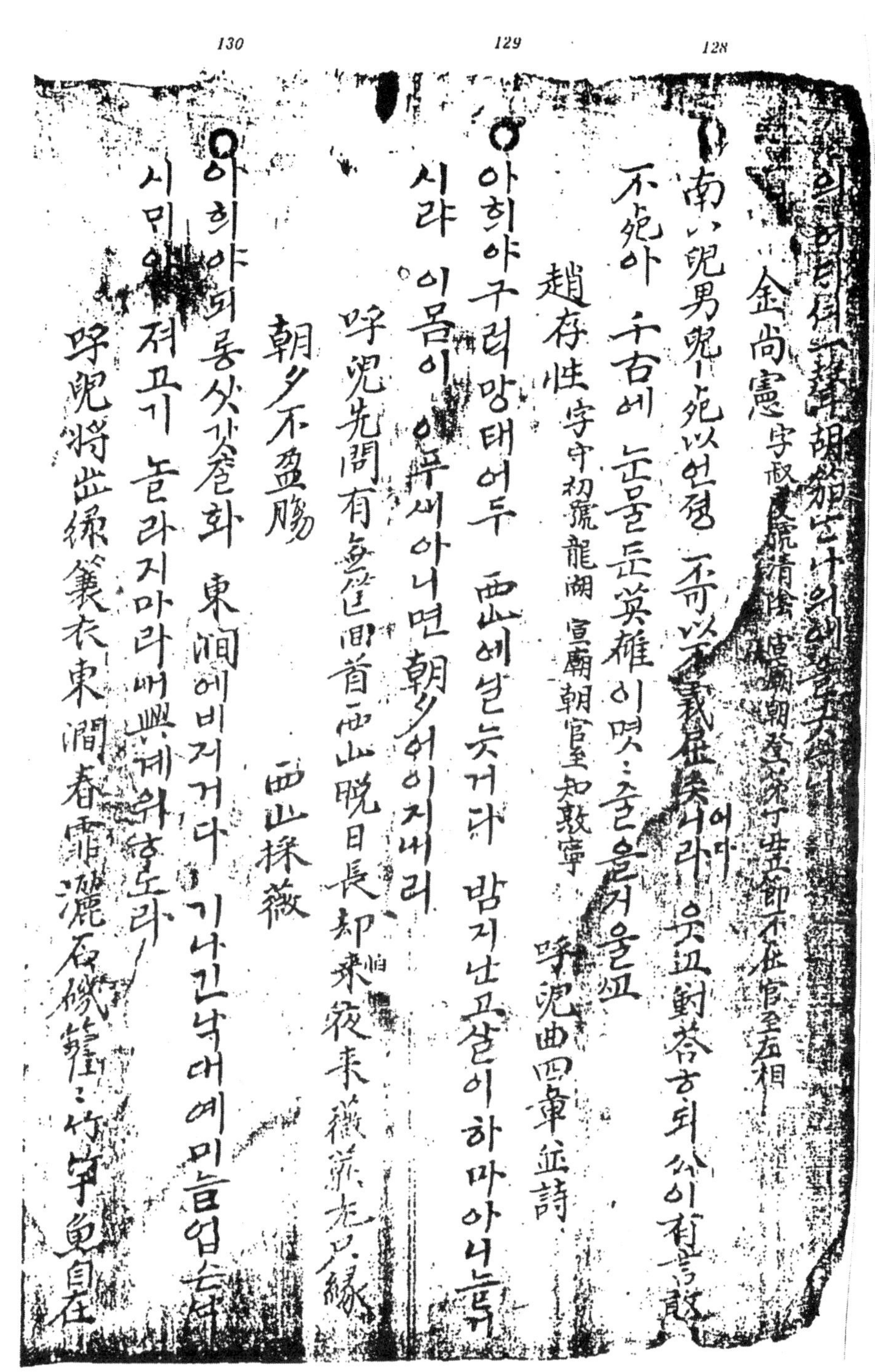

『海東歌謠』朴氏本,「呼兒曲四章竝詩」

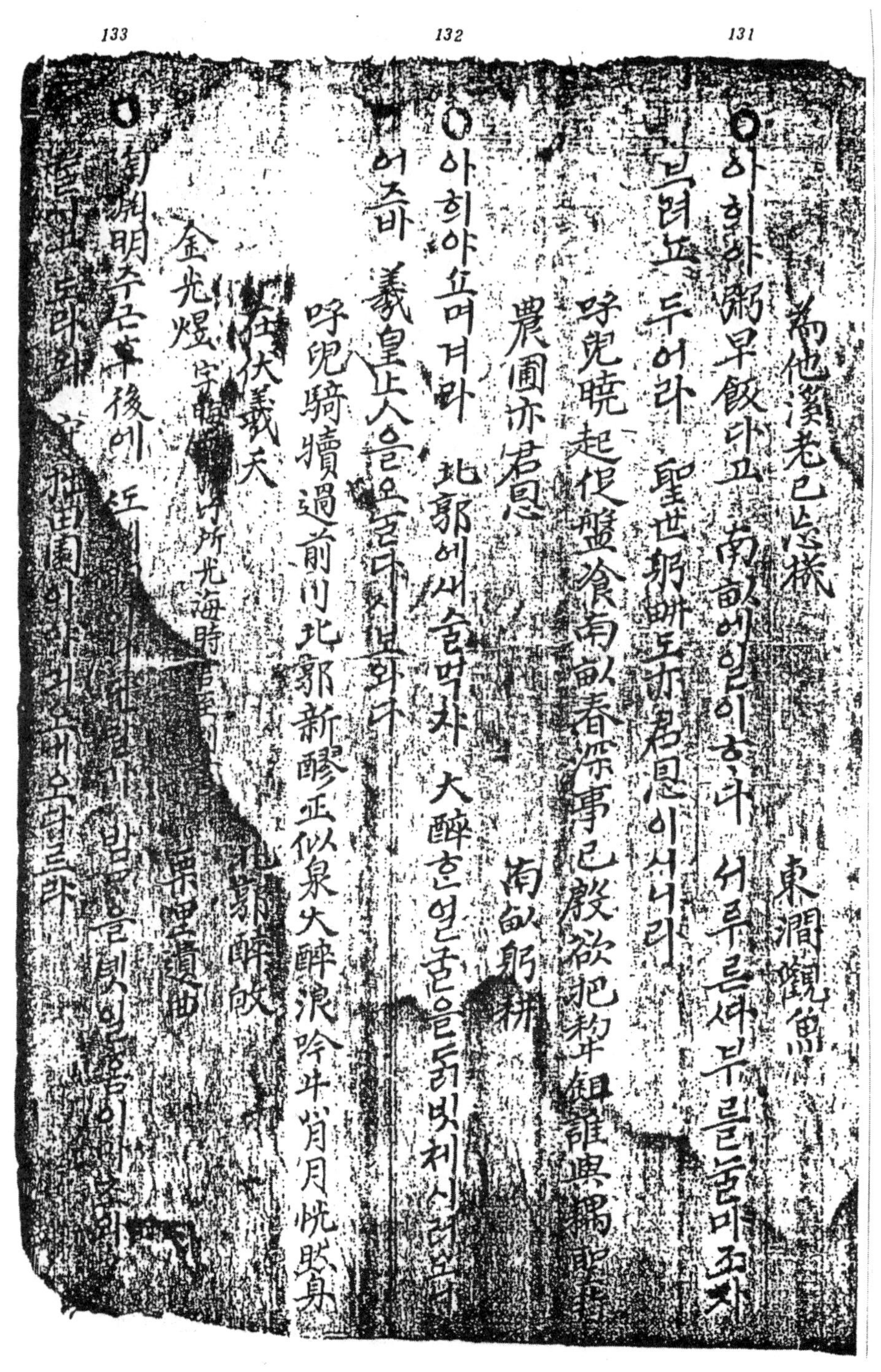

『海東歌謠』朴氏本,「呼兒曲四章竝詩」

○呼兒曲四章並詩

○아히야굴럭網태어두西山에날늣거다밤진안고살이흠아안이늙엇씨랴이몸이
푸새안이면朝夕어이지내리　趙存性

○呼兒先問有無筐回首西山晩日長却怕夜來薇蕨老只緣朝夕不盈腸　西山採薇

○아회야되롱삿갓출화東澗에버지거다긴아긴낙대예미늘업쓴낙씨미야져고기놀
라지말아내興계워ᄒ노라

○呼兒將出綠簑衣東澗雨霏灑石磯籠籠竹竿魚自在爲他溪老已忘機　東澗觀魚

○아회야粥早飯다고南畝에일이하다셜오른따부룰눌마조잡으련요두어라聖世躬
耕도亦君恩이샷다

○呼兒曉起促盤飧南畝春深事己殷欲把犂鋤誰與耦聖時農圃亦君恩　南畝躬耕

○아회야쇼먹여내여北郭에새술먹쟈大醉ᄒ얼굴울둘쎗체실어온이어즙어羲皇上
人올오늘다시보와다

○呼兒騎犢過前川北郭新醪正似泉大醉浪吟牛背月恍然身在伏羲天　北郭醉歸

○名妓九人

○靑山裏碧溪水야수이감을쟈랑말아一到滄海ᄒ면다시오기얼여온이明月이滿空



『海東歌謠』六堂本,「呼兒曲四章竝詩」

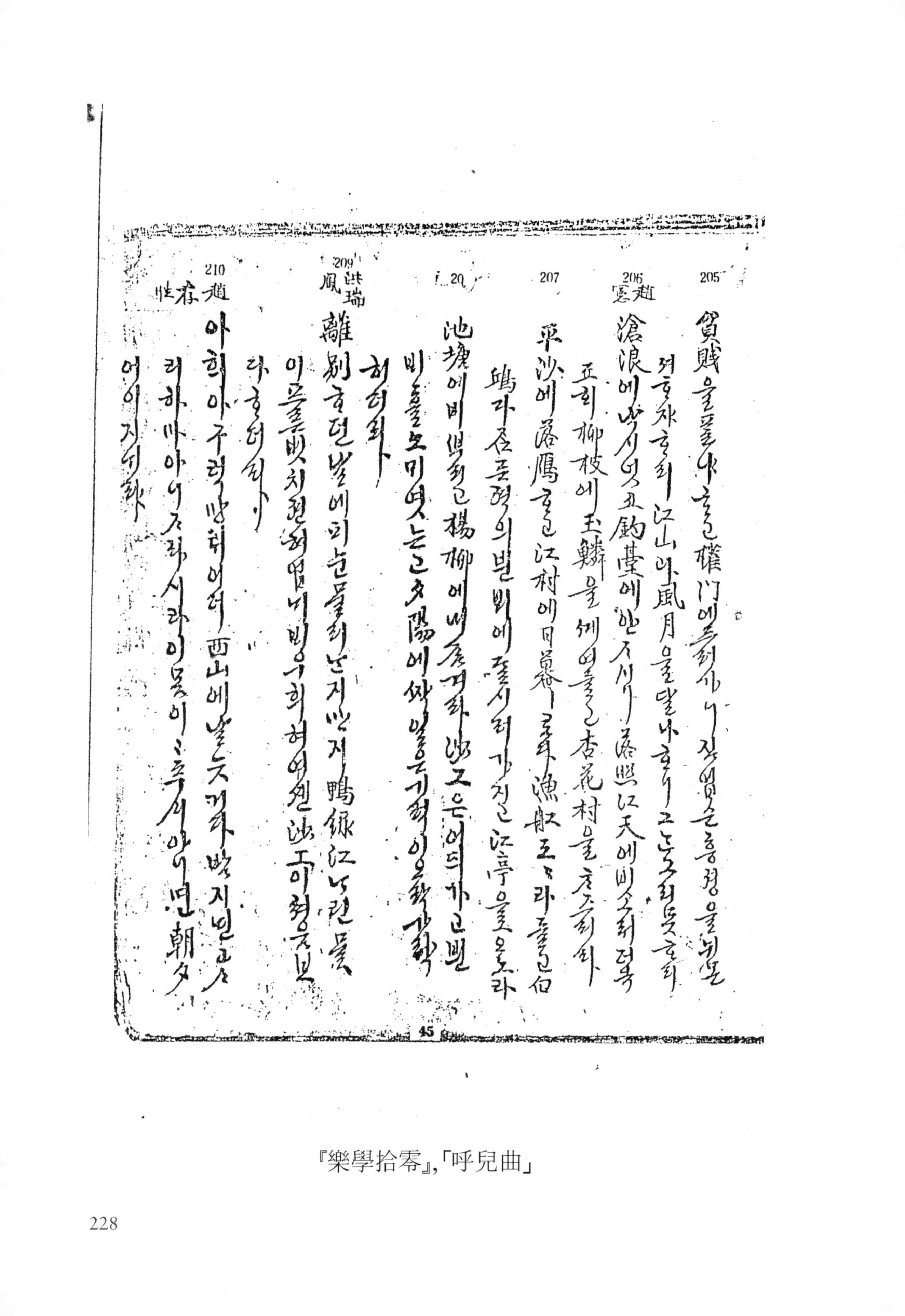

『樂學拾零』,「呼兒曲」

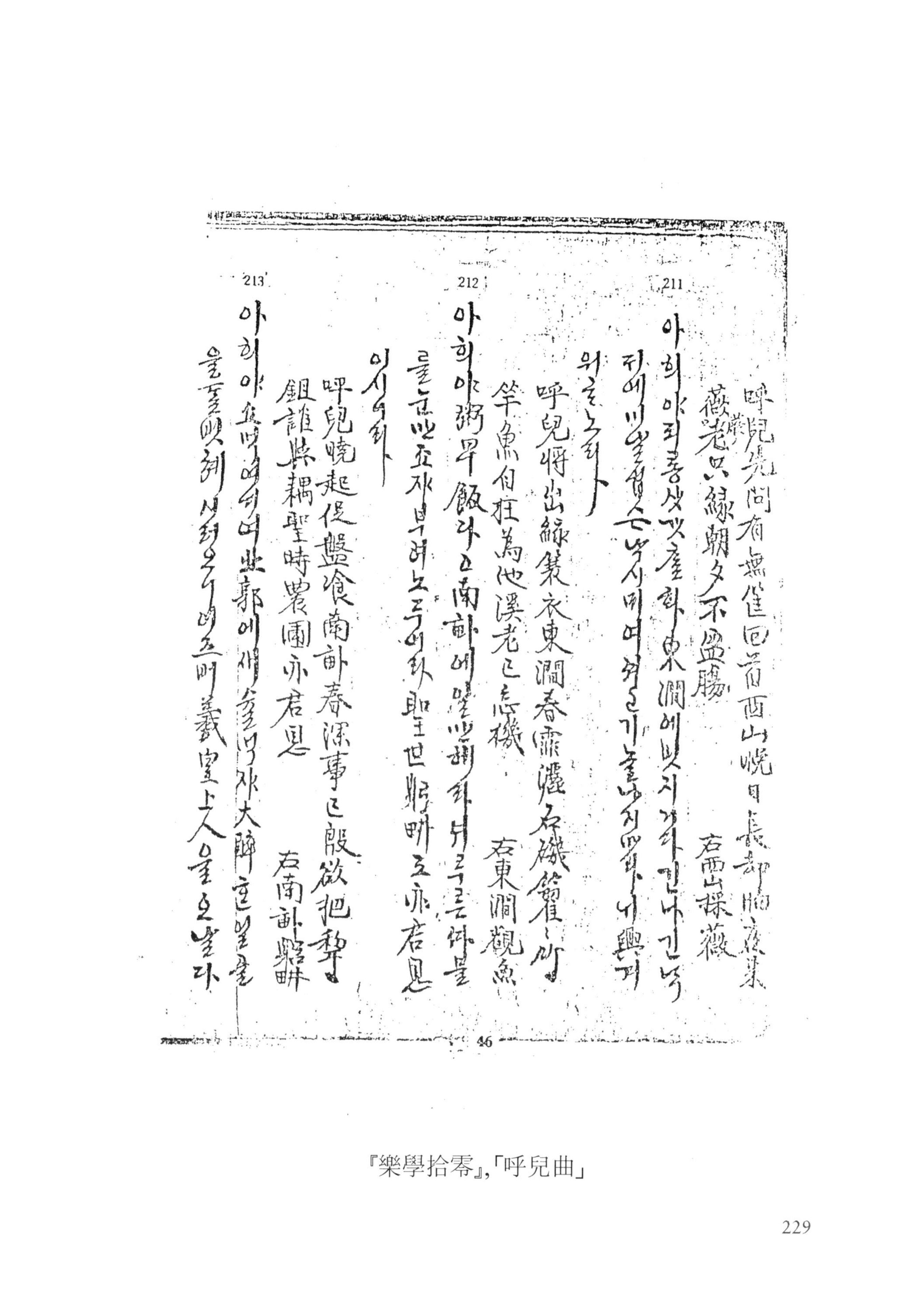

呼兒覓問有無雀　回首西山曉日長　却隔…
薇老只緣朝夕不盈腸
　　右西山採薇

呼兒將出綠簑衣　東澗春霖灑石磯
竿魚自狂為他溪老已忘機
　　右東澗觀魚

呼兒曉起促盤飡　南邨春深事已殷
鋤誰縣耦聖時畏…
　　右南邨…

『樂學拾零』,「呼兒曲」

呼兒騎犢過前川　北郭新醒正似泉
悦然身在伏羲天

金樽에 ᄀ득 ᄒᆞᆫ 슐을 ...

君子이 棄古ᄒᆞ니 古亦棄君平을 醉狂을 上之上이오 詩詞ᆯ ...

吏之吏이 아니 ᄯᅳ지 清風明月을 벗ᄉᆞᆷ아 좃노라

『樂學拾零』,「呼兒曲」

『樂學拾零』,「呼兒曲」

孤松崔公遺稿　八

壯東去水聲分宿老思何極青襟業轉勤傘晨

香火奉悅若襲蘭薰

題挹翠堂詠篇韻

九鼻仙鶴萬重峰溯□寒溪嶽已松陋巷自甘

顏隱約草堂奚獨杜龍鍾一庭春草窓前翠千

尖霜毛鏡裡鬆莫道斯人投老髦渭濱初豈養

魚翁□

哀大君歌

奸臣爾瞻阿付光海君將擭陷　仁穆王

『孤松崔公遺稿』,「哀大君歌」

右金氏先使朴應犀誣告推戴永昌大君、
爲言光海恐其逼已煎毅之時大君年八
歲也公思其年幼無知悶其就盡之狀遂
吟作是歌其後歌入爾瞻之黨由此得禍
焉

歌一曲曰南山種豆芳畓何稀曰暮耘罷芳語
于鋤苗何其稀芳耘特樂（此曲闕王之不昌）

歌二曲曰鋤荅主人芳聽我說初種之時芳鋤
不密根溪蔓盛芳我何若（此曲數小人之太簇）

『孤松崔公遺稿』,「哀大君歌」

公墓下酉生夫人金氏合窆焉

崇禎後丙寅臈月上澣不肖玄孫衡感泣謹識

附

須行齋　諱昇號頁行齋公之從曾孫累入吏蕎蘭廟朝復戶　註解

哀大君歌

南山種豆兮苗何稀日暮耘罷兮語于鋤苗
何其稀兮耔特深鋤兮答主人兮聽我說初種
之時兮胡不密根深蔓盛兮我何若

남산의 시무平시씨뇨서시드모뜻엿교

『孤松崔公遺稿』　二十二

『孤松崔公遺稿』,「哀大君歌」

쓰도록 쫏며 다가 흠의 더러 너를 말리를

샤싫타마 노녀을 밋고 믜노타 흠의 믜담

뒤 쥬신 님내 말듯 소옷을 시므 거던 씨을 비

효옷 추실 년 가멸 최 김교 수만춘 멸을 번들

어ㅣ시 추ㅣ

右孤松公當光海朝大議橫分時作歌以道
己志且寓憂世之憂矣其季父逸翁公諱亮〔官驛監以壬辰一等功贈兵曹判書〕
於初度設宴日也主作
朴公大廈右營將金其皆來會邑妓從之逸

『孤松崔公遺稿』,「哀大君歌」

翁公因醉而歌此歌則一座皆稱歎又曰善
此歌乎誰所作也遂翁公曰家僮直長作矣
妓輩窃相誦繹而去其後有一妓歌於城西
金佑成家宴席佑成聞而惡之又知爲孤松
公所作心甚狼之盖佑成者也丁巳年燔起士
類爲廢 大妃殺大君疏者也其時孤松公
又居增廣試之魁才名盖世人皆擬之於登
龍門而佑成則溪懷娟嫉即通此歌于洛中
當路之人使之被拿入獄六載因繫艱辛幾

『孤松崔公遺稿』,「哀大君歌」

死惝無癸亥　反正之舉不得生出獄門云

張松亭洞講重修序

甲辰七月日吾洞後學崔伯承〈公字孤松與其同〉

志思恢前烈咸集冠童分為東西凡三十有

八人一月之內三講三製三月而後較其勝

負無或作輟事約文既成乃以我為儒家之

老請居於講席之右雖知僭居絕不固辭者

以其盛事之不助也句朔之間見聞相長有

粗者進於略略者進於過是皆伯承討論之

『孤松崔公遺稿』,「哀大君歌」

而導之勸勉之誠不專在舉業矣兄弟友愛出
類至於財產未嘗有彼此之別也丁未（時公五十四年）
丁三洲公憂自初至終一以家禮從事三年之
內不脫絰帶常居廬次不與人徃來至於祭祀
必敬必誠不以貧屢儉其饋品不以風雨廢其
規例鄉黨皆稱其孝尖當先海朝奸臣爾瞻將
誣陷仁穆王后金氏廢置西宮以永昌大君
為禍本誣獄既成大君幽之江華陰令府使鄭
沈灼斅必其年廑八歲也灸極慘然時領相李

『孤松崔公遺稿』,「哀大君歌」

公德馨上劄言幼稚無知乞貰之前弼善鄭公
蘊上疏極言皆論以大逆朝野不敢出頭公在
鄉校聞其變絡夜抱膝不寐深思就盡之狀年
幼無知景色可哀於是不勝其憤頓起投足則
齋舍橫木遂折矣齋直以為屋崩惡往省視知
其由莫不欷歔而去其後將治璧間者皆曰勿
用他木以所折仍為補葺以識其壯節云公既
歸以其意作耘田歌二曲以寓其懷一曲曰南
山種豆芳苗何稀日暮耘罷为語于鋤苗何其

『孤松崔公遺稿』,「哀大君歌」

稀芳耘特渠二曲曰鋤咨主人方聽我說初種
之時芳胡不密根溪蔓盛芳我何若盖一曲歎
太君之不昌二曲歎小人之太盛也爾瞻旣救
大君之後母后幽廢西宮而果有漸逼之變
時公以親命赴擧居東試之魁將發京行聞爾
瞻之焰起誣獄遂絶意仕宦杜門自靖益不與
人往來自號孤松取歲寒後凋孤苦獨靑之意
也是時鄉人佐成托附爾瞻之門陰誘聚黨行
跡詭異新進年少好名之輩太半歸之公常對

『孤松崔公遺稿』,「哀大君歌」

人言曰奸慝終當見敗云故遂爲佑成所怨館
儒李偉卿投上凶疏稱以草野公論佑成同聲
和之倡其議於鄉中每與其黨會于錦城山大
水洞路邊溪西大石上謀上凶疏欲實偉卿事
人之過者或掩面不視公聞之已不勝其疾惡
之心適過其處作歌書其石且謂人曰莫淸者
水也不可轉者石也今此水石由佑成見汚於
正人甚可惜也時佑成方宰鄉人將爲時論而
忌公特甚常自念朕日去此人然後吾鄉論議

二十三

『孤松崔公遺稿』,「哀大君歌」

勤既賴以慶萬一之助異日大小成功之責

深淺造學之徒見此遺草追念其賜又令後

生又念其賜於他日則吾洞文風廢乎其不

陸矣此初勝負之禮諸生特設於太朴山上

則山菊金黃江蘆雪白是閏九月再重陽日

也

行狀

夫士之行有以一節可質其平生者昔无庵先

生撰羅州牧使朴大厦墓誌有曰州人崔繢作

二十七

『孤松崔公遺稿』詩,「哀大君歌」

242

憶大君歌大君即廢朝所殺同氣也鄉人告公
欲罪公力止之云又曰羅人金佑成附姦黨嘗
惡於公追撼崔纘撒欲以及公知纘不可誘擥
而止云以此及平日所聞者而竊有敬服之心
矣今又取考其家狀則其方剛堅確之志勇自
齠齡已有所立得焉而非止以一節可論公諱
纘字伯承水原人也水原之崔著於麗代望于
本朝曾祖諱瀛杰奉祖諱樂窮贈左丞旨
行通訓大夫濟用監正考諱希說通訓大夫禮

『孤松崔公遺稿』詩,「哀大君歌」

曹佐即栗亭崔公鶴齡即其外王考也以嘉
靖甲寅六月七日生而狀貌魁偉氣宇峻爽
及長以節行自勵居家事親務以色養接人待
物和敬並至然與人不苟同或有犯義者則必
加規責不少假貸以故親戚交遊一有過失必
曰母使其知之其見敬畏如此當光海朝奸臣
爾瞻將誣陷王大妃灼毅永昌大君公時在
鄉校聞其報絡夜不寐不勝其憤頹起投足則
齋舍橫木遂折其後將治壁聞者皆曰勿用他

『孤松崔公遺稿』詩,「哀大君歌」

木補以所折木以識之云公既歸以憤慨之意
作耘田歌二曲一曰南山種豆芳苗何稀曰
薅耘罷芳語于鋤苗何其稀芳耘耔渠二曲曰
鋤耔主人芳聽我説初種之時才胡不密根溪
蔓盛芳我何若盖一曲歎王子之不昌二曲歎
小人之太盛此乃所謂憶大君歌也自提遂絕
世事自號孤松盖取孤節後凋之義也是時鄉
人金佑成者托附爾瞻陰誘聚黨行跡詭異新
進年必輩太牛歸之公常對人言姦慝終當見

『孤松崔公遺稿』詩,「哀大君歌」

敗云遂爲佑成所疾怨時舘儒李偉卿投上凶
疏稱以草野公論佑成同聲和之方率鄉人倡
爲凶論而特忌公嘗忿然曰去此人然後吾鄉
論議庶可歸一矣爲晉發摭陷之計此時佑成
得聞耘田歌笑喜曰此足以泄憤矣即註解其
歌曰南山種豆苗稀草盛尊語意與漢楊惲南
山歌同爲怨誹陰嗟其門生陳命生止變盖命
生以校生得罪鄉中而公之所嘗論黜校籍者
也遂被拿入禁府既入獄爾贍之黨以禍福怵

『孤松崔公遺稿』詩,「哀大君歌」

公曰子弟若參時疏則事可解且拜席矣公正色大叱曰天下未有無母之國與其生而無母不若死而無知也鞫廳推問其情公對曰揚惲之歌其意誠出於怨上固可罪也臣之歌初非怨咨之辭且惲以勳臣見棄固有可諉者是寒微不與朝廷相較則有何所惡逆者命生曾以得罪鄉中見黜校籍而臣實主其論柴以毒螫之心被嗾於姦人遂以此歌為陷臣之機穽云於是鞫廳論啟公作歌之由命生

『孤松崔公遺稿』詩,「哀大君歌」

誣罔之狀遂得保放而不使自歸盖佑成終始
掩蔽而然耳至庚申正月六日每夫人以念子
之故遂下世十六日聞訃身既拘囚未得奔赴
時欲自盡為左右所扶未果聞者莫不悲歎及
癸亥反正公始得歸故山翌年甲子六月十四
日卒于家壽七十一時朝廷清議始行嘉公志
行拜禮賓寺直長　教旨才下而公已屬纊噫
以公剛潔之姿雖見中姦凶不克致遠而草野
名節由是益勵大義一定不以禍福有動於中

『孤松崔公遺稿』詩,「哀大君歌」

則老先生所謂不可誘脅云者誠不易之論而

又朴誌中所謂屈於暫而伸於久困於身而光

於後者亦似兼爲公發也配靈光金氏發奉大

鑾之女男仁崋女李克承張承後孫男東漢東

渭側東泌東淦東溁以至曾玄之內外多不能

悉記公玄孫徠奉公舊狀屬余以潤色余既辭

不獲且重无庵之所嘗論於是乎謹狀

　歲庚辰三月下澣高興柳廷董撰

惟我崔氏家狀甚略而不可得其詳子孫之心

『孤松崔公遺稿』詩,「哀大君歌」

怕切疾恨昔我曾王考羊巖公有意於記述作
序弁其首只記三世行錄及孤松公立節遺事
略干其餘詩律而已尚未修整古紙斷爛字多
訛缺今焉不為蒐葺而若過數紀後裔無以聞
先祖之美實豈不慨惜哉不揆譖越敢為修整
而孤松公行錄一係半巖公所述噫先世文獻
之無徵繇由於孤松公被拿入獄而盡為搜括
故甚略而無傳焉嗚呼其他文字皆顯於諸賢
集中若使來裔考閱則庶諒用意之勤苦矣敢



『孤松崔公遺稿』詩,「哀大君歌」

爲撥次以俟他日刊行之一助云爾

歲巳卯仲春上澣羊巖公玄孫碩翰略叙

墓表

羅州西水多之谷山曰荸溪故直長孤松崔公

諱纘字伯承葳焉從父地也恰四周甲未有

刻後孫承翰基重甫懼愈久而愈忘也一辭

不侫正鎭曰顧有表也噫公固不侫夙所聞

廢朝斁倫日以直道忤兒黨六年於兹豻者

東漢黨錮諸賢所與水火者節甫輩百世入

『孤松崔公遺稿』詩,「哀大君歌」

顧寫其傳況公水火斁倫之兩瞽其可昧口其
狀曰公天姿魁岸後葵學業不煩課督而夙就
事親致其悅況夙至老不異財與人交和敬甚
備然內方嚴亦苟同於人見不義不少貸其素
性也所作程文亦率情直述不趍時好故久而
不利年四十三除司宰直長不就惟以訓迪
後進為業問質盈庭考講有課相揖有禮鄉人
傳以為故事戊午三月十九日被拿入禁府蓋
先是公聞永昌大君殞命不勝幽憤作種豆呼

三十四

『孤松崔公遺稿』詩,「哀大君歌」

252

鋤之歌又為鋤荅主人以翻之成曲蓋鄉人金佑成者爾瞻客也李偉卿疏出佑成欲繼起慾史無賴子徒假托儒會每聚錦城山下潺西大石上公適過此石謂伴行人曰莫清者水也不可轉者石也今此水石由佑成輩見汚於正人甚可惜也佑成雅憚公聞之深怒又公嘗赴詞科魁於初試而間誣獄起得不赴會試佑成由是積猜及南種豆歌喜曰此足以成獄焉遂使其門客陳命生者上變命生亦嘗得罪於公者

三十四

『孤松崔公遺稿』詩,「哀大君歌」

也鞠問後委官分揀陳啓而寢不下遂久囚焉
公先喪父惟母聦津崔氏在庚申正月竟以思
慈致疾不救公獄中號痛盡禮不以年老廢變
自慚癸亥天日復明始出獄南歸其後吏部問
公存没邑人尚有忌疾公者詭其對父之始叙
禮賓直長而已不及公世美公以甲子六月十
四日終上距生年嘉靖甲寅七十一年崔氏
本隋城世家佐郎希說　贈丞旨樂窮飛奉瀜
公之考若祖若曾祖也配靈光金氏綵奉大學

三十五

『孤松崔公遺稿』詩,「哀大君歌」

之女有一男二女男仁崇痛父奇禍杜門廢舉
女適士人李克承張承後仁崇之後令蕃衍云
金氏墓合窆嗚呼姦人之誣正直自謂厄其人
矣而要其終而觀之乃所以顯其人也羡獨佑
成之於崔公耶是可以表公之墓也已
歲壬戌臘月下澣幸州奇正鎮述

跋

夫士之特立獨行其志節風稜卓犖可尚而无
一時非論之所乔者人心之愿也亘百世公議

『孤松崔公遺稿』詩,「哀大君歌」

之不泯者天理之常也嗚在昏朝幽閉一國之
母右灼殺八歲之　大君定是吾東陽九之
會而白沙李公遠配止青瞳翁未公獨拜西宮
倫綱之斁絶黨禍之酷憬尚忍言哉惟我孤松
公以才行剡薦年四十三除司宰監直長而不
屑就當是時聞不勝慷慨激勵作南山歌而哀
大君之寃撓聞遠邇于時鄉人金俗成奸譎素
著即公之平日所深惡者也阿附於權奸爾瞻
辈而指嗾嫁禍拿致公於禁獄縲綽六年失心

『孤松崔公遺稿』詩,「哀大君歌」

不屈天道孔貽　仁廟政玉一時群奸驕首就

戮公特蒙　恩宥還歸故里以若窮鄉一布韋

其風節之凜□義理之堂□可以瘰頑而立懦

矣　朝家嘉尚其義而特除禮賓直長公早襲

庭訓講劘經理以獎進後學為己仕鄉黨模範

皆推宗之孤松二字之自號蓋取諸歲寒後凋

之義而考終焉尤庵宋先生撰朴公大廈之墓

碣也稱道公之風節而已載於宋子大全奇掌

分正鎮氏述墓表張徐力齋憲周氏作遺稿序

『孤松崔公遺稿』詩,「哀大君歌」

噫公即我丞旨公之長孫而考三洲公文章行
義孫式一世俱中司馬文科歷典縣是咸有題
崔之頌而以為春曹佐即是吾洞以賢之二而
並侑於嶺山祠從父逸翁公以壬辰元勳配侑
於忠武祠而有文集行于世猗歟趙哉一室之
內有是父兄有是子侄後光前固知靈芝醴
泉之自有根源美嗚呼以松之文章節義數百
載之下遺稿陳蹟曾經回祿貞存略于篇今綴
錄梓則非不恨必而一嵩可知全鼎公之事實

三十七

『孤松崔公遺稿』詩,「哀大君歌」

『孤松崔公遺稿』詩,「哀大君歌」

季俗也出於巾笥付之剞劂今其晚也已公以
草野韋布之士當權凶斁倫之日作憶大君歌
二曲以寓其悲憤是雖爲公之禍祟而實公之
志節大關處也于時大君見害母后幽廢扶
倫理斥凶論者一口羅禍白沙李相謫北青而
堯逝睨翁宋公拜　西宮而坎坷又公之洞中
人李水使止孝七日不食瘦炎於禁獄此皆公
之所聞見也兒徒焱然焰已可畏而彼金佑成
者阿附權門倡率州人日夜窺伺公之歌作於



『孤松崔公遺稿』詩,「哀大君歌」

是則豈不知刀鉅鼎鑊朝夕在前耶六年牢犴
不灰者幸耳其非剛正堅確憂國扶倫之志素
所畜積者能如是乎是以尤巷宋先生撰羅州
收朴大厦墓誌特著公作歌之事而稱其不可
誘脅柳斯文廷蓋狀公之行而又條解此二曲
問咨之意公志節彰□於是矣狀而自公之沒
家世零替文稿之灾失亦多至我祖考府君始
竪公之考三洲公及公墓碣先考府君又營刊
稿乙卯修譜時議祭而未果常以是爲恨臨絡

『孤松崔公遺稿』詩,「哀大君歌」

261

之又顧託於不肖嗚呼痛哉公之志行固不可
泯而先考之託又不忍忘夫今世吾門內父老
昆季協心齊力刊成此集文求序文於張先生
憲周氏墓表抡奇掌令正鎮氏以付之前後諸
賢之叙述既備而不肖又幸先託之成略記其
顛末噫如不肖者粥□辱岁不能奉前人風烈
而此篇尚存後嗣子孫亦岂無紹述者哉且今
世級雖降士氣姜弱而聞公之風讀公之文則
意必有咨嗟而與起者爾

『孤松崔公遺稿』詩,「哀大君歌」

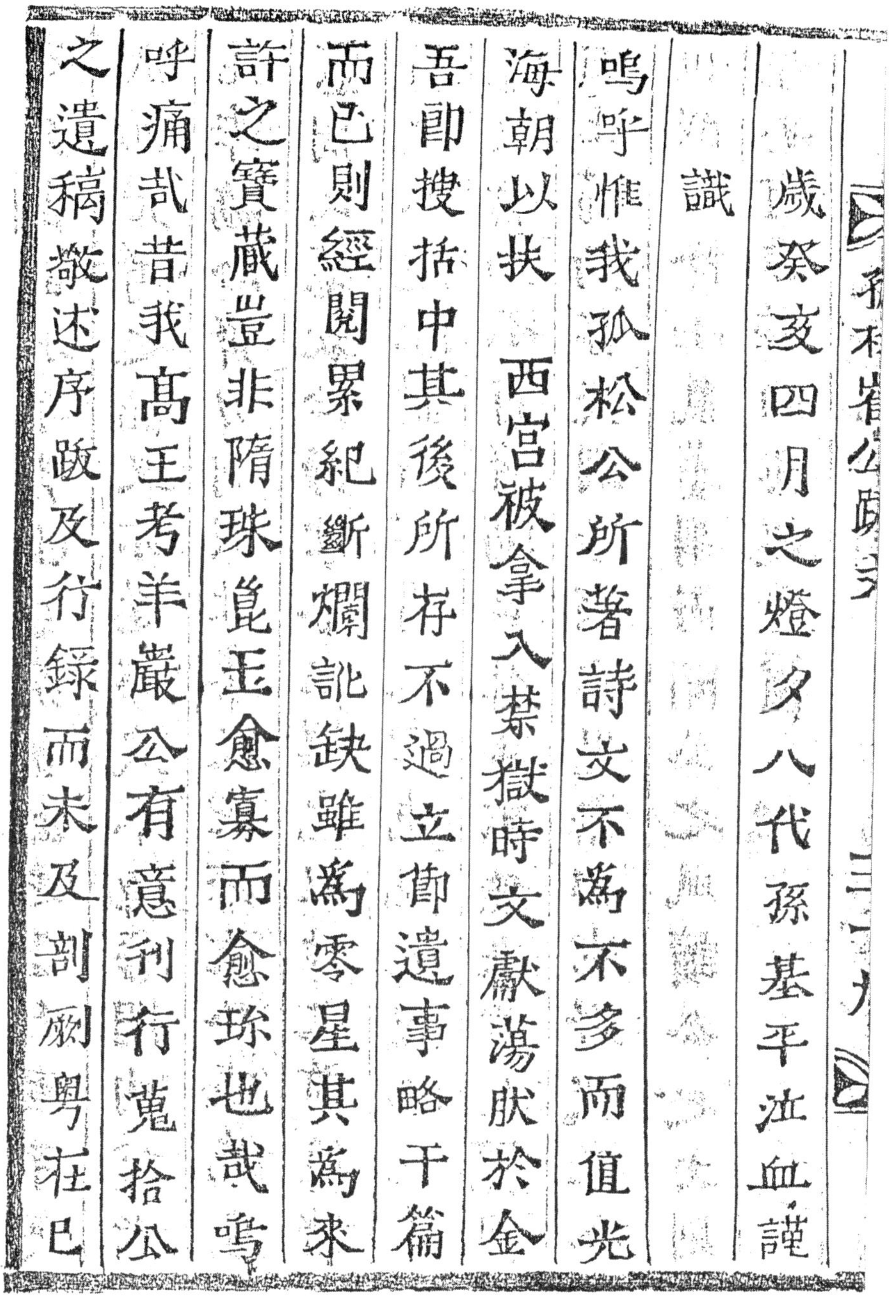

孤松崔公跋文　三一六

歲癸亥四月之燈夕八代孫基平泣血謹
識
嗚呼惟我孤松公所著詩文不爲不多而值
海朝以扶　西宮被拿入禁獄時文獻蕩然於金
吾即搜括中其後所存不過立節遺事略干篇
而已則經閱累紀斷爛訛缺雖爲零星其爲
許之寶藏豈非隋珠崑玉愈寡而愈琮也哉
呼痛哉昔我高王考羊巖公有意刊行蒐拾
之遺稿敬述序跋及行錄而未及剖劂粵在巳

『孤松崔公遺稿』詩,「哀大君歌」

卯春先府君亦有意於鋟梓壽傳一依羊巖公
所述考檢修整而亦未印編豈艱於傷哉之歎
而肤歟何幸今者宗叔承翰氏宗侄碩銘甫營
謀門中亟請墓文於大君子且蒙序跋於碩德
長老之許敢為編次如右噫凡公之為後仍者
於此稿常寓諸目而藏諸心以無忝所生則公
之卓然志行庶幾永世而不泯矣勉之哉勉之
哉
　歲癸亥四月上澣八代孫基重感泣敬書



『孤松崔公遺稿』詩,「哀大君歌」

殄天數

風色惡　天時人事可知文忠則忠
矣非真儒以道徇身者也
麗末圃隱鄭文忠公以真儒王佐才
出為世用最為　聖祖所知晏碑幕
下回軍之後同外為相文忠與金震
陽諸公忿身徇國欲扶社稷時　聖
祖功業日盛群下歸心勢難終於北
而次忿協謀傾之　太宗潛告　太
祖曰鄭夢周豈負我家　太祖曰我

『海東樂府』〈風色惡〉,「何如歌」「丹心歌」

『海東樂府』〈風色惡〉,「何如歌」「丹心歌」

主人出外階花盛開遂徑入呼酒舞
於花間曰今日風色甚惡甚惡連嚼
數大桃而出其家人雅之俄聞鼎待
中遇害矣文忠之自
有藁韈武夫衛其前導而過變色顧
謂隨行祿事曰汝可浴後答曰小人
後大監何可他徒手乗三呵止亦不
後文忠之遇害抱持同死當時蒼卒
無人記其姓名遂不傳於後世
今日風色雖甚惡階上舍孟舞亦樂念裝

『海東樂府』〈風色惡〉,「何如歌」「丹心歌」

武夫衝馬過　慎莫詰問知能那　五百年綱
常一身都自任　白骨委塵土　未改向主心
相公一死分內事　彼祿事誰氏子　生後相
公生死後相公死君不見　聖朝開國策
勳臣盡是麗時食祿人

還入朝　憂事明快若比恋皂櫪者曾
壞判矣

麗末聾岩金公溱奉使大明及還到
江上聞　太祖受禪即還入朝遣僕
遺雙履於家人曰以我還入之日為

『海東樂府』〈風色惡〉,「何如歌」「丹心歌」

海東樂府　　　　　　　　　　應敎沈光世著

麗自元宗事元忠烈王遂尙主結舅甥之好幾百餘
年忠宣王以下皆元外孫也代有其國　大明初興
恭愍王雖以義王事之一時議論多以不可輕絶北
元爲言鄭道傳朴尙衷等諸人王事　明李仁任池
大淵等諸人王事元互相詆斥至有被罪者及崔瑩
當國　天朝適有鐵嶺立衛之擧遂倡事元之議決
計攻遼竟至易命遇瞢聞諸秘史當時我　大祖功
名日盛且有李氏當王之說瑩欲忌之而無辭加罪
固使攻遼使得罪於上國回以除之遂生此計云此

進箋山人著

『海東樂府』野乘本,「何如歌」「丹心歌」

宗大誤妥空國授之以兵欲危人以自安而不反中

其禍者手豈但一身不保而已乎無乃老而昏乎 ○

麗末文忠公鄭夢周以真儒王佐才出而為用最被

聖祖所知屢辟幕下回軍之後同升為相文忠與

金震陽諸公忘身循國欲扶社稷時 聖祖功業日

盛群下敢心勢難終柂北面文忠協謀傾之 太宗嘗

告 太祖曰鄭夢周置員我象 太祖曰我遺橫說

夢周以死明我若係于國家有不可知及文忠之心

竪倡著 太祖設宴請之作歌侑酒曰此」何如彼

去何如城隍堂後垣頹落上何如我輩若此為不死

『海東樂府』野乘本,「何如歌」「丹心歌」

亦何如文忠遂作歌送酒曰此身死了死了一百番
更死了白骨為塵土魂魄有也無向主一片丹心寧
有改理也歟 太宗知其不變遂欲除之文忠一日
問病於 太祖邸曰察氣色帰遇故酒徒家主人出
外階花盛開遂經八呼酒舞於花間曰今日風色甚
惡甚惡連嚼數大椀而出其家人惟之俄聞鄭待中
遇害矣文忠之自 太祖邸憚也有臺難武夫衝其
前導而遇文忠顧謂随行録事曰汝可落後善
仍从大相何可他従乎再三呵止亦未从文忠之遇
害抱持同死當時倉卒無人記其姓名遂不傳於後



『海東樂府』野乘本,「何如歌」「丹心歌」

世　麗末牧隱李公穡□子□種學德皆登第種□貴顯
革命後不貳其心皆以秋須牧隱退居驪州之村□
一日問生素謁公携之引入深谷門生莫知其故及
至人跡所不到處放群終日痛哭始與俱出□念曰
稍譬吾腦云盖傷二子之死也牧隱嘗有詩曰松軒
當國我流離夢裡何曾有此事松軒　太祖軒
太祖最與親享平生多被讒引故云○麗末龍興君
金公澍奉使　大明及還到江上聞　太祖受禪郎
還入朝遣僕遺渡履於家人曰以我還入之曰為忠
辰云遂告於　高皇帝請與師同罪　帝曰帝王之

『海東樂府』野乘本,「何如歌」「丹心歌」

丞堂不宜平政丞面赤低頭在中蹄嘘或有陸淚者

云

圍隱鄭婆周字達可延日人知羨事龍裴明之後也

肩上黑子七列如业斗侍中益陽府院君謚之忠

從祀文廟初名婆蘭恭愍朝連魁三場擢第一忠

森門法先生始倣朱子家禮五廟奉祀建孝堂设

孝大鄭精研性理為東方理學之祖時喪祭專用

鄉校為五教之本革胡服龍袞李制為興化之方

○公嘗朝京還海遇風上使韓師範游虎穴公圍難而

食十六日帝具舟取還初明興公請首先敗為帝野

『朝野輯要』,「何如歌」「丹心歌」

嘉○東海樂府曰　太宗設宴請之作歌侑酒曰此
亦如何彼亦如何城隍堂後垣頹落亦如何我輩若
此為不死亦如何文忠亦作歌送酒曰此身死了々
一百番更死了白骨為塵土魂魄有也無向為主一
中丹心字寧有改理也歟　太宗知其不受遂議除
之文忠一日問病於　太祖察氣色敗過故酒徒主
家主人出外堦花盛開遂徙入呼酒舞於庭間曰今
曰風色甚惡々連飲數椀而出有槖鞬武夫衝其前
導而過文忠顧謂隨行錄事曰辟後、小的從大相
何可往他再三呵止不從文忠之遇害也抱持同死

『朝野輯要』,「何如歌」「丹心歌」

274

〇龍泉談寨記曰孫勿奄舜孝按嶺南巡到永川焉
上醉蓴一老夫衣冠甚偉自稱圃隱曰所居頹廢風
雨不庇君其念之孫驚覺詢得遺址立祠〇英宗
陵幸時歷過善竹橋堅碑　御題道德精忠亘萬古
泰山高節圃隱公十四字〇退溪集曰寒岡問曰書
南溟甞以圃隱為起鄙意則圃隱一死頗可笑事宰
禍父子謂王出歟他日放出與吾何也十年服事一
朝放殺是可忍乎如非王出則呂立嬴亡從而食祿
有後日之事深耶末曉退溪曰人當於有過中无無
過不當於無過中无有過圃隱大節可謂經緯天地

『朝野輯要』,「何如歌」「丹心歌」

而世之好議喜功者欲掩耳不聞也○江上問答曰
粟谷嘗以圃隱為忠臣而無儒者氣像盖圃隱非以
昌為辛氏亦非不知廢昌之可爭也圃隱若以度手爭
廢昌則太祖必曰國人皆曰辛昌汝何獨謂之王昌
乎其梜冐當在呼吸間若圃隱虎之日即羆亡之日
也圃隱必度此事姑奉其勳侯間獻勇太宗黨矣事
不諧而遇竹橋之變矣盖公之意以為國無不込之
国舟无可失之時圃隱之虎當在廢昌時不當泰立
恭讓之勳也故只許忠而不許儒者氣像也
牧隱李穡字頴叔稼亭之子也侍中韓山府院君謚

『朝野輯要』,「何如歌」「丹心歌」

力以輔宗德乃教前朝中外大小臣僚仍舊視事<sup></sup>

○前此大旱及 上即位翌日丁巳需然大雨人心
大悅<sup></sup>○以高麗廢主封為恭讓君

太宗十六年丙申以禮曹啟封高麗末主恭讓君為恭
讓君王<sup></sup>

高麗守節諸臣附　鄭夢周

鄭夢周字達可號圃隱迎日人母李氏有娠夢抱蘭盆驚
墮窹而生公生丁丑因名夢蘭有上有黑子七如北斗形九
歲改夢黑龍升園中梨樹驚覺出視乃公也又名夢龍隨
冠改今名恭愍庚子連魁三場擢文科官至侍中佐命功

『燃藜室記述』,「何如歌」「丹心歌」

臣三重大匡益陽君忠義伯我朝受命伏節而終壽五十

六

太宗因權近跡請褒節義贈領議政諡文忠錄用子孫

○初公最被我聖祖哪知屢屏幕下使〔公爲從事戊午以牧圉判書從上擊倭上雲峯癸亥以東業面而戰元帥從上甲辰上以兵馬三善三介〕咸化回軍之後同升爲相公與金震陽諸公忘身徇國欲扶社稷時上業日盛羣臣貳心勢難終於業面公潛謀傾之太宗嘗告於王曰鄭夢周豈負我家上曰我違搆讒夢周必以死明我若係于國家有不可知及公之謀益彰設宴請之作歌侑酒曰如此亦何如彼亦何如城隍堂後垣頹圮亦何如〔一作萬壽山原頌〕我輩若此爲不死亦何如公遂作歌送酒曰此身死了死了一百番更死了骨爲塵土魂魄有也無向主一片丹心寧有改理也歟

四十四

『燃藜室記述』,「何如歌」「丹心歌」

太宗知其不癒遂議除之。公一自問病於　上因察氣色
歸過故酒徒家主人出外皆花盛開遂徑入呼酒舞於花
間曰今日風色甚惡已連飲數大椀而出其家人怔之
聞鄭侍中過喜失公之自　上潛邸歸也有槃鞬武夫衝
其前導而過公顧謂随錄事曰　汝可落後若曰小的從
大相何可他往乎再三呵止亦不從行至善竹橋遇害拖
持同死〔嘗時倉卒無人記其姓名遂不傳於後也〕
寒岡鄭逑問於退溪李滉曰曹南冥嘗以鄭圃隱出處
為疑鄙意圃隱一死頗可笑為恭愍朝大臣十三年於
不可則止之道已為可愧又事辛禑父子謂以禑為王
出孼則他日放出己亦預焉何也十年服事一朝放殺
是可忍乎如非王氏則呂政之立嬴氏已亡而乃尚無

『燃藜室記述』,「何如歌」「丹心歌」

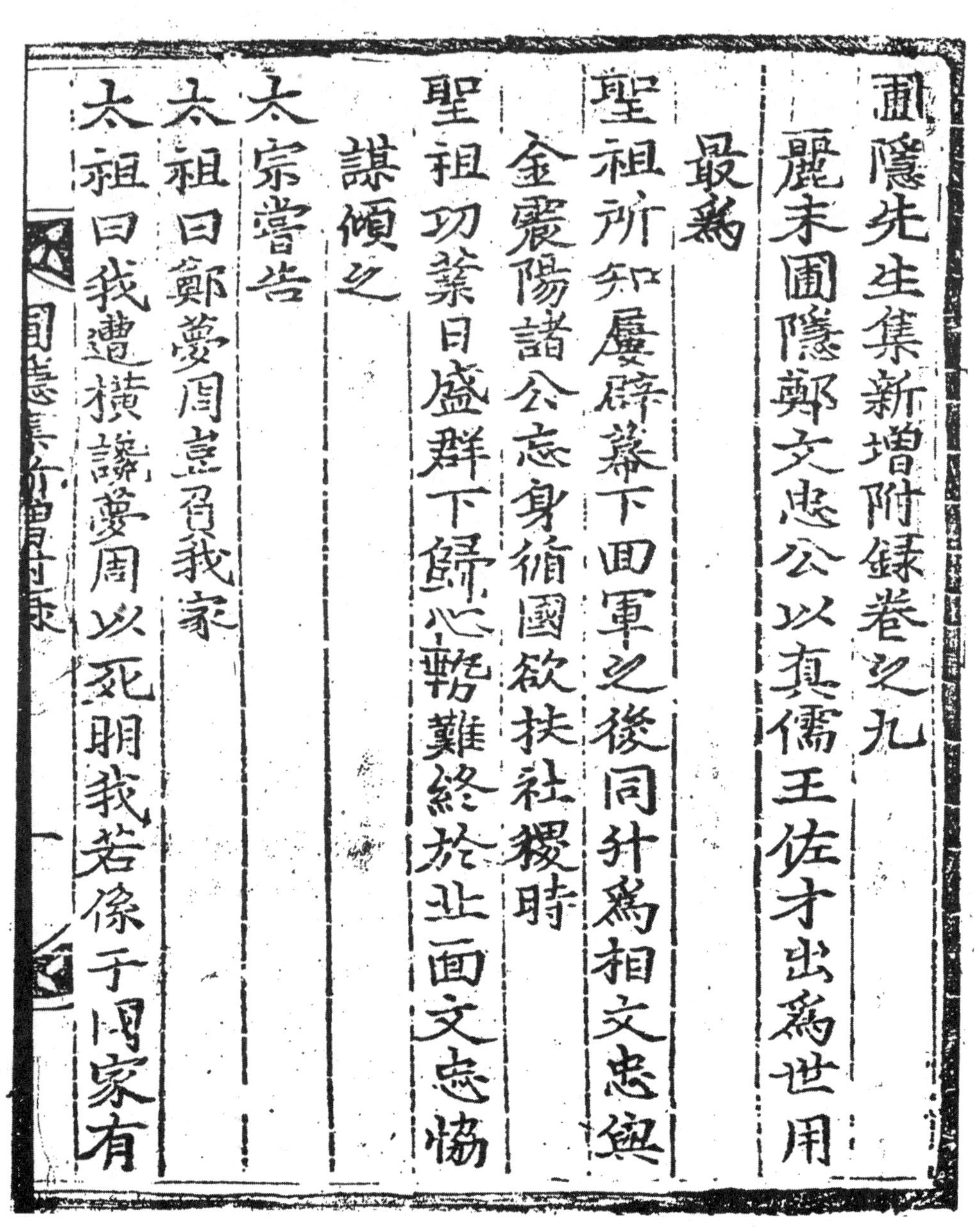

圃隱先生集新增附錄卷之九

麗末圃隱鄭文忠公以真儒王佐才出爲世用最爲

聖祖所知屢辟幕下囬軍之後同升爲相文忠與

金震陽諸公忘身徇國欲扶社稷時

聖祖功業日盛群下歸心艱難終於此囬文忠惕

謀傾之

太宗嘗告

太祖曰鄭夢周嘗召我家

太祖曰我遭橫讒夢周以死朋我若像于圃家有

『圃隱先生集新增附錄』卷9,「何如歌」「丹心歌」

不可知及文忠心跡倡著

太宗設宴請之作歌侑酒曰此亦何如彼亦何如
城隍堂後垣頹落亦何如我輩若此爲不死亦
何如文忠遂作歌送酒曰此身死了死了一百
番更死了白骨爲塵土魂魄有也無向主一片
丹心寧有改理也歟

太宗知其不變遂議除之文忠一日問病於
太祖邸伺察氣色歸路過故酒徒家主人出外階
花盛開遂徑入呼酒舞於花間曰今日風色甚
惡甚惡連嚼數六搵而出其家人怪之俄聞鄭

『圃隱先生集新增附錄』卷9，「何如歌」「丹心歌」

『圃隱先生集新增附錄』卷9,「何如歌」「丹心歌」

不見

聖朝開國策勳臣盡是麗時食祿人青

右沈公光世所纂海東樂府

初崔瑩勸辛禑興師攻遼我

太祖擧義回軍復立王氏左使趙浚政堂鄭道傳

密直使南誾等知天命人心所在欲推戴

太祖洪武壬申三月

太祖陞爲守侍中鄭夢周以後道傳誾等同心輔

翼令臺諫劾流之遣金龜聯李蟠就貶所將殺

之義安大君和與安君李濟等白

太祖曰勢已急矣將若何

『圃隱先生集新增附錄』卷9,「何如歌」「丹心歌」

圃隱先生集續錄卷之一

歌

丹心歌

按此歌已入於遺事而其辭千載之下可泣鬼神不可不表而出之故特載于此云

此身死了死了一百番更死了白骨爲塵土魂魄有
也無向主一片丹心寧有改理也歟

孝宗大王每於月夜朗詠丹心歌輒悲涼慷慨擊節感涕曰白骨成塵魂魄
有無而尚不改心千古安有此
簡精忠云○出後孫齊斗記聞　後孫寅平尉齊賢言

詩

謹和遁村六月十五日之作　出牛溪成渾雜記下同

續卷一　　一

# 新編圃隱先生集卷之二

百死歌 一云丹心歌

按續錄云此歌入於遺事而其辭千載之下可泣鬼神不可不
表而出之

此身死了死了一百番更死了白骨爲塵土魂
魄有也無向主一片丹心寧有改理也歟

按遺事、太宗設讌請先生作歌侑酒曰此亦何如彼亦
何如城隍堂後垣頹落亦何如我輩若此爲
不死亦何如、先生作此歌以送酒、

孝宗每於月夜朗詠丹心歌、輒悲凉慷慨、擊節、感涕曰白骨成塵、魂
魄有無而不改心、千古安有此個精忠耶、

『新編圃隱先生集』卷2,「丹心歌」「何如歌」

句曰一萬二千峰上路壬寅庚子年間行風烟眼底至今色蒼鶻
空中猶舊脊為此詩者獨不為翰林乎以是察其遊者身可謂四
句翰林也
崔仁範字德親乃余少時交也能文章序記近古庭試製述
川舟猾賦行於世亦非尋常應擧文字也自少專工於詩不屑
屑於擧子文登科未多歲而遘亂後遺藁散亡今無寸紙餘只
記其嘗所自負者其曰嗖嗷舍僧穡似吏縣柔村馬弱如野又
曰過兩山坡無舊路達年澤國有新村余時年尚少未知其巧
拙有人示德規四韻詩四首於荷谷曰四首之中四
首當入東文藍荷谷自好者其論詩必不苟以此可正其成家
也
天將楊經理以禦倭留王京將軍過青坡郊琦田中男女齋毅

『於于野談』詩話總編本,「昔日若如此」

鋤耘而歌廷理問通官曰彼歌亦有腔調乎曰皆有腔調曰可得聞乎曰用俚語為曲非文字也曰令接伴使翻譯而進其曰昔日若如此此形安得待此心化為係曲曲遠成結欲解不知端在何處經理覽之稱善曰我行軍而過道路入無不督觀今此農夫鋤耘不輟非徒勤於本業其歌曲亦甚有理可尚矣遂分青布各一疋而賞之

近來學唐詩者皆宗崔慶昌李達故取其善鳴者而錄之崔慶昌過李長坤故宅相家有詩曰門前車馬散如烟相國繁華未百年村巷寥寥過寒食棠梨花發古墻邊又如中原有將軍戰死作挽詞曰日沒雲中火照山單于兵近鹿頭關將軍自領千入去夜渡遼河戰未還李達過崔慶昌于灵光有所贈詩適商人賣此紫雲即走筆呈慶昌曰商胡賣錦江南市朝日

『於于野談』詩話總編本,「昔日若如此」

之曰尾唱對貴精晚暮何傷得一語之工而不遠千里而來此又奇

之奇也

天將楊經理鎬以禦倭諂王京行軍青坡里時田中男女鋤耘齊敎而

歌經理問通官曰彼歌亦有腔調乎曰皆有腔調曰得聞乎曰俚語

為曲非文字也曰令接伴使翻譯以進其歌曰昔日若如此之形安

得持此心化為絲曲之還相結欲解復欲解不知端在處經理覽之

稱善曰我行軍而過路無不謹觀而觀此農人皆鋤耘不輟

非徒勤於本農其歌曲亦甚有理可賞也遂分青布各一

正以賞之

正月十五日農家候月末著於古記而東民占其歲豐稔見驗

『於于野談』天理大本,「昔日若如此」「五百年前都邑地」

曰明沙十里海棠紅□鳴和之飛疎雨余愛白鷴欲以發生隨之寂寥

妾□作鳴呀余時之憶江海而不得歸使之作鳴聲以解頤今

聞金公之言自鷴傷多徒遠邪木玄屋海瀕曰蘵動威雷亦

厭其多也

真伊為松都娼女也嘗僑居于松都古射坊家馬夜月徹

明聞立行人有白馬將軍駐馬整樞以袖抵淚而歌曰五百年都邑

地匹馬歸來芳山川依舊人傑何處之若已矣哉歌國興之間之傷為

芳歌竟揮鞭而遊不知所向始知其非人也其歌悲壯殆非婦人所

能今人諺傳為真伊作松柰人云

嘉靖乙巳士禍作有退艾獄以逆謫者骨肉不保況其徐乎人倫

『於于野談』天理大本,「五百年前都邑地」

退伏曰非賊字也乃賦字也·枸大驚曰何以散軍·吏曰復吹令角以散軍·枸大慚·吹令角散軍·枸有
臍力·自縶馬四足着蹄釘于庭閨門外同官至·枸慚甚舉其馬藏之厩中·乃迎客。

## 音樂

○高麗樂志曰高麗俗樂考諸樂譜載之·其動動曲及西京以下二十四篇皆用俚語·故於史不載·長
生浦曲在其中·其叙曰侍中柳濯出鎮全羅有威惠·軍士愛畏之·及倭寇順天府長生浦·濯赴援·賊
望見而懼即引去·軍士大悅作是歌·只有序不有歌辭云濯即余先祖·其本傳曰自製長生浦等曲傳
樂府。近來柳克新作動動曲以調誨時政·動動者鼓聲也·克新志士也·其亦有所述歟。
○天將楊經理鎬以禦倭留王京·行軍青坡里·時田中男女鋤耘齊聲而歌·經理問通官曰彼歌亦有
腔調乎·曰皆有腔調·曰可得聞乎·曰俚語爲曲非文字也·曰令接伴使翻譯以進·其歌曰昔日若如
此此形安得持。此心化爲絲曲還相結。欲解復欲解不知端在處·經理覽而稱善曰我行軍而過·路
無不聳觀·而觀此農人皆鋤耘不掇·非徒勤於本農·其歌曲亦甚有理可賞也·遂分青布各一匹以
賞之。
○昔余避地北道之高原錦水村·山水清僻眞隱者棲遲之地·隣有趙瓊改名汝璣者·累於鄉解入闈
等·喜歌山氓射鹿之謠·其辭曰嘑無之兮·兒言非兮·花落樹底兮芙衛揮兮門已入兮·蜂乃接兮出大
遙兮·又曰譚無有兮·兒言謬兮·懸其蜂兮花開飄風兮·回立回立兮。蓋北方獵人射鹿·先使家兒乘

『於于野談』新活字本,「昔日若如此」

290

曉旭·登山要趺·鹿常於曉露飲草飲水·日出則入林而眠·獵人恐鹿見人驚·逸僞作樵歌隱其語·喻同獵令鹿不疑·諜者發語聲·無者僞稱無鹿也·兒言非者兒言有鹿者非也·花落樹下者鹿眠林下也·芙衛者北方牛車之稱·僞稱網爲牛車也·門已入言其罹其網也·蜂箭接中也·出大逵得鹿出乎路居之也·懸其蜂言射之也·花開飄風者麗起走也·回立者失鹿回歸也·余散居林下無意人世·將欲錦水射鹿之驕·以終吾餘年故記。

○眞伊者松都娼女也·嘗僑居于松都古射場宿焉·夜月微明閱·無行人·有白馬將軍駐馬盤桓以袖拭淚·而歌曰五百年都邑地匹馬歸來兮·山川依舊人傑何所之兮·已矣哉故國興亡問之何爲兮·歌竟揮鞭而逝·不知所向·始知其非人也·其歌悲壯殆非婦人所能·今人謬傳爲眞伊作·松都人云。

○北窓先生鄭礦解音律·其父順朋爲江原監司遊金剛山·至摩訶衍庵·以繩係酒壺·以銅著插其一於壺中·其一擊壺作雅曲·無不中五音六律·可作一曲·礦對日邑人多候于此·請明日毘盧峯上吹之·翌日礦冒雨早往·僧止之日今日雨不可登毘盧峰·日向晚當晴遂杖藜而往·日晚果晴·順朋隨之·山谷間有笛聲淸高·岩石皆震·僧驚日·山深境絕·有何笛聲·淸壯必神仙也·順朋默識之·至則果礦之嘯也·非笛也·雖孫登阮籍蘇門之嘯不能過也·礦處山寺重屛以圍之·廢冠櫛不窺戶·終日靜默危坐·時有居僧來問·礦日今日家奴持酒壺來矣·俄而驚日惜哉今日不得飲矣·既而奴自家而至·日今日負酒壺而來·至嶺上跌於岩上



『於于野談』新活字本,「五百年前都邑地」

陰崖記有曰此特狐鼠輩奸媚之筆實錄亦未

可盡信也

禁府都事鉄其侍置　上王于寧越西江清冷浦

補遺
都事夜坐曲灘岸上哀而作歌其後萬曆丁
巳金龍溪止男到錦江間女娘哀歌盖都事
之所作也俚語難傳用其意作短詞曰千里遠遠
道義人離別秋山心無所着下馬臨川流川流亦
如我嗚咽去不休歌○
舊誌以俚諺錄其歌○

尋後寓於容舍東軒〔之患故後于客舍云〕謔傳清冷有潦水沉沒每登觀

風梅竹樓夜坐使人吹笛聲達遠村又於樓中愁寂

詠短句云月白夜蜀魄啾〔一作月欲低蜀魄啼〕舍愁情〔一作相思憶〕

倚樓頭爾啼悲我聞苦〔一作爾聲苦我心哀〕無爾聲無我愁寄

『莊陵誌』卷1,「美人詞」

莊陵誌卷之一

語世上〔一作報天下為〕著勞惝〔一作〕人慎莫登春三月子規樓〔子規下或有帝明月三字〕國人聞之無不流涕〔前火迹錄〕○又有詩曰

一自寃禽出帝宮孤身隻影碧山中假眠夜夜眠無假窮恨年年恨不窮聲斷曉岑殘月白血流春谷落花紅天聾尚未聞哀訴何奈愁人耳獨聽

時境爲旱焚香禱天雨輒注〔丙子錄〕○魯山遜于寧越每於清晨出坐大廳着衮龍袍據榻而坐見者無不起敬〔松高雜記〕

〔補遺〕諭江原監司金光晬曰魯山君處四節果實隨所得連進為設園圃如西瓜甜瓜蔬菜之類多費支供每月差守令問起居其支供物數起居節次每月季

『莊陵誌』卷1,「美人詞」

敬蟠嶺

博礳坐磐石濯足俯清流水樹綠如髮微涼

坐蠻衣

醉歸口占

鷫鸘挖閒酒醉尋巖路還烟花日欲暮紅雨

滿前山

山下謠

林際棲禽空天邊新月高危橋僧獨去雲寺

暮鐘遙

北庵雜詠

剡湖集上　二

『剡湖集』上,「山下謠」

順少男文藏宇未懋

明廟朝折御菀黃菊賜玉堂官命撰進歌詞玉堂官

倉卒不能就時宋純以宰樞直摠府乃借製以進

上覽之驚喜問誰作此者玉堂官不敢隱以實對

乃大加賞賜其詞至今傳于樂府

李鼇城為天將接伴使天將聞我國人唱歌問其旨

意鼇城書示曰昔日苟如此此身安可持愁心化

為絲曲還成結欲解復欲解不知端在處天將

稱好按康伯可閨情詞曰此度相思寸膓千縷蓋

思與絲字同音故也李義山詩春蚕到死絲方盡

『芝峰類說』卷14,「昔日苟如此」

亦此義

我國歌詞雜以方言故不能與中朝樂府比並如近世宋純鄭澈所作最善而不過膾炙口頭而止惜其長歌則感君恩翰林別曲漢父詞最久而近世退溪歌南冥歌宋純俛仰亭歌白光弘關西別曲鄭澈關東別曲思美人曲續思美人曲將進酒詞盛行於世他如水月亭歌歷代歌關山別曲古別離曲南征歌之類甚多余亦有朝天前後二曲亦俗傳屠工歌為戲耳先王御製盛行於世李克平元翼

『芝峰類說』卷14,「昔日苟如此」

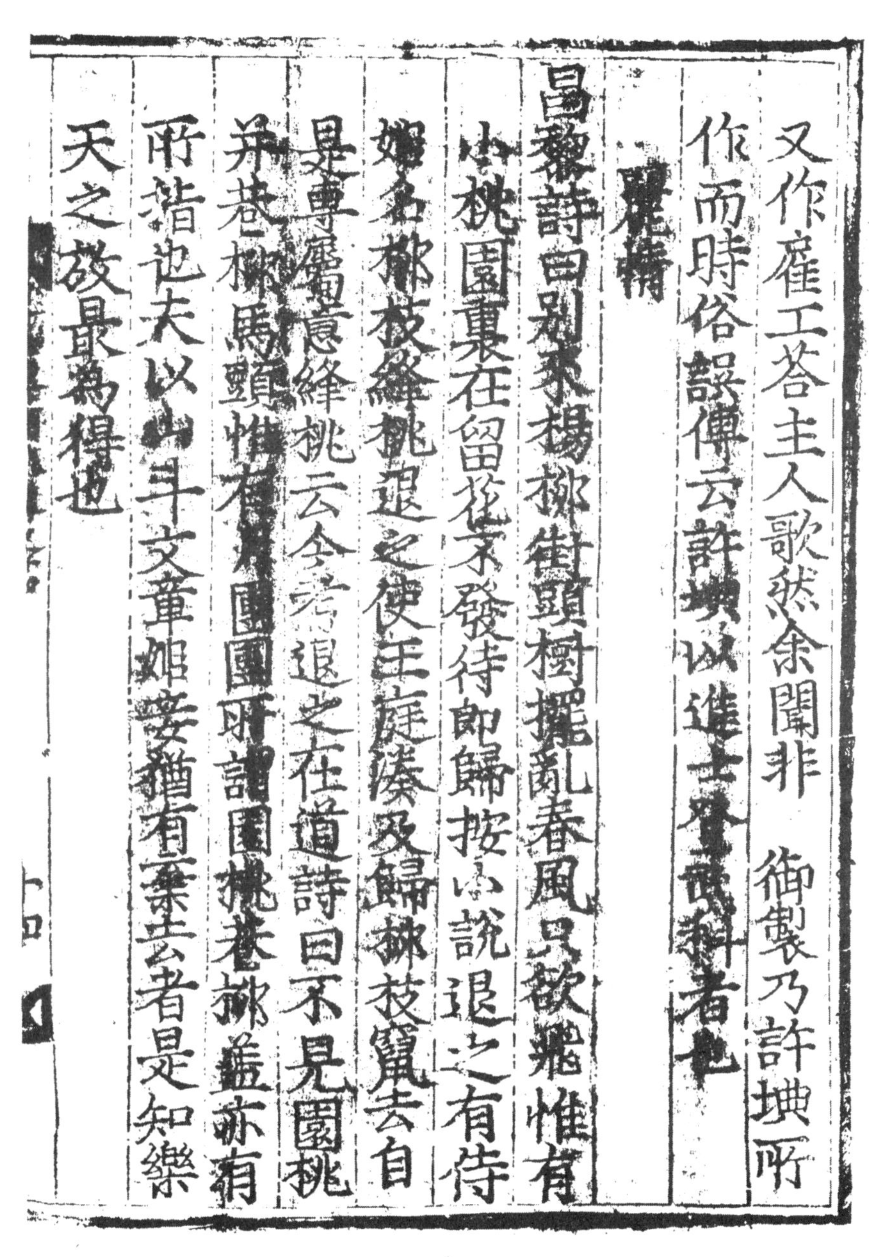

又作雇工答主人歌然余聞非　御製乃許珙所
作而時俗誤傳云許珙以進士登武科者也

昆蟲

昌黎詩曰別來不揚挾街頭樹擺亂春風只欲飛惟有
小桃園裏在留花不發待郎歸按以說退之有侍
姬名挑枝絳桃退之使王庭湊及歸挑枝竄去自
是專屬意絳桃云今考退之在道詩曰不見園桃
幷卷挑馬頭惟有團園所許園挑卷桃蓋亦有
所指迤夫以山斗文章姬妾猶有一橥去者是知樂
天之故最為得也

『芝峰類說』卷14,「昔日苟如此」

當路苔頑不受鋤玉筋登盤蔌萬菜銀鱗入網季鷹魚

開軒夏酌黃花酒相對溪山一笑餘

饞藏六堂六歌拙製 二首逸

我已念白鷗白鷗亦念我二者皆相忘不知誰其也何

時遇海翁分辨斯二者

赤葉滿山椒空江零落時細雨漁磯邊一竿真味滋世

間求利輩何必要相知

吾耳若喧亂爾瓢當棄擲爾耳所洗泉不空飲吾瀆功

名作弊屨脫出遊自適

玉溪山下水成潭是貯月清斯濯我纓濁斯濯我足如



『瀼西先生文集』卷2,「饞藏六堂六歌拙製」

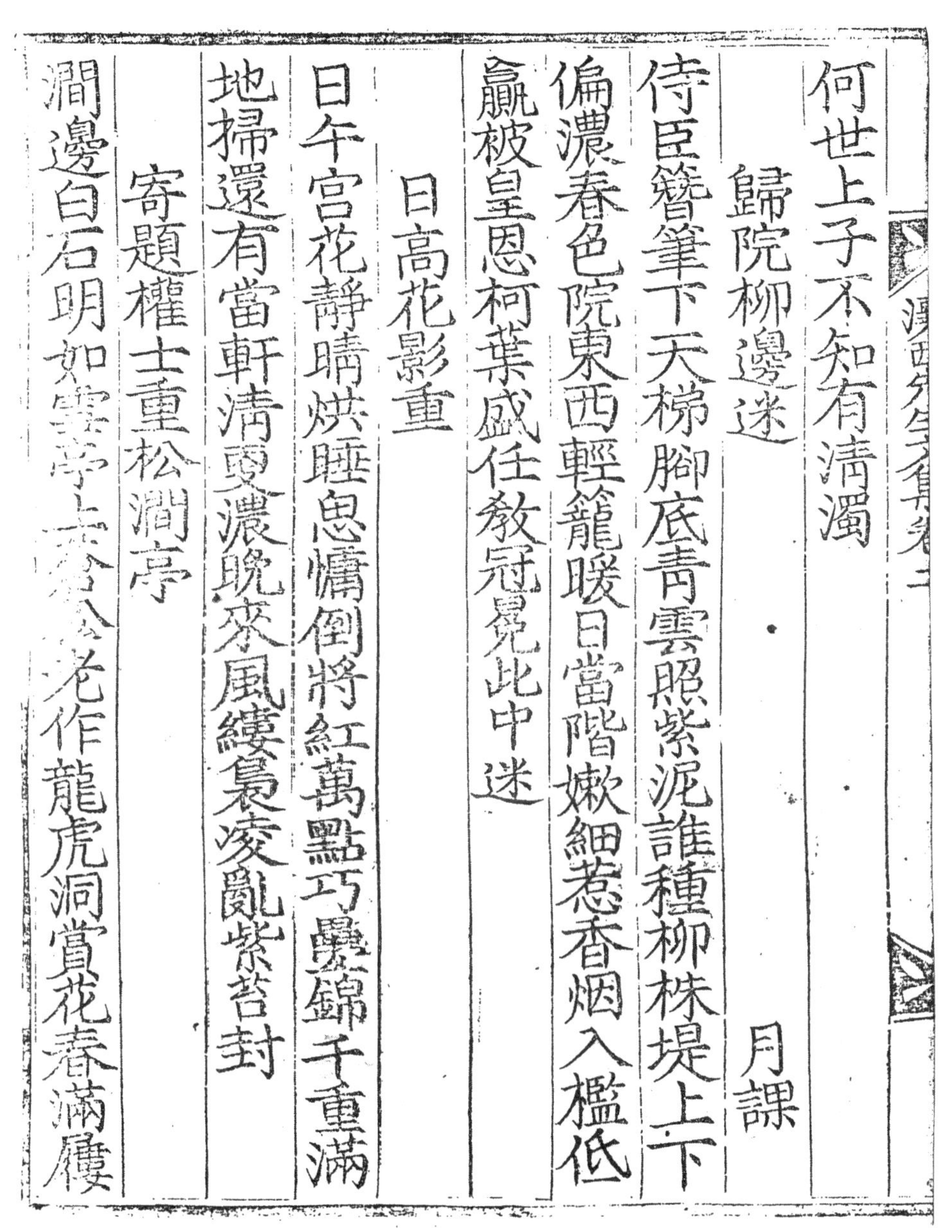

何世上子不知有淸濁

歸院柳邊迷

月課

侍臣簪筆下天梯腳底靑雲照紫泥誰種柳株堤上下

偏濃春色院東西輕籠暖日當階嫩細惹香烟入檻低

羸被皇恩柯葉盛任敎冠冕此中迷

日高花影重

日午宮花靜睛烘睡思懶倒將紅萬點巧疊錦千重滿

地掃還有當軒淸要濃曉來風縷裊凌亂紫苔封

寄題權士重松澗亭

澗邊白石明如霽亭上춤公老作龍虎洞賞花春滿屨

『瀼西先生文集』卷2，「飜藏六堂六歌拙製」

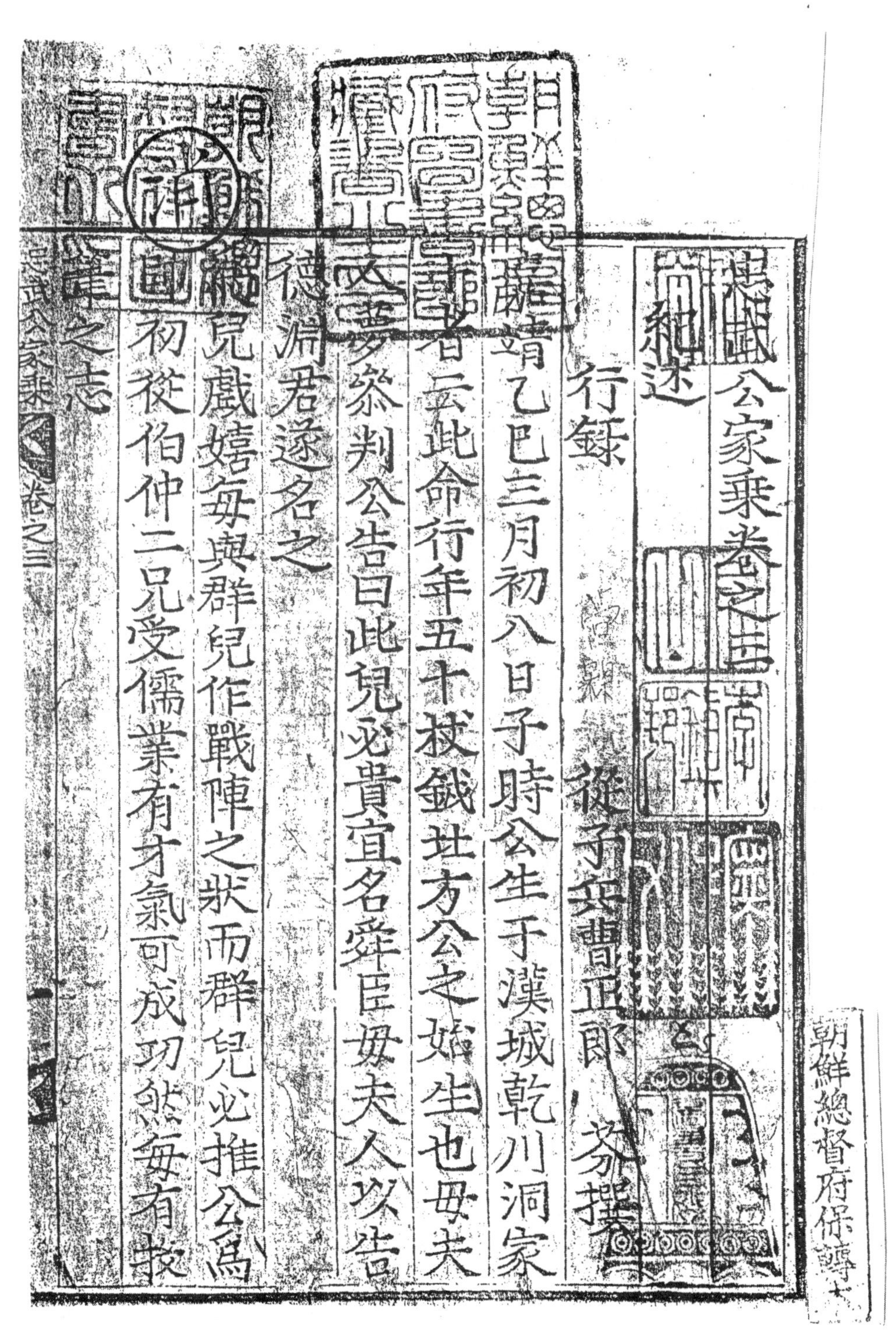

忠武公家乘卷之三

紀述

行錄

從子 安曹正郎 芬 撰

嘉靖乙巳三月初八日子時公生于漢城乾川洞家　云此命行年五十杖鉞壯方公之始生也母夫人夢祭判公告曰此兒必貴宜名舜臣母夫人以告德淵君遂名之　兒戲嬉每與群兒作戰陣之狀而群兒必推公為　初從伯仲二兄受儒業有才氣可成切然每有　峯之志

『忠武公家乘』卷3 紀述 行錄,「閑山島歌」

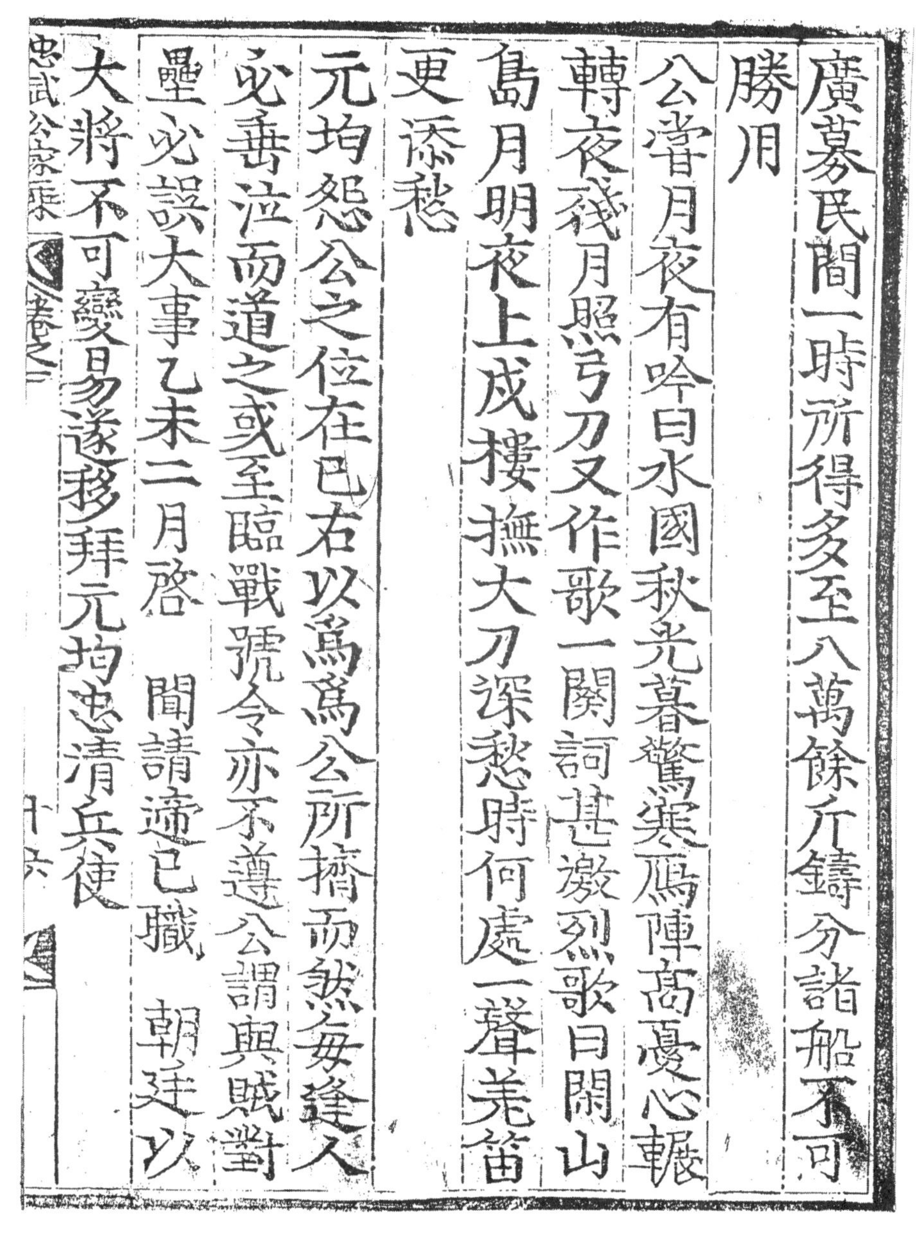

廣募民間一時所得多至八萬餘斤鑄分諸船不可
勝用
公嘗月夜有吟曰水國秋光暮驚寒鴈陣高憂心輾
轉夜殘月照弓刀又作歌一闋詞甚激烈歌曰閑山
島月明夜上戍樓撫大刀深愁時何處一聲羌笛
更添愁
元均怨公之位在己右以爲爲公所擠而然女逢人
必垂泣而道之或至臨戰號令亦不遵公謂與賊對
壘必誤大事乙未二月啓　聞請遞已職　朝廷以
大將不可輕易遞移拜元均忠清兵使

『忠武公家乘』卷3 紀述 行錄, 「閑山島歌」

謂千載而同符者也余嘗作露梁碑略記公
偉蹟　孝宗大王聞之亟徵草本而讀之極
有漢帝鉅鹿意今公玄孫弘毅持是作見示
一唱三歎不能去手仍喟然而嘆曰使遽
孝廟時得蒙　乙覽則必將益加　睿獎愛
及於屋上烏矣今弘毅以不附權貴人失官
落魄人不知為忠義家子孫嗚呼其有能以
告於執政者耶

閑山島歌

閑山島月明夜上戌樓撫大刀深愁時何處一

聲羌笛更添愁

按趙慶男亂中雜錄有閑山吟咏二十韻

云兩屢經兵燹散佚不傳只有一聯一歌

傳於世可勝惜哉

襟著

剱銘　長剱一雙分鑴即公筆也今在公後孫家

三尺誓天山河動色

二

一揮掃蕩血染山河

附次剱銘

判府事趙相愚

『李忠武公全書』卷1, 卷9,「閑山島歌」

鬼曰溺死之鬼也公起取祭文觀之則果不載

爲遂命並祭之

公以軍中戰具莫大於銃筒必用銅鐵而無見

在遂廣募民間一時所得多至八萬餘斤鑄分

諸船不可勝用

公嘗月夜有吟曰水國秋光暮驚寒鴈陣高憂

心輾轉夜殘月照弓刀又作歌一闋詞甚激烈

歌曰閑山島月明夜上戍樓撫大刀深愁時何

慶一聲羌笛更添愁

元均怨公之位在已右以爲爲公所擠而然每

『李忠武公全書』卷1, 卷9,「閑山島歌」

余每讀岳武穆送張紫微詩、未嘗不擊節而三復、以爲其忠毅雄勇、固其所也、至於
文詞、亦何其奇且新也、今見李忠武閑山之作、可謂千載而同符者也、余嘗作露梁
碑、略記公偉蹟、孝宗大王聞之、亟徵草本而讀之、極有漢帝鉅鹿意、今公玄孫弘
毅持是作見示、一唱三歎、不能去手、仍喟然而嘆曰使速、孝廟時得蒙、乙覽、則
必將益加、睿獎、愛及於屋上烏矣、今弘毅、以不附權貴人失官落魄、人不知爲忠
義家子孫、嗚呼、其有能以告於執政者耶、

閑山島歌

閑山島月明夜、上戍樓、撫大刀深愁時、何處一聲羌笛更添愁、
按趙慶男亂中雜錄、有閑山吟咏二十韻云、而屢經兵燹、散佚不傳、只有一聯一
歌傳於世、可勝惜哉、

襃著

劒銘　長劒一雙分鞘、即公、筆也、今在公後孫家

二

三尺誓天、山河動色、

『李忠武公全書』活字本 卷1, 卷9 附錄1 行錄,「閑山島歌」

一日又作文行癘祭、臨祭之曉、公夢有一隊人、訴寃於前、公問何爲、對曰今日之祭、
戰亡者、病死者、無不得食、而我等獨不與焉、公曰汝等何鬼、曰溺死之鬼也、公起取
祭文觀之、則果不載焉、遂命並祭之、
公以算中戰具、莫大於銃筒、必用銅鐵而無見在、遂廣募民間、一時所得、多至八萬
餘斤、鑄分諸船、不可勝用、
公嘗月夜有吟曰、水國秋光暮、驚寒雁陣高、憂心輾轉夜、殘月照弓刀、又作歌一闋、
詞甚激烈、歌曰閑山島月明夜、上戍樓撫大刀深愁時、何處一聲羌笛更添愁、
元均怨公之位在己右、以爲公所擠而然、每逢人必垂泣而道之、或至臨戰號令亦
不遵、公謂與賊對壘、必誤大事·乙未二月　啓聞請遞己職、　朝廷以大將不可變易、
遂移拜元均忠清兵使、
裴楔代元均爲水使、楔性矜己傲物、未嘗向人低心、及來陣中、見公處事、出語人曰、
不圖得見豪傑於此島之中矣、
八月、完平李相公、以都體察下兩南、副察及從事官等隨之、相公之到湖南也、水軍
之呈狀者無數、而相公故不決之、皆卷令作軸、載往於晉州、招公議事、仍令吏人、持
水軍呈狀、積於公前、不知其數百張也、公右秉筆左曳紙、剖決如流、斯須而盡、相公
與副察取見之、則咸當其理、相公驚曰、吾輩之所未能、令公何能若是、公曰此皆舟
師事故、習於耳目而然也、

『李忠武公全書』活字本 卷1, 卷9 附錄1 行錄,「閑山島歌」

公從事京中隹倉松葉而已當八琵琶山餐松辟鼓後歸鸞山

滄巖永謝烟火作詩曰朋友憐吾絶烟火共成衛宇洛江邊

無飢口在啗松葉不渴隹憑飲玉泉守靜彈琴心澹三杜窗

調息意洞三百年盡通亡羊後笑戕還應補戕仙公之事蹟

頗與張留侯類奇哉

承吉朴守於未第時徃訪之仍設酌飲四五盂俄而取酒器來

傾耳漏之酒從耳孔盡出

公成功之後超然遠引入山辟穀至経年不倉而身體輕健豈

非所謂神者予

李舜臣　字汝諧徳水人登武科　宣庙壬辰倭乱為統制

使屢破賊遍巖海路為中興四第一　天子賜都


『詩話彙成』,「閑山島歌」

甲申戰亡
諡忠武

公初除全羅左水使也公之友入夢見大樹高可參天枝葉滿

於兩間人民之托身其上者不知其千萬樹本將拔有人以

身扶之視之則乃公也人比文天祥擎之天夢也

公嘗在陣中月夜吟詩曰水國秋光暮驚寒鴈陣高憂心轉輾

夜殘月照弓刀

公又作歌一関歌甚激烈歌曰閑山島月明夜上戍樓撫大刀

深愁時何處一聲羗笛更添愁又題一聯云誓海魚龍動盟

山草木知

公有長劍二以親筆分刻曰三尺誓天山河動色其一云一揮

『詩話彙成』,「閑山島歌」

孫近益零蹬山丼故里有旌楣之刻而今已頹棄過者指點而
咨嗟焉
黃世得字士求星州人居一西面良田里　宣廟朝登武科屢
官至長興府使為人慷慨多氣節壬辰之乱從李統制舜臣幕
倭於南海世得於李公為婦従兄李公素知世得才器雄勇志
慮忠亮與之謀劃軍務世得亦盡心協贊臨陣對敵也賈勇先
登碧波亭古今島之捷軽生奮發戰功居多統制每許其忠勇
而戒其軽敵舟次閑山島正值月明波息世得竟夜不眠露坐
舩頭慷慨扼腕撫釖激烈作歌曰閑山島月明夜獨倚板屋船
頭手撫尺釖心懷萬斛深愁何處一聲長笛使添愁將士聞之

『稷山縣誌』忠臣列傳 黃世得條,「閑山島歌」

無不下淚戊戌九月劉提督挺率苗兵萬五千束陣于曳橋北
十月約與我水軍夾擊倭虜李統制與陳都督璘進戰方其催
船督戰也世得又挺身先之射殺倭無數倭首憤怒使善砲者
合勢連放世得中九而絶諸將愕然八告于統制之撫膺曰世
得死吾復何恃又曰世得死於忠非良伊榮是後李統制又中
丸卒于舟中後金潛谷墳撰李忠武墓誌並記世得立懂之蹟
爾廟丙戌邑人䟽請命旅其閭　贈爵戶曹參判
黃珀世得之子也有智慮曉兵事旁通眾緯堪輿之術登武科
為宣傳官天啓辛酉　天使楊雨到國時虜陷遠陽陸路阻絶
我國朝天貢使卒由海道　天使欲泛海抵登州以還於是朝

『稷山縣誌』忠臣列傳 黃世得條,「閑山島歌」

可盡斯人寺與冲同是庚登龍魁羊月壽叅篆真城故詭

存儒絪衡盂蜕俗情何須俗短筭千古一聲錚　然僧性督／以風水名

舉世本世崔狀之權慶後／悼唱遊二曲故皆及之

有感　乙巳秋　在月城偶題此詩還家未逾月而卒蓋先知如此

厲指今年我從心有五春伊川捐館夕視眼少偏辰黙像　伊川七十／五而發

歸而反踈觀兒與神老生留幾日三八顆尋真

四月哉生魂　乙巳

凌晨坐待旭夜景湛塵明腸谷鳥輪奮西岑水鑑頷乾

一本净坤吐萬殊呈靜裏尋其宇亐琴亦不鳴

用大學曲

一卷大學册何閑學之初成已又成物斯稱第一書誤身

『杜谷集』卷2,「用大學曲」「入德門曲」

又誤人何用誦盈車萬卷宥今日鑑彼梁國虚

八德門曲

一卷大學冊何稱八德門格致兩眼明誠意兩足塞眼明
足又墨不難八藩坦如何今古儒不見足欽奔聖門不可
望頒彼荆棘樊

憶雙柳 丙丁闖

今日吾初度如何汝止家來郷而猶免鯨海尚風波借飲
友人酒假觀君子花何時雙柳下醉聽浩然歌 先生手植
双柳乱後尚在故園

感舊進

州角漁樵地于今三十年人多新白髪山帶舊蒼烟挨嚴

『杜谷集』卷2,「用大學曲」「入德門曲」

金因以陛階可也遂命趙嘉善

成廟每置酒宴群臣必張女樂一日命笑春風行酒

笑春風者永興名妓也因詰尊邪酌金杯不敢進至

尊前乃就領相前舉杯歃之其意曰舜雖在而不敢破

所言若堯則正我好述也云時有武臣屬文剡者意

謂既酌相臣當酌將臣次必及我有大忘伯柬之衡

者在座春風酌以前曰通令博古明哲君子豈可邈

棄乃就無知武夫也其主兵者方舍怒春風又酌而

進曰前言戲之乎吾言乃誤也趨之武夫郡可不飮

也按三欤皆俗謠故以意釋之如此於是成廟大悅

佳菴山房

『五山說林』野乘本,「若舜則正我好述也」「通今博古明哲君子」「前言戲之耳」

313

木齋[雜識]

賞賜錦段綃紬及虎豹皮胡狄甚多，春風力不能獨運，將士入侍者皆携持而興之，笑春風由此各傾一國乜酌相之歌曰上弖느도긔시젼마ᄂᆞ외아새눕의。兪好仁在玉堂，寵恩顧特優厚，士無比。每月夜從官者數人遊慶會樓池中，小舟僅受五六人，歡命好仁從者，有若唐玄宗之待李謫仙也。好仁以校理豹直，上從小宦侍一人，夜臨直宿之房，好仁驚起，上命只著紗帽而從，坐客談論，上見其紬衾露破絮黃染色。退上曰，甫歷官清要，儉素如此，可尚也。即命官者持御被來，因以覆之而去。此正與唐文宗幸李遠

『五山說林』野乘本,「若舜則正我好逑也」「通今博古明哲君子」「前言戲之耳」

314

成廟每置酒宴羣臣必張女樂一日命笑春風行酒
笑春風者永興名妓也因諸博所酌金杯不敢進
至尊前乃就領相舉盂歌之其意曰堯雖在而
不敢斥言舜則正我好逑也云時有武弁爲兵
判者意謂既酌相臣當酌將臣次必及我也有大
宗伯東文衡者在座春風酌而前曰通今博古明
哲君子豈可遺棄乃就無知武夫也歟其主兵者
方令忍春風又酌而進曰前言戲之耳吾言乃誤
也趙武夫公侯干城那可不從也〔[illegible]〕
此也於是成廟大悦賞賜錦緞絹紬及虎豹皮
胡椒甚多春風力不能獨運將士入侍者皆爲持
而與之笑春風由此名傾一國

『五山說林』稗林本,「堯雖在而不敢斥言」

二四

呼兒將川綠簑衣　東澗春靠酒石磯
簏々竹竿魚自在　為他溪老已忘機

아히야 粥早飯다오 南畝에 일만해라서 루론짜 부를 눌마 조자부려 노두어라 聖世躬耕도 亦君恩이시니라。

右 東澗觀魚

二五

呼兒曉起促盤飡　南畝荒深事已殷
欲把犁鋤誰與耦　坐時農圃亦君恩

아히야 죠머겨내여 北郭에새 술먹자 大醉흔얼굴을 둘빗체시러 오너어 즈버 羲皇上人을 오노다시 보와다。

右 南畝躬耕

二六

呼兒騎犢過前川　北郭新醅正似泉
大醉浪吟牛背月　悅然身在伏羲天

川村에눈이 오니돌길이무쳐쪠라 柴屝룰여지마라 날츠 즈리뉘이시리 밤중만 一片明月

象　村
申欽字敬叔號象村　宣庙朝登第
首拜吏判典文衡官至領相諡文貞　仁祖初

右 北郭醉歸

『靑丘永言』珍本,「放翁詩餘」

이 긔 벗인가 ᄒᆞ노라。

山村雪後 石逕埋兮 柴扉且莫開兮 訪我有誰哉 中宵一片明月
兮 是吾朋兮

二七
功名이긔무엇고헌신짝버스니로다田園에도라오니麋鹿이벗이료다百年을이리지내
도亦君恩이로다。
功名是何物 如脫弊屨 田園歸處 麋鹿爲友 百年此中 過亦君恩

二八
草木이다埋沒ᄒᆞ제松竹만프르럿다風霜섯거친제네무스일혼자프른두어라내性이어
너무려무슴ᄒᆞ리。
草木盡埋沒 松竹獨靑靑 風霜搖落時 爾何獨靑靑置爲哉 不須
問兮 亦各性只

二九
四皓ㅣ진짓것가留候의奇計로다眞實로四皓ㅣ면은一定아니나오며니그려도아니냥
ᄒᆞ여呂氏客이되도다。
四皓眞也僞 留候奇計 實有四皓應不出 終爲呂氏客

『靑丘永言』珍本,「放翁詩餘」

『靑丘永言』珍本,「放翁詩餘」

一三〇
兩生이 긔 뉘련고 眞僞로 高士ㅣ로다 秦뗙의 일훔업고 漢뗙의 아니나니 엇덧타 叔孫通은 오다말라ㅎ눈고.
兩生其誰　正是高士　秦時無名　漢時不出　是何物　叔孫通使來不來

一三一
어젯밤 눈온後에 둘이조차 비최엿다 눈後 둘빗치믈 그미그저업다 엇더라 天末浮雲은 오락가락ㅎ누뇨.
昨夜霽後　月又來照之　雪上月色兮　淸光十分　底事天末　浮雲往來

一三二
냇ᄀ에 ᄒ오라바 므스일 셔잇눈다 無心ㅎ겨 고기를여어 무슴ㅎ려눈다 아마도 흔믈에잇거니 수저신믈엇드리.
溪邊鷺立何事　魚自無心底事窺　旣是一樣水中物　相忘也宜

一三三
헛가레기 나자트나 數間茅屋을 자근줄 옷지마라 어즈버 滿山蘿月이 다내거신가ㅎ노라.
橡任長短　棟任欹傾　數間茅屋小　且莫笑滿山蘿月皆吾有

一三四
蒼梧山 히젼후에 二妃눈 어듸간고 흐셕 못주근눈 셔롬이 엇더든고 千古에 이씃 알니눈멋

숨편가ᄒ노라.

蒼梧日落　二妃何所　死不同時　恨何極　千古知心是竹林

一三五
술먹고 노ᄂᆞᆫ일을 나도 왼줄 알건마ᄂᆞᆫ 信陵君 무덤 우희 밧가ᄂᆞᆫ줄 못보신가 百年이 亦草草
ᄒᄂᆞ니 아니 놀고 엇지ᄒᆞ리.

飲酒遊亦知非　君不見耕犁遍及信陵墳　百年若草草　不遊何爲

一三六
神仙을 보려ᄒᆞ고 弱水를 건너가니 玉女金童이 다나와 뭇ᄂᆞ괴야 歲星이어듸나 간고 긔날
입가ᄒ노라.

欲見神仙渡弱水　玉女金童來相問　歲星何所是吾身

一三七
얼일샤 져 鵬鳥ㅣ야 웃노라져 鵬鳥ㅣ야 九萬里長天에 므스일로 올라간다 굴형에 ᄲᅡ진
새ᄂᆞᆫ 못내 즐겨ᄒᄂᆞ다.

痴乎鵬鳥　强乎鵬鳥　九萬里長天　爾胡爲溝壑槍楡彼微禽兮

一三八
날을 뭇지마라 前身이 柱下史ㅣ러니 背牛로 나 간後에 몃ᄒᆡᆫ마니 도라온다 世間이 하 多事ᄒ
니 온동 만동ᄒᆞ여라.

『靑丘永言』珍本,「放翁詩餘」

一二九

不須問我 前身杜下史 靑牛去後幾時還 世間太多事來不來

是非업슨後ㅣ라榮辱이다不關라琴書를호튼後에이몸이閑暇ㅎ다白鷗ㅣ야機事를니
즘은너와낸가ㅎ노라.

一三〇

是非亡矣 榮辱何關 琴書散後此身閑 白鷗乎忘機吾與爾

아츰은비오ㄷ니느지니눈ㅂ람이로다千里萬里ㅅ길헤風雨ㄴ무스일고두어라黃昏이
머럿거니수여간들엇드리.

一三一

朝雨晚風 千里萬里 風雨何爲 黃昏尙遠 休歟歸止

내가슴혜친괴로님의양ㅈ그려내여高堂素壁에거러두고보고지고뉘라셔離別을삼겨
사롬죽게ㅎ는고.

一三二

披來胸裏血 寫出檀郎面 掛之高堂素壁間 誰爲離別使人死

寒食비온밤의봄빗치다퍼졋다無情ㅎ花柳도째를아라피엿거든타우리의님은가
고아니오눈고.

寒食夜雨 春光遍 花柳無情亦知時 底事檀郎 去不來

『靑丘永言』珍本,「放翁詩餘」

一三三

어젯밤비 온後에 石榴곳이 다 피엿다 芙蓉塘畔에 水晶簾을 거더두고 눌向호 기픈시름을 못내프러호느뇨.

昨夜雨 石榴花開 芙蓉塘畔 捲起水晶簾 等閑愁爲誰苦

一三四

窓밧긔 워석버석 님이신가 니러보니 蕙蘭蹊徑에 落葉은 므스일고 어즈버 有限호 肝腸이 다 그츨가 호노라.

窓外窸窣認郎來 蕙蘭蹊徑 落葉又何有限 肝腸欲斷

一三五

銀釭에 불붉고 獸爐에 香이진지 芙蓉기픈帳에 혼자서 야안자서 니엇더라 헌소 혀져 更點 아좀 못드려호노라.

銀釭熖獸爐爇 芙蓉深帳獨覺 遲遲更漏 夢未成

一三六

봄이왓다호되 消息을 모르더니 냇ᄀᆞ에 프른버들네 몬져아도 피야어즈버 人間離別을쏘 엇지흐느다.

聞道春遲 未聞消息 溪邊柳 爾先知人間離別 又將何

一三七

人間을셔나니는 이몸이 閑暇호다 簑衣를니피고 釣磯로올라가니운노라 太公望은나

『靑丘永言』珍本,「放翁詩餘」

간줄을 볼래라.

一三八
離了人間此身閑　簑上釣磯　却笑太公望底事去無還
南山 기픈 골에 두어 이랑 나려 두고 三神山 不死藥을 다 키야 심근 말이어즈버 滄海桑田을 혼자 불가ᄒᆞ노라.

一三九
南山深山洞數頃田　蒔遍三神山不老草　滄海桑田我獨見
술이 멋가지오 清酒와 濁酒ㅣ로다 먹고 酔ᄒᆞ션졍 清濁이 관계ᄒᆞ랴 돌 붉고 風清한 밤이여 니아니 ᄭᄯ들엇ᄃᆞ리.

一四○
酒有幾種　清兮又濁　得酒已矣　清濁何分　月白風清　惟酔無醒
반되불이 되다 반되지웨 불일소냐 나 돌이 지웨 별인가ᄒᆞ니 그를 몰라ᄒᆞ노라.

一四一
螢雖爲火　石雖爲星　石也非星　或火或星　此未解者
곳지고 속닙나니 時節도 變ᄒᆞ거다 풀소게 푸른버레 나뷔 되야ᄂᆞ다 뉘라셔 造化를 자바 千變萬化ᄒᆞ 는고.

『靑丘永言』珍本, 「放翁詩餘」

一四二 花落葉生 時節變 草底靑蟲作蝶飛 誰持造化 千變萬化

느저날셔이고大古人적을못보완자結繩을罷ᄒᆞᆫ後에世故도하도할샤줄하로酒鄕에드러이世界를니즈리라.

一四三 生胡晩不太古 結繩罷世故多 寧入酒鄕 忘世界

罇中에술이잇고座上에손이ᄀᆞ득大兒孔文擧를고쳐어더블써이고어즈버世間餘子를널러므슴ᄒᆞ리.

一四四 罇中酒 座上客 大兒孔文擧那復見 世間餘子何復道

노래삼긴사ᄅᆞᆷ시룸모하도할샤널러다못널러불러나푸읏도가眞實로풀릴거시면은나도불러보리라.

一四五 始作歌者 正多愁 言不能盡歌以解 歌可解愁吾亦歌

步虛子ᄆᆞᆺ춘後에與民樂을니어ᄒᆞ니羽調界面調에客興이더어셰라아ᄒᆡ야商聲을마라ᄒᆡ져믈가ᄒᆞ노라.

步虛子將闋 與民樂繼奏 羽調界面調 客興添 莫彈商聲 恐歲暮

『靑丘永言』珍本,「放翁詩餘」

323

放翁詩餘序

中國之歌 備風雅而登載籍 我國所謂歌者 只足以爲賓筵之娛 用之風雅籍
則否焉 盖語音殊也 中華之音 以言爲文 我國之音 待譯乃文故 我東非
才彥之乏 而如樂府新聲無傳焉 可慨而亦可謂野矣 余旣歸田 世固棄我 而
我且倦於世故矣 顧平昔榮顯已糠粃土苴 惟遇物諷詠則 有馮夫下車之病有
所會心 輒形詩章而有餘 繼以方言而腔之而記之 以諺此僅下里折楊 無得
駱坦一斑而其出於遊戲 或不無可觀。萬曆癸丑長至放翁 書于黔浦田舍

竹　所　栗里遺曲　金光煜字晦而號竹所光海
時登第官至刑曹判書提學

一四六　陶淵明주근後에소淵明이나닷말이밤ᄃᆞ을네일흠이마초와ᄀᆞ틀시고도라와ᄊ柴扳田園
이야ᄀᆞ오ᄂᆡ오다르랴。

一四七　功名도ᄂᆡ것노라富貴도ᄂᆡ것노라世上번우한일다주어ᄂᆡ것노라내몸을내ᄆᆞ자ᄂᆞᄃᆞ니
놈이아ᄂᆞᄂᆞ니ᄌᆞ랴。

『靑丘永言』珍本,「放翁詩餘」

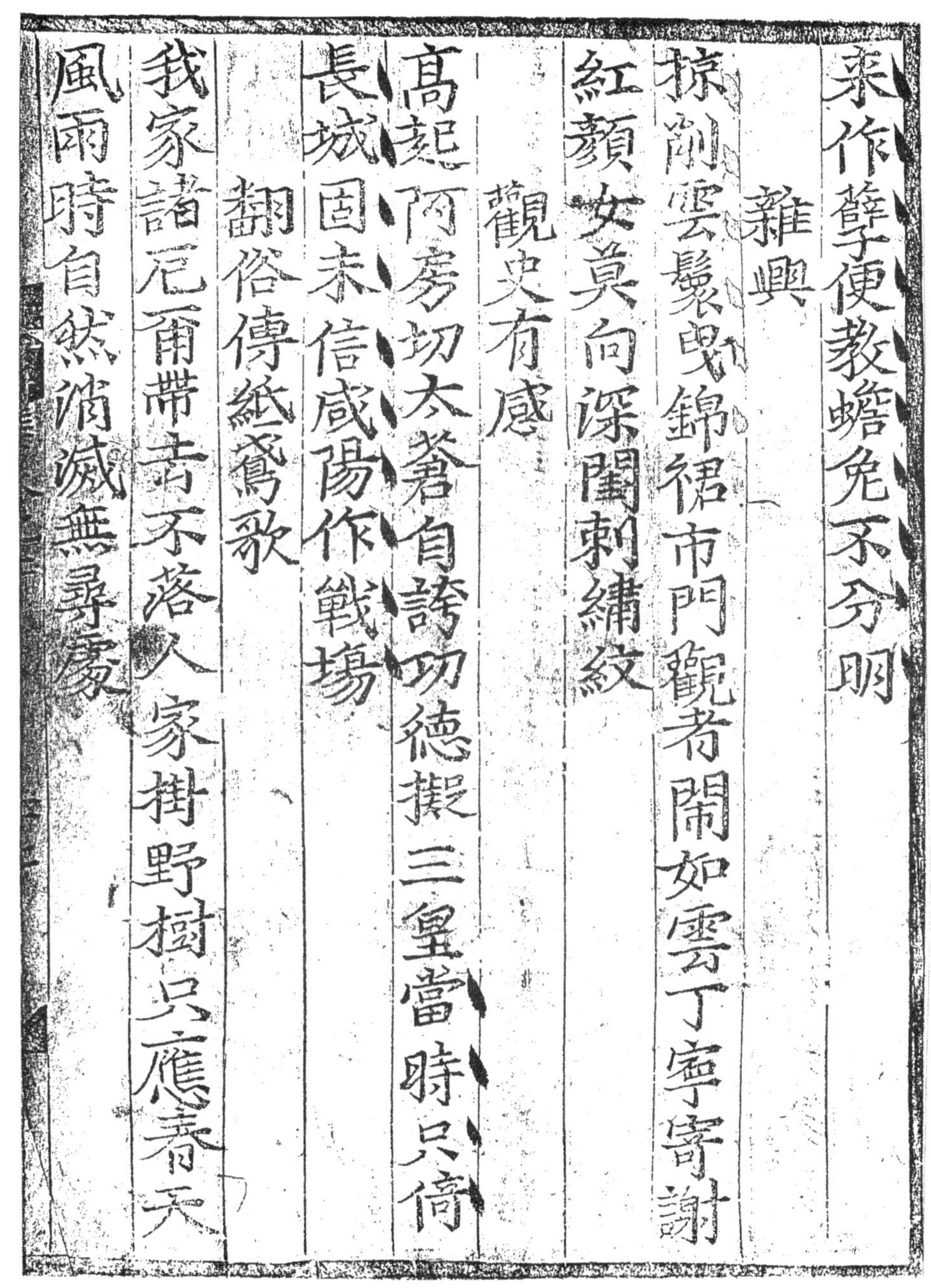



『石洲集』卷7,「飜俗傳紙鳶歌」

新體裁龍尾鳳味不乏儀撐窪賦形占洲隈雙坳
橫斜任清淺影醮半月孤山梅含雲貯霧移天池
佇看鵬翼隨風培我不願攜提供奉班興聖殿頭
章詔迴又不願曳裾侯王門梁園授簡追嚴教箏
軒露頂灑清風氣酣思宜窮通來呼我石友繼晉然
臻褚即管子無媿猜膏中礧硯一吐出助我者硯
多乎我書生狂習老不除病嗜土炭真堪咍清乎
清乎何以酬勸汝一酌金罍杯

　聞人唱俚歌韻而詩之

我來豈無信月沉夜三更秋風自落葉非我惱君

敬亭集卷之四

『敬亭集』卷4,「聞人唱俚歌韻而詩之」

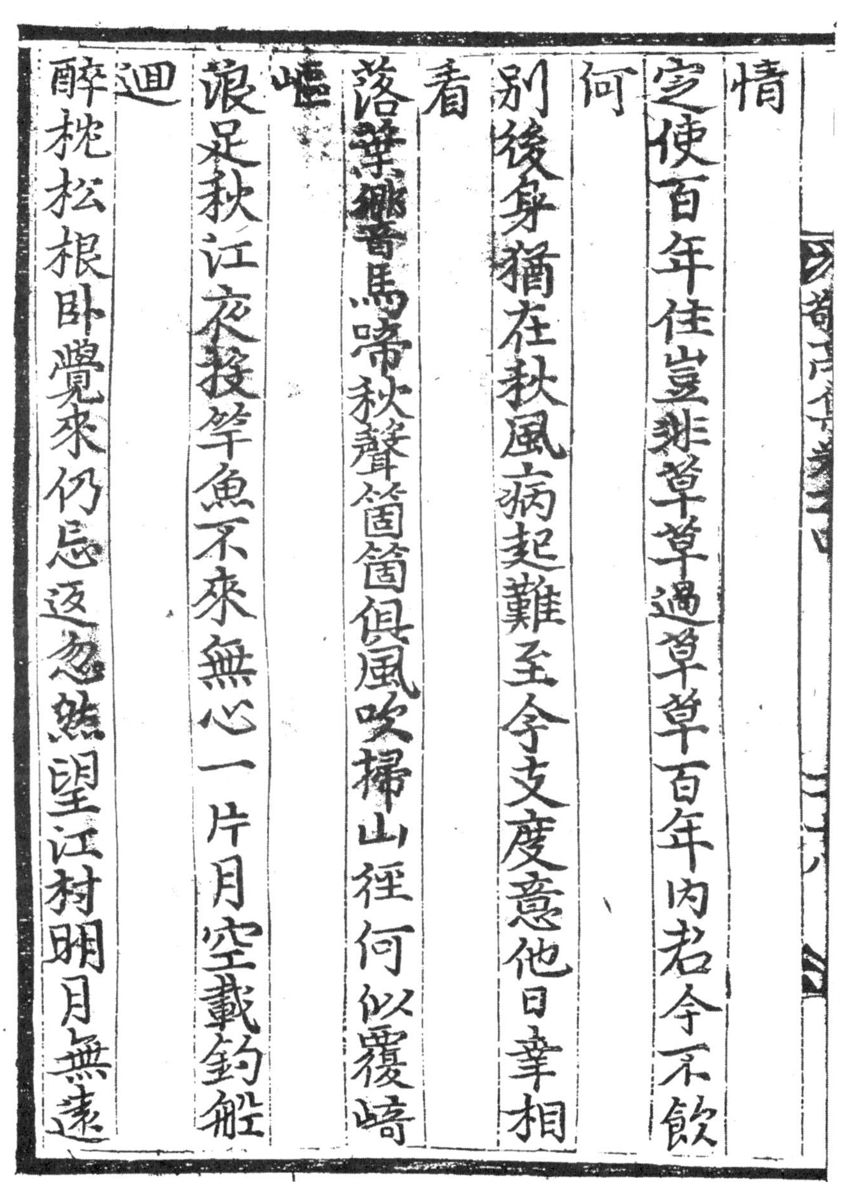

情
定使百年住豈非草草過草草百年内君今不飲
何
別後身猶在秋風病起難至今支度意他日辜相
看
落華飛寄馬啼秋聲箇箇俱風吹掃山徑何似覆崎
嶇
浪足秋江夜投竿魚不來無心一片月空載釣舡
迴
醉挑松根卧覺來仍忘返忽然望江村明月無遠

『敬亭集』卷4, 「聞人唱俚歌韻而詩之」

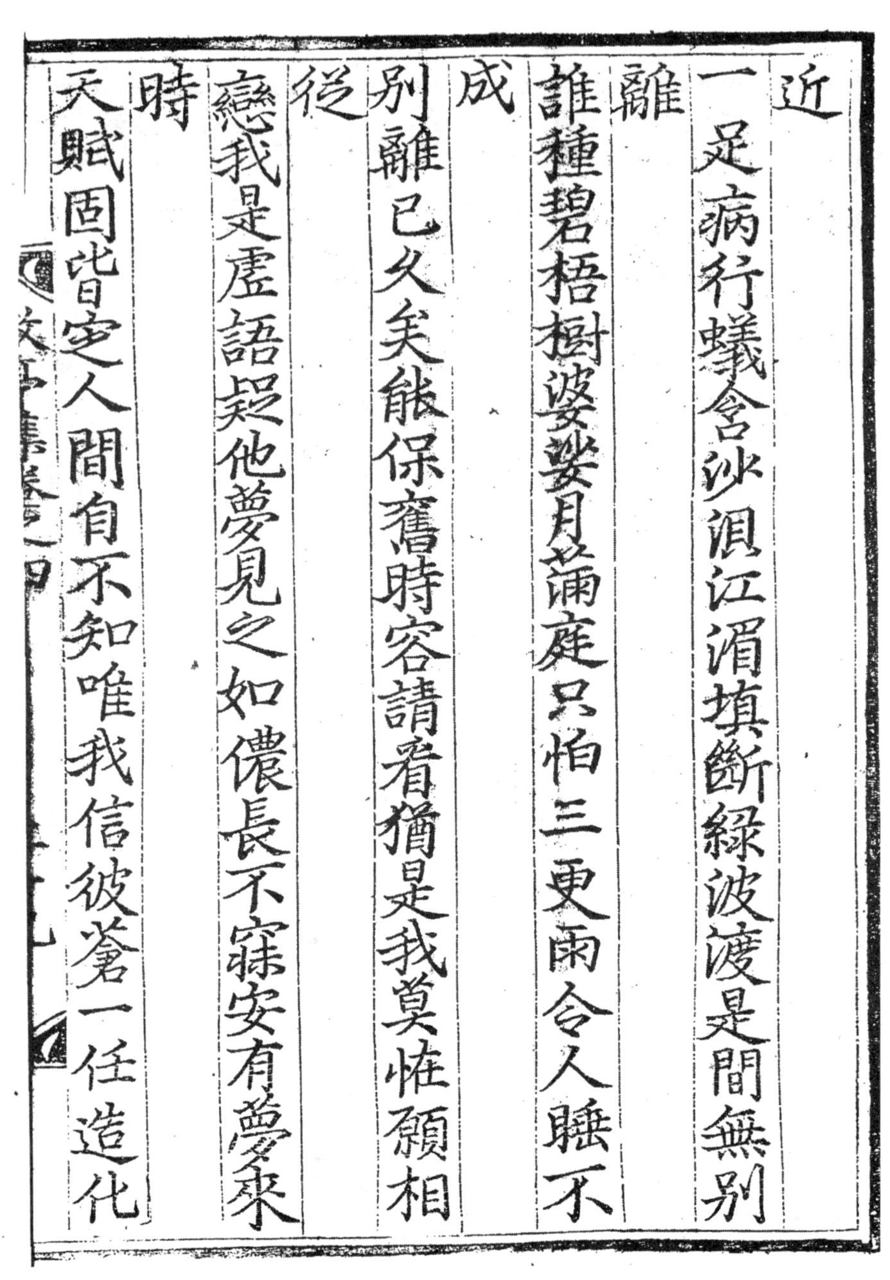

近
一足病行蟻含沙沮江湄填斷綠波渡是間無別
離
誰種碧梧樹婆娑月滿庭只怕三更雨令人睡不
成
別離已久矣能保舊時容請看猶是我莫惟顧相
徑
戀我是虛語笑他夢見之如儂長不寐安有蓋愛來
時
天賦固皆定人間有不知唯我信彼蒼一任造化
敬亭集卷二四

『敬亭集』卷4,「聞人唱俚歌韻而詩之」

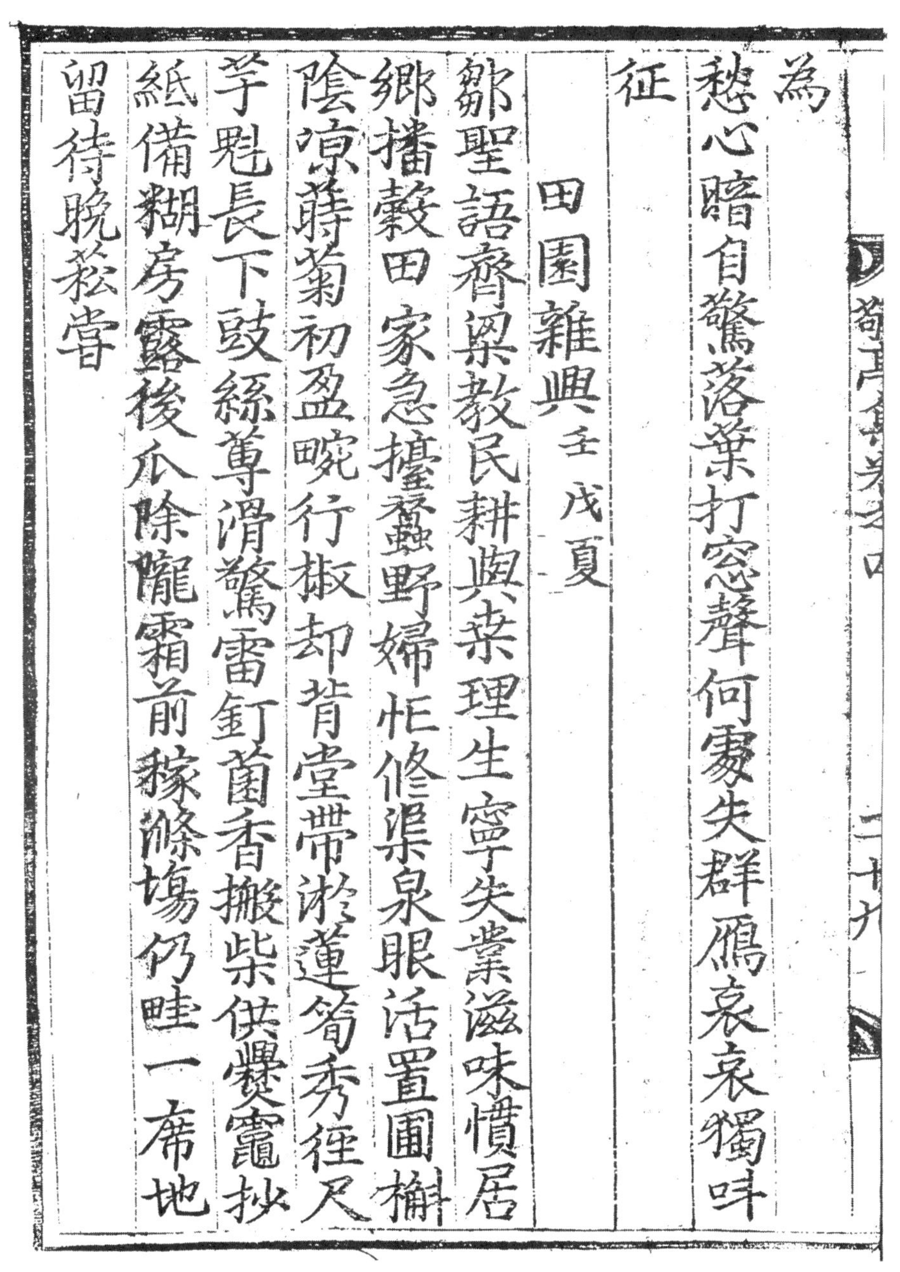

為

愁心暗自驚落葉打窓聲何羨失群鴈哀哀獨叫

征

田園雜興壬戌夏

鄰聖語齊梁教民耕與菜理生窗宁失業滋味愤居

鄉播穀田家急擾蠶野婦忙修渠泉眼活置圃榭

陰凉蒔菊初盈椀行椒却背堂帶泝蓮箬秀徑尺

芋魁長下豉絲尊滑驚雷釘菌香搬柴供爨竈抄

紙備糊房露後瓜除隴霜前稼旛場仍畦一席地

留待晚菘嘗

『敬亭集』卷4,「聞人唱俚歌韻而詩之」

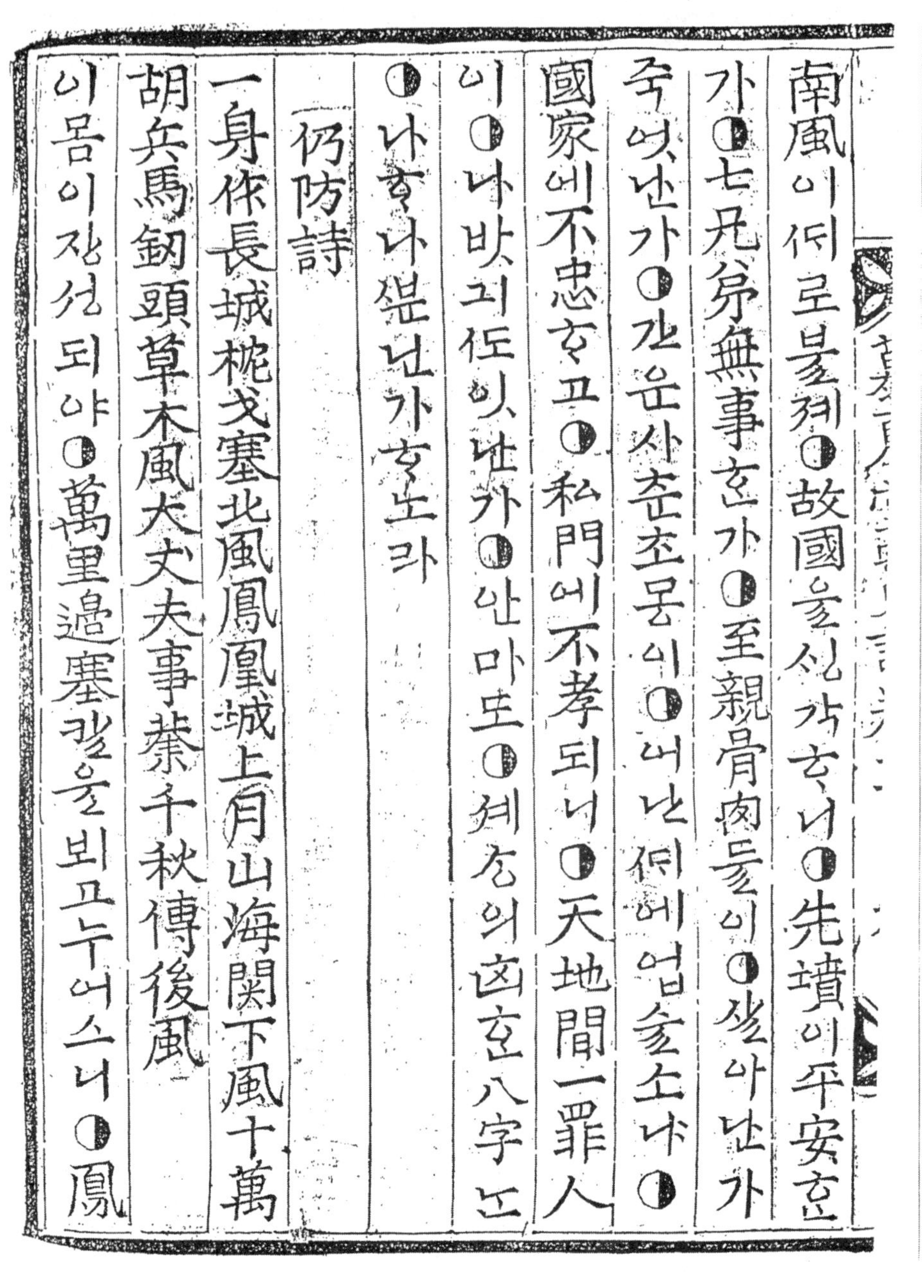

南風이뎌로불쳐●故國을심方さ니●先墳이平安さ
가●七尺身無事さ가●至親骨肉들이●자아난
죽엿난가●가온산츈초못이●녜난何에업슬소냐●
國家에不忠さ고●私門에不孝되니●天地間一罪人
니●나방괴도이,난가●안마도●제左의凶さ八字
노●나亥나믯난가さ노라

仍防詩

一身依長城桅戈塞北風鳳凰城上月山海關下風十萬
胡兵馬釖頭草木風犬丈夫事奏千秋傳後風
이몸이잔선되야●萬里過塞갈을비고누버스니●鳳

『慕夏堂實記』卷3,「仍防詩」「南風有感」「寓興」

凰城山海関은 ○ 쌓인의 도흘리오 ⊕ 十萬胡兵馬는 ⊕
孩侯히흐납피라 ○ 大丈夫千秋事業흔 ○ 엇은 何에 못
알우고 ○ 그션제의 위보라 ○ 진실노皇天이며 俣
사뗸 ⊕ 우리聖上곳仙女가흐노라 ○ 南風有感 ⊕ 南風

有時吹開戶八房肉 儵然有聲去消息無余 ○ 남풍이
전뎌붓써 ⊕ 문을열고밧의든니 ○ 힝허故鄉消息가졔
왓난가 ○ 남의퇴침흐고금피잇써 안진니 ⊕ 귀여인狂
風에 ○ 지니가난바람인제 ○ 忽然有聲忽不見니라
혀퇴싸흐션그리여안자시니 ○ 이뎌生前의骨肉
至親消息흘 글리웁서글노실허호노라



331

寓興 ○山中有期約尋八友鹿村 ○산즁의기약두고友

鹿村씨도라드니 ○黃鶴峰仙遊洞은실실새뎌니바갓

요 ○鳳巖은正亭짓숩고紫陽卜白鹿洞은道傳싸따당

여 ○子孫의絃誦ㅛ引듯니난고寒泉땅드문의塵心을

씨서불가亥노라 ○寓懷 ○禮義東方五퇴빗岁吳고

이쑥다바리고읽죠에들며오니 ○三綱五常五빗리

좌衣冠文物도가亥시ㅛ ○生逢堯舜亥내지니간子烟

月同樂太平亥가亥노라 ○又懷 ○禮義文物빕듯니

至親骨肉다바리고萬里殊方의위로의佪저여셔이

平生의부모墳山을다시볾거리엄저亥노실허亥노라

『慕夏堂實記』卷3,「仍防詩」「南風有感」「寓興」

我然則弄板雖嫌暫時之嘲便是過耳成空讒人綏

云無咎之卜實由饒舌誕妄受人輕侮又有甚於堯

板服終反傷不既大乎至如飾虛辭以誣人作醜語

以害物其為患不但讒戲之此斷非尤所當戒慎者

乎余觀李斯文雪壑簡而文溫而理儀形玉潤辭氣

德筍未嘗有惰慢鄙倍之容豈冒用言讒之乎可謂

出乎其類拔乎其萃者也是故君子貴乎養心焉

右葦四十四語言讒人

世嘗論危險者皆云莫危於大行莫險於瀲澦噫人

之為言亦或然矣而累能審其馳驅航艫則權車要

舟之患未必為憀夫孰知人心之險不啻山川乎胜

『筆語』，「耳食盲歌」

裹荊棘舌上弢矢笑未必和哭未必感喜人同心有
過而必與之惡人異已無瑕而必排之吹噓於上天
落石於下井眩是非於能言倒曲直於武斷徇私滅
公有靦面目此是恐尺危巖平地狂瀾涉此世慮此
隘不亦難哉則山川有形之陰人所戒也世路無
形之陰人所忽也戒是福所倚忽是禍所伏以此較
彼則大行垣途灔瀨安流其為危險誰景甚者白沙
李相國之歌曰便為耳食盲八廢暮山村無聞寧有
見口活未能言此悲慟之辭更加憤悃雖或以騎貽
臨深矛淅鈉炊為戒免不兔於今之世也可畏也夫

李相國名恒福字子常白沙其亭号也甚詞曰訣□

귀먹은쇼경이도여산老에들어시니들은일침이

『筆語』,「耳食盲歌」

둔본일이어실ᄎ우입의아살
안노라마는말몬ᄒᆞ야ᄒᆞ노라

右蒙四十五語言憂世

或謂余曰奕之爲戲小戲也其制古矣孔子曰猶賢

乎已孟子曰專心致志則聖賢旣已許之矣陸象山

懸碁于坐仰思三日曰此河圖戲也則儒者之潛究

亦可想矣當其敵手相逢各出秘計回旋莫測悅若

星光亂點端倪叵量倏如鴈序斜飛出於不意者爭

先授趙壁之漢幟突其重圍者承怒走燕軍之齊牛

或與或集非兵家策乎可攻可守非智者籌乎從容

一局之上奇謀神筭不一而足則是實消憂忘慮之

道而罷森於一時者爲如何哉曰惡是何言也博矣

筆語

三十

『筆語』,「耳食盲歌」

附錄

崇政大夫判中樞府事兼判義禁府事世子左副賓客五衛都摠府都摠管府君行狀　曾孫受和撰

公諱啓榮字榮吉號仙石謚靖憲靈山人以麗朝平章事諱鏡為始祖九世而有諱革禮部尚書靈山府院君生諱原慶亮節功臣左政丞生諱冨都元帥密城君生諱有定都按撫使謚武節父子皆以武烈名世事蹟載諸國乘生諱引孫事我世宗刑曹判書藝文館太提學謚恭肅生諱繼祖以南臺歷司憲執義官至戶曹參判寔公之五世祖也高祖諱厚聃牙山縣監忠翊府都事曾祖諱義貞司宰監道長贈戶曹參判以季父司醞署令諱從聃之子



『仙石遺稿』卷1 行狀,「桃李孤松歌」

為后衣都事公祖諱鎮寧遠郡守贈兵曹判書者諱宗
遠戶曹佐郎贈左贊成三世皆以公貴追榮姚贈貞
敬大夫人南陽洪氏左參贊貞孝公曇女公姚萬曆丁丑九
月初七日降生性溫粹靜重謙恭篤厚風儀秀麗德氣和
朗至有兒時鶴秀才之補而一見可知其吉祥君子也十
二歲作瀟湘斑竹屏詩簹梧山色屬三湘恨入江波萬古
長千載淚痕消不得至今班竹帶斜陽十三歲作日本獻
孔雀詩一雙奇禽出海東遠人來獻明光宮剪羽長鎖金
籠裡意在南天白雲中贊成公大奇之詞藝日進名聲籍
甚年十九攉庭試吳晚翠億岺以公之姨母夫為考官覽
卷嘆曰此兒将成偉器不可使早登科第未就其才遂援

『仙石遺稿』卷1 行狀,「桃李孤松歌」

去贊成公聞甚嗟惜公少不介懷其不以得喪榮辱動其
心人服其量辛丑中司馬癸亥夏贊成公歐於從仕捲還
桑梓之鄉〔禮山梧里池先塋下〕公輒隨焉左右怡愉克盡孝養之節
丁未丁憂戊申又遭內難執喪盡禮前後無違服闋時值
昏濁無意於世間或赴舉亦非素志多忤時輩屢被洋儒
削籍之罰己未擢聖文科始隸槐院歷說書注書間不
就被薦翰苑不卽應講紀翌日始付檢閱乃兼春坊歷侍
教奉教歷典籍兵曹佐卽正卽禮曹正言持平直講
掌令弼善司藝尚衣院正羅州牧使修撰校理司成宗簿
寺司僕寺正癸酉通政判決事知製教同副右副承旨戶
曹參議丁丑嘉善左副承旨江華留守都摠管兵曹參判

行狀　山石遺稿卷二　二

『仙石遺稿』卷1 行狀,「桃李孤松歌」

同義知經遙禁府唐發判右副賓客全州府君 己丑 附淳廟漢

城左尹丙申嘉義 顯廟乙巳年迫九臺特進階資憲拜

知中樞府事偽入者社丁未特除崇政判中樞府事己酉

四月初六日考終于寢壽九十三 上遣官致祭葵于禮

山治束羹成公墓同岡百步許壬坐原公自少好尚氣節

登第日李爾瞻賀曰花童綉服吾請助之時公在月沙李

相公座一座皆難其對相顧黙然公夷然徐答曰老大孤

露科名非榮況假戲具權門以取悅於人目子人省為公

危之公不以為意有舊要發造詔疏者公聞之即就其第

責蔑理悖倫之罪遂與絕交器遂在座悚然心服當公以

內翰赴闕時器遂謂公曰公與京絕交之語烈如秋霜令

『仙石遺稿』卷1 行狀,「桃李孤松歌」

人膽寒嘗於人宴席有倡迂疏者一人預焉公於椆座中
正色責之曰近日事為無天地而君首倡其議士大夫肯
與汝共座而同杯酒耶因拂袖而起其人愕然遽執公衣
公拔佩刀斷裾而出滿座懍然失色有姻親附北者為承
文正字方設宴盛集接公有驕色公作桃李孤松歌曰盛
開桃李花莫笑孤松暫時逢春如彼穠終然風霜交誰獨
也翠容却飲而去聞者悚息甲子之公山丁卯之江都丙
子之南漢俱有亳暉周旋之功癸亥及辛未奉命椵島不
敢以賢勞憚焉逮乎從事日本氷蘖自持一物無所取南
人咸服清謹以督餉巡兵衣繡啣命周遍畿湖嶺三道多
猗惠政及還一路士民攀轅而送之曰吾輩得保田里皆

『仙石遺稿』卷1 行狀,「桃李孤松歌」

我公賜也鄭元帥忠信之征島夷也止下教以直提學

以下極擇與偕忠信奏請公為從事公以校理被辟每進

講討論詳明敷奏的確講書泰誓篇公進曰天之立君專

以為民故一篇之中三致意焉上宜留念又言撫我則后

虐我則讎故曰可畏非民民不可不畏也且商罪貫盈

為獨夫武王猶以勝負言之可見聖人臨事畏懼也仍陳

所經略西路武守剝割生民媚事權貴之獎請交差文官

講訖李貴進退崇事公進曰小臣章句之學尚此不知況

於大禮乎國論已定豈以欄前一言以爭之乎仍及唐太

宗事曰太宗治多假偽不務誠實故終於唐而已人君之

道必先誠實至於聽納諫爭之道尤拳拳反覆開陳昏朝

『仙石遺稿』卷1 行狀,「桃李孤松歌」

時人皆患得鄙夫貪權諂諫終至於覆敗此實言路壅閉
之致古人曰城門閉言路開逆耳順旨辨之何難仍
請復夕講夜對之禮詢訪時政得失生民疾苦又請修龍
岡東津山城蓋從事西路時熟諳三縣民情故也當追崇
之議引司馬公議漢王事力爭其不可駁兩司之巽軟請
盡遞由是忤上旨被削黜之罰其後上思公直言復甄
敘如舊資階緋玉仍帶三字御差 詔使程副揔兵龍接
伴使過冬南漢唱酬詩什編入皇華集在喉司時請勿追
崇五諫臣有遠竄之命以不奉傳旨至於空院而出被罷
職不叙之罰丁丑下城初以戶議汲捨江都穀物差遣藩
陽贖還剿掠人臨事周旋臧得其宜竣事還輒被奬諭羅

『仙石遺稿』卷1 行狀,「桃李孤松歌」

全兩州以湖南大瘼素弊難治公剗瘼蘇疲威惠兼行吏
民爭稱神明立碑頌德尹完山時年踰七臺簿書堆積聽
斷如流無異少時方伯許積素聞公治劇才使人覘知蓋
稱賞而見忤罷還戊寅除賓幃之任仍有出疆之命以脚
病啓達廟堂遞還湖鄉至丁亥十年處鄉連有除旨皆不
赴間瞻京兆民曹之命公嘗欲疏訟姜嬪寃疏未及上金
監司弘都抗疏杖兆公嘗愧其未先作歌而悼之一時傳
誦乙未告休一切除拜皆以病遞丙申值重牢宴李承旨
程席上詩南極星辰雙耀座北堂琴瑟再開遂之句載入
德水世稿丁未　顯廟幸溫陽溫泉公自鄉廬祗迎路左
上命宣侍扶腋特賜台對公畫陳湖西民瘼仍請宥還李

『仙石遺稿』卷1 行狀,「桃李孤松歌」

翺等七諫臣蓋翺等論其時相臣辱國罪忤旨流竄也北使來以邊民越境探蔘事歸罪瀋尹事將不測且責大百使待罪館所右相許積惹勸上自當上詣館所北向叩頭終以罰金論於是兩司合辭舉劾并及其時三公上命竄諫臣

公孝友之行根於天賦推以睦婣亦盡其誠着顧宗族曲有恩義凡於周卹之道勿論踈戚若有意則其所取資如外儲狀遠近族黨莫不仰德與人相接雖務寬容至於論人善惡辨事是非極其嚴戳有不可犯者一家諸人有事變節疑晦者輒來稟質於公公一言剖析援證精密人咸服其訓誨之的確公恬於名利不事朋遊徵逐恥俯仰時議為聲援故歷事三朝前後凡五十餘年位不過正卿使眂世幹邦之才未克有所展布可勝惜哉晚境歸卧禮山松楸之鄉觴詠琴謌



『仙石遺稿』卷1 行狀,「桃李孤松歌」

『仙石遺稿』卷1 行狀,「桃李孤松歌」

朴公世堂見公書詩經篇目敬置案上蓍眼不厭曰其所
筆畫自合古家法規度云配貞敬夫人平山朴氏僉正廷
徽之女郡守光山金伯幹外孫端柱靜穆軍君子順而正
適文僉判李慶震宣務娶郡守豐川任順之之女生一男
先公六年卒祔公墓左生一男一女男釀宣務卽早夭女
一女男輔辟司饔僉奉後　贈承政院左承旨女適大憲
朴潢子世桓李慶震四男二女男楷梴楫僉奉檻女權
金載章僉奉娶承旨密陽朴安悌之女生一男三女男受
和尚衣僉正女適李鎮周僉奉崔錫恒左議政李宖監司
側室男台和通德郎以和萬戶女梁益機李大著朴世桓
子泰遜縣監泰進內外子孫餘不盡錄嗚呼文獻不備軍



『仙石遺稿』卷1 行狀,「桃李孤松歌」

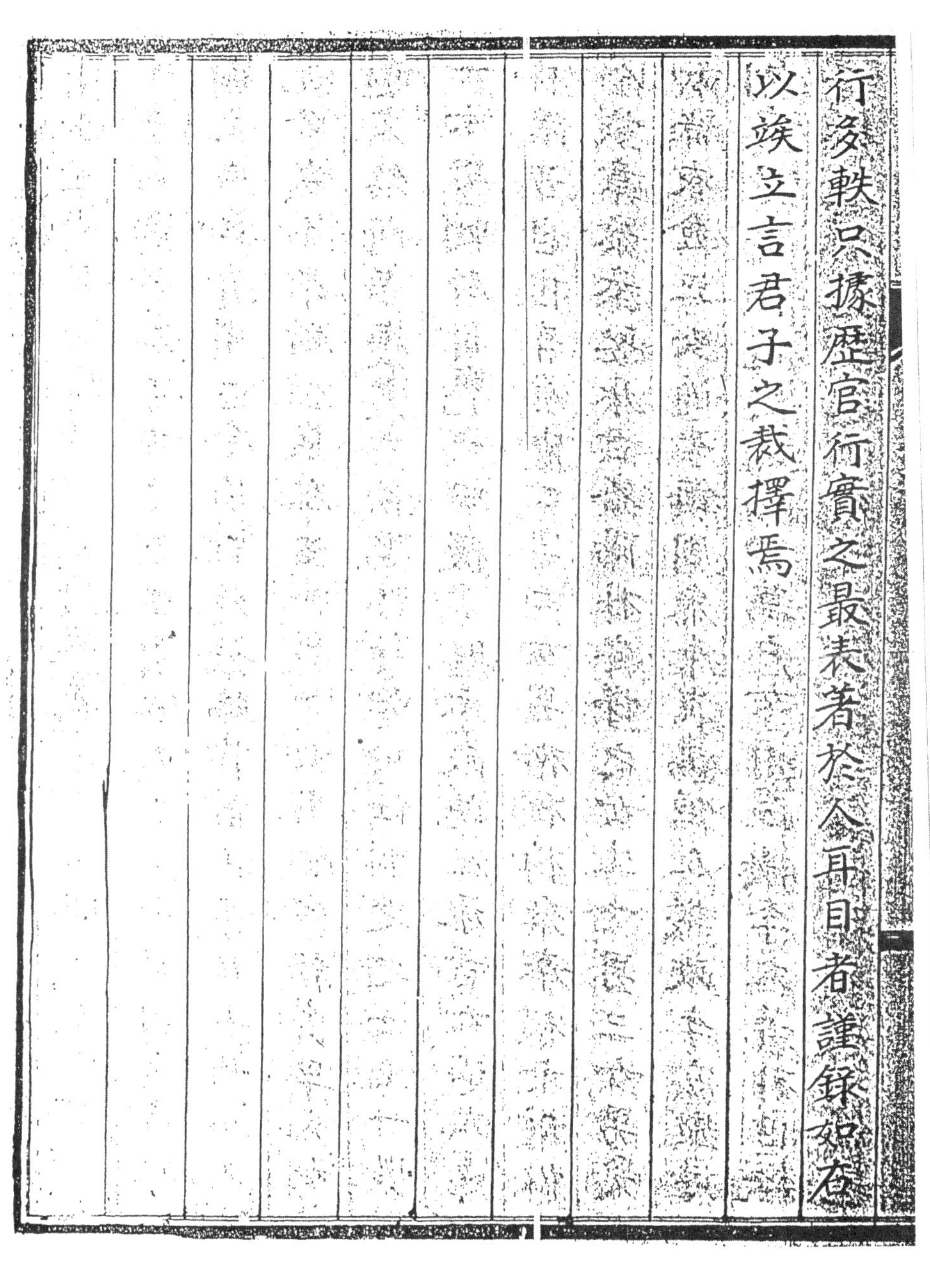

行多軼只據歷官行實之最表著於今耳目者謹錄如右
以竢立言君子之裁擇焉

『仙石遺稿』卷1 行狀,「桃李孤松歌」

且後之澥洲逸士未必不與此心期而顧百世而
相感也秋九月歲辛卯美蓉詞釣叟書于洗然亭
樂飢欄邊船上示兒曹

漁어父부詞ㅅ餘여音음

江강山산이 됴타 효들네 分분으로 누언ㄴ다 넘군
恩은惠혜를 이졔더옥 아노이다 아 모리갑고 쟈ᄒᆞ야
도ᄒᆡ올일이업세라 [此乃山中新曲漫興第六章而以爲漁父詞餘音故重錄於此]

夢몽天텬謠요 三삼章쟝 [孤山時 壬辰在]

샹해런가 꿈이런가 白빅玉옥京경의 올라가니
옥皇황은 반기시나 羣군仙션이 ᄭᅵ리ᄂᆞᆫ다 두어라

孤山遺稿　　卷之六下　　別十五　賓

『孤山遺稿』卷6 下,「夢天謠三章」

오湖호烟연月월이내分분일시올탓다

풋춤의꿈을무어十십二이樓루에드러가니玉옥

皇황은우스시되群군仙션이꾸짇ᄂ다어즈버百빅

萬만億억蒼창生성을어늬펼의무르리

하ᄂ히이저신제므슴術슐로기위번고白빅玉옥皇황과

르·童동僕슈홀제엇던바치일위번고　玉옥皇황

소와보자ᄒ더니ᄀ믄ᄒ야오나다

魏詩曰園有桃其實之殽心之憂矣我歌且謠不

知我者謂我士也驕彼人是我子曰何其心之憂

矣其誰知之其誰知之盖亦勿思杜子義詩曰非其

『孤山遺稿』卷6 下,「夢天謠三章」

無江海志瀰瀰送日月坐進堯舜君不忍便永訣
取笑同學翁浩歌彌激烈夫我咨嗟咏歎之餘不
覺其發於聲而長言之豈無同學哇哇之謣子口
何其之誚也然而自不能已者是誠所謂我思古
入實發我心者也壬辰五月初十日芙蓉鈎叟病
瀰孤山識

夢那真耶一上玉京閶闔開　玉皇青眼羣仙猜已矣
乎五湖烟月閒徘徊
野人化蝴蝶翩翩飛入十二樓　玉皇含笑羣仙右呼
嘆孛彗億蒼生問何由

孤山遺稿　卷之六下



『孤山遺稿』卷6下,「夢天謠三章」

九重天有缺時補綴用何謀
白玉樓重修日何工廼就
爭欲問 玉皇無暇問歸來空一吁

右翻夢天謠 丙申

遣懷謠 五篇 以下戊午謫慶源時所作附録於此

슬프나 즐거오나 올타ᄒᆞ나 외다ᄒᆞ나 내 몸의 ᄒᆞ올 일만 닫고 달글 ᄲᅮᆫ이언뎡 그 받긔 녀나믄 일이야 분별ᄒᆞ올 줄이시랴,

내 일 망녕된 줄을 내라ᄒᆞ야 모로손가 이 ᄆᆞ음 어리기도 님 위ᄒᆞᆫ 타시로쇠 아마 아므리 닐러도 님이 혜여 보쇼셔

『孤山遺稿』卷6 下,「夢天謠三章」

神物出有時。終當見掘劇。

其五

皎皎扶桑曉照我雲錦衣。五采斑陸離。祥霞曖射霏。

丹鳳尚舍珍。玄豹亦忍饑。奈何徇利士憔悴夭所歸。

豈為榮寵祿礬折令人悲寧為神龍潜莫作燕雀飛。

燕雀巢大厦火發將何依。

其六

酒半不自得悲歌燕市裏觀者四面來。落日紅塵起

雄心忽感慨對泣情何已兵戈方搶攘舉世輕壯士。



樂府



『東溟集』卷1,「樂府」

十載江湖約沙禽怨不歸若恩一何重不敢著荷衣

其二

夢中逢項王提刀更太息至今不渡江我亦不自識
月樓

意氣雙雄劒行裝一弊裘憑欄覺片夢花柳舊春遊
江水流無極茫遠客愁遙空挂素月永夜倚高摟

次韻寄迷湖

逐臣昔被讁西關犯風雪一死安敢惜抱章心膽裂
愚忠冀自直初豈管三穴年少氣方銳窮途尚岸忽
憔悴笑湘纍補過師魯兀介獸窘網羅著鷹困覊絏

『東溟集』卷1,「樂府」

雪臣民之憤

憂國歌二十八章　附飜辭

西歸居士李起渤

蓋聞長歌之哀甚於慟哭歌閣之戲多至二
有八則公之哀亦甚矣余觀其歌也欝悒慷慨
有屈大夫傷時耿介之帆尋其調閱其章不覺
今人感發嗟惜之至耳于以欲楚辭體係之
此

學文을후리티오反武을ᄒ온矣은三尺鋼둘너메
ㅇ盡心報國ᄒ려터니일도ᄒ옴이업스니눈믈

『漆室遺稿』卷1,「憂國歌二十八章 附飜辭」

354

비위호노라

辭曰投筆而起 此何爲些 提三尺釼報吾君些二呼

右萂一章

嗟乎事無所遂 不覺淚潛潛些

壬辰年淸和月의 大駕西巡ᄒ실날의 郭子儀李光弼되오려盟誓러니 이몸이 不才론들노알니업서

호노라

右萂二章

辭曰黑龍之暑 王在野些 慕昔賢忠矢不移些二

噫吁乎才非可用國無人我知些

歌

十二

『漆室遺稿』卷1,「憂國歌二十八章 附飜辭」

나라희못나 즐거ᄉᆞᆫ 뵈밧긔 뇌여엽다 衣冠文物을
이대도록더러인고 이 怨讐못내갑풀가 갈만ᄏᆞ고
잇노라

右茅三章

辭曰 彼島夷作我邦讐些 文物兮山河變而汚些
玆讐兮沒齒難忘磨鈒長吁些

城잇사되 막으라 볘와도ᄒᆞᆯ일업다 三百二十州의
엇디엇디딕킬게오 아모리蓋臣精卒인들의거업
시어이호리

右茅四章

『漆室遺稿』卷1,「憂國歌二十八章 附飜辭」

辭曰城不高何以禦敵兮大都兮名州躡而躍兮

縱有夫蓋臣精卒無奈于國兮

盜賊오다뉘막으리아니와셔알니로다三百二十

州의누고누고힘써호고아모리애고호돌이

人心을어히호리

　　　　右茅五章

辭曰禦敵由人無人誰禦兮哀我列郡無男兒兮

已矣乎人心若玆又何爲兮

어와셜운다오싱각거든셜운다오國家艱危를알

너업셔셜운다오아모나이艱危알아九重天의들

『漆室遺稿』卷1,「憂國歌二十八章 附飜辭」

漆室遺稿

오立셔

辭曰心之悲矣思之愈悲些國家艱危知無人些
右茅六章

夫豈罷知此親危奉吾君些

慟哭關山月波傷心鴨水風乙　先王이쓰실젹의

누고누고보옴게오들블고바람불젹이면눈의삼

삼호여라

辭曰關山月鴨水風些凄兮冷兮惱我　聖衷些
右茅七章

每遇夫月明風吹於戲前王不忘些

『漆室遺稿』卷1, 「憂國歌二十八章 附飜辭」

닙의와ᄂᆞ르샤ᄃᆡ 聖太祖神靈게셔降祥宮ᄃᆡ으
시고脩德을ᄒᆞ라ᄃᆡ다나라히千年을누르심은이
일이라ᄒᆞ더이다

右芧八章

辭曰勉脩德築降祥些分明玉音夢裏琅琅些
祚兮靈長在茲叶嗟聖祖勸懇些

마ᄅᆞ쇼셔마ᄅᆞ쇼셔移都侯마ᄅᆞ쇼셔一百召勸
여도마ᄅᆞ쇼셔마ᄅᆞ쇼셔享千年不拔鞏基를더
어ᄒᆡᄒᆞ시릿가

右芧九章

歌 十二

『漆室遺稿』卷1, 「憂國歌二十八章 附飜辭」

辭曰莫移都莫移都些通言兮不可信莫移都些

享千年不拔翠基不可岑擲些

마ㄹ됴셔마ㄹ됴셔하疑心마ㄹ됴셔得民心外예

느흐올일업ㄴ이다享千年夢中傳敎는귀예鈴

鈴ᄒ여이다

右募十章

辭曰莫疑心莫疑心些民心方不可失莫疑心些

享千年夢中傳敎不可忘忽些

뵈나하貢賦對答쇠何히徭役對答웃버ᄂ赤子ᄅ

이비品파뎔위ᄒ니願컨댄이덧아ㄹ샤宣惠고로

『漆室遺稿』卷1,「憂國歌二十八章 附飜辭」

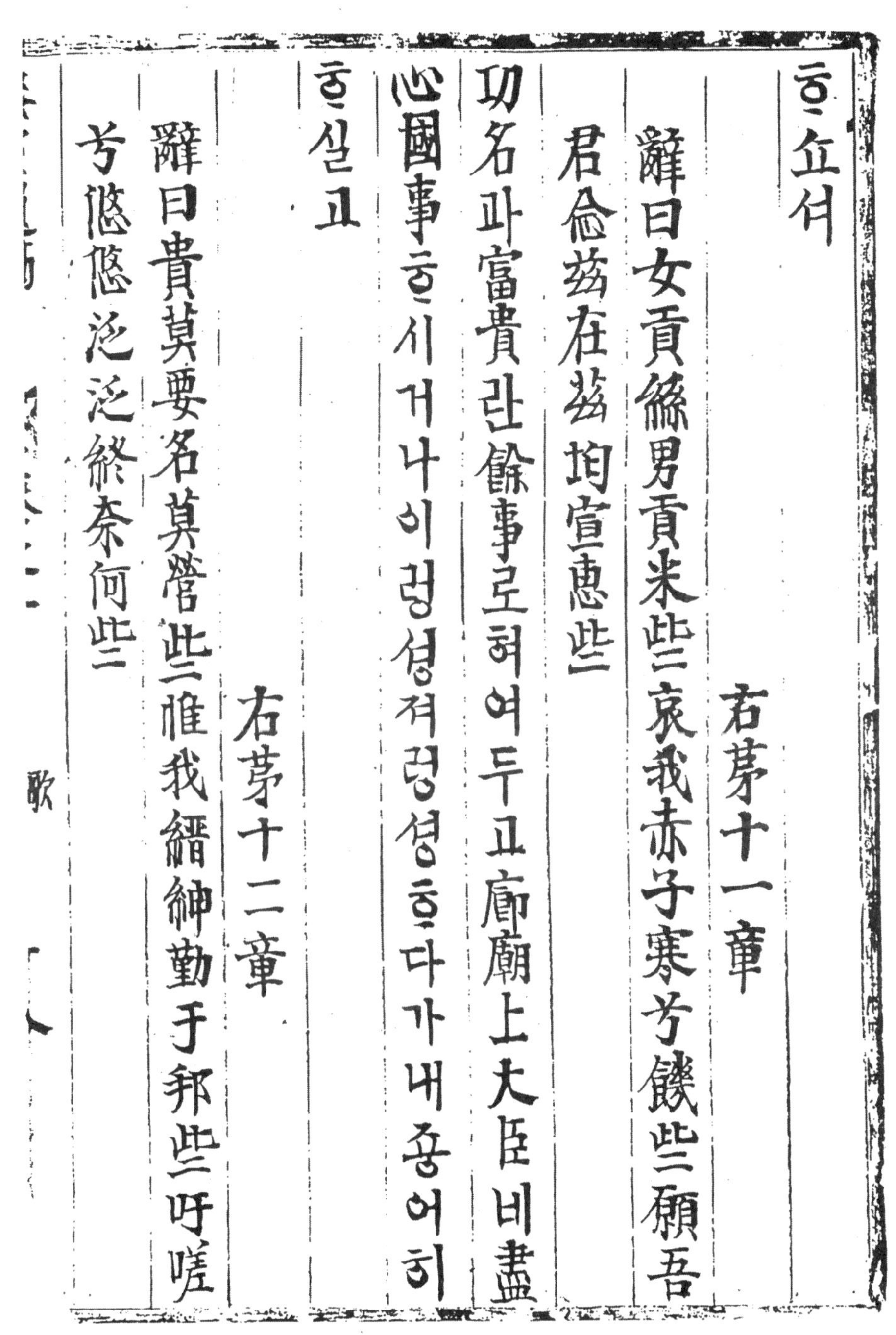

離日女貢絲男貢米些哀我赤子寒兮饑些願吾

右茅十一章

君盍茲在茲均宣惠些

功名과富貴란餘事로ᄒ여두고廟上大臣비盡

心國事ᄒ시거나이렁셩져렁셩ᄒ다가내죵어히

ᄒ실고

右茅十二章

離曰貴莫要名莫營些惟我縉紳勤于邦些呼嗟

兮悠悠泛泛終奈何些

歌

『漆室遺稿』卷1,「憂國歌二十八章 附飜辭」

361

힘뼈ᄒᆞᄂᆞᆫ ᄲᅡᄒᆞᆷ 나라爲ᄒᆞᆫ ᄲᅡᄒᆞᆷ인가 욋밤의 못쳐이
셔 ᄒᆞᆯ일업서 ᄲᅡᄒᆞ놋다 아마도 근티디아니ᄒᆞ너다
시어ᄒᆡ ᄃᆞ리

右茅十三章

辭曰彼闒者子爲公乎些 食飽居安無事爾些 嗟乎莫之罷止復何爲些

이ᄂᆞᆫ져외다ᄒᆞ고 쳐ᄂᆞᆫ이외다ᄒᆞ니 每日의 ᄒᆞᄂᆞᆫ일
이이 ᄲᅡᄒᆞᆷ便이로다 이즁의 孤立無助ᄂᆞᆫ 님이신가
ᄒᆞ노라

右茅十四章

『漆室遺稿』卷1,「憂國歌二十八章 附飜辭」

辭曰彼烏之雌誰知之些霄晝所爭惟是焉些哀

哀乎孤立無助莫我君些

마룰디여마룰디여이ᄲᅡ홈마룰디여尙可更東西

룰셩각ᄒᆞ야마룰디여眞實로말기옷말면穆穆濟

濟ᄒᆞ리라

右第十五章

辭曰已而兮已而兮此彼東兮此西已而兮此苟

能孚已而已而穆穆濟濟些

마리요셔마리요셔이ᄲᅡ홈마리요셔至公無私

歌

『漆室遺稿』卷1,「憂國歌二十八章 附飜辭」

마리쇼셔 마리쇼셔 眞實로 마리옷 마리시면 湯湯
平平하리이다

　　右 芽十六章

辭曰 武止之 武止之 此 至公호 無私 武止之 此
能夫 武止 武止 湯湯平平 此

이 이긘들 즐거오며 져 디다 셜울쏘냐 이긔나다
즁의 젼혜 亦關하다만은 아모도셔 엇디못하너니 그
를 셜위하노라

　　右 芽十七章

辭曰 這輪方 郝矢 何憂喜 此 而 敗而勝 都不係 此

『漆室遺稿』卷1,「憂國歌二十八章 附飜辭」

無人芳莫之罷悟若茲無已些

이외다 ᄒᆡ아려 나즁의 그만겨 만더겨 두고ᄒ올일ᄒ
오면 그아니 죠흘손가ᄒ 올일ᄒ디아니ᄒ니 그를
셜워ᄒ노라

右第十八章

辭曰 彼可考此否 姑舍是些 不亦乎樂當爲些
獨惜乎怠忽不勤 維是之嘻些

이라다 올ᄒ며 졔라다 글을라 두편이 ᄌ라여 이바
홈아니마니 聖君이 準則이 되시면 졀노 말가ᄒ
노라

『漆室遺稿』卷1,「憂國歌二十八章 附飜辭」

右茅十九章

辭曰彼一是此一是些俱曰子是昌有巳些

上兮苟建其極自爾止些

어와可笑로다人間事可笑로다모엽시궁그려是

非을아니흐다아모나公道을직키여모나본들엇

더흐리

右茅二十章

辭曰笑矣乎笑矣乎些是非摸捘笑矣乎些夫亂

能練要脩婍方不圓些

이제야싱각파라모로고흐는도다國家의害로온

『漆室遺稿』卷1,「憂國歌二十八章 附飜辭」

줄혈마알면그러ᄒ라반ᄃ시모ᄅ고줄ᄒ면일너볼

가ᄒ노라

右茅二十一章

辭曰我知之我知之些人之爲言我知之此苟知

夫害于而國可與言些

알고그린ᄂ가모로고그린ᄂ가아니알오도모로

노라그린ᄂ가真實로알고그리면늘너무슴ᄒ리

요

右茅二十二章

辭曰彼人是我子曰何些乃如之人終莫悟些苟

歌

『漆室遺稿』卷1,「憂國歌二十八章 附飜辭」

使馬知而然矣夫何言些

무르쇼셔슬을이다이맑슴무르쇼셔仔詳히무르

시면歷歷히슬을이다하늘이놉고먼들노슬을걸

업스이다

右芽二十三章

辭曰王問于爲吾有辭些苟諄諄間請嘗試些彼

蒼兮既高且遠莫能叫些

我 聖祖積德으로餘慶千世호읍시니 先王도

歘則호作順天命호시니다 聖主는이눗알리사

千萬疑心말리쇼셔

『漆室遺稿』卷1,「憂國歌二十八章 附飜辭」

右第二十四章

辭曰聖祖懿德積餘慶些　先王是則順天命些

聖上兮其鑑于玆不徵忘些

빠홈애시비만ᄒ고公道是非아ᄂ다어이ᄒᆞᆯ時

事이ᄀᆞ티되엿ᄂ고水火도곤깁고더운환이날노

기러가노마라

右第二十五章

辭曰是乎非乎競周容些　嗟嗟時事胡至此些以

至夫如水火甚可怕些

나라희굿ᄃ면담이조차구ᄃ리라담만도라보고

歌

『漆室遺稿』卷1,「憂國歌二十八章 附飜辭」

나라일아니ᄒᆞ녀ᄒᆞ다가 朝堂이기울면어ᄂᆡ답이

굿돌이요

辭日 邦之固兮家以安兮不顧于國彼何爲兮倘

右茅二十六章

使夫大廈旣傾終無奈兮

어와거주일이金銀玉帛거주일이長安百萬家의

누고누고ᄃᆞᆫᄂᆡ고어즈아壬辰年俟ᄒᆞᆯ이되ᄂᆡ거

ᄌᆞ일만여기ᄂᆞ라

右茅二十七章

辭日滿堂芳金玉摠浮漚兮從古而今夫孰守兮

『漆室遺稿』卷1,「憂國歌二十八章 附飜辭」

昌觀夫壬辰兵燹蕩無有此二

功名을願한거든富貴인들비알소냐一間芳屋의

苦楚히홈자안자밤낫의憂國傷時를못내셜워

노라

右茅二十八章

辭曰富貴非願功名難期些感時撫事增余悲些

嗚呼芳歌已至此于以洩平生不平思些

『漆室遺稿』卷1,「憂國歌二十八章 附飜辭」

夫豈至於國敗家亡卽況痛哭關山月一関尤可見
於歲不忘之思至今讀之猶足使人出涕噫公之遺
文雖小卽此四篇既可以知公亦可謂有闗於世教
矣余故表而出之撮其縣署論著之如右公諱德一
字敬而嘉靖辛酉生天啟壬戌卒官至通政廣俠漆
室其自號云時　崇禎紀元後八十六年癸巳五月
日延安李喜朝謹書

　　漆室公憂國歌序

　　　　　　　　　　　趙雲林慶會

歌者所以怡悅其心志蕩滌其愁苦而僞公之歌豈
使人薾恒憤快感慨不已者何哉盖公孝爱出天智

『漆室遺稿』卷1,「憂國歌二十八章 附飜辭」

罟超世當壬辰倭賊之南下奮義投筆抗賊於東幕
山中活人不知幾百而市境贊統制使李公舜臣破
賊於鳴梁浦口　皇明使熊公化所謂東方眞有一
介男兒者此也其後光海政亂讒倭滿朝公退伏窮
鄕每語及　國家事未嘗不慷慨流涕矣嘗作憂國
歌二十八章每於忠憤激厲之際詠以爲忼慨寓懷
資章章曲曲莫非忠君爲國之忱關山慟哭之詞傷
心鴨水之調播傳於人口眞可謂宗周之惃補世之
敎而或者以爲觸肝時政恐罹於誹訕噫忠而遇罰
雖古之楚大夫猶未免焉則讒人之嫉賢妬直亦何

『漆室遺稿』卷1,「憂國歌二十八章 附飜辭」

慮哉至於廢　大妃一事獨草一疏其志義直以斬

奸侫正倫常爲芽一要領今按其疏不覺敬嘆而於

悒也余於公年雖後而嘗慕悅其平生忠孝氣節矣

遂畧其縣以爲憂國之歌序云

　　李漆室憂國歌後叙

嗚呼此故將軍李公漆室憂國歌二十八章公懷忠

抱奇欲有用於世塞而不遂卒値昏代以憂憤悒怏

終讀其歌可知其人及得其家藏豁以卿中人傳言

无信公諱德一世家咸豐文祖皆儒者至公始武顯

幼而嬉戲不冗長倜儻有節重意氣多勇畧嘗爲士

『漆室遺稿』卷1,「憂國歌二十八章 附飜辭」

子兼能以文翰自名及萬曆壬辰　主上西幸兵戈
遍于八路乃喟曰國之羞辱如此男兒生不鍘斬平
秀吉死當橫屍行陣何以文墨為於是盡棄他曰所為詩
文畫則馳馬試劍夜歸究觀兵書逾年而藝成登別
試武科顧時無知者棄而歸鄉鬱鬱不得志丁酉賊
大掠湖南人無脫者公募鄉兵往入縣之東幕山中
隣邑從者數千百人公庚曰吾勇可試矣使男乘阨
女區轂自龍山之高處植白旗旗曰精忠賊疑畏率
眾至公叱曰李將軍在爾欲免宜來聲應山谷諸乘阨
者益以飛石擊之賊駭懾遂解去臨淄之亂田單全

『漆室遺稿』卷1,「憂國歌二十八章 附飜辭」

宗人齊舉爲將遂復齊國夫智武之士方其窮時所
以見知于人豈以異乎武顧知之而用之何如耳統
制使忠武公李舜臣聞而壯之請見問策亢事之統
制之所難爲者公則俯仰指畫統制大服多用其謀
因薦于 朝謂宜代其任既而統制死賊亦未而退
公復蕩柘無所見奇嗟于士之遇不遇天也向使統
制不死公益得以感激奮發盡輸其所有于知己統
制亦功成勢重終始推轂先後之訏其名位事功必
有軒壯動人　國家亦籍其才力以有施設其不能
然豈公之獨不幸哉　宣廟既經大亂日與將相諸

『漆室遺稿』卷1,「憂國歌二十八章 附飜辭」

臣講修强圉公以此時上書獻計宰相有知其為忠
武舊者從客為　上白可用特　命超授折衝階由
是屢為副護軍五衛將僉知中樞府事然皆散職也
康津茗長吏數易多虐縣民三百人相率赴　闕請
納軍糧三百石得公為其守會　詔使至公亢迎勞
以往　詔使見其貌已異之及聞其丁酉時事歎曰
真壯士也於是　朝廷愈欲用公無何丁父母憂服
闋　宣廟昇遐光海臨朝時事漸變公又不果用矣
久之始得統營虞侯尋罷歸時　朝憂北豐募議修江
都城陣萬口同和皆曰天險公獨心不然疏論江都

『漆室遺稿』卷1,「憂國歌二十八章 附飜辭」

不可守甚力當事者寢不省後丙子果驗其智慮料
遠有如此自摩奸項領絕意仕進築一間小屋名以
漆室居常咄咄獨語兀幽騷感歎無以宣其志往往
托之歌謠其所寫二十八章皆在此時一日病在床
聞　大妃將廢撥衾蹶起恍惕不自勝曰吾雖武夫
當受國祿不可惜死生無一說立草疏數百言請斬
二三元惡以正倫常欲自詣京進未及上　聞而
西宮已閉自是歌謠亦絕不復作獨時時痛哭而已
天啓壬戌卒年六十二明年　崇社再定公已不及
見矣蓋公氣宇恢拓不寫低首賬合雖以是多奇不

『漆室遺稿』卷1,「憂國歌二十八章 附飜辭」

諧亦以是見賞名公平生騎一騾甚駿嘗詣兵判家
兵判欲買之公曒欠日公大臣我乃武夫今雖價售
人必疑我於獻公傷廉我累節不可判書大悟曰君
言是我未思也居家力於孝嘗執親喪禮哀兼盡若
其尊周爲國之誠根於天性自在布衣見時有災異
輒却食潸然念以爲關係　國家治亂私自劄錄日曆
是其所存所見必有人所不知不獨忠愛過人而然
也特其命於天者不能副其志卒參差以死悲夫余
觀其歌擴出膈臆裊纏蕩絶而間有奇氣溢發雜以
高慨忼亮之音每世故斜紛江山勃鬱橫鋼擊盡以

『漆室遺稿』卷1,「憂國歌二十八章 附覷辭」

羽調歌之即其磊磈屈困之胷今人想見其彷彿而
其中莫移都無城歎得民心順天命等章誅而陳之
經世之格言傷朋黨九章反覆傷懇直而不迫宜使
朝之士大夫聽之而瞿然至於慟哭關山月一関其
於藏不忘之思固已掩涕當時而今日聞之懇然復
有憫念宗周之恨若是者雖謂有補世教豈過也公
五代孫世樞從余遊嘗盡以其家所有文字示余曰
吾先祖志跡不可堙沒昔者君家滄洲先生許銘其
墓文赤既而先沒君盡嗣焉之屢請而不置余復曰
公之志跡後世無以得其詳獨此二十八章可隱約

『漆室遺稿』卷1,「憂國歌二十八章 附龢辭」

漆室遺稿　卷二

其梗槩而恐世零落不能以行遠銘吾不敢為請書此以歸之其才具器畧曰忠武公所蓄以國士者可矣亦何事乎銘滄洲先生諱泳以道學文章名于世余其猶子故云歲舍己丑孟春

朝散大夫行弘文館副校理知製教兼經筵侍讀官記注官林象德謹敍

## 題漆室憂國歌後

昔我先君嘗燕居時每詠歌關山月一闋且不但嘗忠君憂國之忱亦嘗有宗周永恨之思是歌也乃漆室李公憂國歌中遺闋也公之忠孝氣節昭著於諸先生狀德中何敢更贅而至於忠武之南江大勲實

『漆室遺稿』卷1,「憂國歌二十八章 附飜辭」

資公籌畫之力則其智畧過人概可想矣而且當光
海廢母時公直草疏敷百言請斬爾瞻等元兇其
直氣之凜烈義理之森嚴猶足以髮竪於後人則今
此許多歌詠於外者其意豈偶爾也其中傷朋
黨九章與屈原九章歌詠同其傷雖以栗翁之
賢尚未得調敕而公乃扼腕慷慨終始壹誠至若夢
聖教一章尤為激烈焉蓋當時國勢之憂危我
聖祖常自軫念於在天冥冥之中而特為降監於
公之忠愛發精誠於宵寐惺惺洞誡在脩德終焉以民
心之有歸天命之克順以破其妖舌之奸膽則自古

敏

『漆室遺稿』卷1,「憂國歌二十八章 附飜辭」

賢人義士之詠歌欸忠愍不知其幾許而惟我 聖
祖之必實應扵夢中有此告誡之申申者若非我公
之忠爱過人其孰能興扵此乎余旣承誨扵先君子
平日詠歎又爲景服扵諸先生闡揚微意今扵瞻拜
之餘无不勝欽感之懷而以寓其高山景行之忱云
爾錦城羅以樟謹書

漆室遺稿卷之二

夫豈至於國敗家亡即況痛哭關山月一闋兀可見
於戲不忘之思至今讀之猶足使人出涕噫公之遺
文雖小即此四篇既可以知公亦可謂有關於世教
矣余故表而出之撮其縣畧論著之如右公諱德一
字敬而嘉靖辛酉生天啟壬戌卒官至通政虜俠漆
室其自號云時　崇禎紀元後八十六年癸巳五月
日延安李喜朝謹書

漆室公憂國歌序

趙雲林慶會

歌者所以怡悅其心志蕩滌其愁苦而徜公之歌罷
使人蕭怳憤快感慨不已者何哉蓋公孝愛出天智

『漆室遺稿』卷1,「憂國歌二十八章 附飜辭」

畧超世當壬辰倭賊之南下奮義投筆抗賊於東幕
山中活人不知幾百而末境贊統制使李公舜臣破
賊於鳴梁浦口　皇明使熊公化所謂東方真有一
介男兒者此也其後光海政亂讒倭滿朝公退伏窮
鄕每語及　國家事未嘗不慷慨流涕矣嘗作憂國
歌二十八章每於忠憤激厲之際詠以為忼慨寓懷
資章章曲曲莫非忠君為國之怳關山慟哭之詞傷
心鴨水之調播傳於人口真可謂宗周之恨補世之
敎而或者以為觸忤時政恐罹於誹訕噫忠而遇罰
雖古之楚大夫猶未免焉則譏人之嫉賢妬直亦何

『漆室遺稿』卷1,「憂國歌二十八章 附飜辭」

385

慷哉至於廢　大妃一事獨草一疏其志義直以斬

奸佞正倫常為茅一要領今按其疏不覺敬嘆而於

悒也余於公年雖後而嘗慕悅其平生忠孝氣節矣

遂畧其縣以為憂國之歌序云

　　李漆室憂國歌後叙

嗚呼此故將軍李公漆室憂國歌二十八章公懷忠

抱奇欲有用於世塞而不遂卒值昏代以憂憤悒怏

終讀其歌可知其人及得其家藏希以鄉中人傳言

尤信公諱德一世家咸豐文祖皆儒者至公始武顯

幼而嬉戲不亢長倜儻有節重意氣多勇畧嘗為士

『漆室遺稿』卷1,「憂國歌二十八章 附飜辭」

子肇能以文翰自名及萬曆壬辰　主上西幸兵戈
遍于八路乃喟曰國之羞辱如此男兒生不劍斬
秀吉死當橫屍行陣何以文墨為拉是盡棄他日呼為詩
文晝則馳馬試劍夜歸究觀　兵書逾年而藝成登別
試武科顧時無知者棄而歸鄉齰齰不得志丁酉賊
大掠湖南人無脫者公募鄉兵往入縣之東幕山中
隣邑從者數千百人公度曰吾勇可試矣使男乘阨
女匡毅自龍山之高處植白旗旗曰精忠賊疑畏率
眾至公叱曰李將軍在爾欲死宜來聲應山谷諸乘阨
者益以飛石擊之賊駭愕遂解去臨淄之亂田單全

『漆室遺稿』卷1,「憂國歌二十八章 附飜辭」

『漆室遺稿』卷1,「憂國歌二十八章 附飜辭」

臣講修強圍公以此時上書獻訐宰相有知其爲忠
武薦者從容爲　上白可用特　命趙授折衝階由
是屢爲副護軍五衞將僉知中摳府事然皆散職也
康津菩長吏懇易多虔縣民三百人相率赴　闕請
納軍糧三百石得公爲其守會　詔使至公亢迎勞
以往　詔使見其貌已異之及聞其丁酉時事歎曰
眞壯士也於是　朝廷愈欲用公無何丁父母憂服
闋　宣廟昇遐光海臨朝時事漸變公又不果用矣
久之始得統營虞侯尋罷歸時　朝憂北豐募議修江
都城障萬口同辭皆曰天險公獨心不然疏論江都

『漆室遺稿』卷1,「憂國歌二十八章 附飜辭」

不可守甚力當事者寢不省後丙子果驗其智慮料
遠有如此自摩妍項領絕意仕進築一間小屋以
漆室居常咄咄獨語兀幽騷感歎無以宣其志往往
托之歌謠其所寫二十八章皆在此時一日病在床
聞　大妃將廢撥爰蹶起怵惕不自勝曰吾雖武夫
當受國祿不可惜死生無一說立草疏數百言請斬
二三元惡以正倫常欲自詣京進未及上　聞而
西宮已閉自是歌謠亦絕不復作獨時時痛哭而已
天啓壬戌卒年六十二朋年　崇祀再定公已不及
見矣蓋公氣宇恢拓不寫低首眡合雖以是多奇不

『漆室遺稿』卷1,「憂國歌二十八章 附飜辭」

諧亦以是見賞名公平生騎一騾甚駿嘗詣兵判家
兵判欲買之公嘿久曰公大臣我乃武夫今雖價售
人必疑我於獻公傷廉我累節不可判書大悟曰君
言是我未思也居家力於孝嘗執親喪禮哀兼盡若
其尊周為國之誠根於天性自在布衣見時有災異
輒却食減念以為關係　國家治亂私自劄錄曰曆
是其所存所見必有人所不知不獨忠愛過人而然
也特其命於天者不能副其志卒參差以夭悲夫余
觀其歌攄出胸臆裒纍蕩絶而間有奇氣溢發雜以
高慨忼亮之音每世故紛紜江山勃鬱橫鋼擊壺以

『漆室遺稿』卷1,「憂國歌二十八章 附飜辭」

羽調歌之即其磊磈屈圍之肖令人想見其彷彿而
其中莫移都無城欵得民心順天命寺章採而陳之
經世之格言傷朋黨九章反覆傷懇直而不迫宜使
朝之士大夫聽之而瞿然至於慟哭關山月一闋其
於戲不忘之思固已掩涕當時而今日聞之懽然復
有愀念宗周之恨若是者雖謂有補世教豈過也公
五代孫世樞從余遊嘗盡以其家所有文字示余曰
吾先祖志跡不可堙没昔者君家滄洲先生許銘其
墓文未就而先没君盡嗣焉之屢請而不置余復曰
公之志跡後世無以得其詳獨此二十八章可隱約

『漆室遺稿』卷1,「憂國歌二十八章 附飜辭」

其梗槩而恐世零落不罷以行遠銘吾不敢爲請書
此以歸之其才具器畧曰忠武公所薦以國士者可
矣亦何事乎銘滄浮先生諱泳以道學文章名于世
余其猶子故云歲舍己丑孟春朝散大夫行弘文館
副校理知製教兼經筵侍讀官記注官林象德謹叙

　　題漆室憂國歌後

昔我先君嘗燕居時每詠歌關山月一関曰不倦爲
忠君憂國之忱亦嘗有宗周永恨之思是歌也乃漆
室李公憂國歌中遺関也公之忠孝氣節昭著扵諸
先生狀德中何敢更贅而至扵忠武之南江大勳實



『漆室遺稿』卷1,「憂國歌二十八章 附飜辭」

資公贊畫之力則其智畧過人㮣可想矣而且當光

海廢　毋時公直草跪數百言請斬爾瞻等元兇其

直氣之凛烈義理之森嚴猶足以髮豎於後人則今

此許多歌詠之發於外者其意豈偶爾也其中傷朋

黨九章與屈長年九章歌詠同其傷雖以栗翁之大

賢尚未得調救而公乃扼腕抗慨終始壹贊至若夢

聖教一章尤為激烈焉盖當時國勢之憂危我

聖祖常自輸念於在天冥冥之中而待為降監於我

公之忠愛發精誠於宵旰烱誡於脩德終於民以民

公之有歸天命之克順以破其妖舌之奸膽則自古

心之

敏

『漆室遺稿』卷1,「憂國歌二十八章 附飜辭」

漆室遺稿卷之二

賢人義士之詠歌欲忠紿不知其幾許而惟我聖
祖之必實應於夢中有此告誡之申申者若非我公
之忠愛過人其孰能與於此乎余旣承誨於先君子
平日詠歎又爲景服於諸先生闡揚微意今於瞻拜
之餘无不勝敬感之懷而以寓其高山景行之忱云
爾錦城羅以樟謹書

『漆室遺稿』卷1，「憂國歌二十八章 附飜辭」

孝兒大道春盤事其母至孝母宿病以殁越翌年
絰辟一月眞妻進食如故春盤輒却之日上年此時
每其進飯乎以粥飲至辟日過後乃已至再幕亦然
母未殁春盤弄齒母常倚閭春盤還必自遠舞以示
母好歸

宋慶雲傳

凡所謂善孰不可尚然莫大於盡其心也盡其心者
其心公也其中化也其中化者其得乎天
者不害也苟得乎天者不害其發也必不獨優於己
將奮以及乎天下國家也尚孰加於此者乎見其地

『西歸遺藁』卷7〈宋慶雲傳〉,「江湖期約歌」

阜丽名不著於人也謂不然者豈知人乎豈至言乎
無心子曰余嘗以弊布衣乘羸馬無蒼頭而獨傷完
城西登冰峙時則春三月上旬桃李滿城中遙見一
丈夫負竹杖着短褐放歌而徐行其鬢髮白如雲聽
其歌曰江湖有期約十年奔走不知之白鷗謂我遲
來聖恩最至重擬報而來及至馬頭乃熟視之長安
舊樂師宋慶雲也無心子嘗有分笑而語曰竹杖老
翁短褐貧也不騎無馬邑至於放歌何邑慶雲乃揚
眉而對曰小人時年七十有餘而小人嘗好樂則小
人乃老樂師邑而歌乃樂之宗以老樂師乘春乘與

『西歸遺藁』卷7〈宋慶雲傳〉,「江湖期約歌」

而歌夫子惟是之異乎小人知夫子舊曰近侍換繡衣以犖希蕃懸以羸易多蹶以無蕃頭代紫陌以山蹊何自苦如此小人惟夫子是異遂相與遊戲半日宋慶雲乃京城人也自言舊為李節度蕃頭以鐵兩藝特去蕃頭籍遂得為軍功司果身顧而長貌豐白眾細而明如星美鬚髯善談笑眞所謂好男子也怪偏解音律年九歲學琵琶不勞而能造至極之施十二三名闖中外繡棟瓊莚是其居也腰金頂玉是其伴旣花髻雲鬟是其左右也逢逢之鼓鏘鏘之莛是其所以贊威儀者也如河之酒如山之肴千束之

『西歸遺藁』卷7〈宋慶雲傳〉,「江湖期約歌」

縈蓋資之餞是其供具邕孰家之食誰人之衣邕是邕慶月是邕以之度年是邕以之度半生亦是邕人磨房馬斃足至於不可排而曰宋樂師何在某宮則落其而鮮其歡者滿城皆是至於百藝中如曰翰家邀之已曰宋樂師何在某相公邀之已見邀於一墨曰丹青曰暮曰奕曰投壺者屬相與贊其態以至極莫不顧其友曰何如宋慶雲琵琶乎以金燕童牧兒之輩屯聚而褯戲嬉至言其極處則亦莫不顧其友曰何如宋慶雲琵琶乎以二三歲學語小兒指不相干事而亦莫不曰何如宋慶雲琵琶乎蓋

『西歸遺藁』卷7〈宋慶雲傳〉,「江湖期約歌」

慶雲知名當世大率類此丁卯之亂流寓於完山城
西僦屋而居灑掃庭宇乃復罷心於花卉菊菜之
無親疎遠邇皆不憚其奇與其卷各以其有致之
勞而千名萬彙無不畢具於一庭之內又多琢怪
間置花卉間慶雲每以濃花之朝好月之夕抱琵琶
遐邇於花卉之逕雅趣適於小壇之上清韻落於
芳之甲倘區移於都市之境塵念絶於諠囂之域
雲以此常自娛完山大都會也人物之藪甲於東
而民生多艱俗不尚華除官家外境內絶無絲竹
聲邱廛慶雲來寓完山人莫不悦其聲也相填閭如奔

二十一

『西歸遺藁』卷7〈宋慶雲傳〉,「江湖期約歌」

渡奉客至慶雲離手執事必顛倒釋以取琵琶曰小
人賤品也而多見以貴下者其功在小人手中小人
豈發遲下手乎小人豈敢不盡心乎必其曲度以鼓
之知其飲於心而後已雖與傭人至赤莫不以是酬
酢如是者至二十餘年不懈以是得完山人懽心完
山人曰完大都會也人物非不庶也每人而能盡其
心以悅之宋慶雲殆非常人也常率弟子數十輩其
動靜之節愛敬之道依然若名教中事者四故其名
老而愈盛傷近邑宰若節鎮帥爭先伺邀以是其在
家者少嘗與語樂慶雲曰絃有古今興謳合人率多

『西歸遺藁』卷7〈宋慶雲傳〉,「江湖期約歌」

黯古而尚今獨吾志在古絃凡爲聲十分居古今不
得間焉於吾心得得乎可以爲樂緯緯然不見狹陋
若可以濟季世之邪音回隆古之正聲宏宰由以終
吾身以傳吾後而人之聽之者莫不尋常而寡懽迂
闊而莫樂竊惟樂以悅人爲主尚聞樂而不樂者雖
齋回琴黮瑟於斯亦何益於人是以吾特變吾操間
之以今以圖人之悅之也完山舊俗各以同志修禊
亭約束以相戒息物以相助然貪不得息如計且莫
能一遵約束以是率皆有始而冈終未有過數年不
廢者完山俗吏胥頗不疲弊間民視吏胥頗相敬忌

『西歸遺藁』卷7〈宋慶雲傳〉,「江湖期約歌」

慶雲幸若干吏輩齋修禊事春秋每一會小有不如
約者慶雲輒正色叱之言必據理一坐莫不肅然慶
雲卽聞民者流而反致吏胥敬忌人曰氣繫在其人
土風不能與勇如是者至數十餘年而[缺]亦無一分
差謬完山人莫不言其力量邑生平小疾病猝患憂氣
厥不能起將兔盡招其弟子言曰不幸我無子我兔
[缺]我流入也無子而兔於流豈不草草乎且我業樂
兔我兔埋我於某山之陽其在道邊若屬皆執吾業
以娛我神毋或以駭俗[缺]言訖而逝時年七十有三
弟子如其言以曉月涉西川興行指山帝衆琵琶聲

『西歸遺藁』卷7〈宋慶雲傳〉,「江湖期約歌」

403

雜於薤歌滿城觀者莫不涕泣曰世安得復見如夫
人者嗚呼慶雲以如是之才而大者不得居有虞氏
之庭以和五絃之琴也小者不能登泰山之高岑以
嗚盡天下不平之氣也徒流寓於完山城西以悅完
山之人而歿其生也豈不悲哉古今人罕有大才而
鬱鬱然不得展其心者獨慶雲乎哉噫善哉慶雲之
心乎其能知人有望於〔故〕遂於人也其能知悅人爲
大小勞不眠念也其能知我小技能以悅多人爲可
幸也其能知挾小技以驕人爲不可也其能知業其
樂以有及乎人也其能知不可以自私也其能知不

『西歸遺藁』卷7〈宋慶雲傳〉,「江湖期約歌」

可以詭諭也其能知如是而後可以不害於我之天
逗使移其心於大事業上其成就也可量歟使在位
者有所取而則之則亦何有於治天下國家乎可以
埏埴乎可以名不著乎尚古以間今不亦得於與世
推移之道者歟世之歌曲最多特唱江湖曲何歟意
養老眼能遠記無心子而諷之以不可忘著臣之義
者歟使弟子共彈琵琶以送終其亦有自得於心而
脫落不拘檢之志者歟其弟子曰某曰某能傳其業
一半云

墓銘

『西歸遺藁』卷7〈宋慶雲傳〉,「江湖期約歌」

究極乎禮家之大全則宗廟之美百官之富庶其有
以盡得之矣若其厭繁絮喜簡捷以爲取足於此而
可則豈公當日編錄之意耶因是而竊有所感焉當
光海時天理人倫可謂斁敗無餘矣公之丁巳一議
其有功於天下後世也大矣眞可謂得天敘天秩之
自然而禮存則存禮亡則亡者亦可以大驗矣夫豈
徒事繁文而本之則無者之所可與議也公之孫時
顯氏刊劂而廣其傳云爾　崇禎戊午五月日恩津
宋時烈謹跋

書白沙李文忠公錄奏後



『宋子大全』卷148,「書白沙鐵嶺歌後」「翻鐵嶺歌」

李文忠公中興錄券失於亂離噫此豈我　聖祖當
日棐礪之意哉然古今入家能葆藏而不已者鮮矣
歐陽公集古錄殆萬卷而漢之金匱石室之文未有
見焉有始者必有終有得者必有失豈物理然哉公
之曾孫世彌君輔得貳本於韓石峯濩子孫呈于盟
府復安　御寶則首尾完備宛然當時之舊物矣豈
石峯自以不滿於其意改寫他本而此本固雷其家
耶甚可奇也君輔不勝喜幸梳洗補粧而示余要記
始末余謂物理有未易詰者然虛誇者易泯而真實
者難減豈公忠勤貞亮翰躬盡瘁之蹟自爲造物者

『宋子大全』卷148,「書白沙鐵嶺歌後」「翻鐵嶺歌」

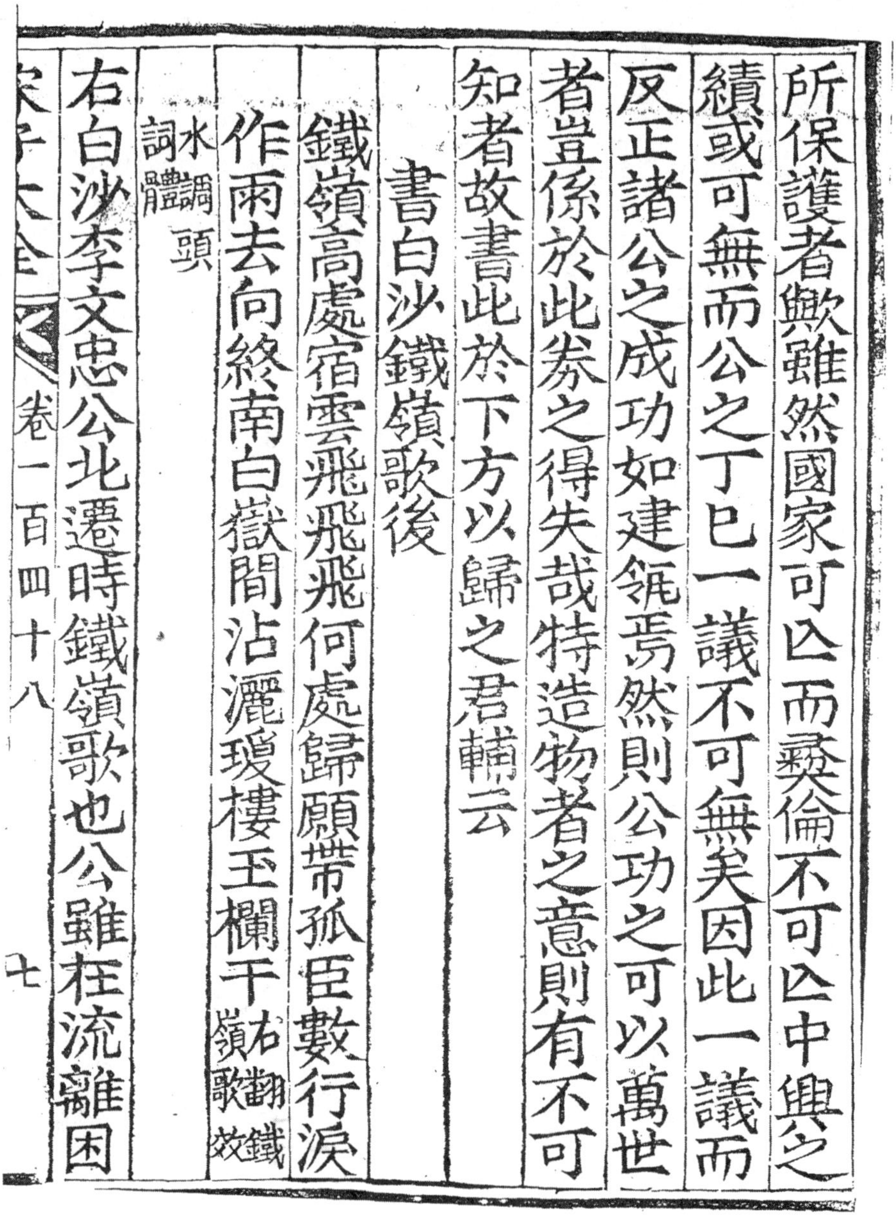

所保護者歟雖然國家可以而彝倫不可以中興之
績或可無而公之丁巳一議不可無矣因此一議而
反正諸公之成功如建瓴焉然則公功之可以萬世
者豈係於此券之得失哉特造物者之意則有不可
知者故書此於下方以歸之君輔云

書白沙鐵嶺歌後

鐵嶺高處宿雲飛飛何處歸願帶孤臣數行淚
作雨去向終南白嶽間沾灑瑤樓玉欄干石嶺歌效鐵

水調頭　詞體

右白沙李文忠公北遷時鐵嶺歌也公雖在流離困

宋子大全　卷一百四十八　七

『宋子大全』卷148,「書白沙鐵嶺歌後」「翻鐵嶺歌」

阨之際而愛君不忘之誠自然形於吟咏之間者如
此彼不得於君而優有怨怒憤激之意者果何心哉
廢朝遊宴後庭聞一宮人唱此問知爲公作愀然不
樂因泣下而罷酒其聲詩之感人也如是夫然終不
能如宋帝感水調詞而東坡得蒙量移卒使公歿於
竄荒此其所以存凶之異途也記昔　天啓辛酉間
廢朝亦惡羣小輩誣罔教曰悌男之爲若德久矣今
之議者每以悌男爲言語不新奇聽亦疲勞此言汔
可休矣然則廢朝非不知羣小之奸兇矣知羣小之
奸兇則知公之忠賢也尤益明矣而威福旣已下移

『宋子大全』卷148,「書白沙鐵嶺歌後」「翻鐵嶺歌」

只屯膏泣血而竟至於不長可勝歎哉千載之下聞
此歌而淚不下者真所謂無人心者也　崇禎紀元
之年月日恩津宋時烈謹跋

張叔涵所藏　孝廟手札跋

右我　孝宗大王初潛日所與張善冲叔涵手札也
孝廟與叔涵爲布衣遊情好甚密觀於此帖可知也
憶朋友人倫之一也　孝廟臨御每以明天理正人
心爲要道觀此一編則餘又可見而叔涵之所可見
者又豈不在於玆哉叔涵以余賤臣者猥是簪屨之
舊也緘襲見示未及開緘涕血交頤不忍奉讀謹拜



『宋子大全』卷148,「書白沙鐵嶺歌後」「翻鐵嶺歌」

410

福和之女云

左贊成閔公神道碑銘 幷序

嘉靖乙巳士禍閔公齊仁不能力爭以捄論者以是
病之後百二十有餘年其耳孫鼎重夫受以家狀一
通來言曰吾祖有可怨可雪者其可徵不誣如此遂
取效其狀則有史草有野史史草則其一乃安公名
世作也安公以直筆被極刑以死則信乎其言之可
信也蓋我 中廟之世有所謂己卯禍者靜菴趙先
生先祖爲之首其後歷 仁宗 明廟即位而士類
殲焉則所謂乙巳禍者也時 明廟幼冲 文定

宋子大全　卷一百六十四　九

『宋子大全』卷164〈左贊成閔公神道碑銘幷序〉,「蕭湘之竹歌」

簫曰黨既盡殺名流名其刑書曰武定之寶鑑必達者
家立碑公時其母夫人尚在心痛其冤而不敢直言
以爭然傷慟之意屢發於言凶黨慧恨故公遂譴逐
以終按史　文定以密旨諭兩司使除去　仁廟薨
尹任及大臣柳灌柳仁淑等林百齡許磁分囑臺諫
則執義宋希奎獻納白仁傑等自劾而曰尹任等雖
有可論者此非其時齊仁等亦引避曰希奎等所論
切直院相李彦迪並請出仕是乙巳八月二十一日
也二十二日百齡磁等詰闕上急變　文定與　上
出御忠順堂李芑等請論尹任等罪諸臣同辭救解

『宋子大全』卷164〈左贊成閔公神道碑銘幷序〉,「蕭湘之竹歌」

412

只　命竄任罷仁淑遞灌二十三日仁傑啟曰事雖
微細惟當光明正大令　內降密旨大失事體闕齊
仁金光肇將論啟毋任臣以為此事出於密旨不正
甚矣齊仁亦以為然遂不論此則可矣而密旨初下
奔走於宰相之門有同傳令軍卒是雖出於為　上
慰勞之心而臺諫之體則褻如矣是日加任等罷有
差三十四日遞罷兩司下仁傑于理三十八日鄭順
朋復疏論任等罷洪彥弼及仁鏡權橃李彥迪陵齋
仁安名世等十五人入對　簾中以順朋疏示之令
議罪彥迪涕泣請貸諸臣亦皆以好生為言惟磁及



『宋子大全』卷164〈左贊成閔公神道碑銘并序〉,「蕭湘之竹歌」

413

百齡陽救陰救遂賜三臣死仍致之族初白公來見
公曰此事不可不爭公曰正吾意也但以老母在耳
及見白公啟歎曰誠確論也終不以所己介意矣公
名世史草曰是敎之下李彥迪閔齊仁等顏色憔然
餘皆喧笑或有得色者又曰知經筵閔齊仁啟曰近
來災變甚多之難之後人心無不危懼士氣亦皆摧
折人心和平然後災變消士氣培養然後氣節與矣
尹任等雖不得不用法而人心危懼有如萬物畏霜
霆之威闓儒生至曰讀書何用人心如此此乃傷
和致災之道也人雖有罪必須寬怨人情莫不敬壽

『宋子大全』卷164〈左贊成閔公神道碑銘并序〉, 「蕭湘之竹歌」

然享壽之道亦以仁厚忠信爲本則自有荐臻之慶矣又曰豈必罪人進君子退小人則人心自定之經席之上發此言者惟齊仁一人而已此安公特筆也安公既死凶黨議改其史草公又力言其不可於是羣凶駭怒共謀擠陷又史戊申六月左議政尹仁鏡兵曹判書黃憲右贊成沈連源左參贊任權右參贊黃光軒吏曹判書尹元衡同知中樞崔演禮曹判書李薇工曹判書宋世珩等會賓廳密啟曰亂逆天地所不容不可以仁柔治之左贊成閔齊仁自誅逆之後每爲仁柔之論臣等知此論終必有弊第以勳臣之

宋子大全　卷一百六十四　十一

『宋子大全』卷164〈左贊成閔公神道碑銘幷序〉,「蕭湘之竹歌」

故只禁抑而已至今執迷不回乃曰受罪者多故亦
竟不止且以安名世史草爲不可改士林之追慕者
皆以此爲是人心士君曰趁於不正此爲根抵所關
非輕請罷職 文定同 上卽賜對簾中曰所啓甚
駿方今 主上幼冲國事專恃朝廷豈料爲國敎官
者反爲邪議哉 中宗治尚覧仁而凶歉相仍豈罪
逆之致乎安名世褒揚逆賊而謂其史不可改尤不
可知也此人常於經席惓惓以仁政爲壹豈料其書
之有在毁仁鏡曰暴者迎謀始於 主上潛邸之時
終發於卽位之初齊仁性本執拗謂其之罪過毫臣

『宋子大全』卷164〈左贊成閔公神道碑銘幷序〉,「蕭湘之竹歌」

等恐因此兩人心特誤故共議以啓其罪則不止於
罷矣憲曰趙光祖誤其一世及其見敗猶以爲是齊
仁常慕己卯之事故見重於士林每發一言人輒誇
張齋仁喜其譽張不知自上至日念及時事仰屋長
歎且聞有鍾樓掛牓多有不可道之言　簾中曰掛
牓事不勝駭愕我不敢知　主上不當竝立李連賊不
當罪乎位高勳臣其所以長惡者何　連源曰齋仁
自是已見立論多諛四夫異議人猶惑之況位高之
人乎元衡曰齋仁性本慈祥凡於罪人每欲從輕故
僑輩指爲慈悲僧大臣亦當戒責尚且執迷矣遂演曰

宋子〇〇〇　卷一百六十四　三十二

『宋子大全』卷164〈左贊成閔公神道碑銘幷序〉,「蕭湘之竹歌」

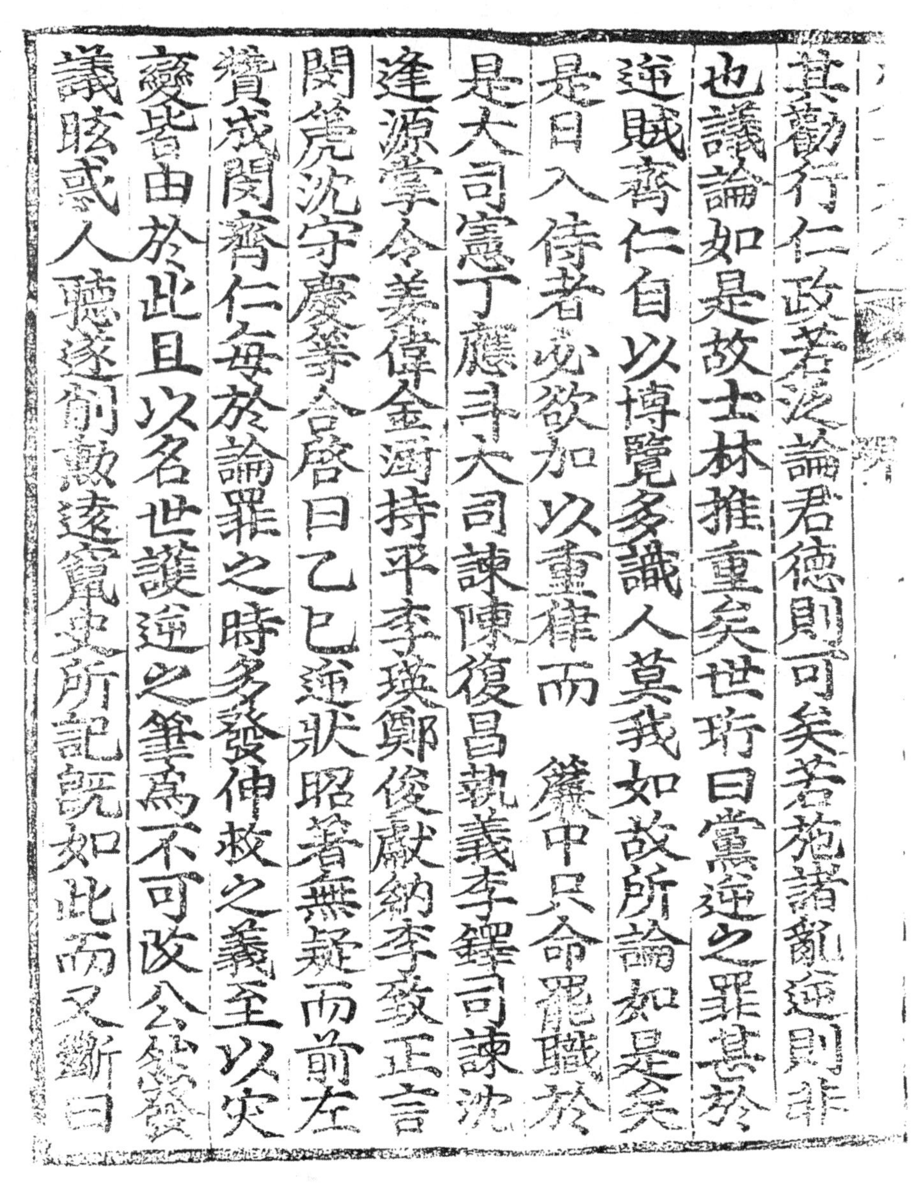

其勸行仁政若法論君德則可矣若苑諸亂逆則非
也議論如是故士林推重矣世琦曰黨逆之罪其於
逆賊齊仁自以博覽多識人莫我如故所論如是矣
是日入侍者必欲加以重律而　纍中只命罷職於
是大司憲丁應斗大司諫陳復昌執義李鏵司諫沈
逢源掌令姜偉金涸持平李瑛鄭俊獻納李發正言
閔篪沈守慶等入啓曰乙巳逆狀昭著無疑而前左
贊成閔齊仁每於論罪之時多發伸救之義至以災
變皆由於此且以名世護逆之筆為不可改公然發
議眩惑人聽遂削勲遠竄史所記既如此而又斷曰

『宋子大全』卷164〈左贊成閔公神道碑銘幷序〉,「蕭湘之竹歌」

418

齊仁爲士林所推皆望入相至是被罪人皆惜之野
史曰齊仁以伸救士類謫公州衣食不能自給詩
聞之除其弟齊英唐津縣監奸黨使陳復昌李無彊
等劾磁云公在謫所日以泉石嘯咏爲樂登臺臨流
隨意成趣若將終身然其愛君憂時之心亦未嘗一
日忘也嘗作歌遣懷其大意託於瀟湘之竹擬作倚
天之箒盡掃殺日浮雲云爾巳酉七月十日公年五
十七卒于謫所初葬懷德三政洞後改葬揚州平丘
驛西北鳴牛里盖公於禍初不能正言抗論以救士
類其剛直之氣少遜於白公而其悲傷惻怛之心頎

宋子大全　卷一百六十四　　十三

『宋子大全』卷164〈左贊成閔公神道碑銘幷序〉,「瀟湘之竹歌」

乎其至也故其故解

所怒其爲白公所駁者亦以母夫人在故其事不能

遂如其心昔傳秘閣以重得禍貽親憂不敢忤秦檜

怒其心可怨故朱夫子狀其行而直以爲不幸況公

則卒乃爲凶黨所斥而至以宗仰趙靜養爲按豈所

謂熙寧奸黨日錄之悖是自然不易之公論耶若使

凶黨仇公不甚俾保其秩祿則公之自白雖用十駕

之力無益於俗不信祇取厚矣豈公眞心與善故天

誘凶徒之衷使公坐洗其蛾耶在漢徒受南師之禁

而不與李杜之流在宋深慕元祐之賢而終受元豐

『宋子大全』卷164〈左贊成閔公神道碑銘幷序〉,「蕭湘之竹歌」

之汙者無其理也世徒見公一被白公之斫而不復
舒究其始終欲以一事蓋一人執知朱夫子用春秋
寬猛之中以論傳公之義哉噫可與權者然後可以
知此也公既歿二十年爲　宣祖大王之元年也李
文成珥諸賢力主公議盡洗幽寃削去武定之勲公
遂追復舊官觀屈仲公者而可以知公矣其族姓書
曰閔氏系出黃驪有稱道仕高麗爲尚衣奉御自是
聞人達官前後相望遂爲東方大姓至高祖審言爲
賢良　光廟受禪以判書徵不就年九十餘終于童
城曾祖冲源以遺逸擢拜執義祖諱粹吏曹正郎有



『宋子大全』卷164〈左贊成閔公神道碑銘幷序〉,「蕭湘之竹歌」

能詩聲考諱龜孫典籍以端潔補兩世遊作畢寒暄
門有師友淵源姚彥陽金氏公膽力絕人善歌詠兼
通射御幼時作文大為先輩所賞公亦自喜刻意勤
苦必期於極致華人嘗見其詞賦曰古騷之流也公
和厚溫謹雖婢僕未嘗惡言罵詈其口所歷亦未嘗
使食也己卯以來人皆諱言靜菴諸賢公誠心追慕
嘗以憲長遂請洗冤復官戊貞之後以是為言者莫
公先也其事親樂志忠養與弟齊英友愛宗族人
貧者收恤如不及濟人利物無有餘誠故所在感戴
至形於歌謠性喜澹泊雖仕宦日必耽幽勝蕭然自

『宋子大全』卷164〈左贊成閔公神道碑銘幷序〉,「蕭湘之竹歌」

適蕩其官自及第爲翰林歷吏兵曹正佐郎司諫院
正言司憲府掌令侍講院文學弼善弘文館修撰校
理賜眼湖堂皆擢選也如承文院成均館諸司無不
歷踐嘗爲典設守則以嘗惡於沈貞之子思遜以守
爲公祖考嫄名欲以困殆也陞通政爲吏戶工
副提學承旨大司諫義廣二州牧嘉善資憲則
鏡南道節度使平安道觀察使吏刑曹參判國
漢城左尹嘗與權公橙李公潤慶李文純公滉
亨秀同修　仁廟事實仍赴京請論再爲大司
宋文忠公麟壽請罪元衡之兄元老則元衡起

宋子大全　卷一百六十四　十四

『宋子大全』卷164〈左贊成閔公神道碑銘幷序〉,「蕭湘之竹歌」

也為吏戶兵曹判書兼兩館提學以入侍忠順...

李文元彥迪諸公同錄勲封驪原君及以崇秩...

贊成則　文定時削奪者也公字希中公娶固城

氏麗朝名相邑之後縣令峋之女婦德善備後愛而

祔焉男思容郡守思寬禮賓奉事思安縣令思宣

察側出思察思宜令至五六世而子孫殆至...

顯者孫庫令汝健　贈正郎汝俊正郎汝信僉判汝

任府使汝儉僉判汝慶汝虎死難　贈僉判曾孫府

丑撥以清白顯節度使栐死國事玄孫觀察使...

掌令光爛五代孫著童丱生員及第今為吏曹佐郎...

『宋子大全』卷164〈左贊成閔公神道碑銘幷序〉,「蕭湘之竹歌」

鼎重吏曹參判維重觀察使外裔承旨蔡忠元判書
蔡裕後然判李尚眞也有立嚴集六卷行于世余惟
公之文章節行過人遠甚而遭時迍邅略古睽初志
爲所掩及其獨復於積陰之中厄窮悲憤以沒其世
亦可悲也然史筆不沬公議難誣是非之寔不待百
年而又多賢子孫豈天定之可驗者歟乙巳圭菴
宋文忠麟壽以士林領神蒙被淫禍余其從曾孫也
今於此文誼尤不敢辭矣然辭甚繁而不敢毅者史
家之筆難於省削之多也銘曰
昔歲龍蛇　二聖繼陟　母后權聽　奸凶肆毒蒙祺鉄

宋子大全　卷一百六十四　十六

『宋子大全』卷164〈左贊成閔公神道碑銘幷序〉,「蕭湘之竹歌」

『宋子大全』卷164〈左贊成閔公神道碑銘幷序〉,「蕭湘之竹歌」

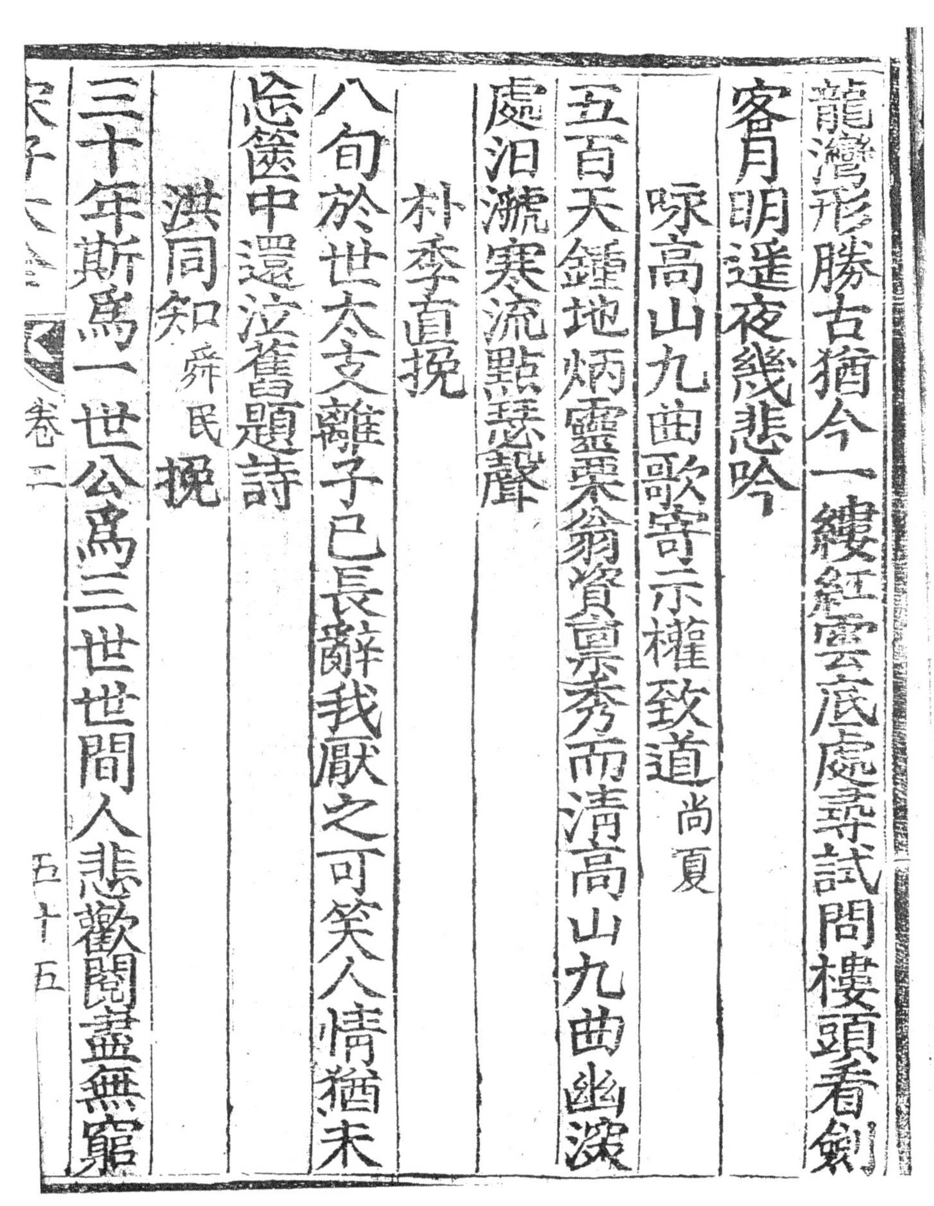

龍灣形勝古猶今一縷紅雲底處尋試問樓頭看劍
霄月遲夜幾悲吟
　　咏高山九曲歌寄示權致道尚夏
五百天鍾地炳靈栗翁資稟秀而清高山九曲幽深
處泪瀧寒流點瑟聲
　　　朴季直挽
八旬於世大支離子已長辭我猒之可笑人情猶未
忿篋中還泣舊題詩
　　洪同知 舜民 挽
三十年斯爲一世公爲三世世間人悲歡閱盡無窮

『宋子大全』卷2, 「咏高山九曲歌寄示權致道尚夏」

士子修藏之所則遠近響合議已克定而第以舉贏

時屈財無所出惟不克有成是懼如是而不以告於

同志則是愚等自外於樂善好義之君子而以此事

自私也夫豈曰憸人心公道義而無歉於聽聞哉故

兹以布告倘蒙開可以共相兹役則不惟一方之幸

於世道汙隆亦庶有萬一之補矣

高山九曲歌翻文

高山九曲潭世人曾未知誅茅來卜居朋友皆會之

武夷仍想像所願學朱子一曲何處是冠巖日色照

平蕪煙斂後遠山眞如畫松間置綠樽延佇友人來

『宋書拾遺』卷7 雜著,「高山九曲歌翻文」

右冠巖

二曲何處是花巖春景晚碧波泛之山花野外流出去勝地人不知使人知如何　右花巖

三曲何處是翠屏葉巳敷綠樹有山鳥下上其音時盤松受清風頓無夏炎熱　右翠屏

四曲何處是松崖日西沈潭心巖影倒色色皆蘸之林泉潊夏好幽興自難勝　右松崖

五曲何處是隱屏最好看水邊精舍在瀟灘意無極箇中常講學咏月且吟風　右隱屏

六曲何處是釣峽水邊闊不知人與魚其樂孰為多黃昏荷竹竿聊且帶月歸　右釣峽

七曲何處是楓巖秋色鮮清霜薄言打絕壁眞錦繡寒巖獨坐時聊亦且忘家　右楓巖

八曲何處是琴



『宋書拾遺』卷7 雜著,「高山九曲歌翻文」

宋書拾遺卷之七



灘月正明玉軫與金徽聊奏數三曲古調無知者何

妙獨自樂　九曲何處是文山歲暮時奇巖與怪

石雪裏埋其形遊人自不來謾調無佳景

『宋書拾遺』卷7 雜著,「高山九曲歌翻文」

430

疑以出見此亦喜躍音之情也午抵逍遙嶺上有士人趙
元方自北青迴步挽公車通名以拜仍道北青事甚詳慰
勉行李亦勤趙是無素分者也暮入淮陽府中人家病謫
客姜正言大進柳秀才文錫乘昏來拜公各言謫況之苦
以此勉之　十八日早發淮陽過銀溪至黃魚淵邊歇馬
府使送行止此柳兔山藪（公之甥姪）辭歸午上鐵嶺嶺幾押參
鳥道懸雲白山茲茲關路悠悠北上行色已酸然自嶺下
高山如從天降一步回首後從尚木末矣（公登鐵嶺作歌其辭曰）鐵嶺嶺上

노픈재예자고가ᄂᆞᆫ구룸아孤臣寃淚을비삼아ᄯ의여다
가님계신九重宮闕의ᄲ려본들엇뎌ᄒ리此歌傳播都

下宮人皆習唱一日光海君遊宴後庭酒酣聞此曲問誰
所作也宮人以實對光海愀然不樂因泣下罷酒而終不

『白沙先生北遷日錄』,「翻鐵嶺歌」

能召還至今聞之者莫不感泣事載南原主人趙敬男野
史尤齋宋相國翻而為詞曰鐵嶺高處宿雲飛飛何處
歸願帶孤臣數行淚作雨去向終南北岳間沾灑瓊樓玉
欄干南相國九萬嘗按北路過咸關嶺亦翻此歌爲詩曰
咸關嶺高復高夜宿曉去寒雲飛孤臣寛淚欲付汝願帶
為雨長安歸長安宮闕九重裡偏向君前一霏霏蓋以鐵
嶺爲咸關者暮投高山驛店宿店主曰今有兩大臣接迹
傳聞之異也
而來必國裡有事矣似聞皆以孝母后得罪云獨國母異
於閭閻之人乎語勢漸危懼而止之曹僉使大臨家柱湖
西因事入京適值公之是行卽四馬隨之周旋行李不憚
艱苦公使曹歸曰旣逾嶺矣吾尚無事道上勤君多矣止
此而返可也曹泣且言曰吾年七十不以老爲辭長路隨
公只效吾誠也不至顛踣足矣何憚勤苦況去路猶遠公

『白沙先生北遷日錄』,「翻鐵嶺歌」

432

病尚危吾身不死誓不中返言甚慨切聞者感嗟公有踰
鐵嶺詩曰孤臣不度濟人關日月昭昭宇宙寬青海怒聲
風氣勢石山孤影雪屢顏恩加沙塞氷先泮心健關河路
不難唯有憶君千里夢曉隨殘月趁朝班 十九日有雪
李敦詩辭歸道上相分去畱俱涕早發高山行至富坪川
邊許天慶自咸營來迎望公行色不禁悲泣午憩南山驛
冒雪入安邊府使吳煥丁父憂往殯歛中送箕男〔李适之亂官至知事〕
往弔之以致纍人不敢來弔之意吳卽使其子來謝之
二十日一行人馬驅馳度嶺困仆不任道畱休北青判
官趙元範自京迴歷拜于公騍聞廷請尚未完邑中男婦

『白沙先生北遷日錄』,「翻鐵嶺歌」

乘舟西下
處世苦不諧　悠然歸意催
天心縱不移　變態知誰裁

滄海細雨迷　斜陽孤棹開
美哉水洋洋　萬念嗟已衰

只有一寸丹　九死終不回

去國舟下海州〔癸末〕
四遠雲俱黑　中天日正明
孤臣一掬淚　灑向漢陽城

附　高山九曲歌〔本集錄係宋時烈鄭澈文〕
高山九曲潭　世人未曾知
誅茅來卜居　朋友皆會之

武夷仍想像　所願學朱子

一曲何處是　冠巖日色照
平蕪煙斂後　遠山眞如畫

松間置綠樽　延佇友人來

『栗谷全書』卷2,「高山九曲歌翻文」

二曲何處是花巖春景晚碧波泛山花野外流出去

勝地人不知使人知如何

三曲何處是翠屏葉已敷綠樹有山鳥上下其音時

盤松受清風頓無夏炎熱

四曲何處是松崖日西沈潭心巖影倒色色皆蘸之

林泉深更好幽興自難勝

五曲何處是隱屏最好看水邊精舍在瀟灑意無極

簡中常講學詠月且吟風

六曲何處是釣溪水邊闊不知人與魚其樂孰爲多

黃昏荷竹竿聊且帶月歸

七曲何處是楓巖秋色鮮清霜薄言打絕壁眞錦繡

卷二

四十二

『栗谷全書』卷2，「高山九曲歌翻文」

寒巖獨坐時聊亦且忘家

八曲何處是琴灘月正明玉軫與金徽聊奏數三曲

古調無知者何妨獨自樂

九曲何處是文山歲暮時奇巖與怪石雪裏埋其形

遊人自不來漫謂無佳景

栗谷先生全書卷之二

『栗谷全書』卷2,「高山九曲歌翻文」

權氏有書亦藏于其家權之先爲是公姨親也觊識

此且銘其硯而歸之于卽祚之十二年戊申初夏題

仍命公倚喬 [李秉模] 之在閣職者書之

御製御書硯銘 [刻之硯背]

涵斐池象孔石普厳施龍歸洞雲潑墨文在兹

高山九曲詩 [屬諸公依先生九曲歌歌而成之　九庵既次武夷櫂歌首韻以下分]

五百天鐘地炳靈栗翁委稟粹而清高山九曲幽

處汨號寒流點瑟聲　尤庵宋時烈

一曲松間漾玉船冠巖初日映前川攜筇坐待佳朋

至遠岦平蕪捲夕煙　文谷金壽恒

二曲偃巖花映峯碧波流水漾春容落紅解使漁郞

『栗谷全書』附錄 續編,「高山九曲詩」

識休說桃源隔萬重　霽月宋奎濂

三曲會聞詠艇船上游移櫂問何年山禽解說滄桑
事下上其音正可憐　犬巖鄭澔

四曲松崖萬尺巖日斜林影翠毿毿怡情正在幽溪
處雲白山青集一潭　睡谷李畬

五曲雲煙溪復溪武夷精舍此山林偶然杖屨清溪
上誰會吟風詠月心　谷雲金壽增

六曲春溪釣綠灣歸時溪月照松關濠梁上下天機
活魚我相念果孰閒　三淵金昌翕

七曲楓巖倒碧灘錦屏秋色鏡中看悠然獨坐怱歸
路一任霜風拂面寒　遂庵權尚夏

栗谷全書　附錄續編　三

『栗谷全書』附錄 續編,「高山九曲詩」

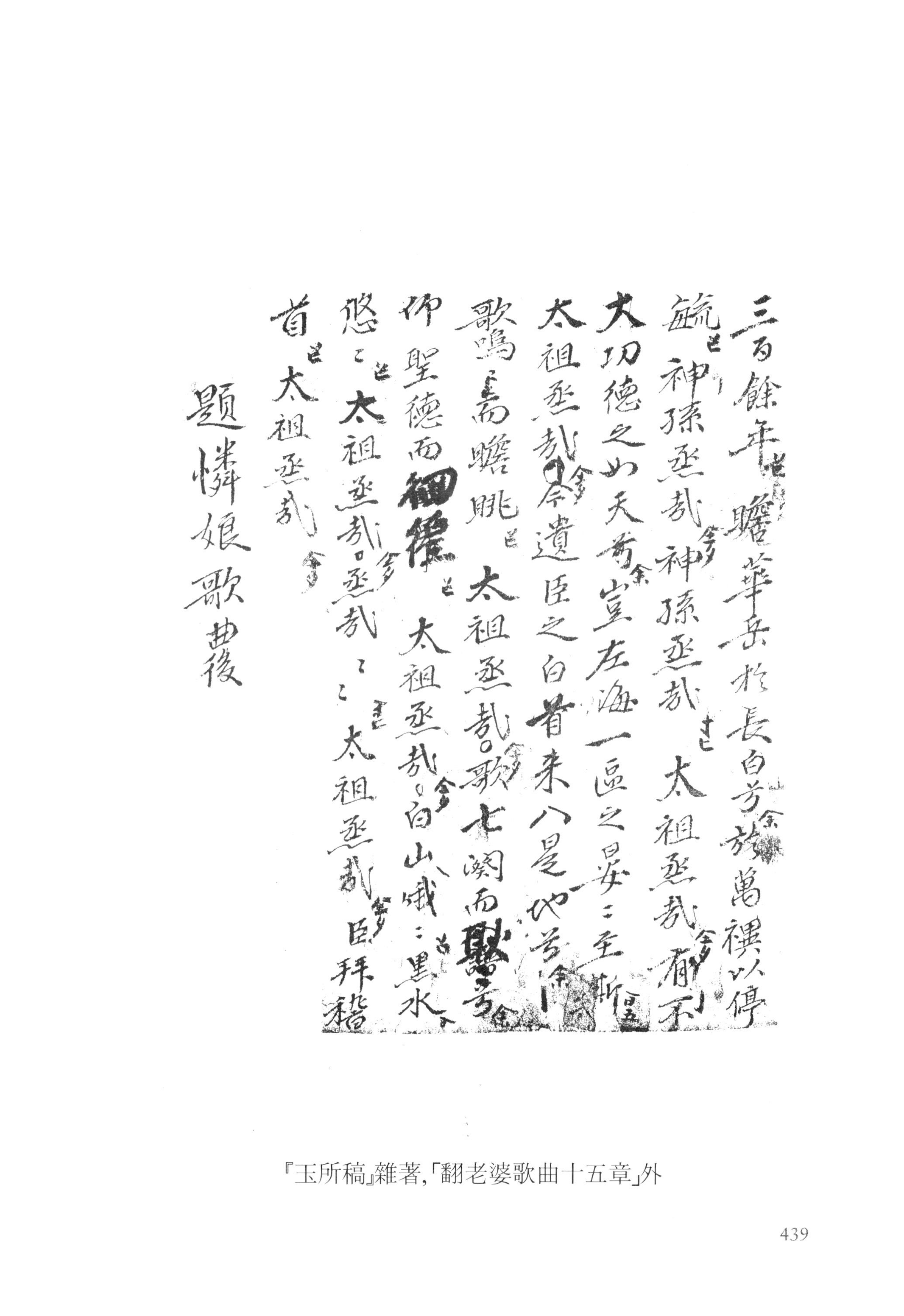

『玉所稿』雜著,「翻老婆歌曲十五章」外

啼亂倫常天地裏來凌逢已大都

咸山老妓女甲戌所咏之歌曲斯何人斯者

年劉村隱以小人有母之言使賊相失色低

首今此娘倉卒喉中之出亦骸驚倒何方

伯之心膽貴賤何言劉鞾軾下之男子而

小塞絶域中花坊賊地亦有此烈之死節

何也罵子是娘生年以博雅古今史閫修

京外此何減　之智是娘也玉衔弱今十七歲

薄遊小路逢見此娘之同花甲而同我不

『玉所稿』雜著,「翻老婆歌曲十五章」外

440

死興之對坐一別地嘻嘻
娘名可憐其歌曰南岳秋燒而酒圍月出
北方賤人則浮失知不知幼兒子今浮既
失之慈母是其歡然而樂此可八於古
冷譜

『玉所稿』雜著,「翻老婆歌曲十五章」外

有寄斯酬可憐卿娘

滿車黃橘千載風情櫻桃一闋慚

怳聲名非時閒戲老妻神情一闋

非姬九裏同庚

翻老婆歌曲戲成二詞

七寶亭前君子之花　白首把折

驚動老婆　男仙女仙游戲婆娑婆

『玉所稿』雜著,「翻老婆歌曲十五章」外

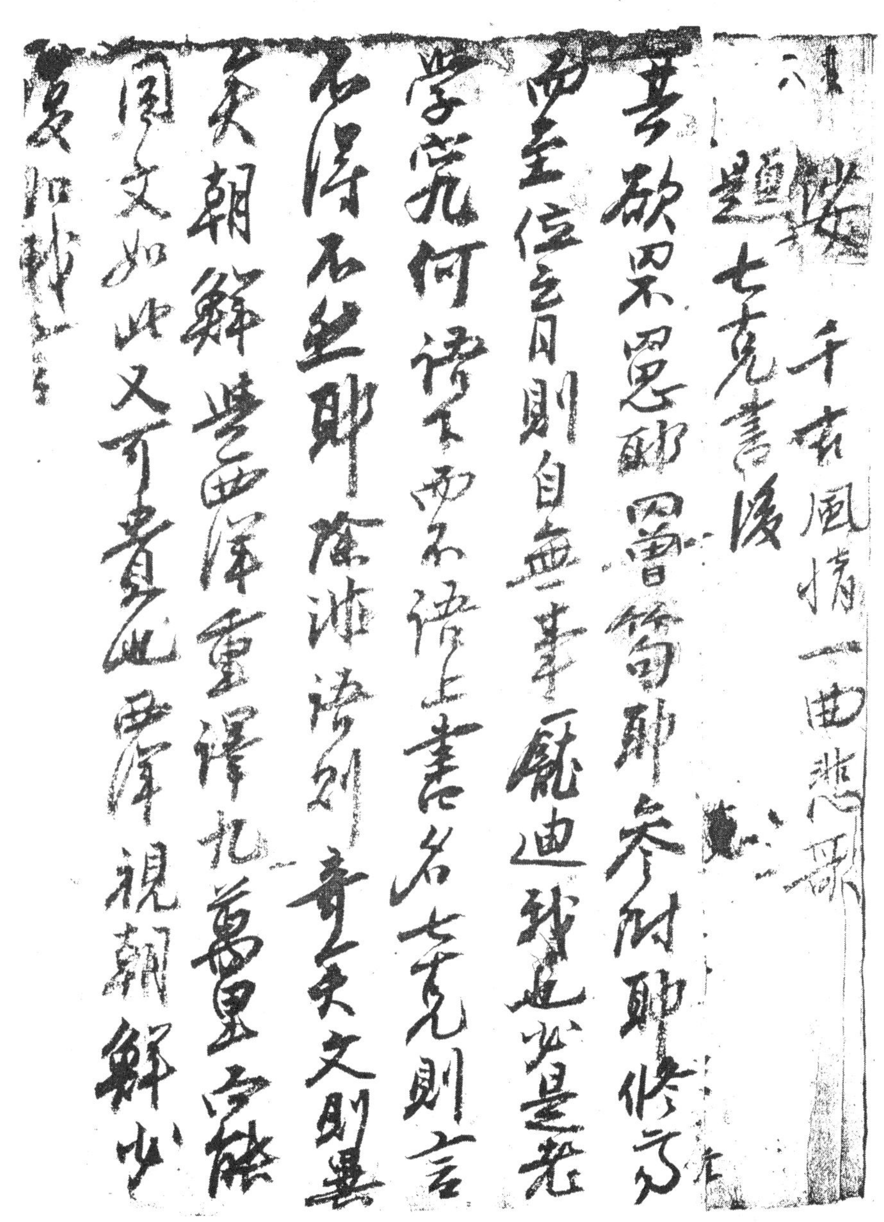

『玉所稿』雜著,「翻老婆歌曲十五章」外

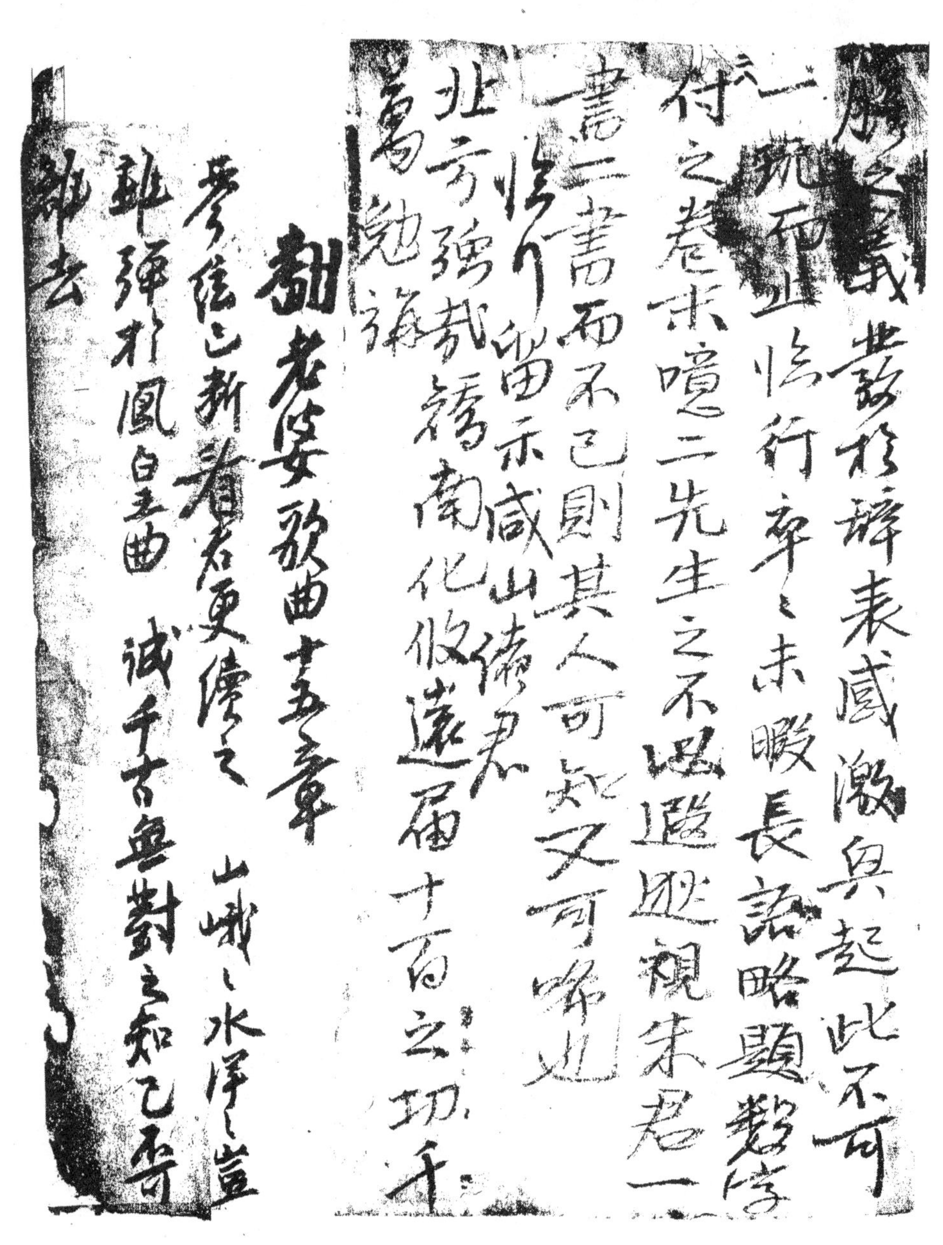

『玉所稿』雜著,「翻老婆歌曲十五章」外

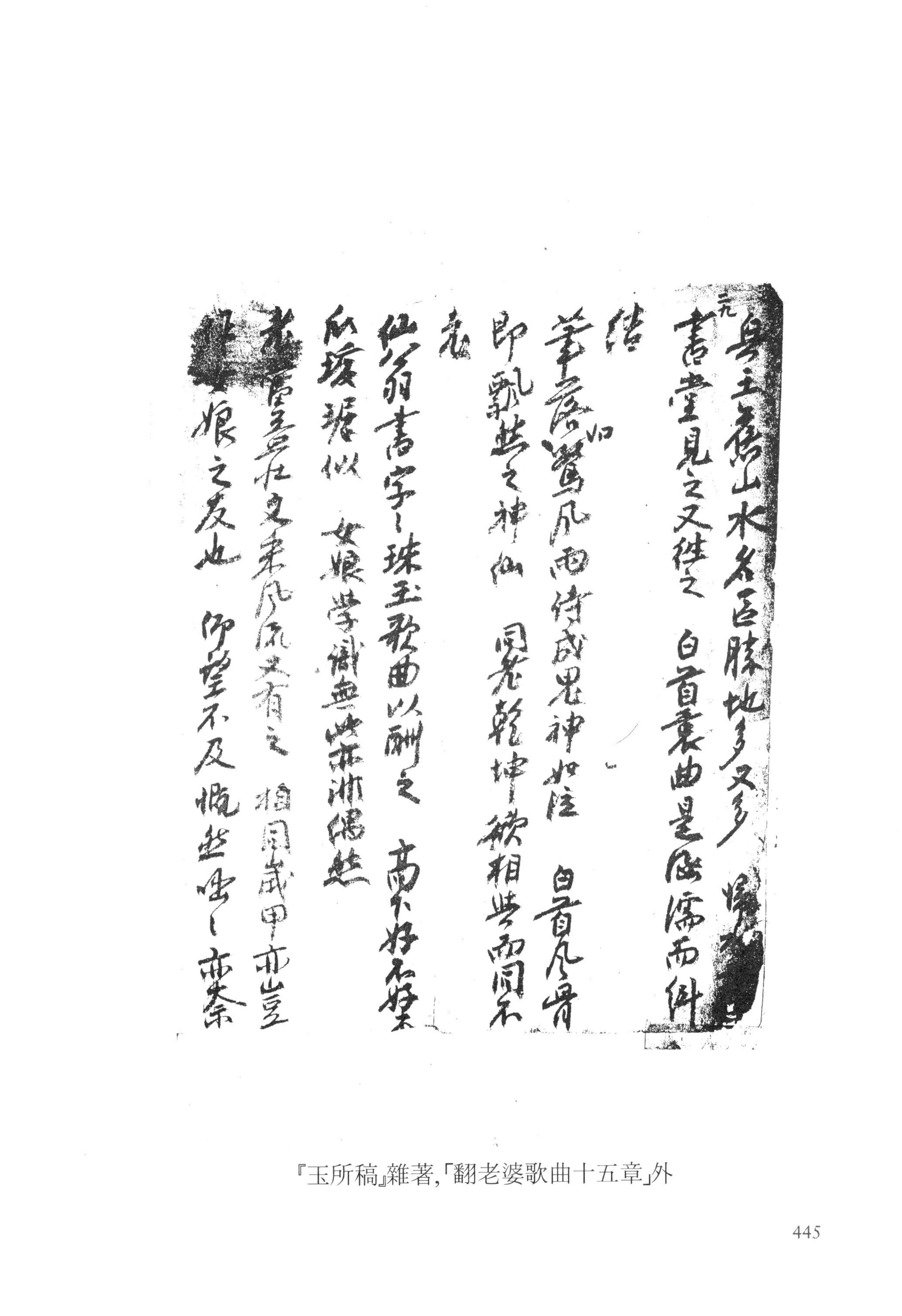

『玉所稿』雜著,「翻老婆歌曲十五章」外

445

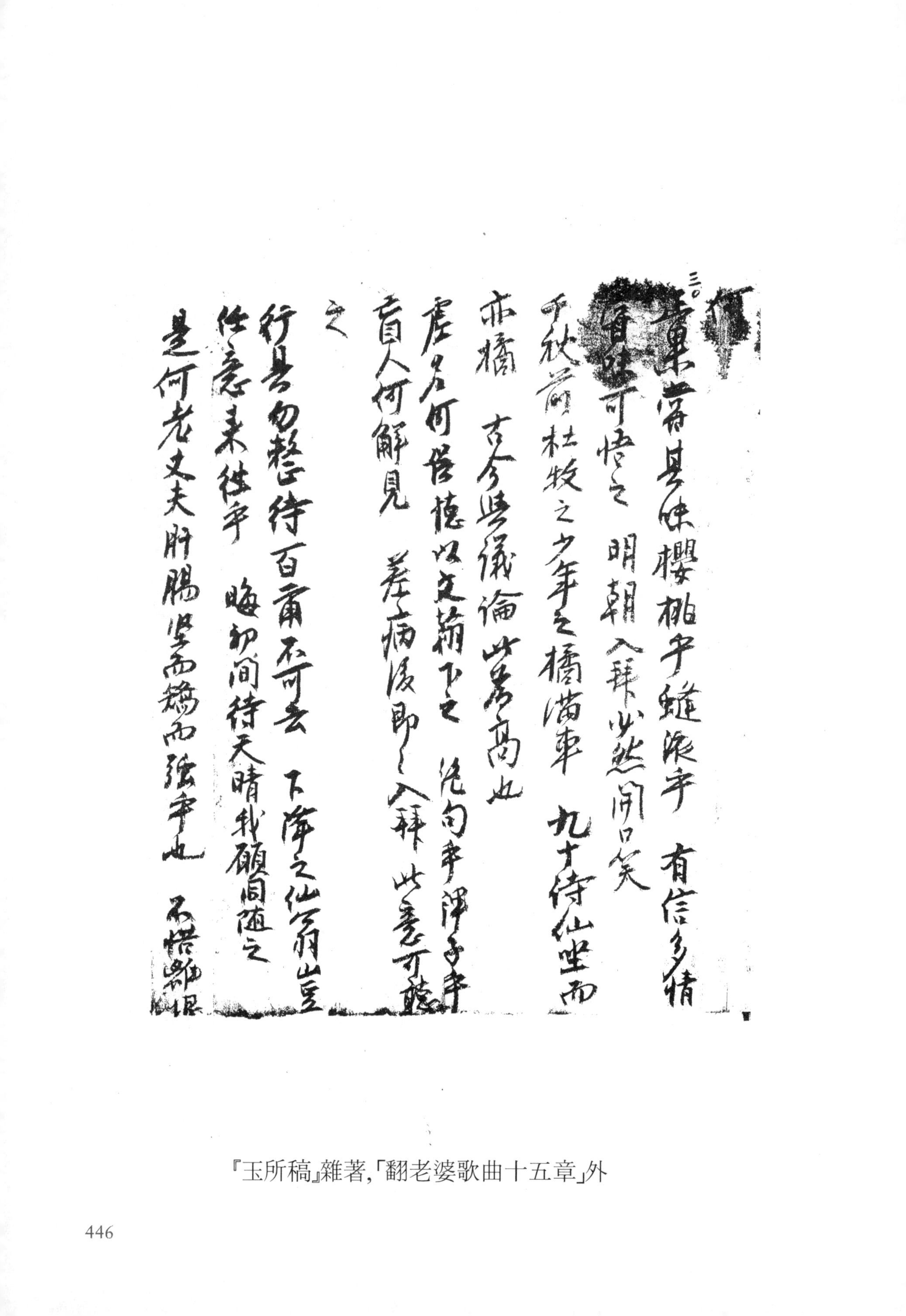

『玉所稿』雜著,「翻老婆歌曲十五章」外

『玉所稿』雜著,「翻老婆歌曲十五章」外

『玉所稿』雜著,「翻老婆歌曲十五章」外

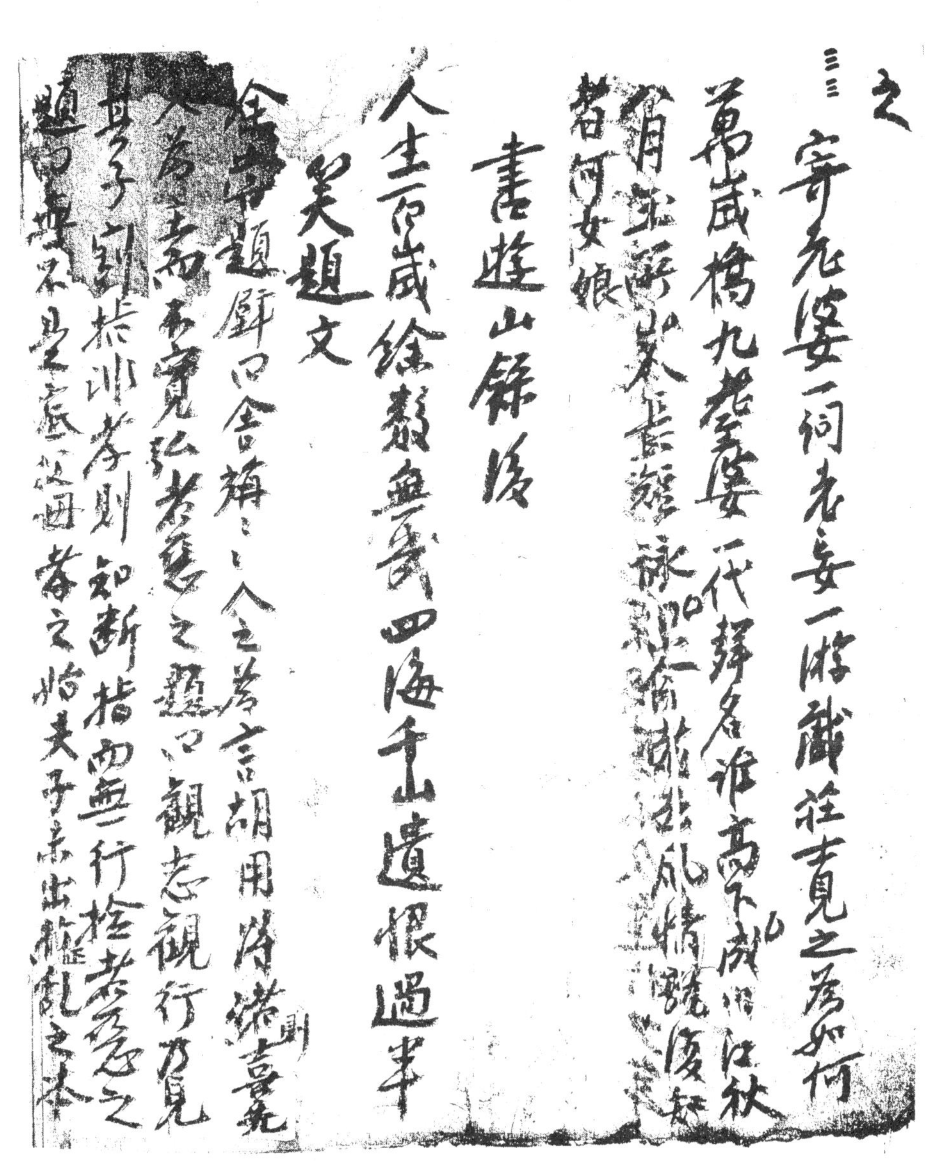

『玉所稿』雜著,「翻老婆歌曲十五章」外

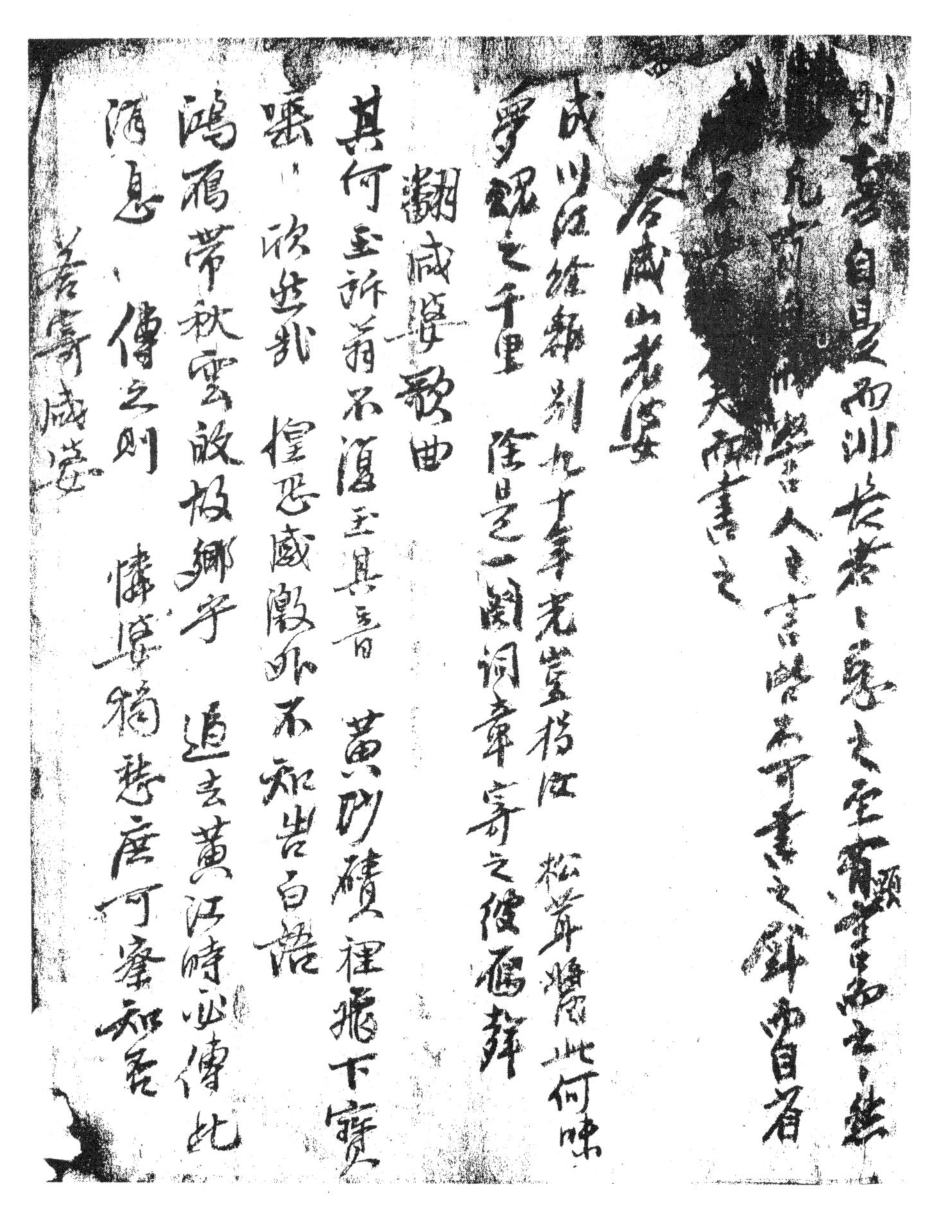

『玉所稿』雜著,「翻老婆歌曲十五章」外

『玉所稿』雜著,「翻老婆歌曲十五章」外

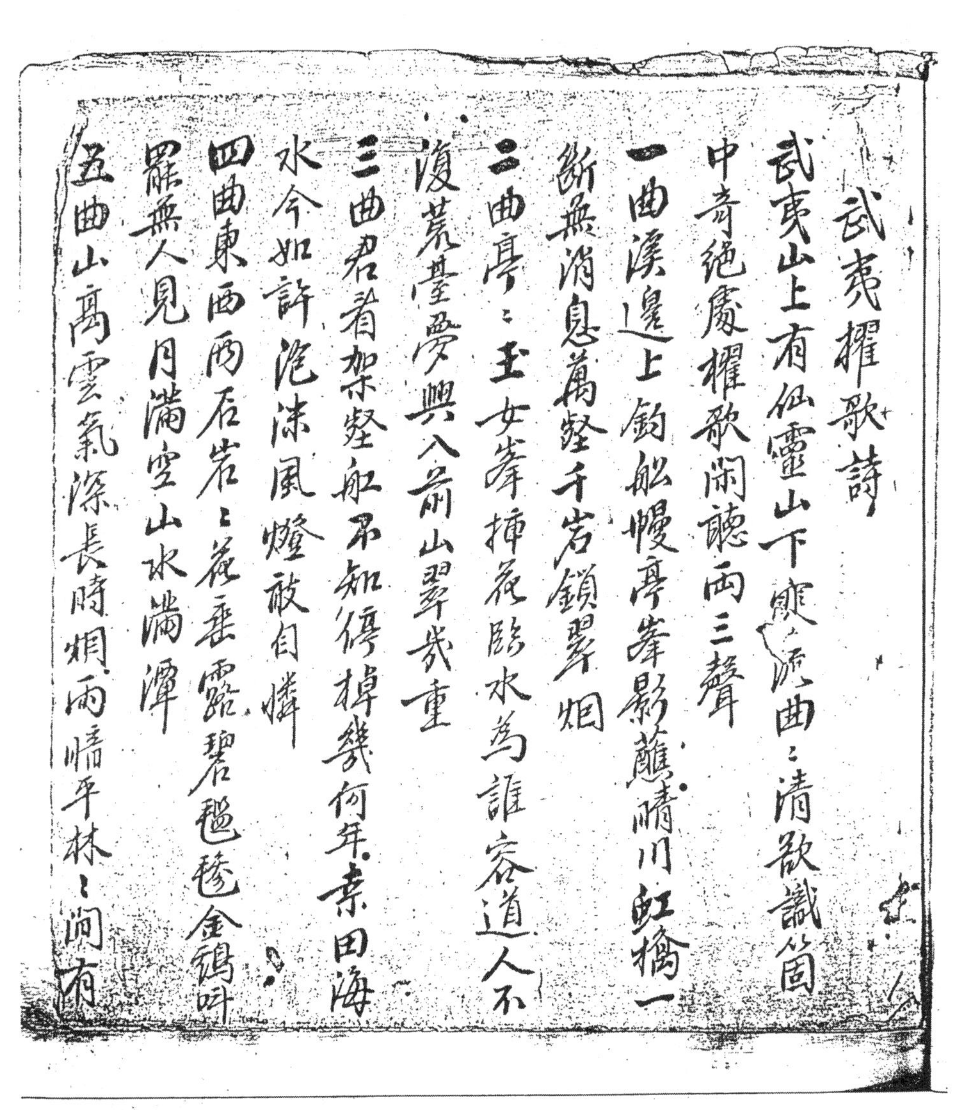

武夷櫂歌詩

武夷山上有仙靈山下寒流曲々清歌識箇
中奇絶處櫂歌閑聽兩三聲
一曲溪邊上釣舩幔亭峯影蘸晴川虹橋一
斷無消息萬整千岩鎖翠烟
二曲亭々玉女峯插花臨水為誰容道人不
復荒臺夢興入前山翠袋重
三曲君看架壑舩不知停櫂幾何年桑田海
水今如許泡沫風燈敢自憐
四曲東西兩石岩々花垂露碧㲯毿金鷄叫
罷無人見月滿空山水滿潭
五曲山高雲氣深長時煙雨暗平林々間有

『玉所藏呇』,「高山九曲歌詩」「黃江九曲歌」外

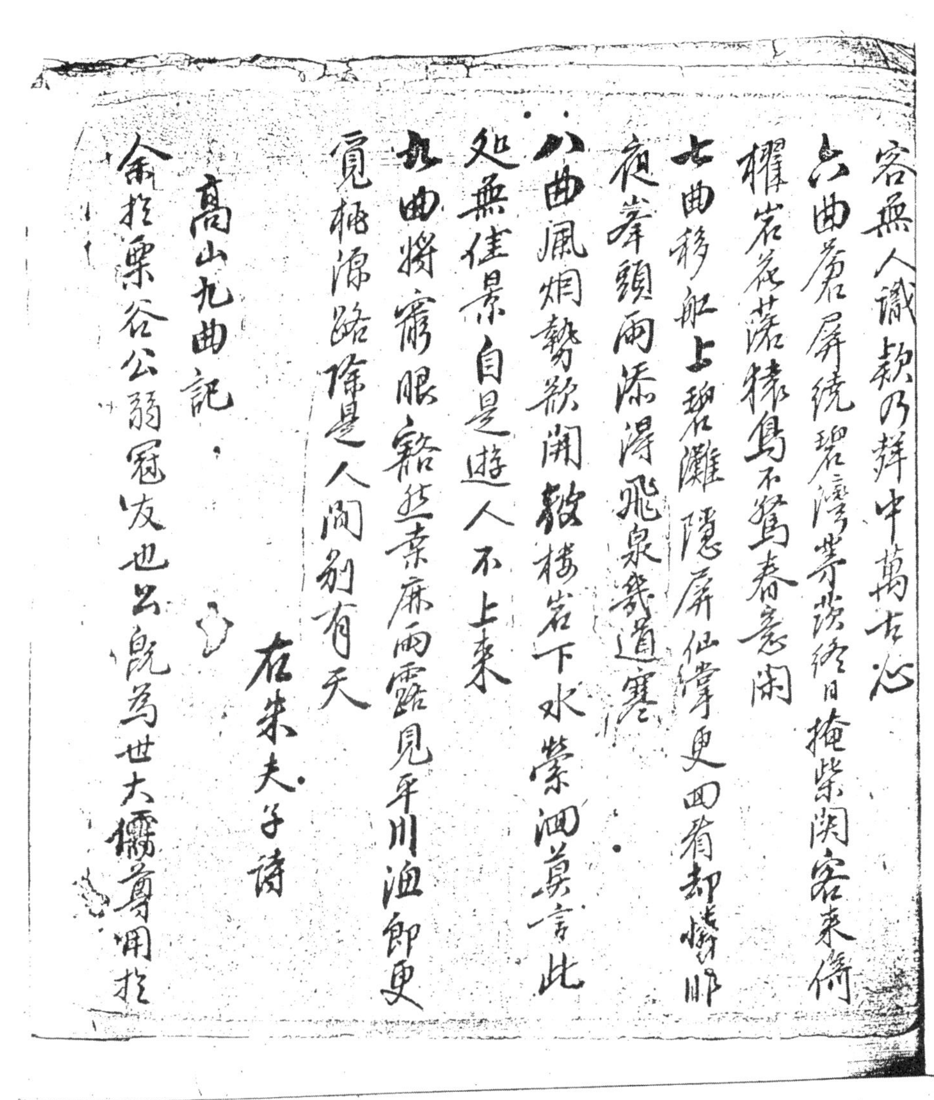


『玉所藏呇』,「高山九曲歌詩」「黃江九曲歌」外

朝不辜未完卒今二十五年矣顧余一無用物耳
老而不死與公子景臨遇扵西京俯仰世
極俟不足而潛有餘生乃請余記之故屋屋海之高
山九曲潭劣余自云卜地之初佩銅隆縣還継案
熟所謂九曲潭者未嘗不在夢想之中濱據生揭
列其次而述曰茅一曲為冠嵒雛卅城兩洞四
五里其距海門二十五里山頭有立石器冠為者
而卓扵扱以名義亦猶夫冠嵒之義乎自此而生山
勢遄遥溪水並之而其陸廈下坐澄潭足為隱若
之所艦縱蓋有山村散家姙見焉茅二曲為花嵒周
冠嵒五里許嵒縫石鑄皆花如山榴者蕭生取以
名凌西山村可十餘家茅三曲為翠屏自花嵒

『玉所藏岾』,「高山九曲歌詩」「黃江九曲歌」外

三四里許岩愈多奇而翠圍如屏狀故名屏㟴㟴前
野洞中人農焉野中有盤松一盖下可坐數百人
屏北土人安氏家焉四曲為松崖自翠屏三四
里許石壁千尺其上松林翳日故名潭心有石如半
露舡形者名曰舡岩上可坐八人士人朴氏對而家
焉盖陵公入洞也苐五曲為隱屏自松崖二三里許
石峰高圓明霽特異潭邊底皆石窪砌而貯之水
者屏之義視者而隱又近取諸身以托退休之義㦲
公將即石潭之屋略為捿息之所而浸學既衆則相
與碟為可以容廥觀設盖備則尊先惠後不哥一
少是有隱屏精舍而附廲精舍次菳以成者如千
其為宜各為小記而避近之頃有所不暇也姑鈞

『玉所藏沓』,「高山九曲歌詩」「黃江九曲歌」外

溪者自隱屏三四里許枕溪之岩多是自在鈞
魚磯故名而曲之第六者也若楓岩者自鈞溪二
三里許岩皆楓林被之霜凌絢如霞蔚故名
而曲之第七者下有數家村宗柘紫荊隱然一區
畫中若琴灘者灘拜泠然眾琴之響節故
名而曲之第八者也若文山者因舊名而已為茅
九曲終焉公存也人為地之靈文不在兹乎公云也
天有不與之喪者文不在兹乎且九者韶德之數
也余少也知公小字宗應九二而小山舊名偶符斯
文于時而不曰造物者未始不與於其間則未信也
朱子居閩之武夷山則有九曲洞天公居海之高
山則有九曲岩堂東南萬里吾道一氣脈自相

『玉所藏呇』,「高山九曲歌詩」「黃江九曲歌」外

貫通而後歎若夫壬辰兵戈而來公家受禍寧
悌而山林水石且不免焉則闕於 國運甫奈何乎
余之知公非故闕風而奧者也然既九原不可復作
得同舡詠於九曲之清流而獨有同學文字焉
公業致之可以拓練精爽於九曲之陳跡然且遠
焉而能卷而畀之景臨生微書于簷楣之間憺
裁
萬曆紀元之三十六年九月日通川崔山岦記

高山九曲歌

高山九曲潭을 사람이 모로더니 誅茅卜居하니
벗님네 다오신다 어즈버 武夷를 想像하고 學朱
子를 하리라

『玉所藏呇』,「高山九曲歌詩」「黃江九曲歌」外

一曲은 어드메오 冠岩의 히 빗쵠다 平蕪의
뉘거드니 遠山이 그림일쐬라 松間 綠樽을
고 벗오로 양보라 노라

二曲은 어드메오 花岩의 春晚커다 碧石流의 고
줄메 위 野外로 흘너간다 世俗勝地 몰으
니 알께 혼들 엇터리

三曲은 어드메고 翠屛의 닙퍼젓다 綠樹의 山
鳥上下 其音 齊의 盤松이 受風홈을
니머 景이 업세라

四曲은 어드메고 松崖에 히 넘거다 潭心岩影이
온갓 빗지 줌겨라 林泉이 깁도록 죠흐니
興을 계위 호노라

五曲은 어드메고 隱屛이 보기 됴타 水邊精舍
는 瀟洒홈이 フ이업다 이 中의 講學을
고 詠月吟風ᄒ리라
六曲은 어드메고 釣溪에 물이 넙다 나와 고
기와 뉘아 더옥 즐기ᄂᆞ고 黃昏의 물메
고 帶月歸ᄒ리라
七曲은 어드메고 楓巖의 秋色 됴리 淸霜이 엷
게 치니 絶壁이 錦繡ㅣ로다 寒巖의 혼자 안
자 집을 닛고 잇노라
八曲은 어드메고 琴灘의 ᄃᆞᆯ이 볽기의 玉軫金
徽로 數三曲을 노ᄂᆞ 古調를 알니 업스
니 혼자 즐겨 ᄒ노라

『玉所藏帖』,「高山九曲歌詩」「黃江九曲歌」外

九曲은어드메고文山歳暮거다青岩띠石이
눈온의므리허라遊春이오지아니코믈
것업다흐노라

　　　　右先生自詠

高山九曲歌詩

高山九曲潭世人未曾知誅茅来卜居朋友
俗會之武夷仍想像所願學朱子

一曲何處是冠岩日色照平蕪烟斂後遠山
真如畫松間置綠樽延佇友人來

二曲何處是花岩春景晚碧波泛山花野外
流出去勝地人不知使人知如何

三曲何處是翠屏葉已敷綠樹有山鳥上下
其音時盤松受清風頃無夏炎熱

『玉所藏弆』,「高山九曲歌詩」「黃江九曲歌」外

四曲何慶是松崖日西沉潭心岩影倒色之
此醮之林泉深更好出與自難勝
五曲何慶是隱屏最好着水邊精舍在瀟洒
意無極箇中常講學詠月且吟風
六曲何慶是釣溪水邊潤不知人與魚其樂孰
為多黃谷荀竹竿聊且帶月歸
七曲何慶是楓岩秋色鮮清霜簿言打絶壁
真錦繡寒岩獨坐時聊亦且忘家
八曲何慶是琴灘月正明玉輪與金徽聊奏
毀三曲古調無知者何妨獨自樂
九曲何慶是文山歲暮時前岩與恠石雪裏
埋其形遊人自不來謾調無佳景

『玉所藏笒』,「高山九曲歌詩」「黃江九曲歌」外

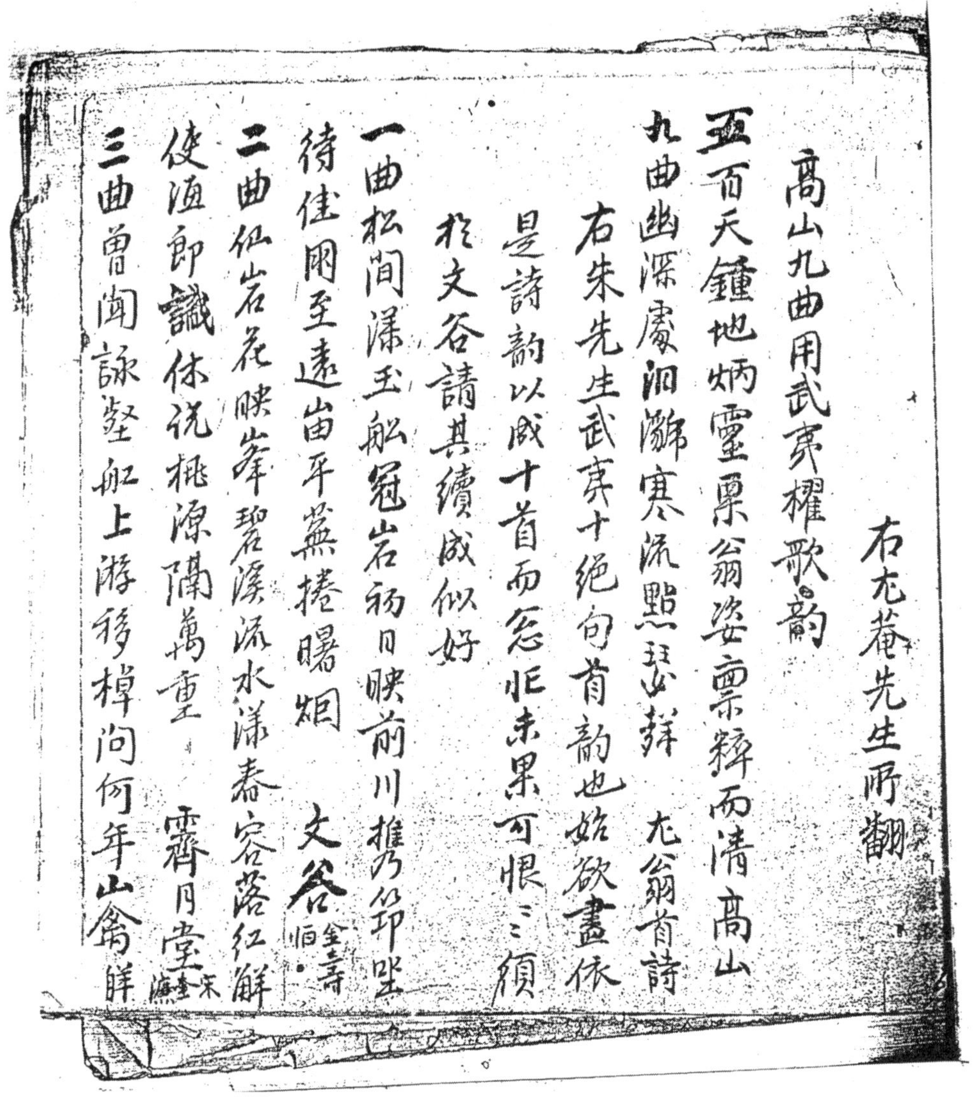

右尤菴先生所翻
高山九曲用武夷櫂歌韻
五百天鍾地炳靈稟翁姿稟釋丙清高山
九曲幽深廢洞瀨寒流點琴辨　尤翁首詩
右朱先生武夷十絕句首韻也始欲畫依
是詩韻以咸十首而忿矩未果可恨三頃
扵文谷請其續成似好
一曲松間漾玉舡冠岩初日映前川携乃即坐　文谷　金壽恒
待佳問至遠峀平蕪捲曙烟
二曲仙岩花映峯碧溪流水漾春容落紅解
使漁即識休說桃源隔萬重　霽月堂　宋奎濂
三曲曾聞詠整舡上游移棹問何年山禽胖

『玉所藏呇』,「高山九曲歌詩」「黃江九曲歌」外

462

說滄桑事下上其音正可憐　丈巖鄭澔

四曲松崖萬丈巖日斜林影翠毵毵之怡情正

在幽深處雲白山青集一潭　睡村李翊

五曲雲烟深復深武夷精舍此山林儵然杖

屐清溪上誰會吟風詠月心　谷雲金壽增

六曲春深釣綠灣故時溪月照松間瀑漾上

下天機活魚我相忘果孰閑　三淵金昌翕

七曲楓岩倒碧岩灘錦林秋色鏡中看怳然獨

坐忘皎路一任霜風拂面寒　黃江權尚夏

八曲溪山何處開琹灘終日好泓酒牙絃歌

羨無人和獨對青天霽月來　芝村李喜朝

九曲文岩雪皓然奇形掩盡崔嵬山川遊人漫

『玉所藏帖』,「高山九曲歌詩」「黃江九曲歌」外

說無佳景未肯窮尋此洞天

六曲溪平灘綠灣一竿隨意出松間足容　宋校理錫

坐到溪心月魚躍人歌上下閑・三閑一作

以下二十詩皆燮作

高山九曲効神靈來卜新居地盍清于載武

夷同九曲夢中伊軋櫂歌拜　首詩

一曲泓深可泛舡冠岩出日野連川松尙置

酒印須友欲捲春山滿壑烟　冠岩

二曲花山石崝巖峯千紅齊發與誰容無人解　衣岩

道春風面泛出千重又萬重

三曲岩平坐似舡小屏濃翠幾何年盤松陰

拂冷風籟下上鳴禽聽可憐　翠屏

『玉所藏岾』,「高山九曲歌詩」「黃江九曲歌」外

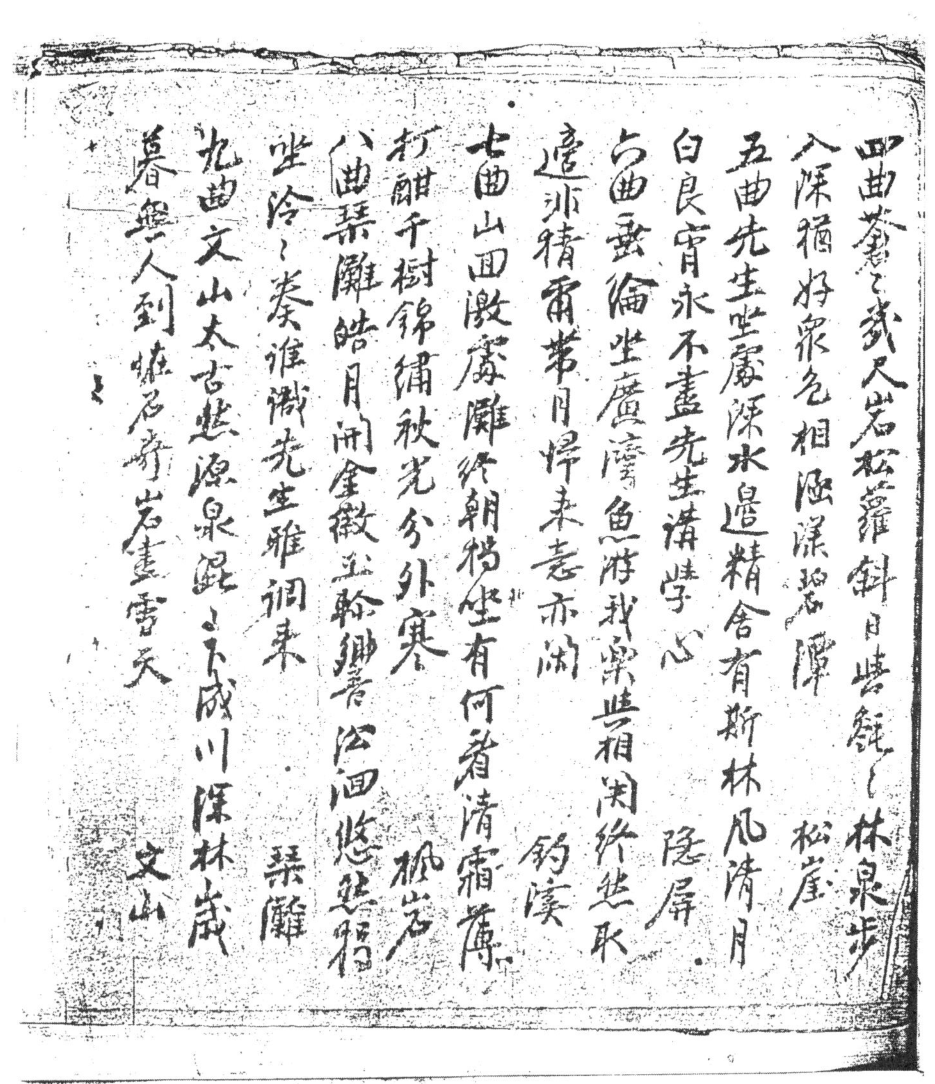

『玉所藏呇』,「高山九曲歌詩」「黃江九曲歌」外

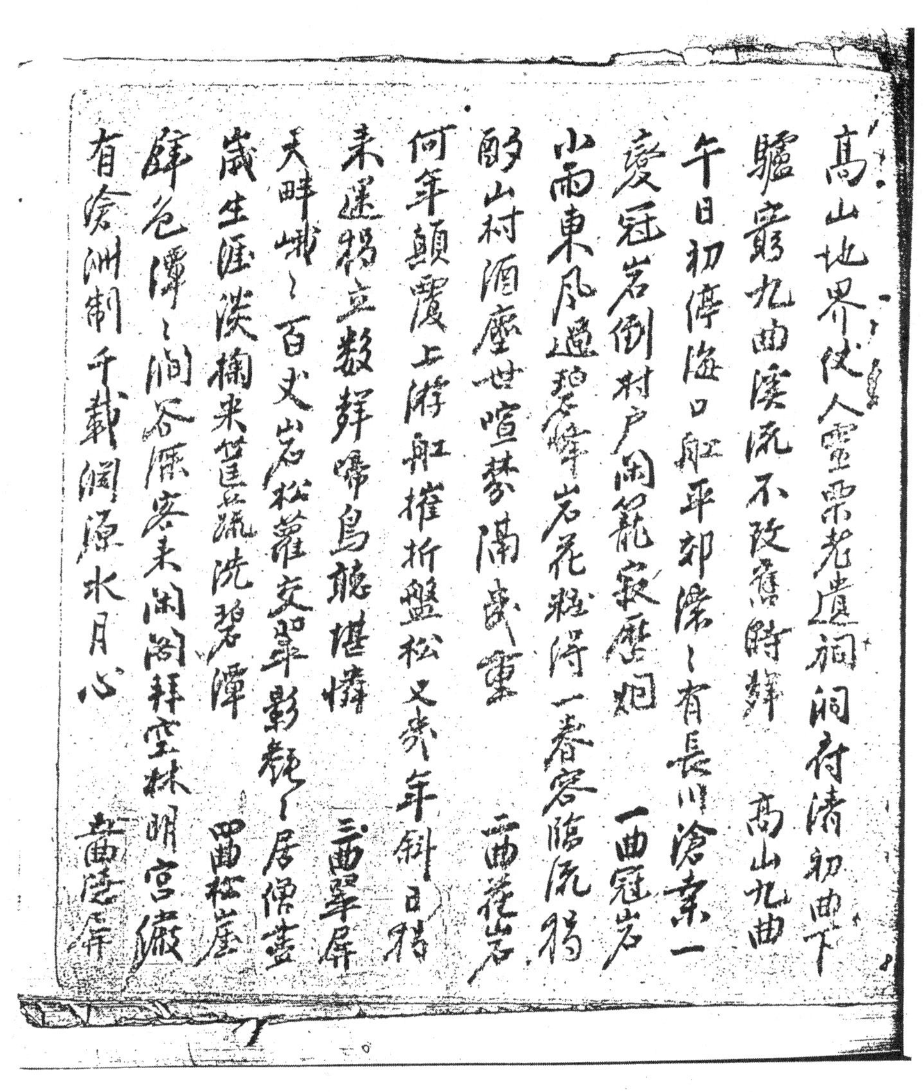

『玉所藏呇』,「高山九曲歌詩」「黃江九曲歌」外

『玉所藏否』,「高山九曲歌詩」「黃江九曲歌」外

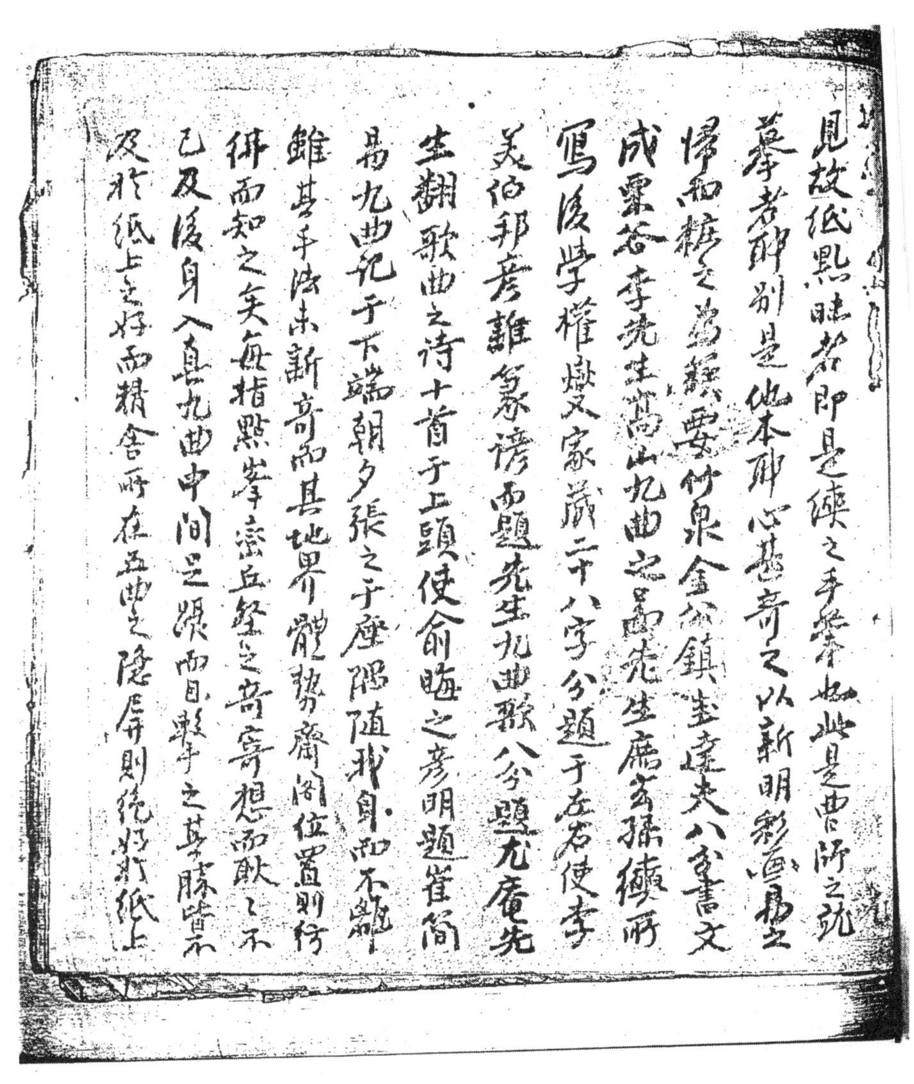

『玉所藏呇』,「高山九曲歌詩」「黃江九曲歌」外

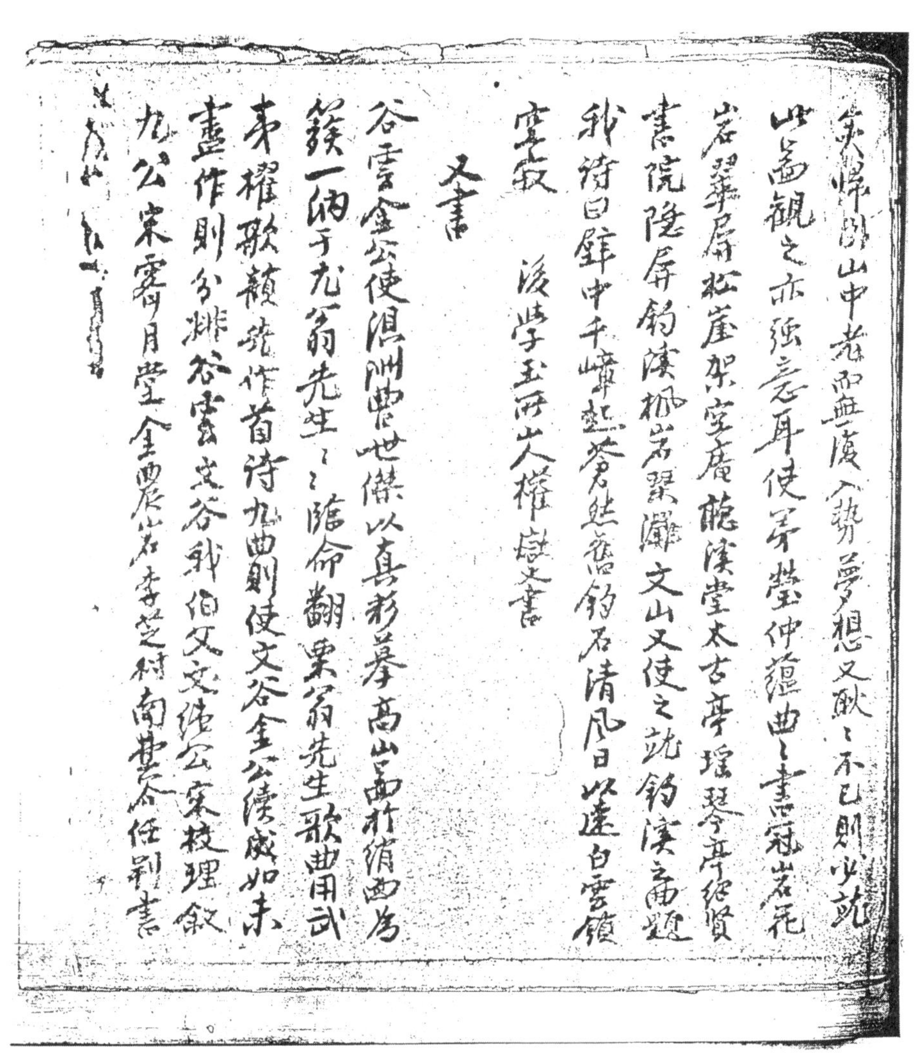

『玉所藏呇』,「高山九曲歌詩」「黃江九曲歌」外

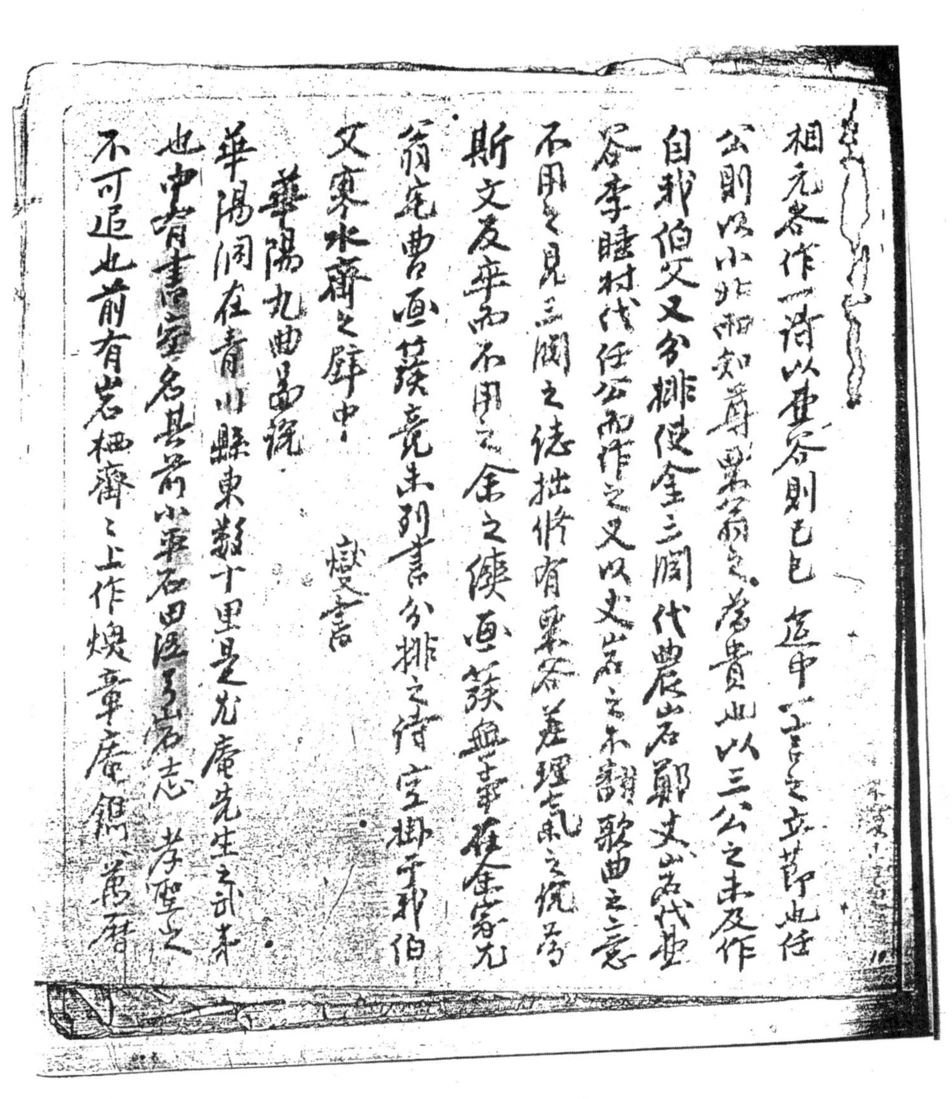

『玉所藏杳』,「高山九曲歌詩」「黃江九曲歌」外

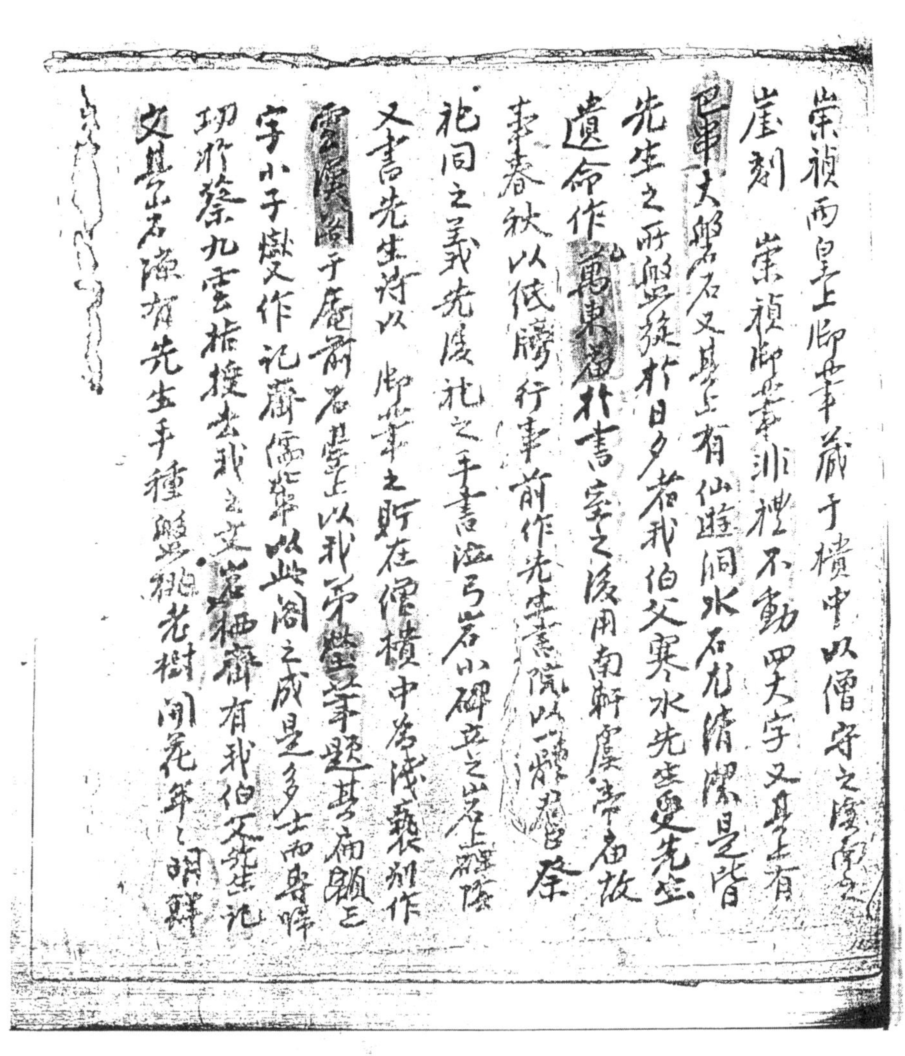

『玉所藏呇』,「高山九曲歌詩」「黄江九曲歌」外

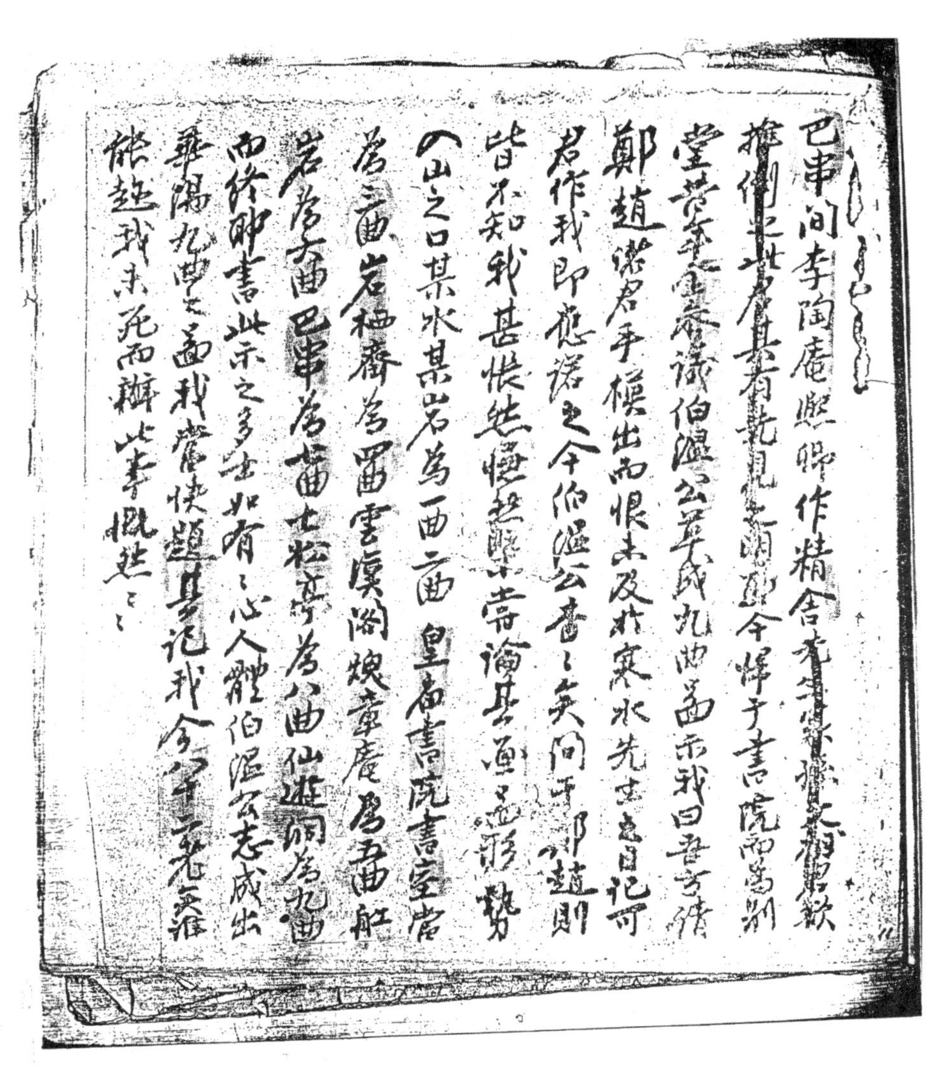

『玉所藏呇』,「高山九曲歌詩」「黃江九曲歌」外

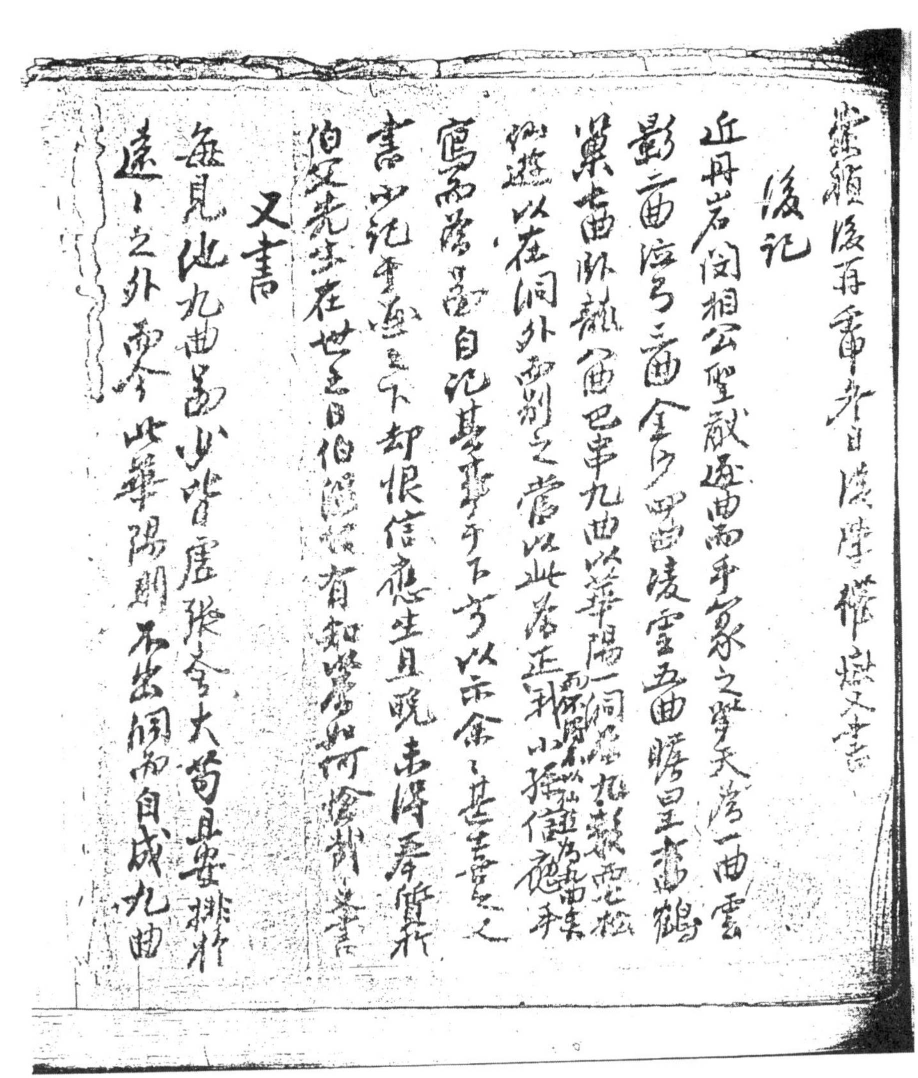

『玉所藏岾』,「高山九曲歌詩」「黃江九曲歌」外

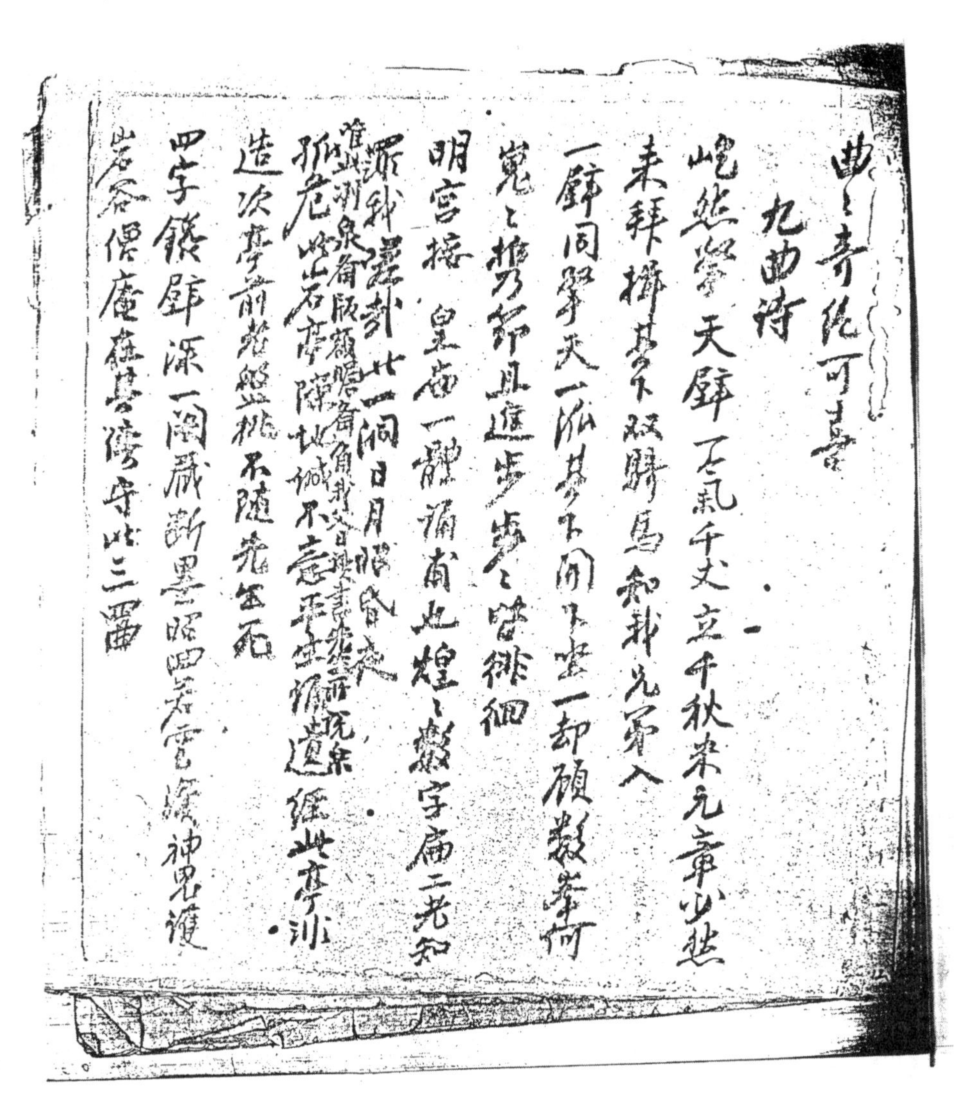

『玉所藏呇』,「高山九曲歌詩」「黃江九曲歌」外

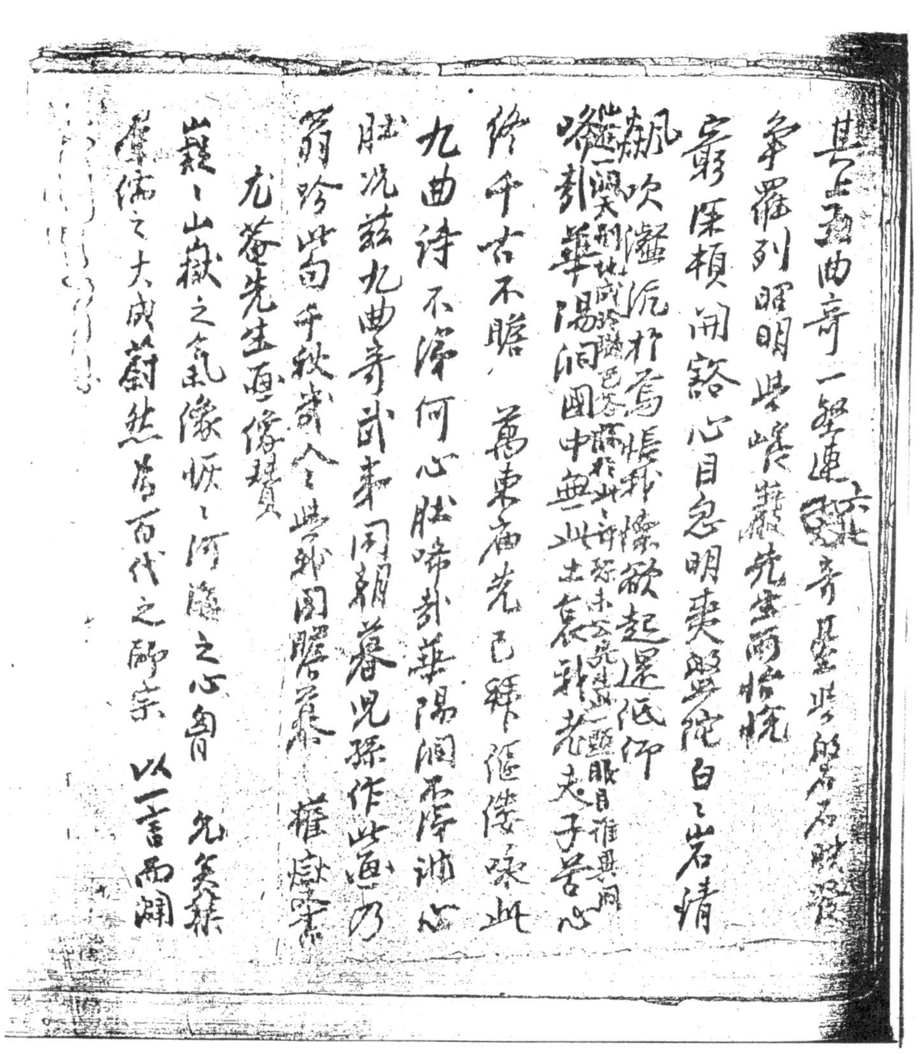

『玉所藏呇』,「高山九曲歌詩」「黃江九曲歌」外

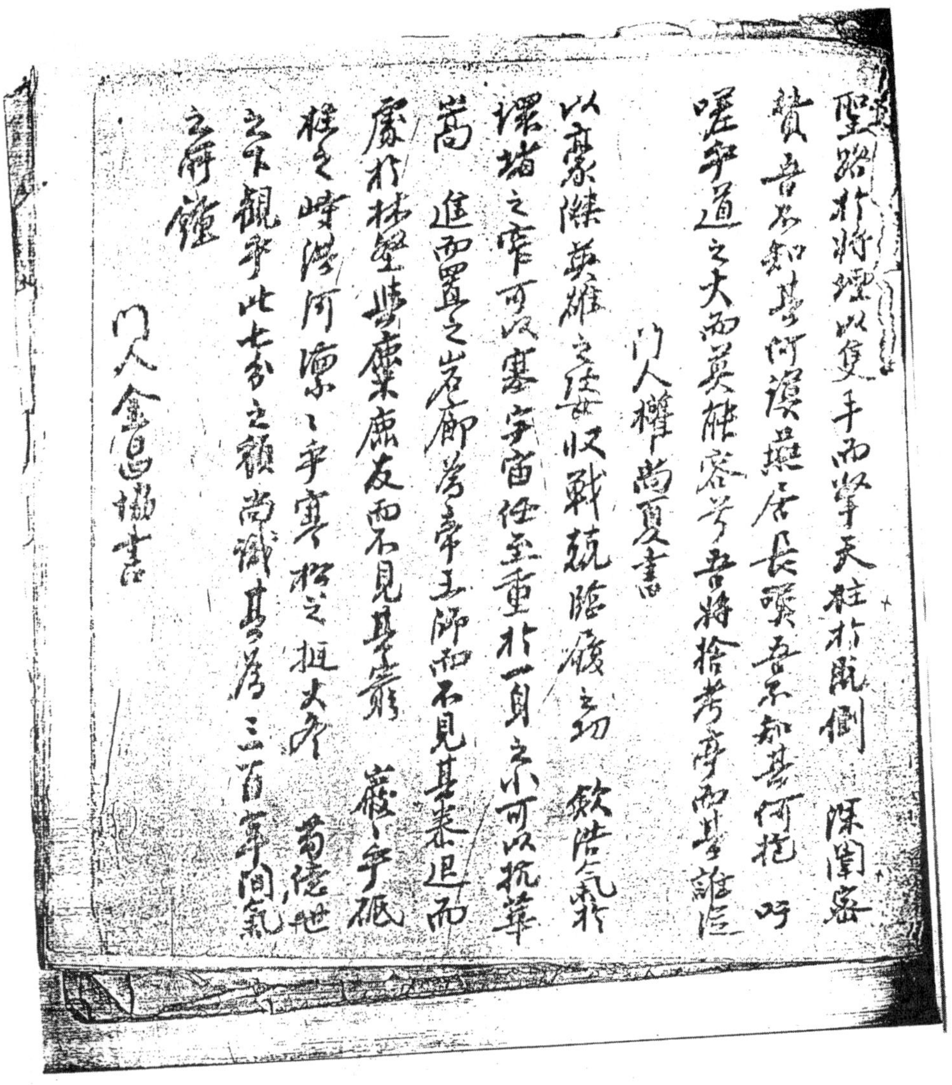

『玉所藏呇』,「高山九曲歌詩」「黃江九曲歌」外

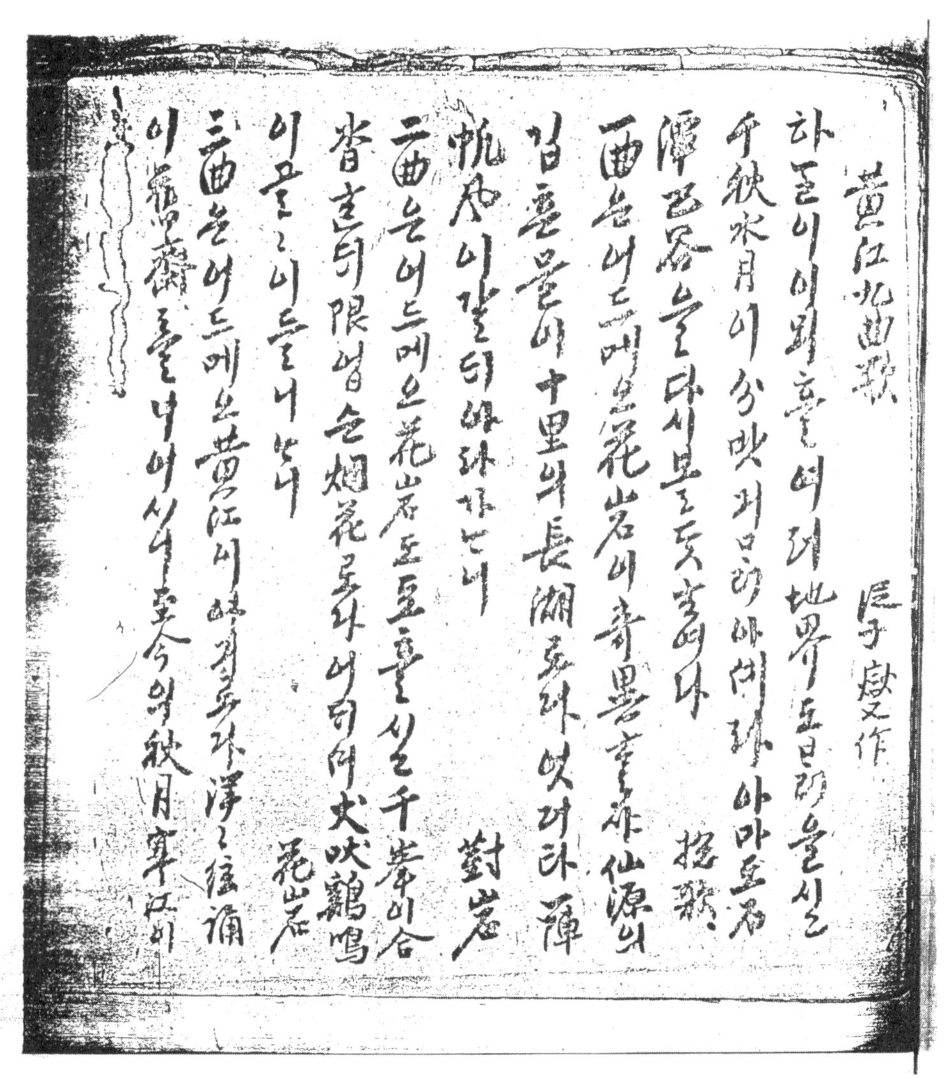

『玉所藏杳』,「高山九曲歌詩」「黃江九曲歌」外

『玉所藏呇』,「高山九曲歌詩」「黃江九曲歌」外

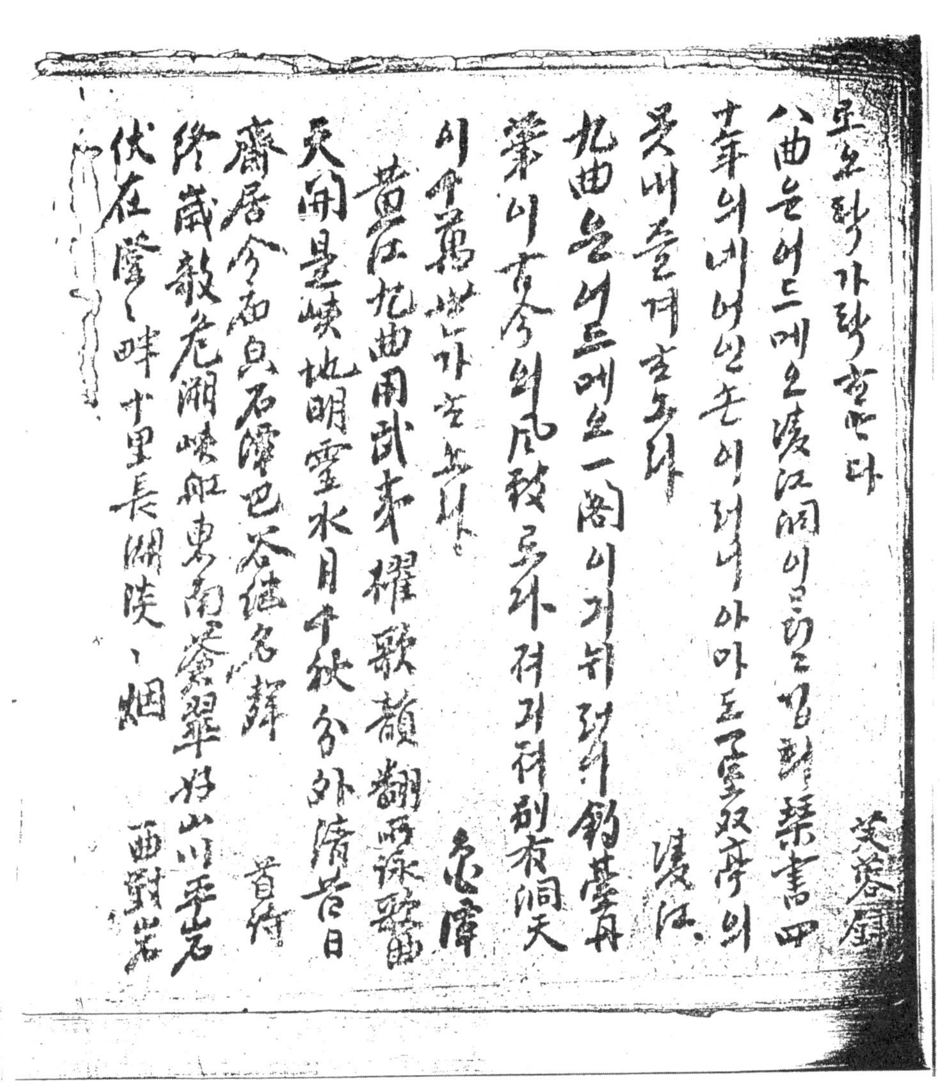

『玉所藏呇』,「高山九曲歌詩」「黃江九曲歌」外

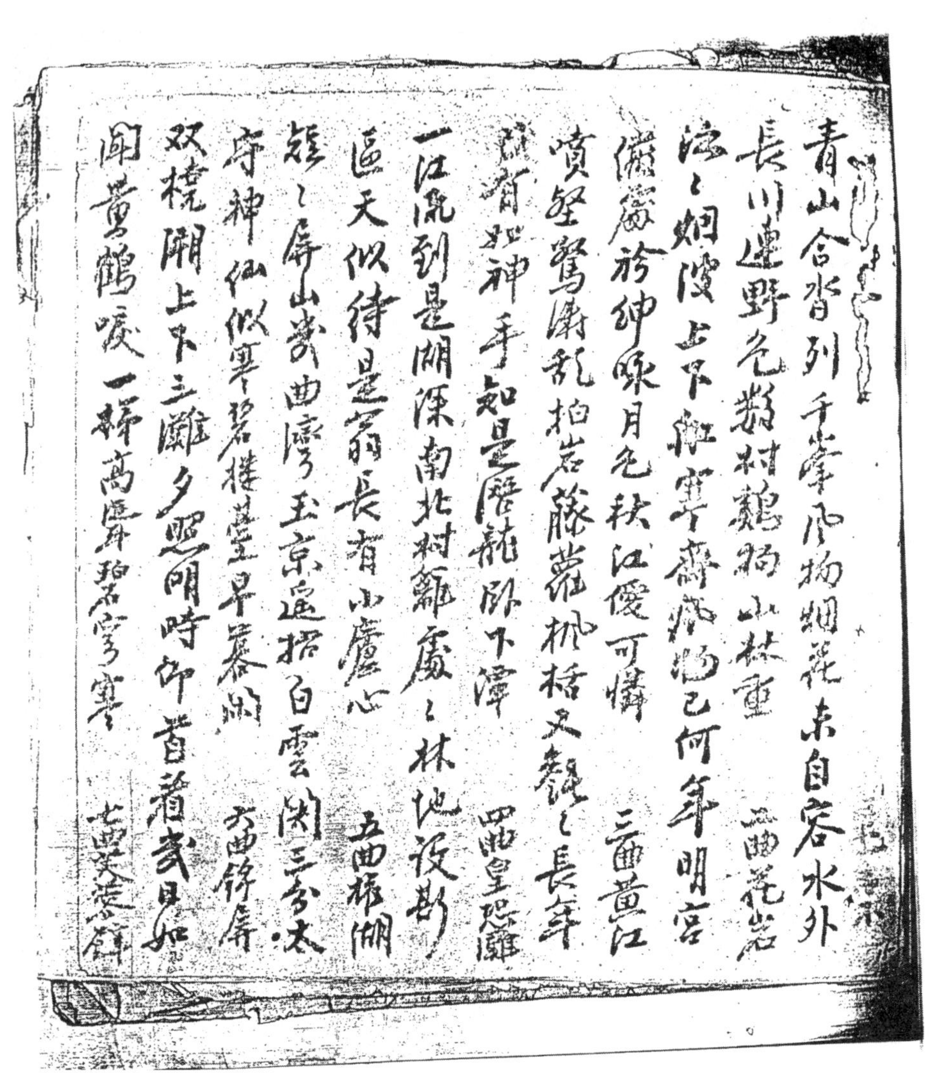

『玉所藏呇』,「高山九曲歌詩」「黃江九曲歌」外

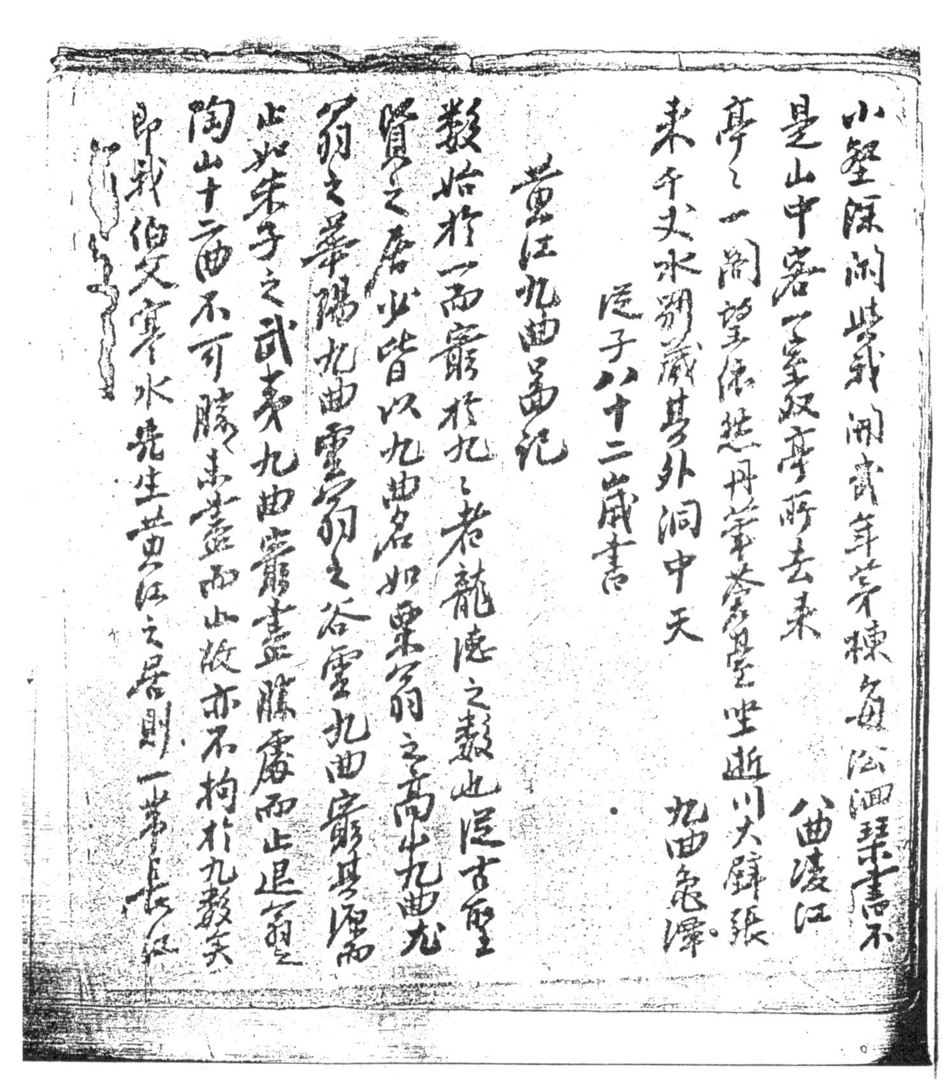

『玉所藏呇』,「高山九曲歌詩」「黃江九曲歌」外

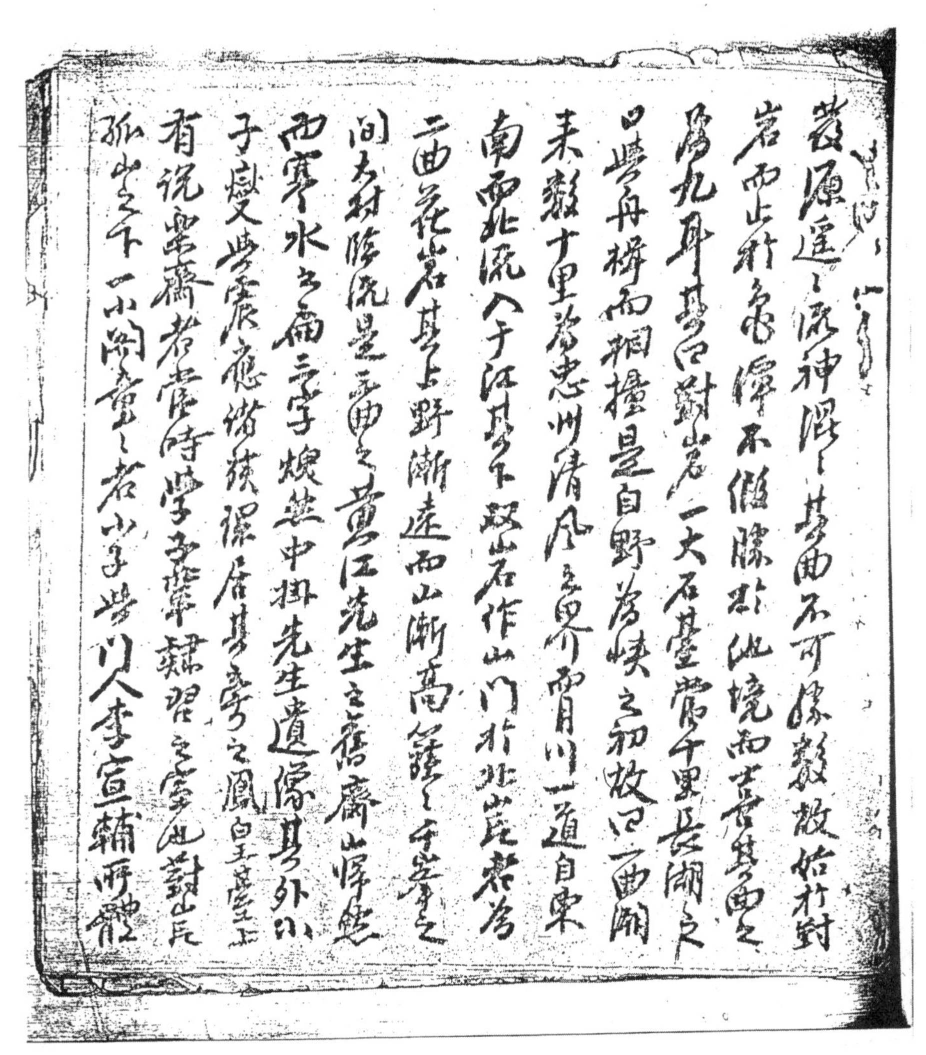

『玉所藏呇』,「高山九曲歌詩」「黃江九曲歌」外

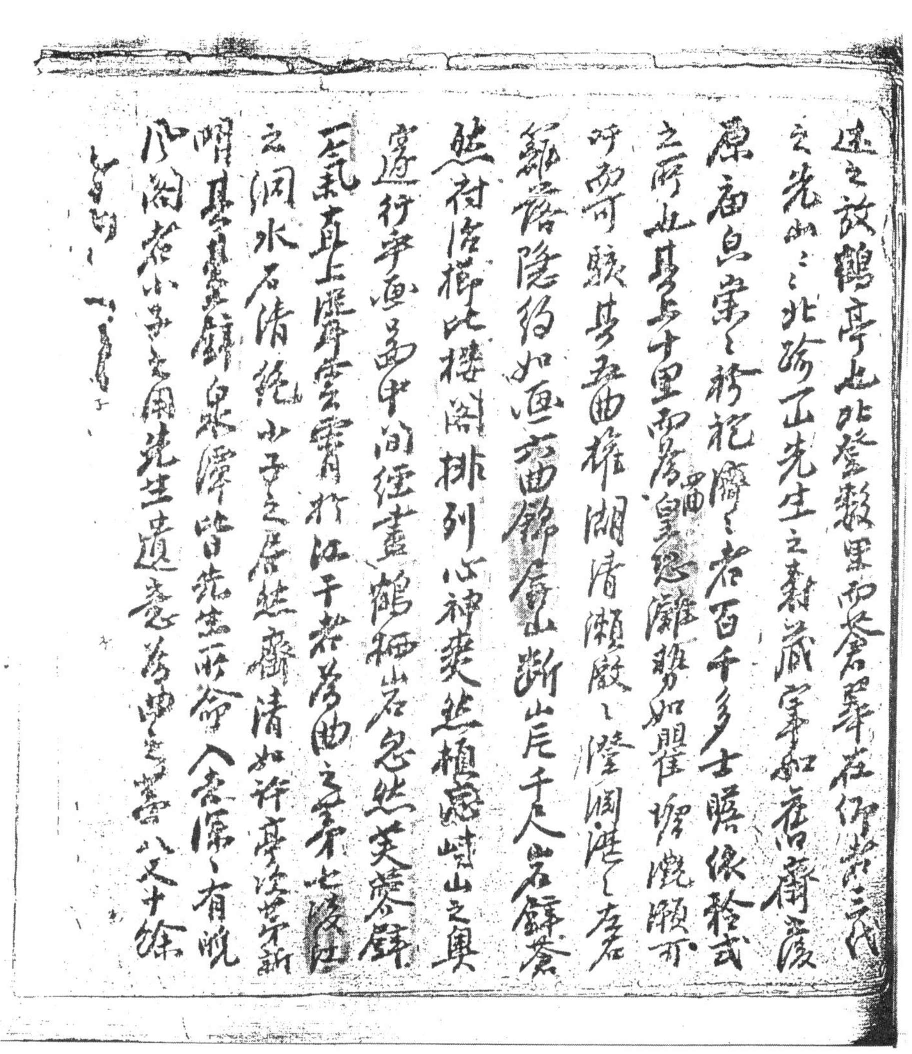

『玉所藏帖』,「高山九曲歌詩」「黃江九曲歌」外

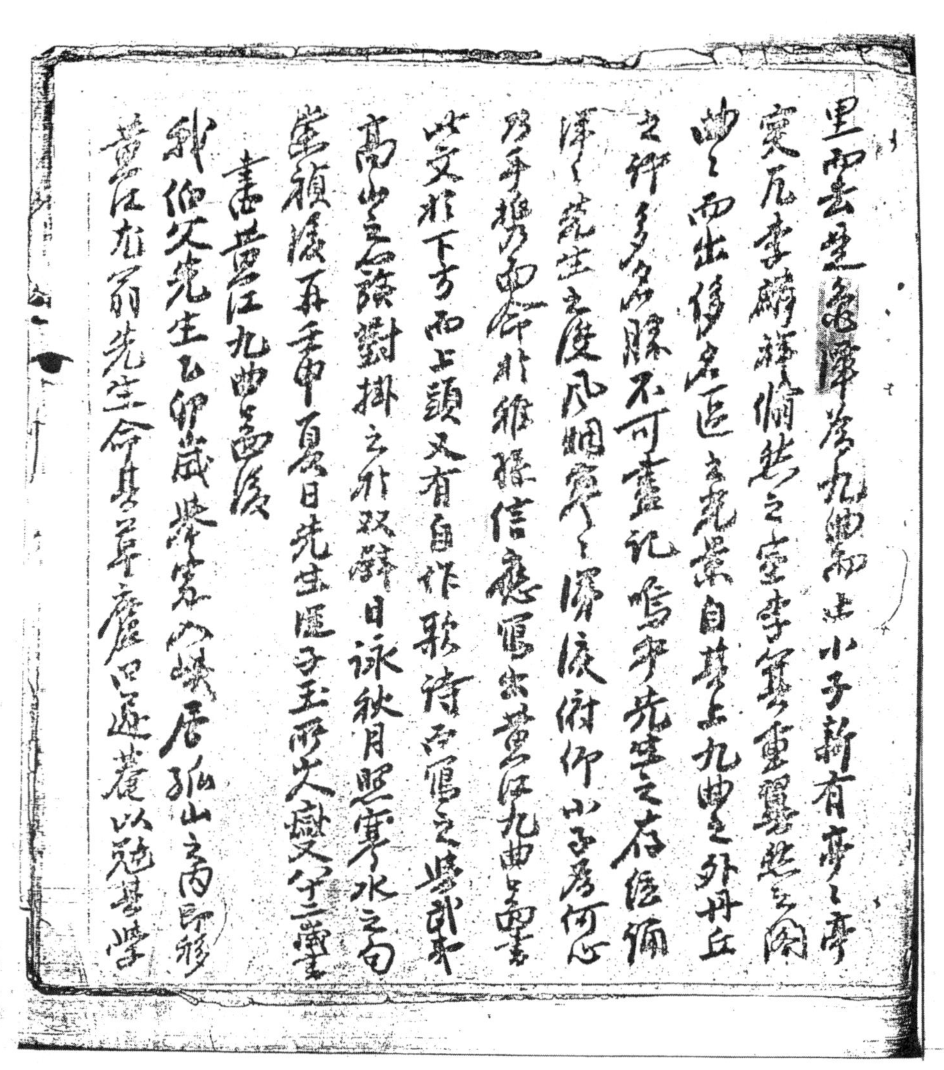

『玉所藏呇』,「高山九曲歌詩」「黃江九曲歌」外

『玉所藏呇』,「高山九曲歌詩」「黃江九曲歌」外

翻栗翁高山九曲歌用武夷櫂歌韻　十首

高山九曲勁神靈　來卜新居地益清　千載武夷同九曲夢

中伊軋櫂歌聲　　首詩

一曲泓深可泛艇　冠岩出日野連川　松間置酒卬須友欲　　冠巖
捲春山滿壑烟

二曲花岩簪髻峰　千紅齊發與誰容　無人解道春風面泛　　花巖
出千重又萬重

三曲岩平坐似舺　小屏濃翠幾何年　鑒松藩拂冷風籟下　　翠屏
上鳴禽聽可憐

四曲蒼蒼幾尺岩　松蘿斜日與參毿　林泉步入深猶好象

色相涵漾碧潭　　松崖
五曲先生坐處深水邊精舍有斯林風清月白良宵咏不
盡先生講學心　　隱屏
六曲垂綸坐廣灣魚游我樂與相關終然取適非猜甫蓴
月歸來意亦閒　　釣溪
七曲山回激處灘終朝獨坐有何看清霜薄打酣千樹錦
　　　　　　　　楓岩
繝秋光分外寒
八曲琴灘皓月開金徽玉軫響沿泂悠然獨坐泠泠奏誰
識先生雅調來　　琴灘
九曲文山太古然源泉混混下成川深林歲暮無人到惟
石奇岩盡雪天　　文山

『玉所集』,「翻栗翁高山九曲歌用武夷櫂歌韻」「黃江九曲」

# 黃江九曲　十首

天開是峽地明靈水月千秋分外清昔日齋居今廟貌石
潭巳谷縱名聲　　首詩
歲歆危溯峽艇東南蒼翠好山川平岩伏在澄澄畔
里長湖淡淡烟　　一曲對岩
青山合杳列千峯風物烟花未自容水外長川連野色縠
村雞狗小林重　　二曲花岩
泛泛烟波上下艇寒齋風物已何年明宮儼慶衿紳咏月
色秋江儁可憐　　三曲黃江
噴壑驚濤亂拍岩藤蘿楓橋又黢黢長年已有如神手知
是潛龍卧下潭　　四曲皇恐灘
一江流到是湖深南北村籬慶慶林地設斯區天似待是

『玉所集』,「翻栗翁高山九曲歌用武夷櫂歌韻」「黃江九曲」

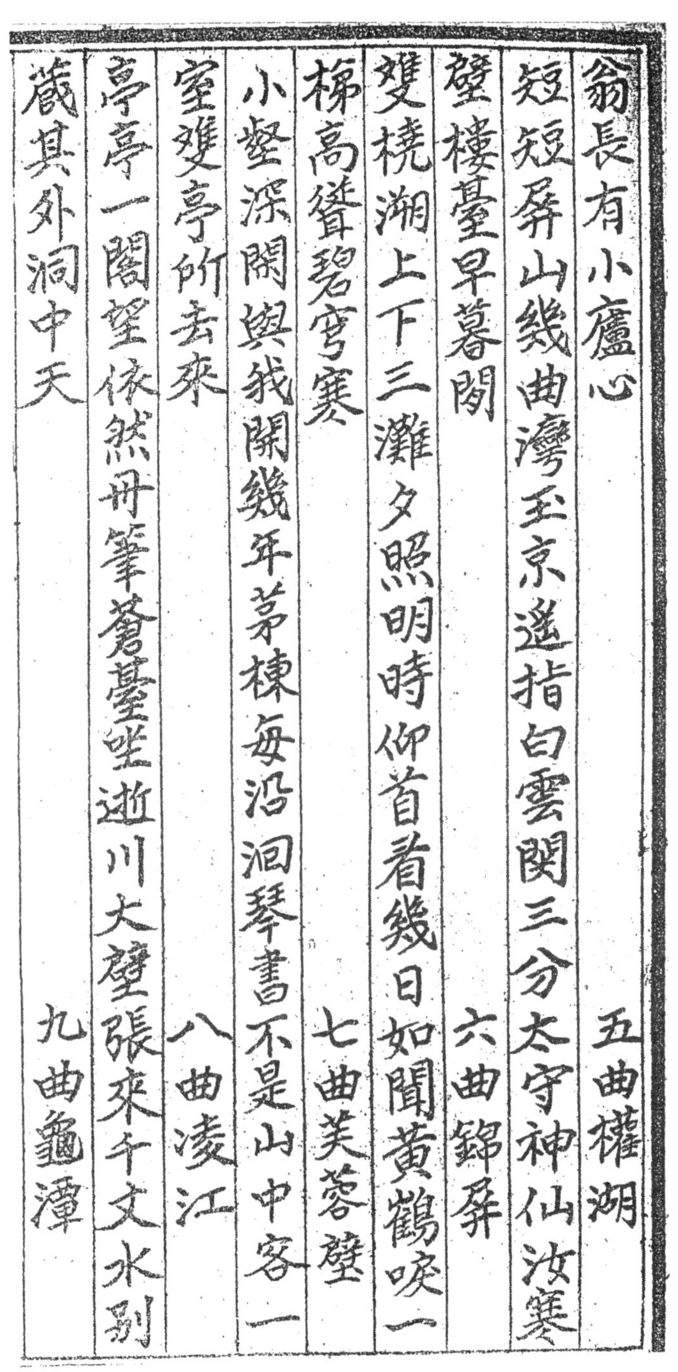

翁長有小廬心

五曲權湖　短短屏山幾曲灣玉京遙指白雲關三分太守神仙汝寒

六曲錦屏　登樓臺早暮閒

七曲芙蓉壁　雙橈溯上下三灘夕照明時仰首看幾日如聞黃鶴唳一

楝高聳碧穹寒

八曲凌江　小墅深開與我開幾年茅棟每沿泂琴書不是山中客一

室雙亭所去來

九曲龜潭　亭亭一閣望依然丹筆蒼臺坐逝川大壁張來千丈水

葳其外洞中天

『玉所集』,「翻栗翁高山九曲歌用武夷櫂歌韻」「黃江九曲」

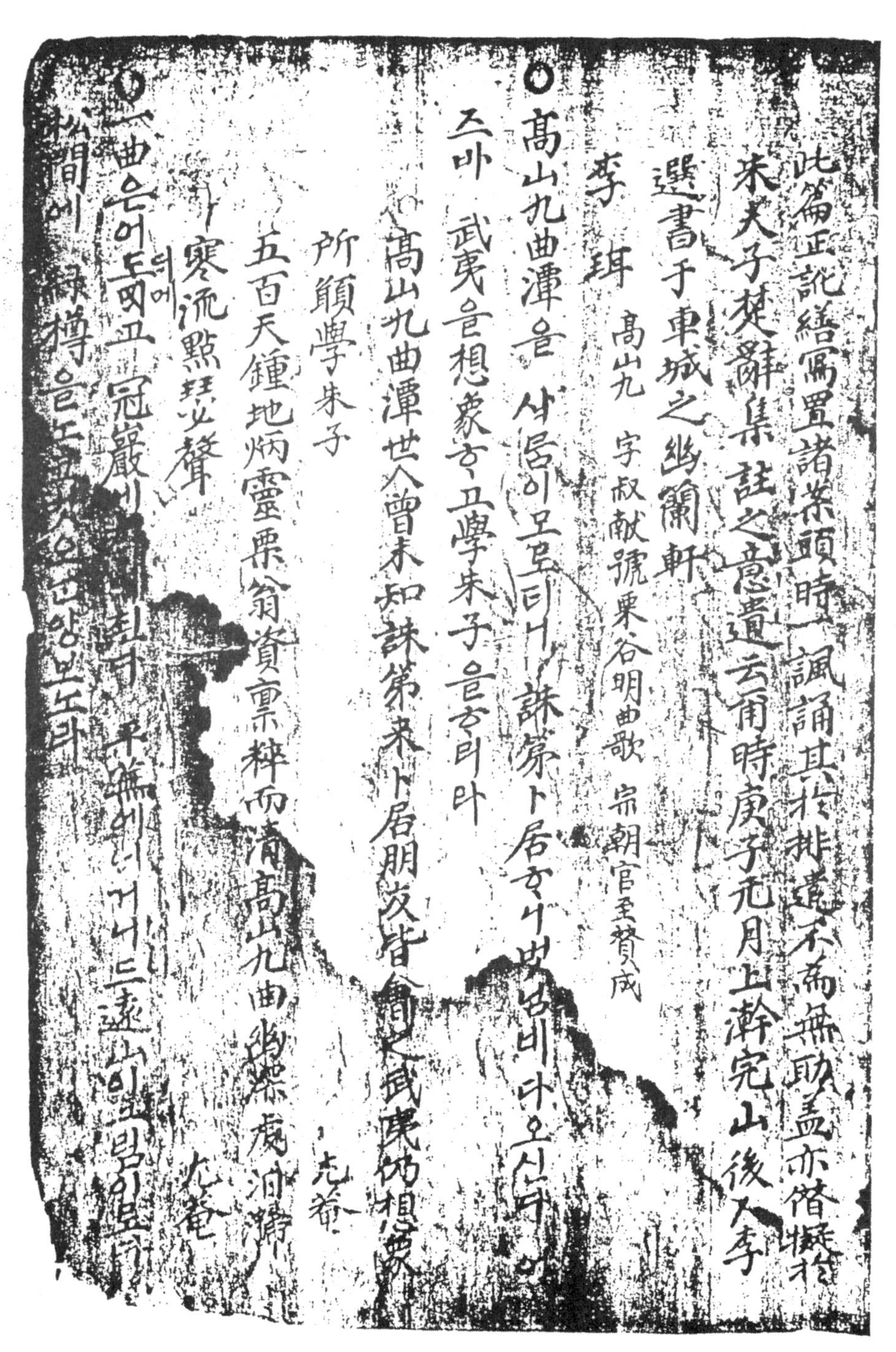

『海東歌謠』,「高山九曲歌」

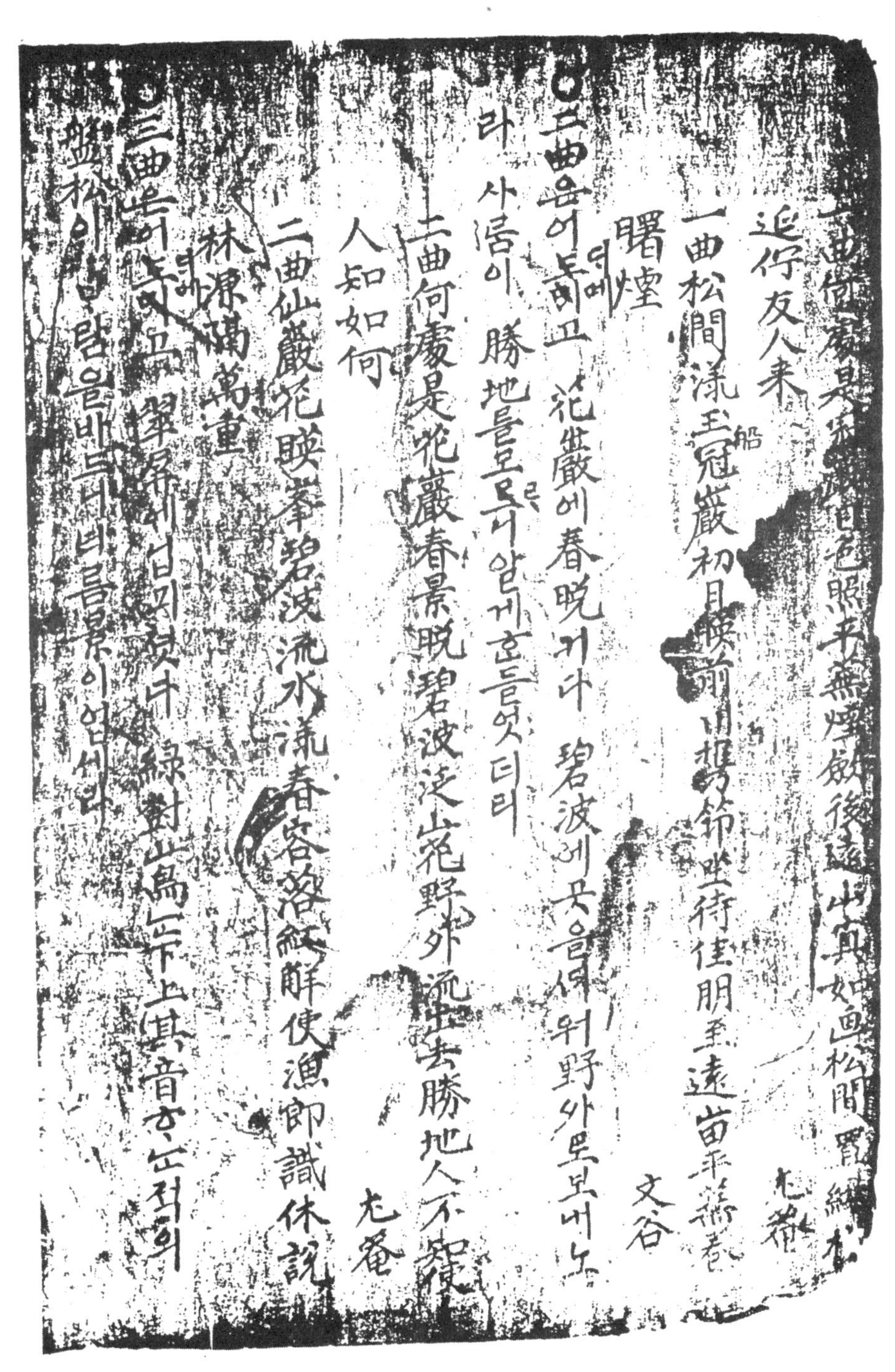

『海東歌謠』,「高山九曲歌」

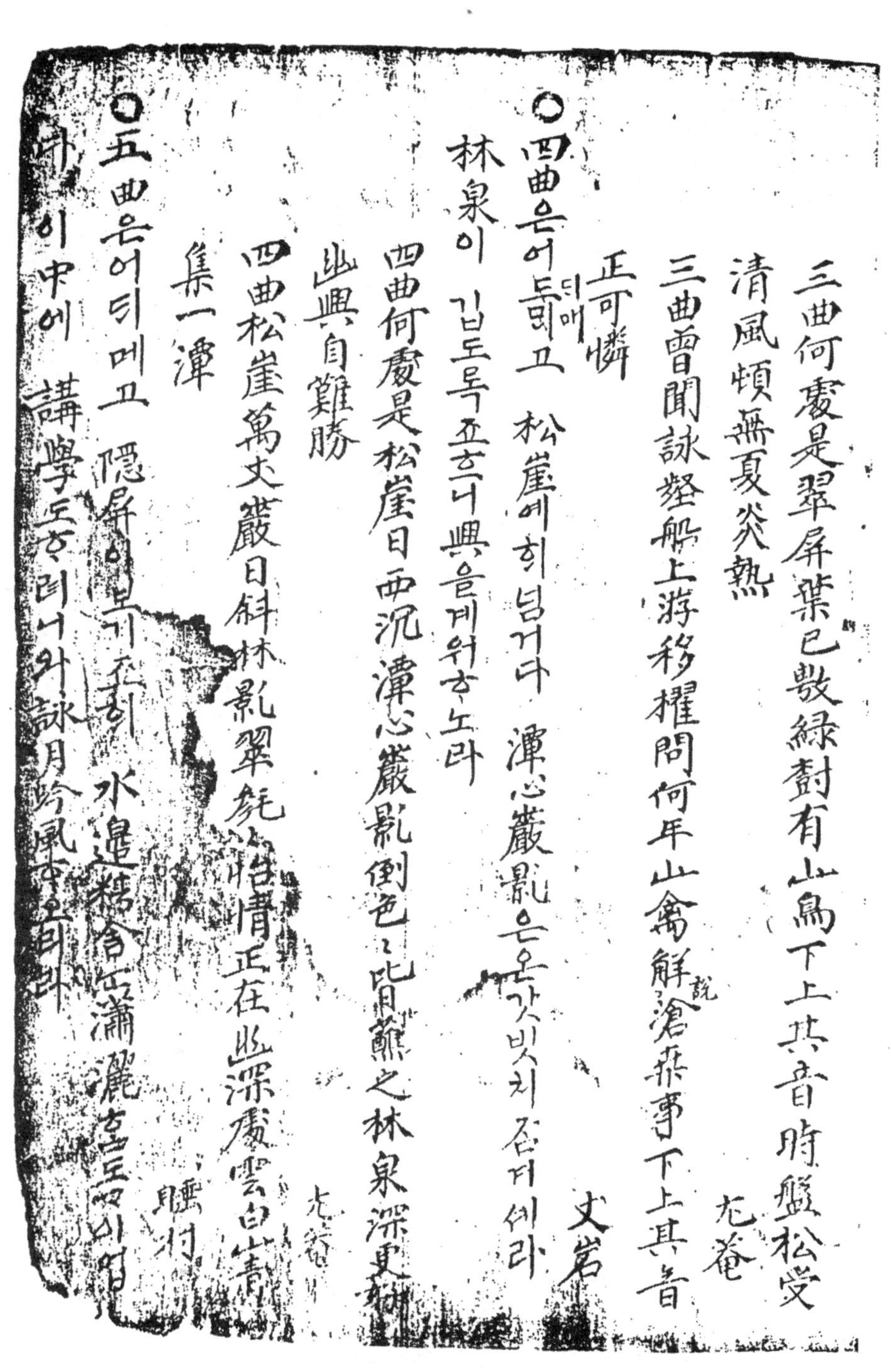


『海東歌謠』,「高山九曲歌」

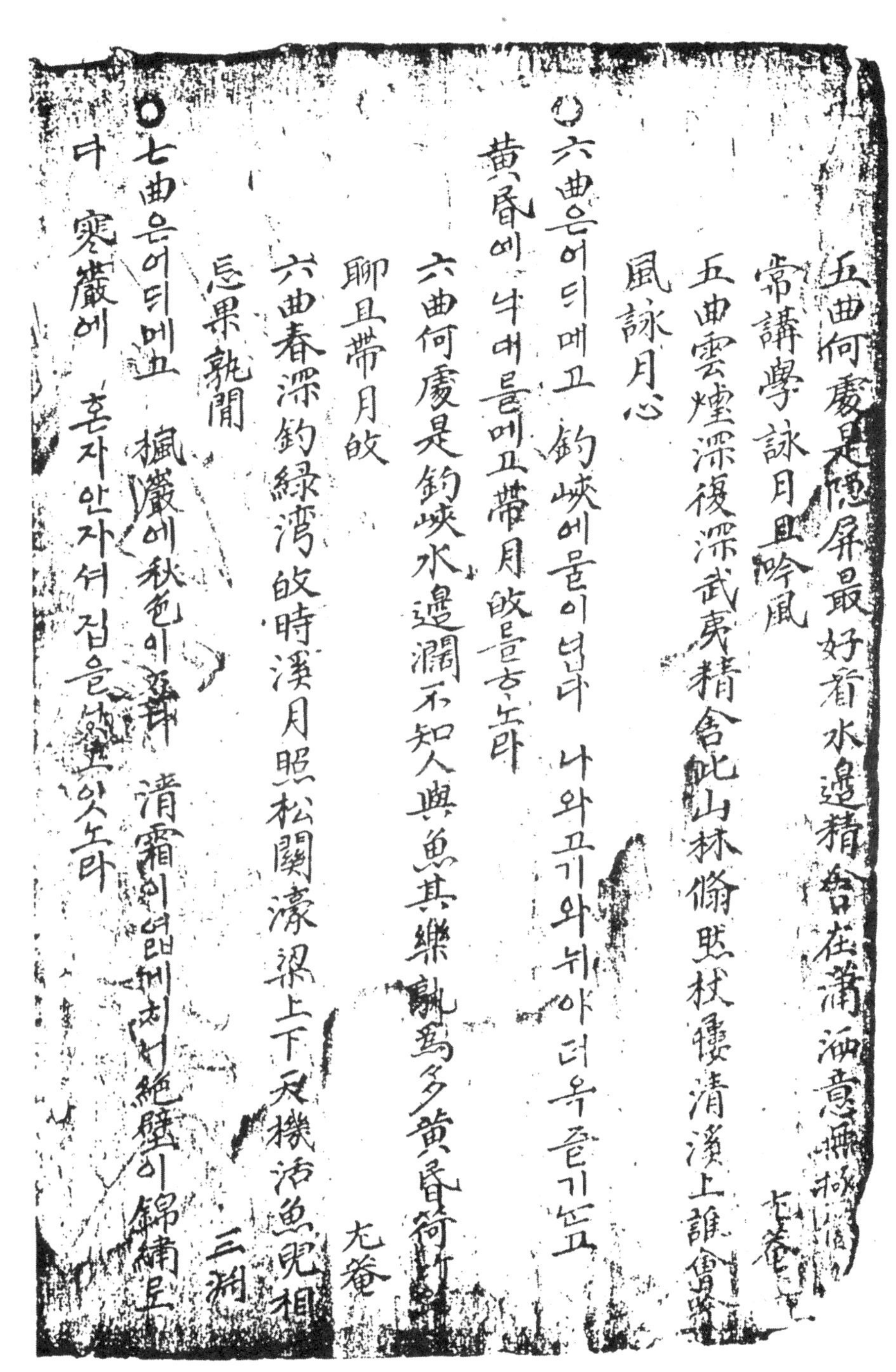

五曲何處是 隱屛最好看 水邊精舍在 蒲洒意無極
常講學詠月且吟風

五曲雲煙深後深 武夷精舍此山林 憑臨杖屨清溪上 誰會尋

風詠月心

六曲은어디메고 釣峽에물이넙다
黃昏에 낚대를메고 帶月호고노라

六曲何處是 釣峽水邊闊 不知人與魚其樂 誰爲多 黃昏荷竹

聊且帶月歸

六曲春深釣綠灣 故時溪月照松關 濠梁上下天機活 魚兒相

忘果孰聞

나와고기와 뉘야더욱즐기느뇨

七曲은어디메고 楓巖에秋色이죠타
寒巖에 혼자안자서 집을닛고잇노라 三剌

楓巖에秋色이죠타 淸霜이...絶壁이錦繡ㅣ로다

尤卷

『海東歌謠』,「高山九曲歌」

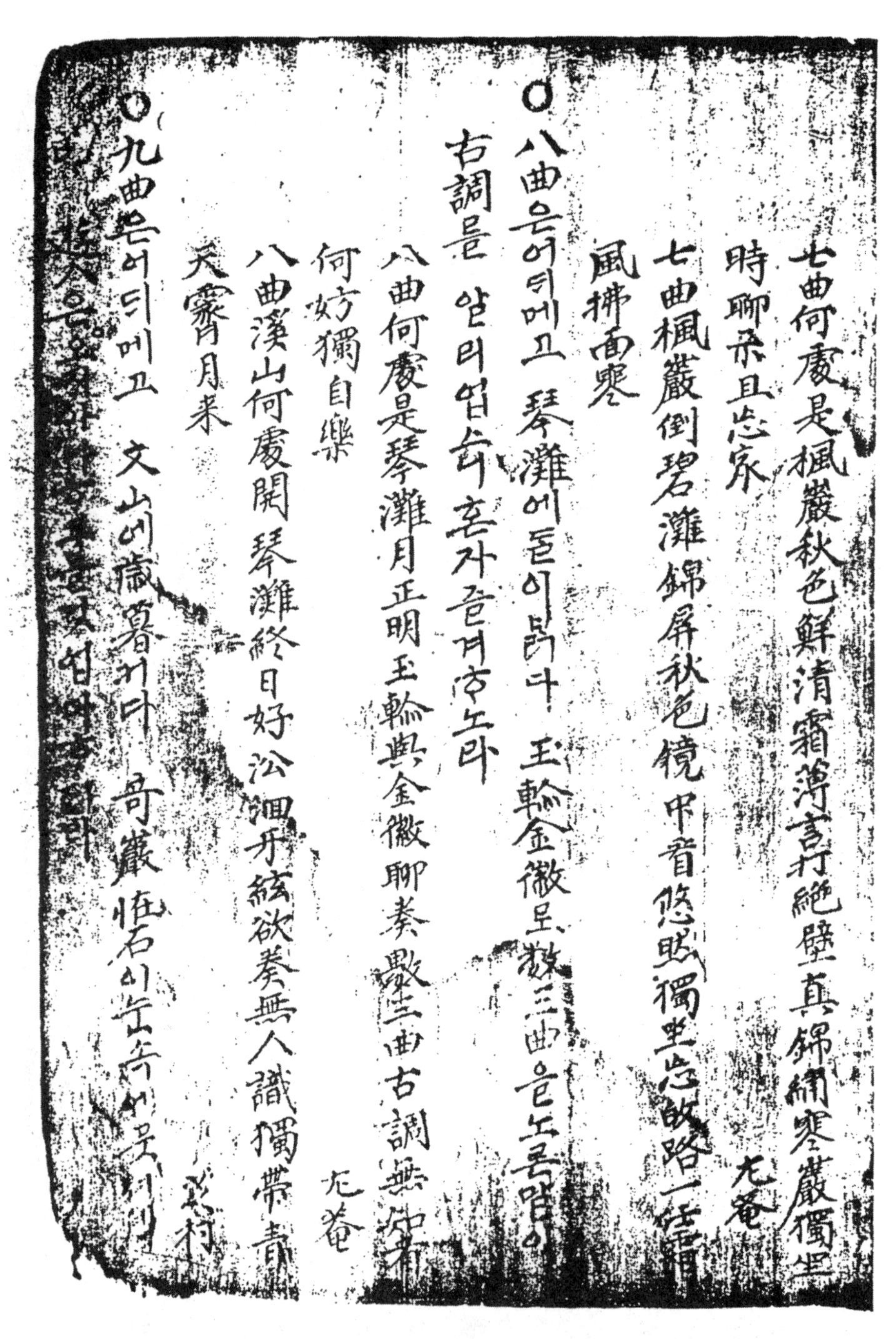

『海東歌謠』,「高山九曲歌」

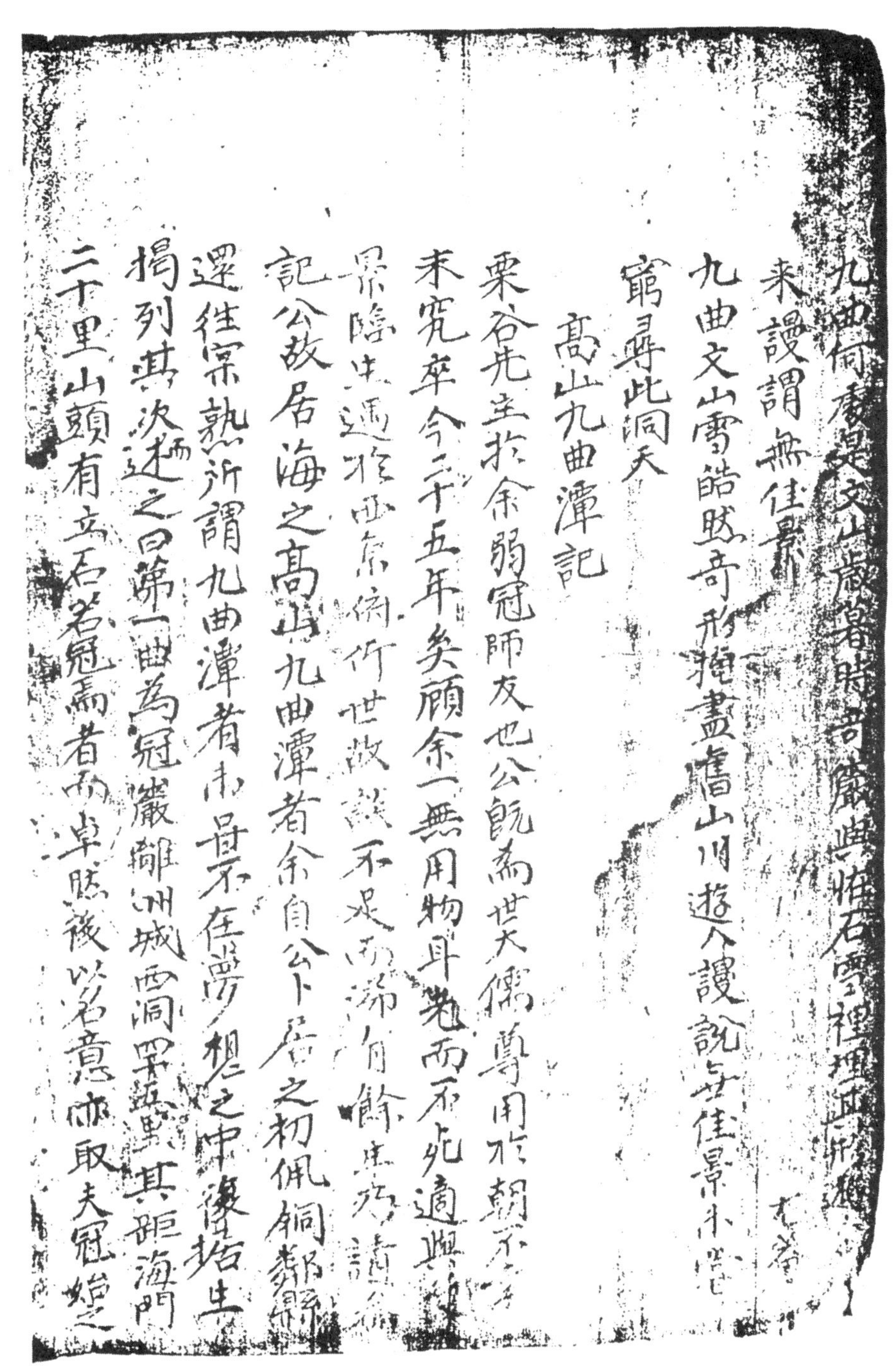

『海東歌謠』,「高山九曲歌」

『海東歌謠』,「高山九曲歌」

不可一一皆有隱居精舍附巖猜舍次第以咸者媵
焉宜各小記而避迫之頃有記不暇也若釣溪者自隱居
四里許枕溪之巖多是有在釣漁磯故名兩曲之第六曲溪者也
若楓巖者自釣漁二三許里巖皆楓林被之霜後絢如霞對散
名兩曲之第七者也下有田家村柴柜榮荊隱映一區當中若
琴灘者灘聲泠脆象琴之響音節故名兩曲之第八者也若
山文者目舊名兩已為茅九曲終焉公存也人為地之靈耶
在兹乎且九者統德之數也余也知公之少字寢應九二而
山舊名偶符斯文子是而不曰造物者未是不具於其間則未
信也朱子居閩之武夷山則有九曲洞天公居海之高山則有
曲巖川宣東南萬里五道一氣脉自相貫通然則若夫去辰
義以來家公受禍實係右山林水居且不免焉則於國運

『海東歌謠』,「高山九曲歌」

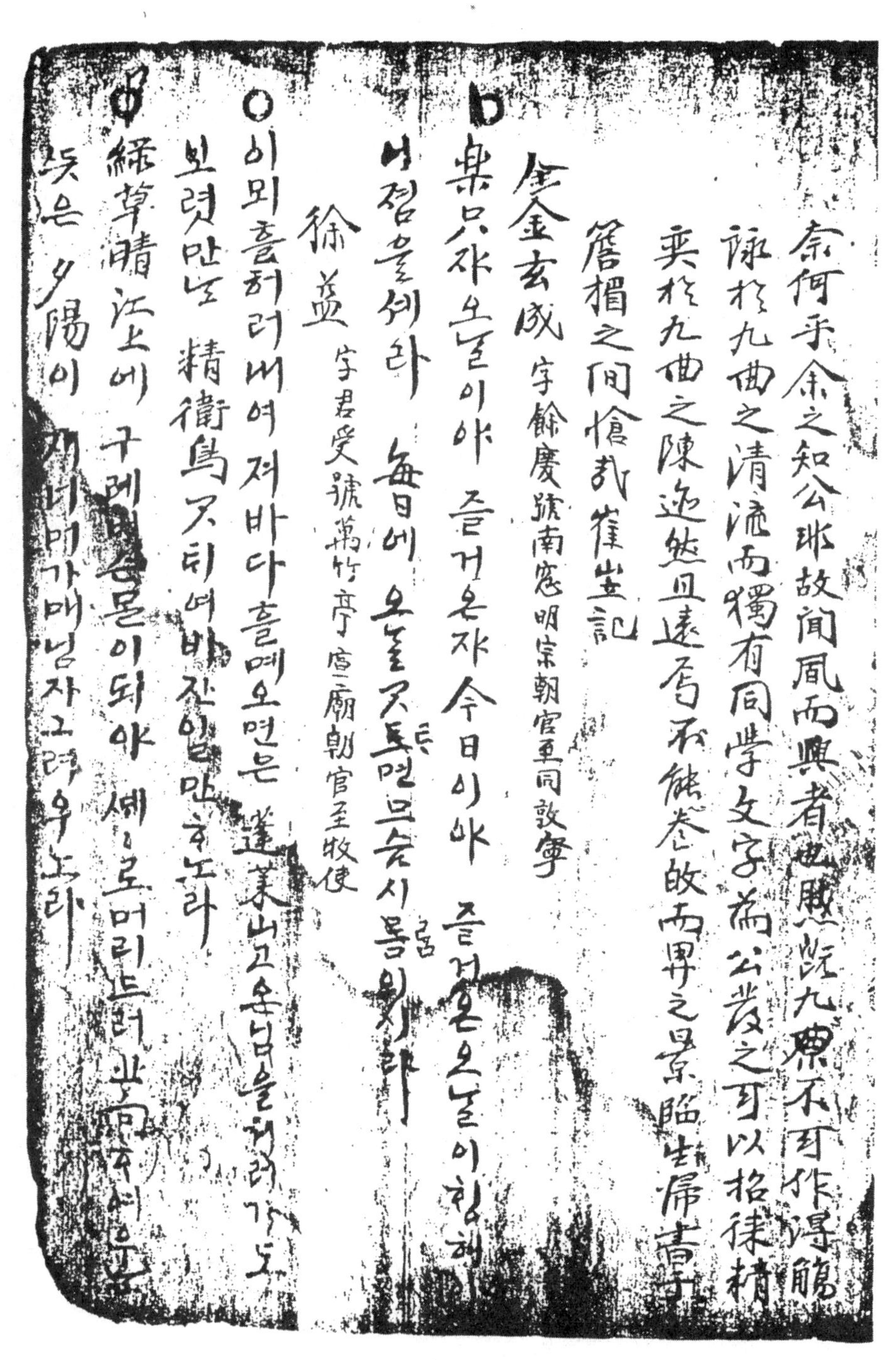

『海東歌謠』,「高山九曲歌」

워밥먹이나달으라

右松江相國鄭文淸公之所著也公詩詞淸新警拔固膾炙人口而歌曲尤妙絕今古
長篇短什無不盛傳雖屈平之楚騷子瞻之詞賦殆無以過之每聽其引喉高咏聲韻
淸楚意旨超忽不覺其飄乎如憑虛而御風羽化而登仙至其愛君憂國之誠則亦且
藹然於辭語之表至使人感愴而與歎焉苟非出天忠義間世風流其孰能與於此噫
公以耿介之性正直之行而適會黨議大與讒構肆行上而得罪於君父下以見嫉於
同朝流離竄謫幾死幸全而其所詬罵至身後彌甚昔子瞻之遭罹世禍亦可謂慘矣
愛君篇什猶能見賞於九重而公則竝與此而終不能上撤抑何其不幸之甚歟淸陰
金文正公嘗論公始末而比之於左徒之忠此誠至言哉北關舊有公歌曲之刊行者
而顧年代已久且經兵燹遂失其傳誠可惜也余以無狀得罪明時受玦天涯遠隔君
親實無以寓懷乃於澤畔行吟之暇聊取此篇正訛繕寫置諸案頭時一諷誦其於排
遺不爲無助蓋亦僭擬於朱子楚辭集註之遺意云爾時庚子元月上澣完山後人李
撰書于車城之幽蘭軒

○高山九曲潭을살름이몰으든이誅茅卜居ᄒ니벗님네다오신다어즙어武夷를想象
ᄒ고學朱子를ᄒ리라　　李　珥

一五

『海東歌謠』六堂本,「高山九曲歌」

高山九曲潭世人曾未知誅茅卜居朋友皆會之武夷仍想象所願學朱子　尤菴

五百天鍾地炳靈粹翁資禀粹而清高山九曲幽深處泪瀷寒流點瑟聲　尤菴

○一曲은어드미고冠巖에히벗칙다平蕪에닉거든이遠近이글림이로다松間에綠樽

을녹코벗은양보노라

一曲松間漾玉船冠巖初日暎前川携笻坐待佳朋至遠岫平蕪捲曙煙　文谷

一曲何處是冠巖日色照平蕪煙斂後遠山眞如畫松間置綠樽延佇友人來　尤菴

○二曲은어드미고花巖에春晚커다碧波에곳츨띄워野外로보내노라살름이勝地를

물온이알게흔들엇더리

二曲仙巖花暎峯碧溪流水漾春容落紅解使漁郎識休說林源隔萬重　霽月堂

二曲何處是花巖春景晚碧波泛山花野外流出去勝地人不知使人知如何　尤菴

○三曲은어드미고翠屏에닙퍼젓다綠樹에山鳥는下上其音ᄒ눈적의盤松이愛清風

흔이녀름景이업세라

三曲何處是翠屏葉已敷綠樹有山鳥下上其音時盤松愛清風頓無夏炎熱　尤菴

三曲曾聞咏鑿船上游移櫂間何年山禽解說滄桑事下上其音正可憐　文嵒

○四曲은어드미고松崖에히넘거다潭心巖影은온갓빗치줌겻셰라林泉이깁도록죠

『海東歌謠』六堂本,「高山九曲歌」

호니興을계워ᄒ노라

四曲何處是松崖日西沈潭心巖影倒色皆蘸之林泉深更好幽興自難勝　尤庵

四曲松崖萬丈巖日斜林影翠氋氋怡情正在幽深處雲白山靑集一潭　睡村

○五曲어드미고隱屏이보기盃到水邊精舍ᄂᆞᆫ瀟灑ᄒᆞ도マ이업다이中에講學도ᄒᆞ

연이와詠月吟風ᄒᆞ올이라

五曲何處是隱屏最好看永邊精舍在瀟灑意無極箇中嘗講學詠月且吟風　尤庵

五曲雲烟深復深武夷精舍此山林脩然杖屨淸溪上誰會吟風詠月心　谷雲

○六曲어드미고釣峽에믈이넙다나와고기와뉘야더욱즑이ᄂᆞ고黃昏에낙대를메

고帶月歸를ᄒᆞ노라

六曲何處是釣峽水邊闊不知人與魚其樂孰爲多黃昏荷竹竿聯且帶月歸　尤庵

六曲春深釣綠灣歸時溪月照松關濠濼上下天機潤魚我相忘果孰閒　三淵

○七曲어드미고楓巖에秋色이죳타淸霜이엷게친이絶壁이錦繡ㅣ로다寒巖에ᄒᆞ

자안자셔집을닛고잇노라

七曲何處是楓巖秋色鮮淸霜薄言打絶壁眞錦繡寒巖獨坐時聊亦且忘家　尤庵

七曲楓巖倒碧灘錦屏秋色鏡中看翛然獨坐忘歸路一任霜風拂面寒　逐菴

『海東歌謠』六堂本,「高山九曲歌」

○八曲은어드미고琴灘에둘이붉다玉軫金徽로數三曲을노론말이古調를알리업쓴

이혼자즐여ᄒ노라

○八曲何處是琴灘月正明玉軫與金徽聊奏數三曲古調無知者何妨獨自樂　尤菴

八曲溪山何處開琴灘終日好沿洄牙絃欲奏無人識獨帶靑天霽月來　芝村

○九曲은어드미고文山에歲暮커다奇巖怪石이눈쏙에뭇쳣셰라遊人은오지안이ᄒ고

고볼썻업다ᄒ드라

九曲何處是文山歲暮時奇巖與怪石雲裡埋其形遊人自不來謾謂無佳景　尤菴

九曲文山雪皓然奇形掩盡舊山川遊人謾說無佳景未肯窮尋此洞天　宋疇錫

○高山九曲潭記

栗谷先生於余弱冠師友也公旣爲世大儒尊用於朝不幸未究卒今二十五年矣顧

余一無用物耳老而不死適與公子景臨生遇於西京俯仰世故談不足而涕有餘生

乃讀雜記公故居海之高山九曲潭者余自公卜地初佩銅隣縣還往實藝所謂九曲

潭者未嘗不在夢想之中復据生揭列其次而述曰第一曲爲冠巖離州城西洞四十

五里其距海門二十里山頭有立石若冠焉者而卓然故以名意亦取夫冠始之義乎

自此以往山勢透迤漢水並之而其陡絶處下必澄潭足爲隱者之所盤旋蓋有山邨

『海東歌謠』六堂本,「高山九曲歌」

數家始見焉第二曲爲花巖自冠巖五里許巖縫石磧皆花如山榴者叢土故名屏後面

山村可十餘家第三曲爲翠屏自花巖三四里許巖逾奇而翠圍如屏狀故名屏前小

野洞中人農爲野中有盤松一蓋下可坐數百人屏北士人安氏家爲第四曲爲松崖

自翠屏三四里許石壁千尺其上松林翳日故名潭心有石牛露船形者曰船巖上可

坐八人士人朴氏對而家焉蓋從公入洞也第五曲爲隱屏自松崖二三里許石峯高

圓明麗特異潭邊底皆若砌而貯之水者屏之義視前而隱又近取諸身以托退休之

義乎公始即石潭居之略爲栖食之所而從學益衆則相與謀爲可以用處規設益備

則尊兄惠後不可一少是有隱屏精舍而附麗者次第以成者如干具爲宜各小記

而邂逅之頃有所不暇也若釣溪者自隱屏三四里許枕溪之巖多是自在釣漁之磯

而曲之第六曲者也若楓巖者自釣漁二三里許巖皆楓林被之霜後絢如霞蔚故名

故名巖而曲之第七者也下有數家村桑柘柴荊隱然一畫圖中若琴灘者灘聲冷然象

琴之響節故名而曲之第八曲者也若文山者因舊名而已爲第九曲終爲公存也人

爲地之靈文不在玆乎且九者龍德之數也余也知公之少字實應九二而小山舊名

偶符斯文于是而不日造物者未是不具於其間則未信之武夷山則有

九曲洞天豈東南萬里吾道一氣脉自相貫通而然歟若夫壬辰兵戈以來公家愛秋



『海東歌謠』六堂本,「高山九曲歌」

實慘而山林水石且不免焉則於國運奈何乎余之知公非故聞風而興者也然既九原不可作得觴詠於九曲之淸流而獨學文字爲公發之可以招徠精棄於九曲之陳迹然且遠焉不能卷歸而畀之景臨生歸書于簽楣之間愉哉崔岦記

○이믜흘혈어내야져바다홀메 오면은蓬萊고온님을거러가도불엿난은이몸이精衛
鳥굿튼여바자널만ᄒ노라　　徐益

○綠草晴江上에굴레버슨呈이되여때때로멀이들어北间ᄒ야우는뜻은夕陽이재넘어감애님자글여우노라

○어제오든눈이沙堤예도오돗던가눈이모래굿고모래도눈이로다암아도世上일이다일언가ᄒ노라　　洪廸

○큰盞에ᄀ득부워醉토록먹으며셔萬古英雄을손곱아혜여본이암아도劉伶李白이내벗인가ᄒ노라　　李德馨

○時節도졀어혼이人事도이러ᄒ다일어ᄒ건이어이졀어안일쓴이이런쟈졀언쟈이한숨계워ᄒ노라　　李恒福

○長沙王賈太傅는눈물도열릴씨고漢文帝昇平時에痛哭온무合일고우리도글언뎌만낫시니어이울쓰ᄒ노라

『海東歌謠』六堂本,「高山九曲歌」

504